NIE MÓW
NIKOMU

HARLAN COBEN

NIE MÓW NIKOMU

Z angielskiego przełożył
Zbigniew A. Królicki

W LABIRYNCIE KŁAMSTW

- 01 -

Tytuł oryginału:
TELL NO ONE

Copyright © Harlan Coben 2001
All rights reserved

Polish edition copyright © Wydawnictwo Albatros Sp. z o.o. 2017

Polish translation copyright © Zbigniew A. Królicki 2002

Redakcja: Barbara Nowak

Zdjęcie na okładce: dima_goroziya/Pixabay

Zdjęcie na grzbiecie: Tsang Chung Yee/Pexels

Projekt graficzny okładki i serii: Katarzyna Meszka-Magdziarz

Przygotowanie okładki do druku: PLUS 2 Witold Kuśmierczyk

Skład: Laguna

ISBN 978-83-8125-137-2
ISBN serii 978-83-8125-165-5

Partner kolekcji
Ringier Axel Springer Polska Sp. z o.o.
ul. Domaniewska 52
02-672 Warszawa
ringieraxelspringer.pl

Zamówienia prenumeraty
pon.–pt. w godz. 8.00–18.00
tel. 801 000 869, 22 336 79 01
e-mail: prenumerata.axel@qg.com
literia.pl/coben

Wydawca
Wydawnictwo Albatros Sp. z o.o.
ul. Hlonda 2A/25, 02-972 Warszawa
wydawnictwoalbatros.com

Druk: CPI Moravia Books, Czech Republic
2018

Pamięci mojej ukochanej bratanicy
Gabi Coben
1997–2000
Naszej cudownej małej Myszki...

Mała powiedziała:

– A kiedy już nas nie będzie, czy w dalszym ciągu będziesz mnie kochał, czy miłość przetrwa?

Duży przytulił Małą i spoglądali w noc, na księżyc w ciemnościach i jasno świecące gwiazdy.

– Mała, spójrz na gwiazdy, jak świecą i płoną, a niektóre z nich zgasły już dawno temu. Mimo to wciąż błyszczą na wieczornym niebie, bo widzisz, Mała, miłość jest jak światło gwiazd – nie umiera nigdy...

Debi Gliori

No Matter What

(Bloomsbury Publishing)

Podziękowania

No cóż. Zanim zacznę, chcę przedstawić zespół:

- wspaniałych redaktorów: Beth de Guzman, Susan Corcoran, Sharon Lulek, Nitę Taublib, Irwyna Applebauma oraz pozostałych pierwszoligowych graczy Bantam Dell;
- Lisę Erbach Vance oraz Aarona Priesta, moich agentów;
- Anne Armstrong-Coben, M.D., Gene'a Riehla, Jeffreya Bedforda, Gwendolen Gross, Jona Wooda, Lindę Fairstein, Maggie Griffin i Nilsa Lofgrena – za ich wnikliwość i słowa zachęty;
- oraz Joela Gotlera, który popychał, poszturchiwał i inspirował.

Powinniśmy usłyszeć złowrogi świst wiatru. Albo poczuć zimny dreszcz przeszywający do szpiku kości. Cokolwiek. Jakiś cichy śpiew, który tylko Elizabeth i ja zdołalibyśmy usłyszeć. Wiszące w powietrzu napięcie. Jeden z typowych znaków zwiastujących nieszczęście. W życiu zdarzają się dramaty, których niemal się spodziewamy – na przykład takie, jakie się przydarzyły moim rodzicom – a także inne niedobre chwile, nagłe wypadki zmieniające wszystko. Inaczej wyglądało moje życie przed tamtą tragedią. Inaczej wygląda obecnie. I jedno, i drugie mają ze sobą boleśnie mało wspólnego.

Podczas naszej rocznicowej wycieczki Elizabeth była milcząca, ale nie było w tym nic niezwykłego. Już jako dziewczynka wykazywała skłonność do nagłych przypływów melancholii. Milkła i popadała w głęboką zadumę lub apatię – nigdy nie wiedziałem, jak jest naprawdę. Pewnie było to częścią tajemnicy, lecz wtedy po raz pierwszy wyczułem dzielącą nas przepaść. Nasz związek tyle przetrwał. Zastanawiałem się, czy zdoła przetrwać prawdę. Lub – jeśli o tym mowa – niewypowiedziane kłamstwa.

Klimatyzator samochodu szumiał, nastawiony na niebieskie pole maksimum. Dzień był gorący i parny. Jak to w sierpniu. Przejechaliśmy przez Delaware Water Gap po Milford

9

Bridge i przyjacielski kasjer w budce powitał nas w Pensylwanii. Po dziesięciu kilometrach zauważyłem kamienny drogowskaz z napisem JEZIORO CHARMAINE – WŁASNOŚĆ PRYWATNA. Skręciłem w wiejską drogę.

Opony szurały po żwirze, wzbijając chmurę kurzu, niczym oddział galopujących Arabów. Elizabeth wyłączyła radio. Kątem oka zauważyłem, że studiowała mój profil. Zastanawiałem się, co widziała, i serce zaczęło mi mocniej bić. Po prawej dwa jelenie skubały liście. Znieruchomiały, popatrzyły na nas i widząc, że nie chcemy ich skrzywdzić, powróciły do swego zajęcia. Jechałem, aż ujrzeliśmy przed sobą jezioro. Słońce w agonii siniaczyło niebo smugami purpury i żółci. Wierzchołki drzew wydawały się stać w ogniu.

– Nie mogę uwierzyć, że wciąż to robimy – powiedziałem.

– To ty zacząłeś.

– Taak, kiedy miałem dwanaście lat.

Elizabeth pozwoliła sobie na szeroki uśmiech. Nie uśmiechała się często, ale kiedy już to robiła – bach, trafiał mnie prosto w serce.

– To romantyczne – ciągnęła.

– Raczej głupie.

– Kocham romantyka.

– Kochasz głupka.

– Ilekroć to robimy, zawsze potem wzbiera w tobie żądza.

– Mów mi „pan Romantyk".

Zaśmiała się i ujęła moją dłoń.

– Chodź, panie Romantyku. Robi się ciemno.

Jezioro Charmaine. To mój dziadek wymyślił tę nazwę, co potwornie wkurzyło babkę. Pragnęła, żeby nazwał je jej imieniem. Miała na imię Bertha. Jezioro Berthy. Dziadek nie chciał o tym słyszeć. Dwa punkty dla staruszka.

Przed ponad pięćdziesięcioma laty nad jeziorem Charmaine prowadzono letnie obozy wakacyjne dla bogatych dzieciaków. Właściciel tego interesu splajtował i dziadek kupił za grosze całe jezioro wraz z otaczającym je terenem. Odnowił dom kierownika ośrodka i rozebrał większość budynków stojących nad wodą. Lecz w głębi lasu, gdzie już nikt nie chodził, pozostały rozsypujące się baraki dzieciarni. Kiedyś zapuszczałem się tam z moją siostrą Lindą, żeby szukać różnych skarbów w ruinach, bawić się w chowanego lub namawiać wzajemnie na poszukiwanie Boogeymana, który z pewnością obserwował nas i czekał. Elizabeth rzadko przyłączała się do nas. Lubiła wiedzieć, gdzie co jest. Zabawa w chowanego przerażała ją.

Kiedy wysiedliśmy z samochodu, usłyszałem głosy duchów. Było ich wiele, zbyt wiele. Wirowały wokół, przepychając się do mnie. Zwyciężył mój ojciec. Nad jeziorem zalegała głucha cisza, ale mógłbym przysiąc, że wciąż słyszę radosny krzyk ojca, właśnie odbijającego się od pomostu, by z kolanami mocno przyciśniętymi do piersi i ustami rozciągniętymi w szerokim uśmiechu wzbić wirtualną falę, która pryśnie w oczy jego jedynego syna. Tato lubił wskakiwać do wody w pobliżu materaca, na którym opalała się mama. Karciła go, z trudem tłumiąc śmiech.

Zamrugałem oczami i duchy znikły. Ja jednak już przypomniałem sobie, jak ten śmiech, krzyk oraz plusk marszczyły wodę i odbijały się echem w ciszy naszego jeziora. Zastanawiałem się, czy takie kręgi i echa kiedykolwiek znikają, czy też może gdzieś w lesie wesołe okrzyki mojego ojca wciąż odbijają się bezgłośnie od drzew. Głupia myśl, ale każdego czasem takie nachodzą.

Widzicie, wspomnienia wywołują ból. Najdotkliwszy zaś sprawiają najlepsze z nich.

– Wszystko w porządku, Beck? – zapytała Elizabeth.

Odwróciłem się do niej.

– Będziemy się kochać, dobrze?

– Zboczeniec.

Ruszyła ścieżką, wyprostowana, z podniesioną głową. Obserwowałem ją przez moment, wspominając, jak po raz pierwszy zobaczyłem ten chód. Miałem siedem lat i wziąłem rower – ten z wąskim siodełkiem i kalkomanią Batmana – żeby zjechać po Goodhart Road. Ulica była stroma i kręta, idealna do zabawy w kierowcę rajdowego. Zjeżdżałem w dół bez trzymanki, czując się tak wspaniale i bohatersko, jak tylko może siedmiolatek. Wiatr rozwiewał mi włosy i wyciskał łzy z oczu. Zauważyłem furgonetkę firmy transportowej przed starym domem Ruskinów, skręciłem... i tam była ona, moja Elizabeth, wyprostowana jak struna, chodząca w ten sposób już wtedy, jako siedmioletnia dziewczynka z kucykami, aparacikiem na zębach i mnóstwem piegów.

Dwa tygodnie później spotkaliśmy się w drugiej klasie panny Sobel i od tej pory – proszę, nie śmiejcie się z tego – staliśmy się bratnimi duszami. Dorośli uważali łączącą nas więź za słodką i niezdrową. Jako nierozłączna para przeszliśmy od urwisowania i kopania piłki przez etap szczenięcej miłości, młodzieńczego zauroczenia i namiętnych randek w szkole średniej. Wszyscy czekali, kiedy się sobie znudzimy. Także my. Oboje byliśmy bystrymi dzieciakami, szczególnie Elizabeth, najlepszymi uczniami, racjonalnie podchodzącymi nawet do irracjonalnej miłości. Rozumieliśmy, jak niewielką ma szansę przetrwania.

A jednak byliśmy tu teraz, dwudziestopięcioletni, siedem miesięcy po ślubie, powróciwszy na miejsce, gdzie pocałowaliśmy się po raz pierwszy, mając po dwanaście lat.

Wiem, że to ckliwe.

Przecisnęliśmy się przez krzaki i powietrze tak wilgotne, że niemal krępowało ruchy. W powietrzu unosił się drażniący gardło zapach sosnowej żywicy. Szliśmy po wysokiej trawie. Za naszymi plecami moskity i tym podobne owady, brzęcząc, podrywały się w powietrze. Drzewa rzucały długie cienie, które można było interpretować w dowolny sposób, tak samo jak doszukiwać się sensu w kształtach chmur lub kleksach Rorschacha.

Zeszliśmy ze ścieżki i przedarliśmy się przez gąszcz. Elizabeth szła pierwsza. Ja dwa kroki za nią, co – kiedy teraz o tym myślę – miało niemal symboliczne znaczenie. Zawsze wierzyłem, że nic nas nie rozdzieli – przecież dowodziła tego historia naszej znajomości, czyż nie? – lecz teraz bardziej niż kiedykolwiek czułem, jak odpycha ją ode mnie poczucie winy.

Mojej winy.

Idąca przodem Elizabeth dotarła do dużego, podobnego do fallusa głazu, a na prawo od niego rosło nasze drzewo. Nasze inicjały oczywiście były wyryte w korze:

E.P.

+

D.B.

I owszem, otoczone serduszkiem. Pod nim widniało dwanaście nacięć, po jednym na każdą rocznicę naszego pierwszego pocałunku. Już miałem rzucić jakąś dowcipną uwagę o tym, jacy jesteśmy ckliwi, ale rozmyśliłem się, kiedy ujrzałem twarz Elizabeth, na której piegi znikły już lub pojaśniały, dumnie uniesioną głowę, długą i smukłą szyję, ciemnozielone oczy i czarne włosy splecione w gruby warkocz. W tym momencie o mało jej nie powiedziałem prawdy, lecz coś mnie powstrzymało.

– Kocham cię – rzuciłem.

– Już zaspokoiłeś żądzę.

– Och.

– Ja też cię kocham.

13

– Dobrze, dobrze – odparłem z udawanym zniechęceniem – zaspokoję i twoją.

Uśmiechnęła się, lecz miałem wrażenie, że w jej oczach dostrzegłem wahanie. Wziąłem ją w ramiona. Kiedy miała dwanaście lat i w końcu zebraliśmy się na odwagę, żeby tego spróbować, cudownie pachniała szamponem do włosów i truskawkowym Pixie Stix. Byłem oszołomiony nowym doznaniem i podniecony odkryciem. Dzisiaj pachniała bzem i cynamonem. Pocałunek był jak ciepły blask płynący wprost z mojego serca. Kiedy nasze języki stykały się, wciąż przechodził mnie dreszcz. Elizabeth odsunęła się, zdyszana.

– Chcesz pełnić honory domu? – zapytała.

Wręczyła mi nóż, a ja zrobiłem trzynaste nacięcie na pniu drzewa. Trzynaste. Patrząc wstecz, może to był ten ostrzegawczy znak.

• • •

Kiedy wróciliśmy nad jezioro, było już ciemno. Blady księżyc przedarł się przez mrok, niczym samotna latarnia morska. Wieczór był cichy, nawet świerszcze milczały. Elizabeth i ja pospiesznie rozebraliśmy się. Popatrzyłem na nią w blasku księżyca i ścisnęło mnie w gardle. Zanurkowała pierwsza, niemal nie pozostawiając kręgów na wodzie. Niezgrabnie poszedłem w jej ślady. Woda była zaskakująco ciepła. Elizabeth płynęła precyzyjnymi, równymi uderzeniami ramion, sunąc po wodzie, jakby ta rozstępowała się przed nią. Ja podążałem za nią, chlapiąc i prychając. Pluski przelatywały po wodzie, odbijając się jak płaskie kamyki. Elizabeth odwróciła się i wpadła mi w ramiona. Jej skóra była ciepła i mokra. Kochałem jej skórę. Trzymaliśmy się w objęciach. Przycisnęła piersi do mojego torsu. Czułem bicie jej serca i słyszałem jej oddech. Odgłosy życia. Pocałowaliśmy się. Moja dłoń przesunęła się w dół po jej cudownie gładkich plecach.

14

Kiedy skończyliśmy – kiedy znów było tak dobrze – podciągnąłem się na tratwę i bezwładnie opadłem na nią. Machałem nogami, dysząc i rozpryskując wodę.

Elizabeth zmarszczyła brwi.

– Cóż to, zamierzasz teraz zasnąć?

– I chrapać.

– Prawdziwy mężczyzna.

Wyciągnąłem się wygodnie, splótłszy dłonie pod głową. Chmura przesłoniła księżyc, zmieniając błękit nocy w bladą szarość. Wokół panowała cisza. Usłyszałem, jak Elizabeth wyszła z wody i weszła na pomost. Próbowałem coś dojrzeć w ciemności. Ledwie dostrzegłem zarys jej nagiego ciała. Mimo to zaparło mi dech. Patrzyłem, jak się pochyliła i wycisnęła wodę z włosów. Potem się wyprostowała i odrzuciła głowę do tyłu.

Tratwa powoli odpływała od brzegu. Usiłowałem uporządkować to, co mi się przydarzyło, lecz nawet ja sam nie rozumiałem wszystkiego. Tratwa odpływała. Zacząłem tracić z oczu Elizabeth. Kiedy wchłonął ją mrok, podjąłem decyzję. Powiem jej. Powiem jej wszystko.

Kiwnąłem głową i zamknąłem oczy. Ciężar spadł mi z serca. Słuchałem, jak woda cicho omywa tratwę.

Nagle dotarł do mnie dźwięk otwieranych drzwi samochodu. Usiadłem.

– Elizabeth?

Cisza, w której słyszałem tylko swój oddech.

Ponownie spróbowałem dostrzec jej postać. Przyszło mi to z trudem, ale przez chwilę widziałem ją. A przynajmniej tak mi się zdawało. Teraz nie jestem już pewien, tak samo jak nie mam pewności, czy ma to jakieś znaczenie. Tak czy inaczej, Elizabeth stała nieruchomo i może patrzyła na mnie.

Możliwe, że przymknąłem oczy – tego też nie jestem pewien – a kiedy je otworzyłem, już znikła.

Serce podeszło mi do gardła.

– Elizabeth!

Żadnej odpowiedzi.

Wpadłem w panikę. Stoczyłem się z tratwy i popłynąłem w kierunku pomostu. Moje ręce cięły wodę z głośnym, ogłuszająco głośnym pluskiem. Nie słyszałem, co się dzieje na brzegu – jeśli coś się tam działo. Zatrzymałem się.

– Elizabeth!

Przez długą chwilę wokół panowała cisza. Chmura wciąż zasłaniała księżyc. Może Elizabeth weszła do domku. Może poszła wyjąć coś z samochodu. Otworzyłem usta, żeby znów ją zawołać.

Wtedy usłyszałem jej krzyk.

Wyciągnąłem się na wodzie i popłynąłem, najszybciej jak mogłem, wściekle młócąc rękami i nogami. Byłem jednak daleko od pomostu. Próbowałem coś na nim wypatrzyć, ale było już zbyt ciemno, a księżyc słał tylko cienkie smugi blasku, które niczego nie oświetlały.

Usłyszałem szuranie, jakby coś wleczono po ziemi.

Przed sobą zobaczyłem pomost. Sześć metrów, nie dalej. Popłynąłem jeszcze szybciej. Kłuło mnie w piersiach. Zachłysnąłem się wodą, wyprostowałem ręce, macając w ciemnościach. Znalazłem. Drabinka. Złapałem ją, podciągnąłem się i wyszedłem z wody. Pomost był mokry po przejściu Elizabeth. Spojrzałem w kierunku domku. Zbyt ciemno. Niczego nie dostrzegłem.

– Elizabeth!

Jakby ktoś rąbnął mnie kijem baseballowym w splot słoneczny. Oczy wyszły mi na wierzch. Zgiąłem się wpół, spazmatycznie usiłując wciągnąć powietrze w płuca. Nie zdołałem. Drugi cios. Ten trafił mnie prosto w głowę. Usłyszałem głośny trzask i miałem wrażenie, że ktoś wbił mi gwóźdź w skroń. Nogi odmówiły mi posłuszeństwa i opadłem na kolana. Zupełnie zdezorientowany, zakryłem głowę rękami, usiłując się zasłonić. Następny – i ostatni – cios trafił mnie prosto w twarz.

Runąłem w tył, z powrotem do jeziora. Wszystko pochłonął mrok. Ponownie usłyszałem krzyk Elizabeth, która tym razem wołała moje imię, lecz ten dźwięk, tak jak wszystkie inne, został zagłuszony przez bulgot, z jakim poszedłem pod wodę.

Rozdział 1

Następna dziewczyna miała złamać mi serce.

Miała piwne oczy, kręcone włosy i szeroki uśmiech. Miała także klamry na zębach, czternaście lat i...

– Jesteś w ciąży? – zapytałem.

– Tak, doktorze Beck.

Udało mi się nie zamknąć oczu. Nie po raz pierwszy widziałem ciężarną nastolatkę. Nie była nawet pierwszą tego dnia. Pracowałem jako pediatra w przychodni w Washington Heights już od pięciu lat, od kiedy zakończyłem staż w pobliskim Columbia-Presbyterian Medical Center. Zapewniamy miejscowym rodzinom (czytaj: biedocie) opiekę medyczną, w tym położniczą, internistyczną i pediatryczną. Wielu ludzi uważa, że to czyni mnie jakimś cholernym filantropem. Nic z tych rzeczy. Lubię pediatrię. Nie przepadam za praktykowaniem jej na przedmieściach, wśród wygimnastykowanych mamuś, wymanikiurowanych tatusiów i facetów takich jak ja.

– Co zamierzasz zrobić? – zapytałem.

– Ja i Terrell. Jesteśmy naprawdę szczęśliwi, doktorze Beck.

– Ile Terrell ma lat?

– Szesnaście.

19

Spojrzała na mnie, szczęśliwa i uśmiechnięta. Ponownie udało mi się nie zamknąć oczu.

Zawsze – zawsze – zadziwia mnie to, że większość tych ciąż nie jest przypadkowa. Te dzieci chcą mieć dzieci. Nikt tego nie pojmuje. Mówią o kontroli urodzeń i wstrzemięźliwości – bardzo dobrze, ale chodzi o to, że ich przyjaciele, fajni ludzie, mają dzieci i wszyscy się nimi zajmują, więc co, Terrell, dlaczego nie my?

– On mnie kocha – oznajmiła czternastolatka.

– Powiedziałaś matce?

– Jeszcze nie. – Pokręciła się niespokojnie na krześle, przy czym prawie wyglądała na swoje czternaście lat. – Miałam nadzieję, że mógłby pan przy tym być.

Skinąłem głową.

– Jasne.

Nauczyłem się nie osądzać. Słucham. Współczuję. Jako stażysta, prawiłbym kazania. Spoglądałbym z góry na pacjentów i uświadamiał im, jak autodestrukcyjne jest takie postępowanie. Jednakże w pewne zimne popołudnie na Manhattanie zmęczona siedemnastoletnia dziewczyna, która właśnie miała urodzić trzecie dziecko trzeciego z kolei ojca, spojrzała mi prosto w oczy i powiedziała niezaprzeczalną prawdę: „Nic pan nie wie o moim życiu".

Zamknęła mi usta. Dlatego teraz słucham. Przestałem odgrywać Łaskawego Białego Człowieka i stałem się lepszym lekarzem. Zapewnię tej czternastolatce i jej dziecku najlepszą opiekę medyczną, jaka będzie możliwa. Nie powiem jej, że Terrell ją rzuci, że właśnie przekreśliła całą swoją przyszłość i, tak jak większość moich pacjentek, zajdzie w ciążę jeszcze z co najmniej dwoma innymi mężczyznami, zanim skończy dwadzieścia lat.

Jeśli będziesz za dużo o tym myślał, dostaniesz świra.

Porozmawialiśmy chwilę – a raczej ona mówiła, a ja słuchałem. Gabinet, pełniący również rolę mojego pokoju, miał wielkość więziennej celi (co nie oznacza, że wiedziałem to z własnego doświadczenia) i ściany pomalowane na zgniłozielony kolor, jak ubikacje w szkole podstawowej. Na drzwiach wisiała okulistyczna plansza, na której wskaźnikiem pokazuje się pacjentowi kolejne litery. Jedna ściana była pokryta wyblakłymi kalkomaniami przedstawiającymi postacie z kreskówek Disneya, a drugą zasłaniał ogromny plakat ukazujący łańcuch pokarmowy. Moja czternastoletnia pacjentka siedziała na fotelu nakrytym jednorazowym papierowym ręcznikiem. Z jakiegoś powodu ten marszczący się papier przypominał mi opakowanie kanapki w Carnegie Deli.

Kaloryfer grzał niemiłosiernie, ale nie można było go zakręcić, ponieważ dzieciaki często rozbierały się do badania. Miałem na sobie mój roboczy strój pediatry: niebieskie dżinsy, sportowe buty, zapinaną na guziki koszulę i jaskrawy krawat z hasłem „Ratuj dzieci!", zdradzającym datę jego produkcji: tysiąc dziewięćset dziewięćdziesiąty czwarty rok. Nie nosiłem białego fartucha. Uważam, że dzieci się go boją.

Moja czternastolatka – owszem, nie mogłem pogodzić się z jej wiekiem – była sympatyczną dziewczyną. Dziwne, ale one wszystkie są miłymi dzieciakami. Poleciłem jej dobrego położnika. Potem porozmawiałem z matką. Nic nowego czy zaskakującego. Jak już powiedziałem, robię to prawie codziennie. Uściskałem dziewczynę, kiedy wychodziła. Nad jej ramieniem wymieniłem spojrzenia z matką. Każdego dnia średnio dwadzieścia pięć matek przyprowadza do mnie swoje córki. Pod koniec tygodnia na palcach jednej ręki mogę zliczyć te, które są zamężne.

Jak już wspomniałem, nie osądzam. A jednak bacznie obserwuję.

Kiedy wyszły, zacząłem uzupełniać kartę pacjentki. Przerzuciłem kilka stronic. Opiekowałem się tą dziewczyną, od kiedy skończyłem staż. To oznaczało, że zaczęła do mnie przychodzić jako ośmiolatka. Spojrzałem na wykres wagi i wzrostu. Przypomniałem sobie, jak wyglądała jako ośmiolatka, a jak przed chwilą. Niewiele się zmieniła. W końcu zamknąłem oczy i potarłem powieki.

– Poczta! Masz pocztę! Ooo! – przerwał mi okrzyk Homera Simpsona.

Otworzyłem oczy i spojrzałem na monitor. Odezwał się do mnie głosem Homera z serialu telewizyjnego *Simpsonowie*. Ktoś zastąpił tym plikiem dźwiękowym monotonne zawodzenie komputera: „Masz wiadomość". Podobał mi się ten sygnał. Nawet bardzo.

Już miałem sprawdzić pocztę elektroniczną, gdy przeszkodził mi pisk interkomu. Wanda, rejestratorka, powiedziała:

– Ma pan... hm... ma pan... hm... Dzwoni Shauna.

Zrozumiałem jej zmieszanie. Podziękowałem i nacisnąłem podświetlony guzik.

– Jak się masz, słodka.

– Dobrze – odparła. – Jestem tutaj.

Wyłączyła komórkę. Wstałem i poszedłem korytarzem na spotkanie Shauny. Weszła do przychodni tak, jakby robiła coś poniżej swej godności. Była topową modelką, jedną z nielicznych wystarczająco znanych, żeby używać tylko imienia. Shauna. Jak Cher czy Fabio. Miała metr osiemdziesiąt cztery centymetry wzrostu i ważyła siedemdziesiąt osiem kilogramów. Jak można oczekiwać, robiła wrażenie i przykuła spojrzenia wszystkich obecnych w poczekalni.

Nie miała zamiaru przystawać przy kontuarze rejestratorki, a ta nawet nie próbowała jej zatrzymać. Shauna otworzyła drzwi i powitała mnie słowami:

– Lunch. Teraz.

– Mówiłem ci, że będę zajęty.

– Włóż płaszcz – powiedziała. – Jest zimno.

– Posłuchaj, wszystko gra. Poza tym rocznica jest dopiero jutro.

– Ty stawiasz.

Zawahałem się i już wiedziała, że mnie ma.

– Posłuchaj, Beck, będzie fajnie. Jak w college'u. Pamiętasz, jak razem chodziliśmy na podryw?

– Nigdy nie chodziłem na podryw.

– No dobrze, to tylko ja. Wkładaj płaszcz.

Kiedy wracałem do mojego gabinetu, jedna z matek obdarzyła mnie szerokim uśmiechem i odciągnęła na bok.

– Jest jeszcze piękniejsza niż w telewizji – szepnęła.

– Uhm – mruknąłem.

– Czy pan i ona... – Matka znaczącym gestem splotła dłonie.

– Nie, ona już jest z kimś związana – odparłem.

– Naprawdę? Z kim?

– Z moją siostrą.

 • • •

Zjedliśmy w kiepskiej chińskiej restauracji, gdzie podawał nam chiński kelner mówiący tylko po hiszpańsku. Shauna w nienagannym błękitnym kostiumie z dekoltem głębokim jak Rów Atlantycki, zmarszczyła brwi.

– Tortilla i wieprzowina *moo shu*?

– Zaryzykuj – powiedziałem.

Poznaliśmy się pierwszego dnia w college'u. Komuś w dziekanacie pochrzaniło się i odczytał jej imię jako „Shaun", w wyniku czego dostaliśmy wspólny pokój. Już mieliśmy zgłosić tę pomyłkę, ale zaczęliśmy rozmawiać. Postawiła mi piwo. Polubiłem ją. Po kilku godzinach postanowiliśmy nie zgłaszać niczego w dziekanacie, ponieważ nasi prawdziwi współlokatorzy mogli okazać się dupkami.

Ja poszedłem do Amherst College, ekskluzywnej uczelni

w zachodnim Massachusetts, i jeśli na naszej planecie istnieje bardziej snobistyczne miejsce, to ja go nie znam. Elizabeth, jako najlepsza absolwentka naszego rocznika, wybrała Yale. Mogliśmy pójść na tę samą uczelnię, ale przedyskutowaliśmy to i doszliśmy do wniosku, że będzie to kolejna wspaniała okazja, by wypróbować trwałość naszego związku. Postanowiliśmy wykazać się dojrzałością. Skutek? Okropnie tęskniliśmy za sobą. Ta rozłąka jeszcze pogłębiła nasze uczucia i nadała naszej miłości zupełnie nowy wymiar.

Wiem, że to ckliwe.

Między kęsami Shauna zapytała:

– Możesz dziś wieczorem popilnować Marka?

Mark był moim pięcioletnim siostrzeńcem. Na ostatnim roku Shauna zaczęła umawiać się z moją starszą siostrą Lindą. Od prawie siedmiu lat mieszkały razem. Mark był ubocznym produktem ich... cóż, ich miłości, oczywiście wspomaganej sztucznym zapłodnieniem. Linda urodziła go, a Shauna zaadoptowała. Pod pewnymi względami nieco staroświeckie, pragnęły, by ich syn miał jakiś męski wzorzec. Czyli mnie.

Rozmawialiśmy o tym, co u mnie w pracy i o *Ozzie i Harriet*.

– Żaden problem – powiedziałem. – I tak chciałem zobaczyć ten nowy film Disneya.

– Jest niesamowity – zapewniła mnie Shauna. – Najlepszy od czasu Pocahontas.

– Dobrze wiedzieć – odparłem. – Dokąd wybieracie się z Lindą?

– Nie mam pojęcia. Teraz, kiedy lesbijki są w modzie, nie możemy opędzić się od zaproszeń. Prawie tęsknię za tymi czasami, gdy musiałyśmy się ukrywać.

Zamówiłem piwo. Pewnie nie powinienem, ale jedno nie zaszkodzi.

Shauna też zamówiła jedno.

– A więc zerwałeś z tą... jak jej tam...

– Brandy.

– Właśnie. Nawiasem mówiąc, ładne imię. Czy miała siostrę imieniem Whiskey?

– Umówiłem się z nią tylko dwa razy.

– W porządku. To chuda wiedźma. Ponadto mam dla ciebie idealną kandydatkę.

– Nie, dzięki.

– Ma niesamowite ciało.

– Nie umawiaj mnie, Shauno. Proszę.

– Czemu nie?

– Pamiętasz, jak umówiłaś mnie ostatnim razem?

– Z Cassandrą.

– Właśnie.

– A co było z nią nie tak?

– Przede wszystkim była lesbijką.

– Chryste, Beck, ale z ciebie bigot.

Zadzwonił jej telefon komórkowy. Oparła się wygodnie i odebrała, lecz ani na chwilę nie odrywała oczu od mojej twarzy. Warknęła coś do słuchawki i zamknęła klapkę mikrofonu.

– Muszę iść – oznajmiła.

Dałem znak, że proszę o rachunek.

– Przyjdziesz jutro wieczorem – orzekła.

Odpowiedziałem z westchnieniem udawanej rezygnacji:

– Lesbijki nie mają żadnych planów?

– Ja nie. Twoja siostra ma. Wybiera się na wielką galę Brandona Scope'a.

– Nie idziesz z nią?

– Nie.

– Dlaczego?

– Nie chcemy zostawiać Marka przez dwie noce pod rząd. Linda musi iść. Praktycznie to ona organizuje to przyjęcie. Ja zrobię sobie wolne. A więc wpadnij jutro wieczorem, dobrze? Zamówię coś do jedzenia, pooglądamy wideo z Markiem.

Nazajutrz przypadała rocznica. Gdyby Elizabeth żyła, zrobilibyśmy dwudzieste pierwsze nacięcie na naszym pniu. Chociaż może zabrzmi to dziwnie, jutrzejszy dzień nie miał być dla mnie szczególnie trudny. W rocznice, podczas wakacji lub w dniu urodzin Elizabeth zwykle wchodziłem na tak wysokie obroty, że radziłem sobie bez problemów. Najtrudniejsze są powszednie dni. Kiedy naciskam klawisz pilota i trafiam na jeden z odcinków *The Mary Tyler Moore Show* lub *Cheers*. Kiedy wchodzę do księgarni i widzę nową książkę Alice Hoffman albo Anne Tyler. Kiedy słucham O'Jay, Four Tops czy Niny Simone. Zwyczajne rzeczy.

– Obiecałem matce Elizabeth, że wpadnę – powiedziałem.

– Ach, Beck… – Już chciała się ze mną spierać, ale zrezygnowała. – To może później?

– Jasne.

Shauna złapała mnie za rękę.

– Znowu znikasz, Beck.

Nie odpowiedziałem.

– Wiesz, że cię kocham. Chcę powiedzieć, że gdybyś choć trochę pociągał mnie seksualnie, pewnie zakochałabym się w tobie, a nie w twojej siostrze.

– Czuję się zaszczycony – odparłem. – Naprawdę.

– Nie zamykaj się przede mną. Jeśli się zamkniesz przede mną, to zamkniesz się przed wszystkimi. Rozmawiaj ze mną, dobrze?

– Dobrze – obiecałem. Lecz nie mogłem.

• • •

O mało nie skasowałem poczty.

Otrzymuję tyle śmiecia, spamu, reklam – znacie to wszyscy – że nabrałem sporej wprawy w posługiwaniu się klawiszem kasowania. Najpierw czytam adres nadawcy. Jeśli jest to ktoś znajomy lub ze szpitala, dobrze. Jeżeli nie, z entuzjazmem naciskam ten klawisz.

Usiadłem przy biurku i sprawdziłem popołudniową listę pacjentów. Był ich tłum, co wcale mnie nie zdziwiło. Okręciłem się na obrotowym krześle i przygotowałem palec do naciśnięcia. Tylko jedna wiadomość. Ta, o której wcześniej zawiadomił mnie okrzyk Homera. Rzuciłem na nią okiem i moją uwagę przykuły pierwsze dwie litery tematu.

– Co do...?

Okienko podglądu było sformatowane tak, że widziałem tylko te dwie litery i adres poczty elektronicznej nadawcy. Nieznany. Kilka cyfr @comparama.com.

Zmrużyłem oczy i nacisnąłem prawy przycisk przewijania. W okienku zaczął przesuwać się nagłówek. Przy każdym kliknięciu puls przyspieszał mi coraz bardziej. Oddychałem z trudem. Trzymałem palec na klawiszu przewijania i czekałem.

Kiedy skończyłem, kiedy pokazały się wszystkie litery, ponownie przeczytałem nagłówek i serce zaczęło walić mi młotem.

• • •

– Doktorze Beck?

Nie mogłem wydobyć z siebie głosu.

– Doktorze Beck?

– Za chwilę, Wando.

Zawahała się. W interkomie słyszałem jej oddech. Potem odłożyła słuchawkę.

Wciąż wpatrywałem się w ekran.

Do: dbeckmd@nyhosp.com
Od: 13943928@comparama.com
Temat: E.P.+ D.B. ///////////////////////

Dwadzieścia jeden znaków. Policzyłem je już cztery razy. To okrutny, głupi żart. Wiedziałem o tym. Zacisnąłem pięści. Zastanawiałem się, co za zasrany skurwysyn wysłał tę wiadomość. Poczta elektroniczna pozwala zachować anonimowość – zachęcając technotchórzy. Tylko że bardzo mało osób wiedziało o drzewie i naszej rocznicy. Media nigdy się o tym nie dowiedziały. Shauna wiedziała, oczywiście. I Linda. Elizabeth mogła powiedzieć swoim rodzicom lub wujowi. Lecz poza nimi…

Kto więc to przysłał?

Chciałem przeczytać wiadomość, ale coś mnie powstrzymywało. Prawdę mówiąc, myślę o Elizabeth częściej, niż się do tego przyznaję – chociaż pewnie i tak wszyscy o tym wiedzą – ale nigdy nie rozmawiam o niej ani o tym, co się stało. Ludzie myślą, że jestem dzielnym macho, który usiłuje oszczędzać uczucia znajomych, nie znosi litości i tak dalej. Nic podobnego. Rozmowa o Elizabeth sprawia mi ból. Straszny. Przypomina jej ostatni krzyk. Przypomina te wszystkie pytania, które pozostały bez odpowiedzi. Skłania od rozważań o tym, co by było, gdyby (zapewniam was, że niewiele jest spraw równie przygnębiających jak myśli o tym, co by było gdyby). Znów budzi poczucie winy i przeświadczenie, choćby nie wiem jak irracjonalne, że silniejszy mężczyzna – lepszy mężczyzna – mógłby ją uratować.

Powiadają, że potrzebny jest czas, żeby oswoić się z tragedią. Z początku jesteś oniemiały. Nie potrafisz w pełni zdać sobie sprawy z ponurej rzeczywistości. To też nie jest prawdą. Przynajmniej w moim wypadku. Zrozumiałem wszelkie konsekwencje tego, co się stało, gdy tylko znaleźli ciało Elizabeth. Pojąłem, że już nigdy więcej jej nie zobaczę, nigdy nie przytulę, że nigdy nie będziemy mieli dzieci i nie zestarzejemy się razem. Wiedziałem, że to ostateczny wyrok, że nie będzie odroczenia ani apelacji, niczego nie da się wynegocjować.

Natychmiast zacząłem szlochać. Zanosiłem się od płaczu. Szlochałem tak prawie tydzień... bez przerwy. Płakałem w trakcie pogrzebu. Nikomu nie pozwoliłem się tknąć, nawet Shaunie i Lindzie. Spałem sam na naszym łóżku, z twarzą wtuloną w poduszkę Elizabeth, usiłując wyczuć jej zapach. Otwierałem szafy i przyciskałem jej rzeczy do twarzy. To wcale nie przynosiło mi ulgi. Było dziwaczne i bolesne. Lecz był to jej zapach, część niej, więc mimo wszystko robiłem to.

Pełni dobrych chęci znajomi – niektórych wolałbym nie znać – prawili mi zwyczajowe komunały, dlatego czuję, że powinienem was ostrzec: składajcie mi tylko krótkie kondolencje. Nie mówcie, że jestem jeszcze młody. Nie mówcie, że ona poszła tam, gdzie jest jej lepiej. Nie mówcie, że to część jakiegoś boskiego planu. Nie mówcie, że miałem szczęście, zaznawszy takiej miłości. Każdy z tych banałów doprowadzał mnie do szału. Sprawiał – co zabrzmi bardzo nie po chrześcijańsku – że gapiłem się na takiego idiotę, lub idiotkę, i zastanawiałem, dlaczego jeszcze oddycha, podczas gdy moja Elizabeth gryzie ziemię.

Wciąż słyszałem tę gadaninę: „lepiej kochać, a potem płakać". Następna bzdura. Wierzcie mi, wcale nie lepiej. Nie pokazujcie mi raju, żeby potem go spalić. Częściowo taki był powód. Mój egoizm. Najbardziej jednak dręczyło mnie i bolało to, że Elizabeth została pozbawiona tylu rzeczy. Nie potrafię zliczyć, ile razy, widząc lub robiąc coś, myślę, jak bardzo podobałoby się to Elizabeth... i wtedy ból wraca na nowo.

Ludzie zastanawiają się, czy czegoś żałuję. Odpowiedź brzmi – tylko jednego. Żałuję, że były takie chwile, które zmarnowałem, robiąc coś innego, zamiast starać się ją uszczęśliwić.

– Doktorze Beck?

– Jeszcze minutkę – powiedziałem.

Chwyciłem mysz i umieściłem kursor nad ikonką „czytaj".
Kliknąłem i wyświetliła się cała wiadomość:

Do: dbeckmd@nyhosp.com
Od: 13943928@comparama.com
Temat: E.P.+D.B. /////////////////////

**Wiadomość: Kliknij na to hiperłącze, czas całusa,
w rocznicę.**

Serce zmieniło mi się w bryłę lodu.

Czas całusa?

To żart, to musi być żart. Nie lubię zagadek. I nie lubię czekać.

Ponownie chwyciłem mysz i przesunąłem kursor na hiperłącze. Kliknąłem i usłyszałem, jak archaiczny modem zawodzi swą mechaniczną pieśń godową. W poradni mamy dość leciwy system komputerowy. Potrwało chwilę, zanim pokazała się przeglądarka sieciowa. Czekałem, myśląc: *Czas całusa, skąd wiedzieli o czasie całusa?*

W końcu zgłosiła się przeglądarka. Zameldowała błąd.

Zmarszczyłem brwi. Kto to przysłał? Spróbowałem jeszcze raz i znowu pojawił się komunikat o błędzie. Przerwane łącze.

Kto, do diabła, wiedział o czasie całusa?

Nigdy nikomu o tym nie mówiłem. Rzadko rozmawialiśmy o tym z Elizabeth, zapewne dlatego, że nie odczuwaliśmy takiej potrzeby. Byliśmy staroświeccy jak Polyanna i takie sprawy zachowywaliśmy dla siebie. To naprawdę krępujące, ale kiedy pocałowaliśmy się pierwszy raz, przed dwudziestu jeden laty, sprawdziłem czas. Tak dla śmiechu. Odsunąłem się, spojrzałem na mój zegarek Casio i powiedziałem: „Szósta piętnaście".

A Elizabeth odpowiedziała: *Czas całusa.*

Teraz jeszcze raz popatrzyłem na wiadomość. Powoli zaczynałem się wkurzać. To na pewno nie było zabawne. Można robić paskudne żarty za pośrednictwem poczty elektronicznej, ale...

Czas całusa.

Cóż, czas całusa będzie jutro po południu, o szóstej piętnaście. Nie miałem innego wyjścia. Będę musiał poczekać.

No dobrze.

Na wszelki wypadek zapisałem wiadomość na dyskietce. Otworzyłem menu wydruku i wybrałem „drukuj wszystko”. Niespecjalnie znałem się na komputerach, lecz wiedziałem, że czasem można wytropić pochodzenie wiadomości ze śmieci znajdujących się na końcu pliku. Usłyszałem pomruk drukarki. Ponownie spojrzałem na nagłówek. Znów policzyłem kreski. Wciąż było ich dwadzieścia jeden.

Pomyślałem o naszym drzewie, o pierwszym pocałunku i nagle w tym ciasnym, dusznym gabinecie poczułem truskawkowy zapach Pixie Stix.

Rozdział 2

W domu czekał mnie następny wstrząs związany z przeszłością.

Mieszkam za mostem Jerzego Waszyngtona, jadąc od strony Manhattanu – w typowym podmiejskim osiedlu będącym marzeniem Amerykanina. Green River w stanie New Jersey, wbrew swej nazwie, jest miasteczkiem bez rzeki i z niewielką ilością zieleni. Dom należy do dziadka. Zamieszkałem z nim i kawalkadą pielęgniarek-cudzoziemek trzy lata temu, po śmierci Nany.

Dziadek ma alzheimera. Jego umysł trochę przypomina stary czarno-biały telewizor z uszkodzoną anteną pokojową. Odbiera lub nie, w niektóre dni lepiej niż w inne, ponadto trzeba ustawić antenę w pewien szczególny sposób i nie ruszać jej, a i tak odbiór jest przerywany okresowymi zakłóceniami. A przynajmniej tak było. Ostatnio jednak – jeśli w dalszym ciągu mam się posługiwać tą przenośnią – telewizor ledwie migocze.

Nigdy zbytnio nie lubiłem dziadka. Był apodyktycznym, staroświeckim i małomównym człowiekiem, który uzależniał swe uczucia od tego, czy spełniałeś jego oczekiwania. Milczący i szorstki mężczyzna, macho w dawnym znaczeniu tego słowa. Wrażliwy wnuk, który nie był sportowcem, pomimo dobrych wyników w nauce nie budził jego zainteresowania.

Zgodziłem się zamieszkać z nim, ponieważ wiedziałem, że w przeciwnym razie zabierze go do siebie moja siostra. Linda była właśnie taka. Kiedy na letnim obozie nad Brooklake śpiewaliśmy „On ma w swych dłoniach cały świat", trochę za bardzo wzięła sobie to do serca. Czułaby się zobowiązana zabrać dziadka. A miała syna, ustabilizowany związek i obowiązki. Ja nie. Tak więc uprzedziłem ją i wprowadziłem się do domu dziadka. Chyba podobało mi się tu. Było cicho.

Chloe, moja suczka, przybiegła do mnie, machając ogonem. Podrapałem ją za obwisłymi uszami. Cieszyła się tym przez chwilę czy dwie, a potem zaczęła zerkać na smycz.

– Daj mi minutkę – powiedziałem.

Chloe nie lubi tego zwrotu. Obdarzyła mnie ponurym spojrzeniem – niezwykły wyczyn, jeśli włosy całkowicie zasłaniają oczy. Chloe to owczarek staroangielski, a przedstawiciele tej rasy bardziej przypominają owce niż jakiekolwiek inne ze znanych mi psów. Elizabeth i ja kupiliśmy Chloe zaraz po naszym ślubie. Elizabeth uwielbiała psy. Ja nie. Teraz tak.

Chloe oparła się o frontowe drzwi. Popatrzyła na nie, potem na mnie i znów na drzwi. Dawała znaki.

Dziadek, wyciągnięty w fotelu, oglądał jakiś teleturniej. Nie spojrzał na mnie, ale wydawał się też nie patrzeć na ekran. Jego twarz zastygła w bladą pośmiertną maskę. Jej wyraz zmieniał się tylko wtedy, kiedy zmieniano mu pampersa. W takich chwilach dziadek zaciskał wargi i rozluźniał napięte mięśnie szczęk. Z zaszklonych oczu czasem spływała łza. Sądzę, że najtrzeźwiej myśli właśnie wówczas, gdy najbardziej pragnąłby niczego nie pojmować.

Bóg ma szczególne poczucie humoru.

Pielęgniarka zostawiła na kuchennym stole wiadomość:

PROSZĘ ZADZWONIĆ DO SZERYFA LOWELLA.

Pod spodem był nagryzmolony numer telefonu.

Poczułem łupanie w głowie. Od tamtego napadu miewam migreny. W wyniku uderzeń doznałem pęknięcia czaszki. Przeleżałem w szpitalu pięć dni, chociaż jeden specjalista, w dodatku mój kolega ze studiów, twierdzi, że te migreny mają raczej podłoże psychologiczne niż fizjologiczne. Może ma rację. Tak czy inaczej, ból i poczucie winy pozostały. Powinienem był się uchylić. Powinienem przewidzieć ten napad. Nie powinienem był wpaść do wody. Przecież w końcu jakoś zdołałem znaleźć siłę, żeby się uratować – więc dlaczego nie zdołałem ocalić Elizabeth?

Wiem, że to śmieszne.

Powtórnie przeczytałem wiadomość. Chloe zaczęła skamleć. Pogroziłem jej palcem. Uciszyła się, ale znów zaczęła zerkać na mnie i na drzwi.

Od ośmiu lat nie miałem żadnych wieści od szeryfa Lowella, lecz wciąż pamiętam, jak w szpitalu pochylał się nad moim łóżkiem, a na jego twarzy widziałem cyniczne powątpiewanie.

Czego mógł chcieć po tak długim czasie?

Podniosłem słuchawkę i wybrałem numer. Odpowiedział już po pierwszym sygnale.

– Doktorze Beck, dziękuję, że pan oddzwonił.

Nie jestem wielbicielem aparatów identyfikujących dzwoniącego. Jak na mój gust, nazbyt zatrąca to Wielkim Bratem. Odchrząknąłem i darowałem sobie uprzejmości.

– W czym mogę pomóc, szeryfie?

– Jestem w pobliżu – odparł. – Bardzo chciałbym wpaść na chwilę i zobaczyć się z panem, jeśli można.

– Czy to ma być towarzyska pogawędka? – spytałem.

– Nie, niezupełnie.

Czekał, aż coś powiem. Nie zrobiłem tego.

– Czy przeszkadzałoby panu, gdybym wpadł teraz? – spytał Lowell.

– Mógłby mi pan powiedzieć, o co chodzi?

– Wolałbym zaczekać, aż…

– A ja nie.

Mocno ścisnąłem dłonią słuchawkę.

– W porządku, doktorze Beck, rozumiem. – Odkaszlnął w sposób świadczący o tym, że stara się zyskać na czasie. – Może słyszał pan w wiadomościach, że w okręgu Riley znaleziono dwa ciała.

Nie słyszałem.

– I co z tego?

– Znaleziono je w pobliżu pańskiej posiadłości.

– To nie jest moja własność. Należy do mojego dziadka.

– Ale pan jest jego prawnym opiekunem, prawda?

– Nie – odparłem. – Moja siostra.

– Zatem może powinien pan do niej zadzwonić. Z nią też chciałbym porozmawiać.

– Te ciała nie zostały znalezione nad jeziorem Charmaine, prawda?

– Zgadza się. Znaleźliśmy je na zachód od niego. Na terenie należącym do okręgu.

– No to czego pan od nas chce?

Milczał chwilę, po czym rzekł:

– Niech pan słucha, będę tam za godzinę. Proszę, niech się pan postara ściągnąć Lindę, dobrze?

Rozłączył się.

• • •

Te osiem lat okazało się niełaskawe dla szeryfa Lowella, który i wcześniej nie był Melem Gibsonem. Był zaniedbanym mężczyzną o gębie opryszka, wyglądającej jak wzór, na którym oparł się Stwórca, dając światu Nixona. Nos miał czerwony i bulwiasty. Wciąż wyjmował mocno używaną chusteczkę, powoli ją rozwijał, wycierał nos, po czym równie starannie ją składał i wpychał głęboko do tylnej kieszeni spodni.

Przyjechała Linda. Teraz siedziała na kanapie, lekko pochylona do przodu, gotowa mnie bronić. Często tak siadywała. Była jedną z tych osób, które poświęcają innym całą swoją uwagę. Spojrzy tymi wielkimi piwnymi oczami i już nie można patrzyć na nic innego. Z pewnością nie jestem bezstronny, ale Linda to najlepszy człowiek, jakiego znam. Nadto uczuciowa, owszem, ale sam fakt jej istnienia uważam za nadzieję dla świata. Jej miłość to wszystko, co mi zostało.

Siedzieliśmy w salonie moich dziadków, pomieszczeniu, którego zazwyczaj ze wszystkich sił staram się unikać. Ten pokój był duszny, niesamowity i wciąż unosił się w nim zapach starej kanapy. Dusiłem się w nim. Szeryf Lowell niespiesznie usiadł. Znów wytarł sobie nos, wyjął notes, poślinił palec i znalazł właściwą stronę. Posłał nam swój najbardziej przyjacielski uśmiech i zaczął.

– Czy możecie mi powiedzieć, kiedy po raz ostatni byliście nad jeziorem?

– Ja byłam tam w zeszłym miesiącu – powiedziała Linda.

On jednak patrzył na mnie.

– A pan doktorze Beck?

– Osiem lat temu.

Kiwnął głową, jakby oczekiwał takiej odpowiedzi.

– Jak już wyjaśniłem przez telefon, w pobliżu jeziora Charmaine znaleźliśmy dwa ciała.

– Zidentyfikowaliście je już? – spytała Linda.

– Nie.

– Czy to nie dziwne?

Lowell zastanowił się nad tym, pochyliwszy się, aby znów wyjąć chusteczkę.

– Wiemy, że byli to dwaj mężczyźni, dorośli i biali. Teraz sprawdzamy listę osób zaginionych i zobaczymy, co nam to da. Ciała leżały tam dość długo.

– Jak długo? – zapytałem.

Szeryf Lowell znów spojrzał mi w oczy.

– Trudno powiedzieć. Technicy wciąż przeprowadzają testy, ale wiemy już, że nie żyją od co najmniej pięciu lat. Ciała zakopano głęboko. Nigdy byśmy ich nie odkryli, gdyby nie osuwisko po rekordowych opadach i kość znaleziona przy niedźwiedziu.

Popatrzyliśmy z siostrą po sobie.

– Słucham? – zdziwiła się Linda.

Szeryf Lowell pokiwał głową.

– Jakiś myśliwy zastrzelił niedźwiedzia i znalazł przy nim kość. Zwierzę ogryzało ją. Okazało się, że to ludzkie ramię. Odszukaliśmy to miejsce, z którego je wygrzebał. Zabrało nam to sporo czasu, mówię wam. Wciąż przeszukujemy teren.

– Myślicie, że może tam być więcej ciał?

– Trudno powiedzieć.

Usiadłem wygodniej. Linda pozostała spięta.

– A zatem przyjechał pan tu po to, żeby uzyskać naszą zgodę na poszukiwania nad jeziorem Charmaine, na terenie naszej posiadłości?

– Częściowo.

Czekaliśmy, aż powie coś więcej. Odchrząknął i znów popatrzył na mnie.

– Doktorze Beck, ma pan grupę krwi B plus, zgadza się?

Otworzyłem usta, ale Linda uspokajającym gestem położyła dłoń na moim kolanie.

– A jakie to ma znaczenie? – zapytała.

– Znaleźliśmy kilka przedmiotów – powiedział. – W tym miejscu, gdzie zakopano zwłoki.

– Jakiego rodzaju przedmioty?

– Przykro mi. Tajemnica służbowa.

– To niech pan wynosi się w diabły – rzuciłem.

Lowell nie wyglądał na specjalnie zaskoczonego moim wybuchem.

– Usiłuję tylko ustalić…

– Powiedziałem, żeby się pan wynosił.

Szeryf Lowell nie ruszył się z miejsca.

– Wiem, że morderca pańskiej żony już został postawiony przed obliczem sprawiedliwości – powiedział. – I wiem, że te wspomnienia są dla pana bardzo bolesne.

– Niech pan mnie nie traktuje tak protekcjonalnie! – warknąłem.

– Nie zamierzałem.

– Osiem lat temu sądził pan, że to ja ją zabiłem.

– To nieprawda. Był pan jej mężem. W takich wypadkach statystyki wskazują na…

– Może gdyby nie tracił pan czasu na te bzdury, znalazłby ją pan zanim… – Urwałem gwałtownie, dławiąc się tymi słowami. Odwróciłem głowę. Niech to szlag. Niech szlag trafi tego faceta. Linda wyciągnęła do mnie rękę, lecz odsunąłem się.

– Musiałem sprawdzić każdą ewentualność – ciągnął monotonnie szeryf. – Pomagali nam ludzie z FBI. Nawet pański teść i jego brat byli na bieżąco informowani o przebiegu śledztwa. Zrobiliśmy wszystko, co było w naszej mocy.

Nie mogłem już tego dłużej słuchać.

– Czego, do diabła, tu szukasz, Lowell?

Wstał i podciągnął spodnie na pokaźnym brzuchu. Chyba chciał uzyskać przewagę. Przytłoczyć mnie swoim wzrostem czy coś w tym stylu.

– Próbki krwi – powiedział. – Pańskiej.

– Po co?

– Kiedy pańską żonę porwano, został pan napadnięty.

– Co z tego?

– Uderzony tępym narzędziem w głowę.

– Przecież wiecie.

– Owszem – odparł Lowell. Znów wytarł nos, schował chusteczkę i zaczął przechadzać się po pokoju. – Kiedy znaleźliśmy ciała, odkryliśmy przy nich kij baseballowy.

Znów zaczęło mnie łupać w głowie.

– Kij baseballowy?

Lowell kiwnął głową.

– Zakopany razem z ciałami. Drewniany.

– Nie rozumiem – powiedziała Linda. – Co to ma wspólnego z moim bratem?

– Znaleźliśmy na nim zaschniętą krew. Badanie wykazało, że należy do grupy B plus. – Popatrzył na mnie. – To pańska grupa krwi, doktorze Beck.

• • •

Znowu omówiliśmy to wszystko. Rocznicowe nacięcie na korze drzewa, pływanie w jeziorze, trzask otwieranych drzwi samochodu, moje rozpaczliwe wysiłki, by jak najszybciej dopłynąć do brzegu.

– Pamięta pan, jak wpadł do wody? – pytał Lowell.

– Tak.

– I słyszał pan krzyk żony?

– Tak.

– A potem stracił pan przytomność? W wodzie?

Kiwnąłem głową.

– Jak pan sądzi, jak głęboko tam było? Mam na myśli to miejsce, gdzie pan wpadł.

– Nie sprawdziliście tego osiem lat temu? – zapytałem.

– Niech pan będzie cierpliwy, doktorze Beck.

– Nie mam pojęcia. Głęboko.

– Zakrywało pana?

– Tak.

– No, dobrze. A co jeszcze pan pamięta?

– Szpital – odparłem.

– Nic więcej od chwili, gdy wpadł pan do wody, aż do momentu kiedy ocknął się pan w szpitalu?

– Właśnie.

39

– Nie pamięta pan, jak wyszedł z wody? Jak dotarł pan do domku i wezwał karetkę? Bo przecież zrobił pan to, jak pan wie. Znaleziono pana na podłodze w domku. Słuchawka telefonu była zdjęta z widełek.

– Wiem, ale nie pamiętam tego.

– Myśli pan, że ci dwaj mężczyźni są nieznanymi dotychczas ofiarami… – odezwała się Linda. Zawahała się. – KillRoya? – dokończyła ściszonym głosem.

KillRoy. Już samo wypowiedzenie tych słów powodowało dreszcze.

Lowell zakaszlał, zasłaniając usta pięścią.

– Nie mamy pewności, proszę pani. Jedynymi znanymi ofiarami KillRoya były kobiety. Nigdy przedtem nie ukrywał ciał, a przynajmniej nie wiadomo nam, żeby to robił. Ponadto skóra obu tych mężczyzn uległa rozkładowi, więc nie można stwierdzić, czy zostali napiętnowani.

Napiętnowani. Zakręciło mi się w głowie. Zamknąłem oczy i starałem się nie słuchać.

Rozdział 3

Nazajutrz popędziłem do mojego gabinetu wcześnie rano i przybyłem dwie godziny przed pierwszym zarejestrowanym pacjentem. Włączyłem komputer, odnalazłem tę dziwną wiadomość i kliknąłem hiperłącze. Znów pojawił się komunikat o błędzie. Wcale mnie to nie zdziwiło. Wpatrywałem się w tę wiadomość, odczytując ją raz po raz, jakby mogła mieć jakieś ukryte znaczenie. Nie doszukałem się go.

Poprzedniego wieczoru oddałem krew do analizy. Badania DNA potrwają kilka tygodni, ale szeryf Lowell sądził, że wstępne wyniki otrzymają znacznie wcześniej. Próbowałem wyciągnąć z niego coś więcej, lecz trzymał język za zębami. Coś przed nami ukrywał. Nie miałem pojęcia, co to mogło być.

Siedząc w gabinecie i czekając na pierwszego pacjenta, odtwarzałem w myślach wizytę szeryfa. Rozmyślałem o tych dwóch ciałach. Myślałem o kiju baseballowym. I pozwoliłem sobie pomyśleć o piętnowaniu.

Ciało Elizabeth znaleziono przy Route 80 pięć dni po porwaniu. Koroner stwierdził, że nie żyła od dwóch dni. To oznaczało, że przez trzy dni pozostawała w rękach Elroya Kellertona, pseudonim KillRoy. Trzy dni. Sama z potworem. Trzy wschody i zachody słońca, przerażona w ciemnościach,

41

okropnie cierpiąc. Usilnie starałem się o tym nie myśleć. Są takie miejsca, do których nie należy zapuszczać się myślami, ale one i tak tam podążają.

KillRoya złapano trzy tygodnie później. Przyznał się do zamordowania czternastu kobiet, poczynając od studentki koedukacyjnej uczelni w Ann Arbor, a kończąc na prostytutce z Bronxu. Wszystkie czternaście ofiar znaleziono porzucone na poboczach dróg, jak śmieci. Wszystkie zostały napiętnowane literą „K". Naznaczone jak bydło. Innymi słowy, Elroy Kellerton wziął metalowy pogrzebacz, włożył go do ognia, nałożył ochronną rękawicę, zaczekał, aż pogrzebacz rozgrzeje się do czerwoności, a potem ze skwierczącym sykiem oparzył moją piękną Elizabeth.

Zabłądziłem myślami w jeden z tych mrocznych zaułków i przed oczami zaczęły mi przepływać obrazy. Zacisnąłem powieki, usiłując je przegnać. Nie zdołałem. Nawiasem mówiąc, on wciąż żył. Mówię o KillRoyu. Proces apelacyjny pozwala takiemu potworowi oddychać, czytać, rozmawiać, udzielać wywiadów CNN, przyjmować wizyty różnych misjonarzy, uśmiechać się. A tymczasem jego ofiary gryzą ziemię. Jak już powiedziałem, Bóg ma szczególne poczucie humoru.

Obmyłem twarz zimną wodą i spojrzałem w lustro. Wyglądałem jak kupka nieszczęścia. Od dziewiątej zaczęli zgłaszać się pacjenci. Wciąż spoglądałem na ścienny zegar, czekając na szóstą piętnaście – „czas całusa". Wskazówki zegara pełzły naprzód jak zanurzone w gęstym syropie.

Pogrążyłem się w pracy. Zawsze umiałem się skoncentrować. Jako dzieciak mogłem uczyć się godzinami. Teraz również potrafię skupić się na pracy. Zrobiłem to po śmierci Elizabeth. Niektórzy twierdzą, że ukrywam się w pracy, że wolę pracować niż żyć. Na takie uwagi odpowiadam po prostu: „I co z tego?".

W południe pochłonąłem kanapkę z szynką, popiłem ją dietetyczną colą i zacząłem przyjmować następnych pacjentów. Pewien ośmiolatek w ciągu roku był osiemdziesiąt razy u kręgarza w związku z „wadą kręgosłupa". Nie skarżył się na bóle krzyża. Padł ofiarą oszukańczych praktyk stosowanych przez kilku kręgarzy działających w okolicy. Proponują prezent w postaci telewizora lub magnetowidu tym rodzicom, którzy przyprowadzą do nich swoje dzieci. Potem wystawiają opiece zdrowotnej rachunek za wizytę. Medicaid to cudowna i potrzebna rzecz, ale naciągają ją jak gumę modelarską. Kiedyś przywieziono mi karetką do szpitala szesnastoletniego chłopca z lekkimi oparzeniami od słońca. Dlaczego karetką, a nie taksówką lub metrem? Jego matka wyjaśniła mi, że za te dwa ostatnie środki transportu musiałaby zapłacić z własnej kieszeni albo czekać na refundację. Medicaid od razu płaci za karetkę.

O piątej po południu pożegnałem ostatniego pacjenta. Personel pomocniczy wyszedł o piątej trzydzieści. Zaczekałem, aż w przychodni nie będzie nikogo, po czym usiadłem przed komputerem. W tle słyszałem dzwoniący telefon. Po piątej trzydzieści rozmowy przyjmuje automatyczna sekretarka i pozostawia dzwoniącym do wyboru kilka różnych możliwości, lecz z jakiegoś powodu włączała się dopiero po dziesiątym dzwonku. To dzwonienie doprowadzało mnie do szału.

Połączyłem się z serwerem, odnalazłem pocztę i kliknąłem na hiperłącze. Nic. Rozmyślałem o tej dziwnej wiadomości i znalezionych ciałach. Musiał istnieć między nimi jakiś związek. Wciąż wracałem myślami do tego pozornie oczywistego faktu. Zacząłem rozważać możliwości.

Pierwsza z nich: ci dwaj zabici to robota KillRoya. To prawda, że jego pozostałe ofiary były kobietami i nie ukrywał ich zwłok, ale czy nie mógł popełnić innych morderstw?

Druga: KillRoy namówił tych ludzi, żeby pomogli mu porwać Elizabeth. To mogło wiele tłumaczyć. Na przykład znalezienie drewnianego kija baseballowego, jeśli rzeczywiście była na nim moja krew. Ponadto wyjaśniało jedną z moich wątpliwości związanych z tym porwaniem. Teoretycznie KillRoy, jak większość seryjnych morderców, działał sam. Zawsze zastanawiałem się, w jaki sposób zdołał zaciągnąć Elizabeth do samochodu, a jednocześnie zaczaić się i czekać, aż wyjdę z wody? Zanim znaleziono jej ciało, organy ścigania zakładały, że zabójców było co najmniej dwóch. Dopiero po znalezieniu zwłok Elizabeth, napiętnowanych literą „K", zrezygnowano z tej hipotezy. Uznano, że KillRoy mógł najpierw ogłuszyć lub jakoś obezwładnić Elizabeth, a potem zaatakował mnie. Trochę naciągana teoria, ale jeśli się uprzeć, można było w nią uwierzyć.

Teraz mieliśmy inne wyjaśnienie. Miał wspólników. I potem ich zabił.

Trzecie wyjaśnienie było najprostsze: krew na kiju baseballowym nie należała do mnie. Grupa B plus nie jest często spotykana, ale też nie jest niezwykle rzadka. Prawdopodobnie te ciała nie miały nic wspólnego ze śmiercią Elizabeth.

Nie mogłem w to uwierzyć.

Sprawdziłem zegar komputera. Był połączony z jakimś satelitą, który podawał dokładny czas.

18.04.42.

Dziesięć minut i osiemnaście sekund.

Do czego?

Telefon wciąż dzwonił. Ściszyłem go i siedziałem, bębniąc palcami. Niecałe dziesięć minut. W porządku, jeśli stan hiperłącza ma się zmienić, to zapewne już się to stało. Chwyciłem mysz i nabrałem tchu.

Zadzwonił mój biper.

Tego wieczoru nie miałem dyżuru. To oznaczało pomyłkę – jedną z tych, które nazbyt często zdarzają się nocnym dyspozytorom w szpitalu – albo prywatną rozmowę. Biper znów zapiszczał. Dwukrotnie. Pilne wezwanie. Spojrzałem na wyświetlacz.

Dzwonił szeryf Lowell. Rozmowa została zaznaczona jako pilna.

Osiem minut.

Zastanawiałem się, ale niezbyt długo. Wszystko lepsze od tego duszenia się we własnym sosie. Postanowiłem oddzwonić.

Lowell i tym razem wiedział, kto telefonuje, zanim podniósł słuchawkę.

– Przepraszam, że niepokoję, Doc. – Teraz powiedział do mnie „Doc". Jakbyśmy byli kumplami. – Mam jedno krótkie pytanie.

Ponownie chwyciłem mysz, przesunąłem kursor na hiperłącze i kliknąłem. Przeglądarka sieciowa ożyła.

– Słucham – odezwałem się.

Tym razem połączenie zabrało przeglądarce więcej czasu. Nie pojawił się komunikat o błędzie.

– Czy mówi panu coś nazwisko Sarah Goodhart?

O mało nie upuściłem słuchawki.

– Doktorze?

Odsunąłem słuchawkę od ucha i spojrzałem na nią tak, jakby właśnie zmaterializowała się w mojej dłoni. Powoli wziąłem się w garść. Kiedy mogłem już zaufać swojemu głosowi, ponownie przyłożyłem słuchawkę do ucha.

– Dlaczego pan pyta?

Coś zaczęło wyłaniać się na ekranie monitora. Zmrużyłem oczy. Jeden z tych obrazów satelitarnych. A raczej chyba obraz z ulicznej kamery. Pełno tego teraz w sieci. Czasem łączę się z tymi używanymi przez nadzór ruchu, żeby sprawdzić korki na moście Waszyngtona.

– To długa historia – odparł Lowell.

Musiałem zyskać na czasie.

– Zatem oddzwonię do pana.

Rozłączyłem się. Sarah Goodhart. To nazwisko coś mi mówiło. Nawet bardzo dużo.

Co się tu dzieje, do diabła?

Przeglądarka zakończyła ładowanie. Na monitorze zobaczyłem czarno-biały obraz ulicy. Reszta strony była pusta. Żadnych znaków czy nagłówków. Wiedziałem, że można tak skonfigurować przeglądarkę, żeby przekazywała dane tylko z jednego źródła. Najwidoczniej w ten sposób ją ustawiono.

Zerknąłem na zegar komputera.

18.12.18.

Obiektyw kamery wiszącej około pięciu metrów nad ziemią był skierowany na róg jakiejś ruchliwej ulicy. Nie wiedziałem, co to za ulica ani co to za miasto. Bezsprzecznie było duże. Przechodnie podążali głównie z prawej strony w lewo, ze spuszczonymi głowami, przygarbieni, z teczkami w dłoniach, znużeni po całym dniu pracy, zapewne zmierzając do pociągu lub autobusu. Przy prawym brzegu ekranu widziałem krawężnik. Piesi nadchodzili falami, zapewne w rytmie zmieniającej się sygnalizacji.

Zmarszczyłem brwi. Po co ktoś przesłał mi ten obraz?

Zegar wskazywał 18.14.21. Została niecała minuta.

Przywarłem wzrokiem do ekranu i czekałem, jak na wybicie Nowego Roku. Serce biło mi coraz szybciej. Dziesięć, dziewięć, osiem…

Następna ludzka fala przetoczyła się od prawej do lewej. Oderwałem oczy od zegara. Cztery, trzy, dwie. Wstrzymałem oddech i czekałem. Kiedy ponownie spojrzałem na zegar, pokazywał 18.15.02.

Nic się nie stało... ale czegóż innego mogłem się spodziewać?

Ludzka fala odpłynęła i znowu, przez sekundę czy dwie, w polu widzenia nie było nikogo. Opadłem na fotel, ciężko dysząc. Żart, tak jak przypuszczałem. Upiorny kawał. Chory. Mimo to...

I wtedy ktoś wszedł w pole widzenia kamery. Tak jakby ukrywał się pod nią przez cały ten czas.

Nachyliłem się do monitora.

To była kobieta. Tyle widziałem, chociaż była odwrócona plecami do mnie. Krótkie włosy, ale zdecydowanie kobieta. Umieszczona pod tym kątem kamera nie pokazywała żadnych twarzy. Tej również. Przynajmniej na początku.

Kobieta przystanęła. Patrzyłem na czubek głowy, siłą woli każąc jej właścicielce spojrzeć w górę. Zrobiła jeszcze krok. Znalazła się na samym środku ekranu. Ktoś przeszedł obok niej. Kobieta stała w miejscu. Potem odwróciła się i powoli uniosła głowę, aż spojrzała prosto w obiektyw kamery.

Serce przestało mi bić.

Przycisnąłem pięść do ust, tłumiąc krzyk. Nie mogłem oddychać. Nie mogłem myśleć. Łzy napłynęły mi do oczu i pociekły po policzkach. Nie ocierałem ich.

Patrzyłem na nią, a ona na mnie.

Kolejny tłum przechodniów przemknął po ekranie. Niektórzy potrącali ją, lecz kobieta nie poruszyła się. Nie odrywała oczu od kamery. Uniosła rękę, jak gdyby wyciągała ją do mnie. Zakręciło mi się w głowie. Jakby zerwała się więź łącząca mnie z rzeczywistością.

Znalazłem się w morzu pustki.

Wciąż miała wyciągniętą rękę. Powoli zdołałem unieść moją. Dotknąłem palcami ciepłego ekranu, usiłując nawiązać kontakt. Łzy płynęły mi z oczu. Delikatnie pogładziłem twarz kobiety, czując, że serce mi pęka z żalu i radości.

– Elizabeth – szepnąłem.

Pozostała tam jeszcze przez sekundę czy dwie. Później powiedziała coś do kamery. Nie mogłem jej usłyszeć, ale odczytałem z ruchu warg.

– Przepraszam – powiedziała moja nieżyjąca żona.

A potem odeszła.

Rozdział 4

Vic Letty rozejrzał się dookoła, po czym pokuśtykał do skrytek pocztowych niewielkiego urzędu pocztowego w pasażu handlowym. Omiótł spojrzeniem salę. Nikt nie patrzył. Doskonale. Vic mimo woli uśmiechnął się. Plan był bezbłędny. W żaden sposób nikt nie zdoła do niego dotrzeć, a teraz wreszcie ten plan uczyni go bogatym.

Vic rozumiał, że kluczem do sukcesu są przygotowania. One odróżniają niezłych od wielkich. Wielcy zacierali za sobą ślady. Wielcy byli przygotowani na każdą ewentualność.

Vic przede wszystkim załatwił sobie lewe prawo jazdy przez swojego kuzyna, tego frajera Tony'ego. Potem, posługując się tym dokumentem, wynajął skrytkę dla fikcyjnej UYS Enterprises. Doceniacie finezję? Użył nie tylko fałszywego dowodu tożsamości, ale i przykrywki. Tak więc, gdyby nawet ktoś przekupił tego pijaczynę za kontuarem, gdyby nawet ktoś zdołał się dowiedzieć, kto wynajął skrytkę dla UYS Enterprises, poznałby tylko fałszywe nazwisko Roscoe Taylor, to, na które zostało wystawione lewe prawo jazdy.

W żaden sposób nie zdołałby dotrzeć do Vica.

Patrząc przez okienko na całą szerokość pomieszczenia, Vic usiłował dojrzeć skrytkę 417. Nie widział dokładnie, ale na pewno coś w niej było. Wspaniale. Vic przyjmował tylko gotówkę. Żadnych czeków, rzecz jasna. Niczego, po czym można by do niego dotrzeć. I zawsze odbierał pieniądze w przebraniu. Tak jak teraz. Miał czapeczkę baseballową i sztuczne wąsy. Ponadto udawał, że kuleje. Przeczytał gdzieś, że ludzie zwracają uwagę na utykanie, więc co powiedziałby świadek, gdyby kazano mu zidentyfikować faceta, który korzystał ze skrytki 417? To proste. Facet miał wąsy i kulał. A gdyby ktoś przekupił tego tępaka za kontuarem, dowiedziałby się, że niejaki Roscoe Taylor ma wąsy i utyka.

Tymczasem Vic Letty nie miał wąsów i nie utykał.

Podjął również dodatkowe środki ostrożności. Nigdy nie otwierał skrytki w obecności innych osób. Nigdy. Jeżeli ktokolwiek odbierał pocztę lub przebywał w pobliżu, Vic udawał, że sprawdza inną skrytkę lub wypełnia dowód nadania albo jakiś inny formularz. Kiedy powietrze było czyste – wyłącznie wtedy – podchodził do skrytki 417.

Wiedział, że nigdy, przenigdy nie można być zbyt ostrożnym.

Przychodząc tutaj, zachował specjalne środki ostrożności. Swoją służbową furgonetkę – montera i serwisanta CableEye, największego operatora telewizji kablowej na Wybrzeżu Wschodnim – zaparkował cztery przecznice dalej. W drodze na pocztę przeszedł przez dwie boczne uliczki. Na roboczy kombinezon narzucił czarną kurtkę bez rękawów, żeby zakryć imię „Vic", wyszyte na prawej kieszeni na piersi.

Teraz myślał o sporej sumce, która zapewne czekała na niego w skrytce 417, niecałe cztery metry od miejsca, gdzie stał. Swędziły go palce. Ponownie rozejrzał się po sali.

Dwie kobiety sprawdzały swoją pocztę. Jedna obejrzała się i posłała mu roztargniony uśmiech. Vic podszedł do skrytek na drugim końcu pomieszczenia, wziął pęk kluczy – jeden z tych, które pobrzękiwały mu u pasa – i udawał, że szuka wśród nich właściwego. Pochylił głowę, kryjąc twarz.

50

Kolejny środek ostrożności.

Dwie minuty później kobiety wyjęły pocztę i wyszły. Vic został sam. Szybko przeszedł przez pokój i otworzył swoją skrytkę.

O rany!

Przesyłka zaadresowana do UYS Enterprises. W brązowej kopercie. Bez adresu nadawcy. I dostatecznie gruba, żeby pomieścić poważną sumę.

Vic uśmiechnął się; *czy tak wygląda pięćdziesiąt patyków?* Wyciągnął drżące ręce i chwycił paczuszkę. Była przyjemnie ciężka. Serce zaczęło walić mu jak młotem. O słodki Jezu. Siedział w tym interesie już od czterech miesięcy. Zarzucał sieć i łapał całkiem niezłe rybki. Teraz jednak, o Panie, wyciągnął pieprzonego wieloryba!

Ponownie rozejrzawszy się wokół, Vic wepchnął paczuszkę do kieszeni kurtki i pospiesznie opuścił pocztę. Wrócił inną drogą do służbowej furgonetki i pojechał z powrotem do pracy. Od czasu do czasu wkładał rękę do kieszeni i dotykał pakietu. Pięćdziesiąt patyków. Pięćdziesiąt tysięcy dolarów. Ta suma zapierała mu dech.

Zanim dojechał do firmy, zapadła noc. Zaparkował furgonetkę na tyłach i poszedł po kładce dla pieszych do swojego samochodu, zardzewiałej hondy civic z tysiąc dziewięćset dziewięćdziesiątego pierwszego roku. Patrząc na samochód, zmarszczył brwi i pomyślał: już niedługo.

Na parkingu pracowniczym było cicho. Mrok zaczął działać mu na nerwy. Słyszał dźwięk swoich własnych kroków, znużony stuk roboczych buciorów o asfalt. Zimno wdzierało się pod kurtkę. Pięćdziesiąt patyków. Ma w kieszeni pięćdziesiąt patyków.

Vic zgarbił się i przyspieszył kroku.

Prawdę mówiąc, tym razem miał stracha. Będzie musiał skończyć z tym. To był dobry interes, bez dwóch zdań. Nawet wspaniały. Teraz jednak zabrał się do dużych chłopców. Zastanawiał się nad tym posunięciem, zważył wszystkie za i przeciw, po czym doszedł do wniosku, że prawdziwi mistrzowie – ci, którzy naprawdę są panami swego życia – robią takie rzeczy.

A Vic chciał być prawdziwym mistrzem w swoim fachu.

Pomysł był prosty, co tym bardziej czyniło go tak wspaniałym. Każdy dom podłączony do telewizji kablowej ma skrzynkę z przełącznikami. Kiedy zamawiasz dodatkowy kanał, taki jak HBO lub Showtime, twój przyjaciel monter przychodzi i przestawia kilka przełączników. W tej skrzynce mieści się całe twoje kablowe życie. A ono jest częścią twego prawdziwego ja.

Operatorzy sieci i hotele z telewizją kablową w pokojach zawsze podkreślają, że na rachunku nie są wyszczególnione tytuły oglądanych przez ciebie filmów. To prawda, ale to wcale nie oznacza, że oni ich nie znają. Spróbuj spierać się z nimi o wysokość rachunku. Będą ci je recytować, aż padniesz z wrażenia.

Vic szybko się zorientował – nie wdając się zbytnio w techniczne szczegóły – że sieci kablowe opierają się na kodach przesyłanych przez skrzynkę z przełącznikami do komputerów w siedzibie firmy. On mógł wchodzić na słupy, otwierać te skrzynki i odczytywać numery. Kiedy wracał do biura, wprowadzał kody do komputera i już wszystko wiedział.

Mógł na przykład dowiedzieć się, że o osiemnastej po południu drugiego lutego ty i twoja rodzina oglądaliście płatny przedpremierowy pokaz *Króla Lwa*. Lub, co będzie lepszym przykładem, że od dwudziestej trzydzieści siódmego lutego zamówiłeś *Polowanie na Miss Października* i *Na złotowłosej* na kanale Sizzle TV.

Kapujecie, o co chodzi?

Z początku Vic wybierał przypadkowe domy. Pisał list do właściciela posiadłości. Krótki i mrożący krew w żyłach. Wymieniał, jakie filmy pornograficzne oglądano, o której godzinie, którego dnia. Jasno dawał do zrozumienia, że kopie tego wykazu zostaną rozesłane do wszystkich członków rodziny, przyjaciół i pracodawcy. Potem żądał pięćset dolarów za zachowanie milczenia. Może była to niewielka suma, ale Vic uznał ją za idealną – wystarczająco dużą, by zapewnić mu dochód, a na tyle skromną, by większość ofiar nie wzbraniała się przed jej wydaniem.

A jednak – z początku zaskoczyło to Vica – zaledwie co dziesiąty adresat odpowiadał na list. Vic nie wiedział dlaczego. Może oglądanie filmów pornograficznych nie było już powodem do wstydu. Może żony tych facetów o tym wiedziały. Prawdziwą przyczyną takiego stanu rzeczy okazało się to, że Vic wybierał ofiary zupełnie przypadkowo.

Powinien bardziej się przyłożyć. Powinien starannie dobierać jeleni.

Wtedy wpadł na pomysł, aby skupić się na przedstawicielach pewnych zawodów, tych, którzy mogliby wiele stracić w wyniku ujawnienia pewnych faktów. I znów w komputerach firmy znalazł wszystkie potrzebne mu informacje. Zaczął szantażować nauczycieli. Pracowników przedszkoli. Ginekologów. Wszystkich tych, których życie zawodowe mogłoby ucierpieć na skutek skandalu. Nauczyciele najszybciej wpadali w panikę, ale też mieli najmniej pieniędzy. Vic zaczął się lepiej przygotowywać. W listach umieszczał imię żony. Nazwisko pracodawcy. W wypadku nauczycieli, groził przesłaniem „dowodów perwersji" – sformułowanie to sam wymyślił – radzie pedagogicznej i rodzicom uczniów. Lekarzom zaś groził dostarczeniem „dowodu" właściwej komisji lekarskiej, redakcji lokalnej gazety, sąsiadom i pacjentom.

Pieniądze zaczęły spływać szybciej.

Do dzisiejszego dnia ten interes przyniósł Vicowi prawie czterdzieści tysięcy dolarów. A teraz złowił swoją największą rybę – tak wielką, że z początku zamierzał zostawić ją w spokoju. Nie mógł jednak. Nie mógł zrezygnować z największego numeru swego życia.

Tak, trafił kogoś na świeczniku. Stojącego wysoko, bardzo wysoko na świeczniku. Randall Scope. Młody, przystojny, bogaty, ładna żoneczka, dwójka dzieci (dwa i cztery lata), polityczne aspiracje, zdecydowany dziedzic fortuny Scope'ów. A Scope nie zamówił jednego filmu. Ani dwóch.

W ciągu miesiąca Randall Scope zamówił dwadzieścia trzy filmy pornograficzne.

Aha.

Vic przez dwie noce pisał list z żądaniami, ale w końcu ograniczył się do typowej zwięzłej wiadomości i jasno sformułowanej groźby. Zażądał od Scope'a pięćdziesięciu patyków. Miały znaleźć się w jego skrytce do dzisiejszego dnia. I jeśli się nie mylił, właśnie to pięćdziesiąt tysięcy wypalało dziurę w kieszeni jego kurtki.

Miał ochotę na nie zerknąć. Chciał zrobić to natychmiast. Lecz był bardzo zdyscyplinowany. Zaczeka, aż dotrze do domu. Zamknie drzwi, usiądzie na podłodze, rozetnie kopertę i wysypie z niej zielone.

Złoty interes.

Vic zaparkował samochód na ulicy i poszedł po podjeździe. Widok jego kwatery – mieszkania nad nędznym garażem – zawsze go przygnębiał. No cóż, nie pozostanie tu długo. Weźmie pięćdziesiąt patoli, plus prawie czterdzieści ukrytych w mieszkaniu i dziesięć na koncie…

Uświadomiwszy to sobie, przystanął. Sto tysięcy dolarów. Miał sto patyków w gotówce. Jasna cholera.

Wyjedzie natychmiast. Weźmie pieniądze i ruszy do Arizony. Miał tam przyjaciela, Sammy'ego Viola. Razem z Sammym otworzą własny interes, restaurację… może nocny klub. Vic miał dość New Jersey.

Czas się wynieść. Zacząć od nowa.

Ruszył schodami na górę, do swojego mieszkania. Nawiasem mówiąc, Vic nigdy nie wprowadzał swoich gróźb w życie. Nigdy do nikogo nie wysyłał kompromitujących materiałów. Jeśli ofiara nie płaciła, uważał sprawę za zamkniętą. Nękanie jelenia nic nie da. Vic był artystą. Pracował głową. Używał gróźb, jasne, ale nigdy ich nie urzeczywistniał. W przeciwnym razie nie tylko mógłby kogoś rozwścieczyć, ale nawet narazić się na zdemaskowanie.

Nigdy nikogo nie skrzywdził. Bo i po co?

Dotarł na górę i przystanął przed drzwiami. Było ciemno jak w grobie. Ta przeklęta lampa przy wejściu znów się zepsuła. Westchnął i podniósł na wysokość oczu ciężki pęk kluczy. Przymykając w mroku powieki, usiłował znaleźć właściwy. W końcu trafił na niego, głównie posługując się dotykiem. Gmerał przy zamku, aż włożył klucz w dziurkę. Pchnął drzwi, wszedł do środka i natychmiast poczuł, że coś jest nie tak.

Zaszeleściło mu pod nogami.

Vic zmarszczył brwi. Folia, pomyślał. Wszedłem na folię. Jakby malarz rozłożył ją na podłodze, aby jej nie zachlapać. Zapalił światło i zobaczył mężczyznę z pistoletem.

– Cześć, Vic.

Vic stęknął i cofnął się o krok. Stojący przed nim mężczyzna wyglądał na czterdziestolatka. Był wielki i gruby, a jego brzuch walczył z guzikami flanelowej koszuli – i przynajmniej w jednym miejscu zwyciężył. Miał rozluźniony pod szyją krawat i najpaskudniejszą fryzurę, jaką można było sobie wyobrazić: osiem równiutkich pasemek włosów ułożonych od jednego ucha do drugiego i przyklejonych brylantyną do czaszki. Twarz miał nalaną, a broda ginęła mu w fałdach tłuszczu. Nogi położył na kufrze, którego Vic używał jako stolika do kawy. Gdyby zastąpić broń w jego ręku pilotem telewizora, wyglądałby jak zmęczony ojciec rodziny, który przed chwilą wrócił z pracy do domu.

Drugi mężczyzna, który wyszedł zza drzwi, stanowił jego krańcowe przeciwieństwo: dwudziestoletni Azjata, przysadzisty, muskularny, zbudowany jak blok granitu, z tlenionymi na jasny blond włosami, kółkiem w nosie i słuchawkami żółtego walkmana w uszach. Wydawało się, że jedynym miejscem, w którym można by spotkać ich razem, jest metro – grubas marszczyłby brwi za starannie złożoną gazetą, a Azjata mierzyłby cię wzrokiem, lekko kiwając głową do wtóru zbyt głośnej muzyki płynącej przez słuchawki.

Vic usiłował zebrać myśli. Dowiedz się, czego chcą. Spróbuj się dogadać. Jesteś artystą, przypomniał sobie. Jesteś sprytny. Znajdziesz jakieś wyjście.

Wyprostował się.

– Czego chcecie? – zapytał.

Uczesany grubas nacisnął spust.

Vic usłyszał stłumione kaszlnięcie i jego prawe kolano eksplodowało. Wytrzeszczył oczy. Wrzasnął i osunął się na podłogę, ściskając rękami nogę. Krew ciekła mu między palcami.

– To dwudziestkadwójka – powiedział grubas, pokazując mu pistolet. – Mały kaliber. Widzisz, najbardziej podoba mi się w nim to, że mogę wpakować ci sporo takich kul i nie zabić.

Wciąż trzymając nogi na kufrze, grubas ponownie wystrzelił. Tym razem trafił w ramię, strzaskując kość. Ręka Vica obwisła jak drzwi stodoły z urwanym zawiasem. Upadł na plecy i zaczął ciężko dyszeć. Odurzył go straszliwy koktajl strachu i bólu. Leżał z szeroko otwartymi, nieruchomymi oczami i mimo oparu, który zasnuł jego umysł, coś sobie uświadomił.

Folia na podłodze.

Leżał na niej. Co więcej, krwawił na nią. Po to tu była. Ci ludzie rozłożyli ją tutaj, żeby łatwiej było posprzątać.

– Zaczniesz odpowiadać na moje pytania – zapytał grubas – czy mam znowu strzelić?

Vic zaczął mówić. Opowiedział wszystko. Powiedział im, gdzie jest reszta pieniędzy. Powiedział, gdzie są obciążające dowody. Grubas zapytał go o wspólników. Vic powiedział, że nie miał żadnego. Grubas przestrzelił mu drugie kolano. Ponownie zapytał o wspólników. Vic znów powiedział, że nie ma ich. Grubas przestrzelił mu prawą kostkę.

Po godzinie Vic zaczął go błagać, żeby strzelił mu w głowę. Dwie godziny później grubas spełnił tę prośbę.

Rozdział 5

Gapiłem się w ekran.

Nie mogłem się poruszyć. Przestałem ufać własnym zmysłom. Byłem kompletnie odrętwiały.

To niemożliwe. Wiedziałem o tym. Elizabeth nie wypadła za burtę jachtu i nie przyjęto, że utonęła, bo nie znaleziono zwłok. Jej ciało nie zwęgliło się w pożarze, nic takiego. Znaleziono je w rowie przy Route 80. Wprawdzie było trochę pokiereszowane, ale zostało zidentyfikowane...

Nie przez ciebie...

Może i nie, ale przez dwóch członków jej rodziny: ojca i stryjka. W rzeczy samej, to Hoyt Parker, mój teść, zawiadomił mnie, że Elizabeth nie żyje. Przyszedł wraz ze swym bratem Kenem do mojego pokoju w szpitalu wkrótce po tym, jak odzyskałem przytomność. Hoyt i Ken byli postawnymi, siwowłosymi mężczyznami o granitowych twarzach. Jeden był nowojorskim policjantem, drugi agentem FBI, obaj zaś byli wojennymi weteranami o wciąż krzepkich, muskularnych ciałach. Zdjęli kapelusze i próbowali przekazać mi wiadomość z łagodnym zawodowym współczuciem, ale ja nie kupowałem tego, a oni niezbyt się starali.

Cóż więc widziałem przed chwilą?

Na ekranie monitora wciąż przemykali ludzie. Patrzyłem jeszcze przez jakiś czas, pragnąc, by wróciła. Nic z tego. Co to za miejsce? Jakieś spore miasto, tylko tyle byłem w stanie stwierdzić. Równie dobrze mógł to być Nowy Jork.

Szukaj wskazówek, idioto.

Powinienem się skoncentrować. Ubrania. No dobrze, popatrzmy na ubrania. Większość ludzi nosiła płaszcze lub kurtki. Wniosek: jesteśmy gdzieś na północy, a przynajmniej tam, gdzie dzisiaj nie jest zbyt ciepło. Wspaniale. Mogę skreślić Miami.

Co jeszcze? Przyjrzałem się ludziom. Uczesania? To nic nie da. Widziałem narożnik ceglanego budynku. Szukałem jakichś charakterystycznych szczegółów, czegoś, co odróżniałoby ten dom od innych. Nic. Szukałem czegoś niezwykłego... czegokolwiek.

Reklamówki.

Niektórzy przechodnie nieśli w rękach plastikowe torby. Usiłowałem odczytać napisy, lecz ludzie poruszali się zbyt szybko. Siłą woli nakazywałem im, by zwolnili kroku. Nie usłuchali. Wciąż patrzyłem, wodząc wzrokiem na wysokości ich kolan. Kąt ustawienia kamery wcale mi nie pomagał. Przysunąłem twarz tak blisko ekranu, że czułem jego ciepło.

Duże „R".

Pierwsza litera na jednej z reklamówek. Pozostała część napisu była zbyt zawiła, żeby go odczytać. Wyglądał jak napisany ręcznie. Dobrze, a inne? Jakie jeszcze ślady...?

Obraz z kamery znikł.

Do diabła. Wcisnąłem przycisk odświeżania. Ukazał się komunikat o błędzie. Wróciłem do e-mailu i kliknąłem hiperłącze. Znów błąd.

Połączenie zostało przerwane.

Patrzyłem na pusty ekran i myślałem o tym, że przed chwilą widziałem na nim Elizabeth.

Usiłowałem jakoś to sobie wytłumaczyć. A jednak to nie był sen. Miewałem sny, w których Elizabeth żyła. Miałem je aż za często. Przeważnie po prostu akceptowałem w nich jej powrót zza grobu, zbyt szczęśliwy, by kwestionować lub wątpić. Szczególnie zapadł mi w pamięć jeden sen, w którym byliśmy razem – chociaż nie pamiętam, co robiliśmy ani gdzie byliśmy – gdy nagle, śmiejąc się, z druzgoczącą pewnością uświadomiłem sobie, że śnię i wkrótce się obudzę. Pamiętam, jak wtedy wyciągnąłem ręce, objąłem ją i przycisnąłem do piersi, rozpaczliwie usiłując zabrać ze sobą.

Znałem te sny. To, co widziałem na ekranie monitora, nie było snem.

Nie był to też duch. Nie chodzi o to, że w nie nie wierzę, ale w razie wątpliwości należy mieć otwarty umysł. Tyle że duchy się nie starzeją. A Elizabeth na ekranie monitora trochę się postarzała. Niewiele, lecz widać było po niej te osiem lat. Ponadto duchy nie chodzą do fryzjera. Pomyślałem o tym grubym warkoczu, opadającym na jej plecy w blasku księżyca. I o tej modnej fryzurze widzianej przed chwilą. A także o oczach, w które patrzyłem, od kiedy skończyłem siedem lat.

To była Elizabeth. Ona żyła.

Łzy znów cisnęły mi się do oczu, ale powstrzymałem je. Nigdy nie miałem problemu z okazywaniem uczuć, lecz gdy opłakałem Elizabeth, nie mogłem już więcej płakać. Nie dlatego, że się wypaliłem, że zabrakło mi łez czy z powodu podobnych bzdur. I nie dlatego, że byłem zbyt odrętwiały z żalu, chociaż po części może i dlatego. Sądzę, że po prostu taka była instynktowna reakcja obronna mojego organizmu. Po śmierci Elizabeth otworzyłem drzwi na oścież i wpuściłem wszystek ból. Poczułem go. To bolało. Bolało tak okropnie, że teraz jakiś pierwotny mechanizm obronny nie pozwalał, żeby to się powtórzyło.

Nie wiem, jak długo tam siedziałem. Może pół godziny. Starałem się oddychać spokojniej i ochłonąć. Powinienem myśleć trzeźwo. Zachować rozsądek. Powinienem już być w domu rodziców Elizabeth, ale nie wyobrażałem sobie, jak mógłbym w tych okolicznościach spojrzeć im w oczy.

Potem przypomniałem sobie jeszcze coś.

Sarah Goodhart.

Szeryf Lowell pytał, czy to nazwisko coś mi mówi.

Mówiło.

Bawiliśmy się z Elizabeth w taką dziecinną grę. Może wy też czasami bawicie się w coś takiego. Z drugiego imienia robisz pierwsze, a nazwisko z nazwy ulicy, przy której mieszkasz. Na przykład ja nazywam się David Craig Beck i wychowałem się przy Darby Road. Tak więc byłbym Craigiem Darby. A Elizabeth byłaby...

Sarah Goodhart.

Co się tu dzieje, do diabła?

Podniosłem słuchawkę. Najpierw zadzwoniłem do rodziców Elizabeth. W dalszym ciągu mieszkali w domu przy Goodhart Road. Odebrała jej matka. Powiedziałem, że się spóźnię. Ludzie wybaczają to lekarzom. Jedna z ubocznych korzyści tego zawodu.

Kiedy zadzwoniłem do szeryfa Lowella, odezwała się poczta głosowa. Powiedziałem, żeby zadzwonił, gdy znajdzie chwilę czasu. Ja nie mam telefonu komórkowego. Wiem, że to czyni mnie członkiem mniejszości, ale biper i tak zbyt mocno przykuwa mnie do świata.

Siedziałem i myślałem, aż Homer Simpson wyrwał mnie z transu następnym „Masz pocztę!". Kurczowo chwyciłem mysz. Adres nadawcy był nieznany, lecz jako temat podano „uliczną kamerę". Serce znów zaczęło walić mi młotem.

Kliknąłem ikonkę i wyświetliła się wiadomość:

Jutro o tej samej porze plus dwie godziny w Bigfoot.com. Wiadomość dla siebie znajdziesz pod:
Nazwa użytkownika: Bat Street
Hasło: Teenage

Poniżej, na samym spodzie ekranu, jeszcze pięć słów:

Obserwują cię. Nie mów nikomu.

Larry Gandle, fatalnie uczesany grubas, patrzył, jak Eric Wu spokojnie robi porządek w mieszkaniu.

Wu, dwudziestosześcioletni Koreańczyk ze zdumiewającą liczbą kolczyków i tatuaży umieszczonych w rozmaitych miejscach ciała, był najgroźniejszym człowiekiem, jakiego Gandle spotkał w życiu. Wu był zbudowany jak mały czołg, choć to samo w sobie nie miało większego znaczenia. Gandle znał wielu ludzi o takiej budowie ciała i wiedział, że wydatne muskuły bywały zbyt często kompletnie bezużyteczne.

To nie dotyczyło Erica Wu.

Twarde jak skała mięśnie to niezła rzecz, lecz sekret straszliwej siły Wu krył się w jego pokrytych odciskami dłoniach, które przypominały dwie bryły cementu z twardymi jak stal pazurami. Pracował nad nimi godzinami, tłukąc cegły, wystawiając je na wysokie i niskie temperatury, robiąc pompki na dwóch palcach. A kiedy używał ich jako broni, powodował niewiarygodne zniszczenia tkanek i kości ofiary.

O takich jak Wu zawsze krążą rozmaite ponure opowieści, przeważnie zmyślone, ale Larry Gandle widział, jak Koreańczyk zabił człowieka, naciskając palcami jakieś sobie tylko znane punkty na twarzy i brzuchu. Był świadkiem tego, jak chwycił faceta za uszy i oderwał mu je, jakby były z papieru. Czterokrotnie widział, jak zabijał ludzi, za każdym razem w inny sposób, nigdy nie używając broni.

I żadna z ofiar nie umarła szybko.

Nikt nie wiedział, skąd dokładnie pochodził Wu, ale powszechnie przyjęta opowieść napomykała o trudnym dzieciństwie w Korei Północnej. Gandle nigdy go o to nie pytał. Są takie mroczne ścieżki, gdzie umysł nie powinien się zapuszczać. Ciemna strona charakteru Erica Wu – założywszy, że istniała jakaś jasna strona – była jedną z nich.

Kiedy Wu skończył wpychać do worka bezkształtną masę, która niedawno była Vikiem Lettym, spojrzał na Gandle'a tymi swoimi oczami. To oczy trupa, pomyślał Larry Gandle. Oczy dziecka ze zdjęcia korespondenta wojennego.

Wu nawet nie zdjął słuchawek. Z odtwarzacza nie płynął hip-hop, rap ani nawet rock'n'roll. Prawie przez cały czas słuchał muzyki relaksacyjnej z kompaktów, które można znaleźć w Sharper Image, tych zatytułowanych *Morska bryza* lub *Szemrzący strumyk*.

– Mam zabrać go do Benny'ego? – zapytał Azjata. Mówił powoli, dziwnie akcentując słowa, jak postać z kreskówek.

Larry Gandle skinął głową. Benny prowadził krematorium. „Z prochu powstałeś i w proch...". Choć w wypadku Vica Letty'ego należało raczej mówić o śmieciu, nie prochu.

– I pozbądź się tego.

Gandle wręczył Ericowi Wu dwudziestkędwójkę. W ogromnej dłoni Koreańczyka broń wyglądała niepozornie i bezużytecznie. Wu spojrzał na nią, marszcząc brwi, zapewne rozczarowany tym, że Gandle wybrał pistolet, a nie jego niezwykłe umiejętności, po czym wepchnął dwudziestkędwójkę do kieszeni. Ze strzału z broni tego kalibru rzadko powstają rany wylotowe. To oznaczało mniej dowodów do usunięcia. Krew wraz z ciałem znalazła się w winylowym worku. Bez bałaganu, bez śladów.

– Na razie – rzekł Wu. Jedną ręką podniósł worek z ciałem, jakby to była walizka, i wyszedł.

Larry Gandle kiwnął mu głową na pożegnanie. Nie bawiły go cierpienia Vica Letty'ego – ale też niespecjalnie go poruszyły. To było całkiem proste. Gandle musiał mieć całkowitą pewność, że Letty pracował sam i nie zostawił żadnych dowodów, które mógłby znaleźć ktoś inny. To oznaczało, że musiał go złamać. Nie było innego wyjścia.

Wszystko sprowadzało się do wyboru między rodziną Scope'ów a Vikiem Lettym. Scope'owie byli porządnymi ludźmi. Nigdy nie zrobili nic złego Vicowi Letty'emu. Tymczasem on usiłował wyrządzić im krzywdę. Tylko jedna strona mogła wyjść z tego starcia cało – niewinna, mająca dobre chęci ofiara lub pasożyt usiłujący żerować na cudzym nieszczęściu. Jak się nad tym zastanowić, wybór był łatwy.

W kieszeni Gandle'a zadźwięczała komórka. Wyjął aparat.

– Tak.

– Zidentyfikowali ciała znad jeziora.

– I?

– To oni. Jezu Chryste, to Bob i Mel. – Gandle zamknął oczy. – Co to oznacza, Larry?

– Nie mam pojęcia.

– I co teraz zrobimy?

Larry Gandle wiedział, że nie ma wyboru. Będzie musiał porozmawiać z Griffinem Scope'em. To obudzi nieprzyjemne wspomnienia. Osiem lat. Po ośmiu latach. Gandle potrząsnął głową. Stary człowiek znów będzie cierpiał.

– Zajmę się tym.

Rozdział 6

Kim Parker, moja teściowa, jest piękna. Zawsze tak przypominała mi Elizabeth, że jej twarz stała się dla mnie uosobieniem tego, co mogłoby być. Śmierć córki jednak powoli nadwątliła jej urodę. Teraz twarz miała ściągniętą, prawie kruchą. Oczy wyglądały jak kulki z marmuru, który popękał w środku.

Od lat siedemdziesiątych dom Parkerów prawie się nie zmienił – samoprzylepna boazeria, podłoga wyłożona włochatą jasnoniebieską wykładziną w białe plamki, kominek ze sztucznego granitu w stylu rancza Bradych. Pod jedną ścianą stała podstawka pod telewizor, taka z półkami z białego plastiku i złoconymi metalowymi nóżkami. Obrazy z klaunami i malowane fajansowe talerze. Jedynej dostrzegalnej zmianie uległ telewizor. Przez te lata urósł, zmieniając się z obłego dwunastocalowego czarno-białego odbiornika w ogromnego kolorowego, pięćdziesięciocalowego potwora, który zajmował cały kąt pokoju.

Moja teściowa siedziała na tej samej kanapie, na której tak często ja i Elizabeth siedzieliśmy... i nie tylko. Uśmiechnąłem się na to wspomnienie i pomyślałem: ach, gdyby ta kanapa mogła mówić. Lecz ten paskudny mebel, obity materia-

65

łem w jaskrawy kwiatowy wzór, pamiętał nie tylko chwile miłosnych uniesień. Siedzieliśmy tu z Elizabeth, kiedy otwieraliśmy listy z zawiadomieniami o przyjęciu na studia. Przytuleni, oglądaliśmy z tego miejsca *Lot nad kukułczym gniazdem*, *Łowcę jeleni* i stare filmy Hitchcocka. Uczyliśmy się, ja siedząc, a Elizabeth leżąc... z głową na moich kolanach. Na tej kanapie zwierzyłem się jej, że chcę zostać lekarzem – wielkim chirurgiem, a przynajmniej tak sądziłem. Ona powiedziała mi, że chce skończyć prawo i pracować z dziećmi. Elizabeth nie mogła znieść myśli, że są dzieci, które cierpią.

Pamiętam staż, który odbyła podczas wakacji po pierwszym roku studiów. Pracowała dla Covenant House, pomagając bezdomnym i zbiegłym z domów dzieciom z najgorszych dzielnic Nowego Jorku. Raz pojechałem z nią furgonetką Covenant House. Jeździliśmy po Czterdziestej Drugiej Ulicy z czasów sprzed kadencji Giulianiego, szukając w cuchnącym ludzkim śmietnisku dzieci, które potrzebowały schronienia. Elizabeth wypatrzyła czternastoletnią dziwkę, tak zaćpaną, że uwalaną we własnych nieczystościach. Skrzywiłem się z obrzydzenia. Nie jestem z tego dumny. Wprawdzie to też ludzie, lecz – mówiąc szczerze – brzydziłem się tym brudem. Pomagałem, ale brzydziłem się.

Elizabeth nawet się nie skrzywiła. Miała dar. Brała te dzieci na ręce. Nosiła je. Umyła tę dziewczynę, pielęgnowała ją i rozmawiała z nią przez całą noc. Patrzyła tym dzieciom prosto w oczy. Elizabeth naprawdę wierzyła, że wszyscy są dobrzy i wartościowi. Była naiwna w sposób, jakiego jej zazdrościłem.

Zawsze zastanawiałem się, czy tak umarła – zachowując tę czystą naiwność – mimo bólu wierząc w humanitaryzm i wszystkie te cudowne nonsensy. Mam nadzieję, że tak, ale obawiam się, że KillRoy zdołał ją złamać.

Kim Parker siedziała wyprostowana, z rękami na podołku. Zawsze mnie lubiła, chociaż kiedy Elizabeth i ja dorastaliśmy, łącząca nas więź trochę niepokoiła naszych rodziców. Chcieli, żebyśmy mieli innych przyjaciół. To pewnie zupełnie naturalne.

Hoyt Parker, ojciec Elizabeth, jeszcze nie wrócił do domu, więc rozmawialiśmy z Kim o wszystkim i niczym... a raczej, ujmując to inaczej, rozmawialiśmy o wszystkim oprócz Elizabeth. Nie odrywałem oczu od Kim, gdyż wiedziałem, że nad kominkiem stoi mnóstwo zdjęć Elizabeth... z tym łamiącym serce uśmiechem.

Ona żyje...

Nie mogłem w to uwierzyć. Umysł, o czym wiedziałem z czasów dyżurów na oddziale psychiatrycznym (nie mówiąc już o przypadku, który wystąpił w mojej rodzinie), ma niesamowite zdolności zniekształcania rzeczywistości. Nie sądziłem, że jestem dostatecznie stuknięty, żeby obraz na monitorze był płodem mojej wyobraźni, ale przecież wariaci zawsze uważają się za normalnych. Myślałem o mojej matce i zastanawiałem się, jak oceniała swoją psychikę, czy kiedykolwiek potrafiła poważnie rozważyć jej stan.

Pewnie nie.

Rozmawialiśmy z Kim o pogodzie. Mówiliśmy o moich rodzicach. O jej nowej pracy w niepełnym wymiarze godzin u Macy'ego. A potem Kim piekielnie mnie zaskoczyła.

– Masz kogoś? – zapytała.

Było to pierwsze osobiste pytanie, jakie kiedykolwiek mi zadała. Wytrąciła mnie z równowagi. Nie wiedziałem, co chciała usłyszeć.

– Nie – odpowiedziałem.

Skinęła głową i miała taką minę, jakby chciała coś dodać. Podniosła rękę do ust.

- Czasem umawiam się na randki – powiedziałem.
- To dobrze – odparła ze zbyt energicznym skinieniem głowy. – Powinieneś.
Spojrzałem na swoje dłonie i ze zdziwieniem usłyszałem własny głos.
- Wciąż tak bardzo za nią tęsknię.
Nie zamierzałem tego powiedzieć. Chciałem to przemilczeć i prowadzić niezobowiązującą pogawędkę, jak zwykle. Zerknąłem na nią. Była zbolała i wdzięczna.
- Wiem o tym, Beck – stwierdziła. – Nie powinieneś jednak mieć poczucia winy dlatego, że spotykasz się z ludźmi.
- Nie mam – odparłem. – Chcę powiedzieć, że to nie tak.
Pochyliła się do mnie.
- A jak?
Nie mogłem mówić. Chciałem. Ze względu na nią. Patrzyła na mnie szklistymi oczami, tak wyraźnie, tak rozpaczliwie chcąc porozmawiać o córce. Nie mogłem. Potrząsnąłem głową.
Usłyszałem zgrzyt klucza w zamku. Oboje gwałtownie wyprostowaliśmy się i obejrzeliśmy, jak zaskoczeni kochankowie. Hoyt Parker barkiem pchnął drzwi i zawołał żonę po imieniu. Wszedł do przedpokoju i z głośnym westchnieniem postawił na podłodze sportowy worek. Krawat miał rozluźniony pod szyją, koszulę pomiętą, a rękawy podwinięte do łokci. Miał bicepsy jak marynarz Popeye. Kiedy zobaczył nas siedzących na kanapie, wydał ponowne westchnienie, jeszcze głośniejsze i z wyraźną nutą dezaprobaty.
- Jak się masz, David? – powiedział do mnie.
Podaliśmy sobie ręce. Uścisk jego szorstkiej i twardej od odcisków dłoni jak zwykle był zbyt mocny. Kim przeprosiła i wyszła z pokoju. Wymieniliśmy z Hoytem zwyczajowe uprzejmości i zapadła cisza. Hoyt Parker nigdy nie czuł się dobrze w mojej obecności. Być może była to jakaś forma

kompleksu Elektry, ale zawsze wyczuwałem, że widział we mnie zagrożenie. Rozumiałem go. Jego mała dziewczynka spędzała ze mną każdą wolną chwilę. W ciągu długich lat zdołaliśmy przezwyciężyć jego niechęć i nawiązać prawie przyjacielskie stosunki. Do czasu śmierci Elizabeth.

Obwinia mnie o to, co się stało.

Oczywiście nigdy tego nie powiedział, ale widzę to w jego oczach. Hoyt Parker jest krępym, silnym mężczyzną. Twardym jak skała, prawdziwym Amerykaninem. Przy nim Elizabeth zawsze czuła się bezpieczna. Roztaczał taką aurę. Dopóki Wielki Hoyt był przy niej, jego małej dziewczynce nie mogła stać się krzywda.

Nie sądzę, żeby przy mnie miała takie poczucie bezpieczeństwa.

– Jak w pracy? – zapytał.

– Dobrze – odparłem. – A u ciebie?

– Rok do emerytury.

Kiwnąłem głową i znów zamilkliśmy. Jadąc tutaj, postanowiłem nic nie mówić o tym, co zobaczyłem na ekranie monitora. Nie dlatego, że zabrzmiałoby to jak majaczenie szaleńca. Nie dlatego, że otworzyłoby stare rany i sprawiło im obojgu okropny ból. Chodziło o to, że nie miałem pojęcia, co się dzieje. W miarę upływu czasu cały ten epizod wydawał się coraz bardziej nierealny. Postanowiłem również wziąć sobie do serca ostatnie słowa wiadomości. *Nie mów nikomu.* Nie wiedziałem dlaczego, nie wiedziałem, co się właściwie dzieje, lecz wszystko to prowadziło do przerażających wniosków.

Mimo to upewniłem się, że Kim nie może nas usłyszeć, po czym nachyliłem się do Hoyta i powiedziałem cicho:

– Mogę cię o coś zapytać? – Nie odpowiedział, zamiast tego obrzucił mnie jednym z tych swoich sceptycznych spojrzeń. – Chciałbym wiedzieć... – urwałem. – Chciałbym wiedzieć, jak wyglądała.

– Jak wyglądała?

– Kiedy poszedłeś do kostnicy. Chcę wiedzieć, co zobaczyłeś.

Coś stało się z jego twarzą, jakby mikrowybuchy podcięły fundamenty.

– Na rany Chrystusa, dlaczego o to pytasz?

– Po prostu zastanawiałem się – odparłem kulawo. – W rocznicę i w ogóle.

Zerwał się i otarł dłonie o nogawki spodni.

– Chcesz drinka?

– Jasne.

– Może być burbon?

– Byłoby wspaniale.

Podszedł do barku na kółkach; stał przy kominku, a więc przy fotografiach. Nie odrywałem oczu od podłogi.

– Hoyt?

Odkręcił zakrętkę butelki.

– Jesteś lekarzem – rzekł, trzymając w ręce szklaneczkę. – Widywałeś zwłoki.

– Tak.

– No, to wiesz.

Wiedziałem.

Przyniósł mi drinka. Wziąłem go odrobinę zbyt pospiesznie i upiłem łyk. Hoyt patrzył na mnie przez chwilę, a potem podniósł szklaneczkę do ust.

– Nigdy nie pytałem cię o szczegóły – zacząłem. Nawet więcej... wręcz celowo unikałem rozmowy na ten temat. Inne „rodziny ofiar", jak nazywała je telewizja, pławiły się w tym. Codziennie przychodziły na proces KillRoya, słuchały i płakały. Ja nie. Nie sądziłem, żeby to ulżyło im w cierpieniu. Moje cierpienie zamknąłem w sobie.

– Nie chcesz znać szczegółów, Beck.

– Była bita?

Hoyt wpatrywał się w głąb szklanki.

– Dlaczego to robisz?

– Muszę wiedzieć.

Zerknął na mnie znad szkła. Przesunął spojrzeniem po mojej twarzy. Czułem się tak, jakby wnikało mi pod skórę. Nie spuszczałem oczu.

– Miała sińce, tak.

– Gdzie?

– David...

– Na twarzy?

Zmrużył oczy, jakby zauważył coś nieoczekiwanego.

– Tak.

– Na ciele też?

– Nie patrzyłem na jej ciało – odparł. – Wiesz jednak, że odpowiedź brzmi tak.

– Dlaczego nie obejrzałeś jej ciała?

– Byłem tam jako jej ojciec, nie detektyw, i tylko po to, żeby zidentyfikować ciało.

– Czy to było łatwe?

– Co takiego?

– Identyfikacja. Chodzi mi o to, że powiedziałeś, że miała posiniaczoną twarz.

Zdrętwiał. Opróżnił szklankę. Z rosnącym przestrachem uświadomiłem sobie, że posunąłem się za daleko. Powinienem postępować zgodnie z planem. Miałem trzymać język za zębami.

– Naprawdę chcesz to wiedzieć?

Nie, pomyślałem. Mimo to skinąłem głową.

Hoyt Parker odstawił szklaneczkę, złożył ręce na piersi i zakołysał się na piętach.

– Lewe oko Elizabeth znikło pod opuchlizną. Nos miała złamany i spłaszczony jak grudka gliny. Na czole ranę ciętą, prawdopodobnie zadaną otwieraczem do konserw. Szczękę wyrwano z zawiasów, rozrywając ścięgna – recytował monotonnym głosem. – Na prawym policzku wypalono literę „K"... można było jeszcze wyczuć zapach zwęglonej skóry.

Żołądek podszedł mi do gardła.

Hoyt twardo spojrzał mi w oczy.

– I chcesz wiedzieć, co było w tym najgorsze, Beck? – Patrzyłem na niego i czekałem. – Mimo wszystko nie zajęło mi to wiele czasu – rzekł. – Natychmiast poznałem, że to Elizabeth.

Rozdział 7

Brzęk kieliszków z szampanem harmonizował z sonatą Mozarta. Harfa tworzyła melodyjny podkład cichych rozmów. Griffin Scope lawirował między czarnymi smokingami i błyszczącymi sukniami. Ludzie zawsze opisywali Griffina Scope'a tym samym słowem: multimilioner. Oprócz tego nazywali go biznesmenem lub wpływowym człowiekiem, wspominali o jego wysokim wzroście i o tym, że jest mężem, dziadkiem i ma siedemdziesiąt lat. Mogli wygłaszać różne komentarze na temat jego charakteru, rodziny czy etyki zawodowej, zawsze jednak – czy to w gazetach, czy w telewizji – powtarzało się jedno słowo. Multimilioner. Multimilioner Griffin Scope.

Griffin urodził się bogaty. Jego dziadek był jednym z pierwszych wielkich przemysłowców, ojciec powiększył tę fortunę, a Griffin pomnożył ją wielokrotnie. Większość rodzinnych imperiów rozpada się do trzeciego pokolenia. Lecz nie w wypadku Scope'ów. Wpłynęło na to głównie ich wychowanie. Na przykład Griffin, w przeciwieństwie do wielu równych mu pozycją młodzieńców, nie uczęszczał do prestiżowej prywatnej szkoły, takiej jak Exeter czy Lawrenceville. Jego ojciec postanowił nie tylko posłać go do zwykłej szkoły publicznej, ale również zlokalizowanej w najbliższym dużym mieście – w Newark. Mieściły się tam jego biura, więc nie miał żadnego problemu z ominięciem przepisów o rejonizacji.

W tamtych czasach wschodnie dzielnice Newark nie były jeszcze tak niebezpieczne jak dziś, kiedy nikt zdrowy na umyśle nie spróbuje przejechać przez nie samochodem. Mieszkała tam klasa robotnicza i urzędnicy, twardziele, ale nie kryminaliści.

Griffinowi bardzo się tam spodobało.

Nawiązane w szkole średniej przyjaźnie przetrwały do dziś... przez pięćdziesiąt lat. Lojalność to rzadka zaleta i kiedy Griffin dostrzegał ją u kogoś, pamiętał o tym, by za nią należycie wynagrodzić. Wielu gości obecnych tutaj tego wieczoru znał jeszcze z czasów Newark. Niektórzy nawet pracowali dla niego, ale nie był ich bezpośrednim szefem.

Przyjęcie zostało zorganizowane z powodu szczególnie miłego sercu Griffina Scope'a: zebrania funduszy na rzecz fundacji charytatywnej Brandona Scope'a, nazwanej tak dla uczczenia pamięci jego zamordowanego syna Brandona. Griffin założył tę fundację, składając na jej rzecz dotację w wysokości stu milionów dolarów. Przyjaciele szybko dołożyli drugie tyle. Griffin nie był głupi. Wiedział, że wielu zrobiło to tylko po to, żeby mu się przypodobać. Podczas swego zbyt krótkiego życia Brandon Scope zjednał sobie wielu ludzi. Obdarzony przez los szczęściem i zdolnościami, Brandon miał niemal nadludzką charyzmę. To przyciągało do niego ludzi.

Jego drugi syn, Randall, był dobrym chłopcem, który wyrośnie na porządnego człowieka. Lecz Brandon... Brandon był prawdziwym czarodziejem.

Znów poczuł ból. Ten oczywiście nigdy go nie opuszczał. Podczas ściskania dłoni i poklepywania po plecach żal pozostawał u jego boku, zaglądając mu przez ramię, szepcząc do ucha, przypominając, że będą partnerami do końca życia.

– Cudowne przyjęcie, Griff.

Griffin podziękował i poszedł dalej. Kobiety miały wspaniałe fryzury i suknie cudownie odsłaniające ramiona. Doskonale komponowały się z licznymi lodowymi rzeźbami – tak lubianymi przez jego żonę Allison – które powoli topiły się na importowanych lnianych obrusach. Po sonacie Mozarta zabrzmiała sonata Chopina. Kelnerzy w białych rękawiczkach krążyli po sali z tacami malajskich krewetek, plastrów polędwicy z Omaha oraz rozmaitych przedziwnych zakąsek, które zawsze wydawały się zawierać suszone na słońcu pomidory.

Dotarł do Lindy Beck, młodej damy, która zarządzała fundacją charytatywną Brandona. Ojciec Lindy również był jego starym szkolnym kolegą z Newark, a ona, jak wiele innych osób, znalazła swoje miejsce w rozległym imperium finansowym Scope'a. Jeszcze jako studentka zaczęła pracować dla różnych przedsiębiorstw tej rodziny. Zarówno ona, jak i jej brat ukończyli studia dzięki ufundowanym przez niego stypendiom.

– Wyglądasz olśniewająco – powiedział, chociaż pomyślał, że wygląda na zmęczoną.

Linda Beck uśmiechnęła się do niego.

– Dziękuję, panie Scope.

– Ile razy cię prosiłem, żebyś mówiła mi Griff?

– Kilkaset – odparła.

– Co u Shauny?

– Obawiam się, że jest w lekkim dołku.

– Pozdrów ją ode mnie.

– Zrobię to, dziękuję.

– Zapewne powinniśmy się spotkać w przyszłym tygodniu.

– Zadzwonię do pańskiej sekretarki.

– Świetnie.

Griffin cmoknął ją w policzek i w tym momencie dostrzegł w foyer Larry'ego Gandle'a. Larry wyglądał na wykończonego i zaniedbanego, ale on zawsze sprawiał takie wrażenie. Można by go wbić w skrojony na miarę garnitur od Josepha Abbouda, a po godzinie wyglądałby na nim jak coś wyszperanego w szmateksie.

Larry Gandle nie powinien tu przebywać.

Ich spojrzenia spotkały się. Larry kiwnął głową i odwrócił się. Griffin odczekał jeszcze chwilkę lub dwie, a potem poszedł korytarzem w ślad za swoim młodym przyjacielem.

Ojciec Larry'ego, Edward, był również szkolnym kolegą Griffina z czasów Newark. Edward Gandle umarł na atak serca dwanaście lat temu. Piekielna strata. Był porządnym człowiekiem. Od tej pory jego syn stał się prawą ręką i powiernikiem Scope'a.

Razem weszli do biblioteki Griffina. Kiedyś był to cudowny pokój, wyłożony dębem i mahoniem, z sięgającymi od podłogi po sufit półkami i antycznymi globusami. Dwa lata temu Allison, wpadłszy w postmodernistyczny szał, zdecydowała, że wystrój pomieszczenia wymaga gruntownej zmiany. Stare boazerie usunięto i teraz pokój był biały, przestronny, funkcjonalny i równie przytulny jak myjnia samochodowa. Allison była tak dumna ze swego pomysłu, że Griffin nie miał serca powiedzieć jej, jak bardzo mu się to nie podoba.

– Były jakieś problemy? – zapytał Griffin.

– Nie – odparł Larry.

Griffin zaproponował Larry'emu fotel. Larry odmownie pokręcił głową i zaczął przechadzać się po pokoju.

– Było źle?

– Musieliśmy się upewnić, że sprawa została zamknięta.

– Oczywiście.

Ktoś zaatakował Randalla, syna Griffina, więc Griffin oddał cios. Tej lekcji nigdy nie zapomni. Nie siedzisz spokojnie, kiedy ktoś napadnie ciebie lub osobę, którą kochasz. I nie reagujesz jak rząd, z jego „proporcjonalnymi odpowiedziami" i tym podobnymi bzdurami. Jeśli ktoś cię krzywdzi, zapominasz o miłosierdziu i litości. Eliminujesz wroga. Oczyszczasz teren. Ci, którzy krzywią się na taką filozofię, uważają ją za niepotrzebny makiawelizm, zazwyczaj powodują największe szkody.

Im szybciej rozwiążesz problem, tym mniej przelejesz krwi.

– Zatem co cię niepokoi? – zapytał Griffin.

Larry krążył po pokoju. Potarł przód swojej łysiny. Griffinowi nie podobało się to. Larry nie należał do osób, które łatwo wyprowadzić z równowagi.

– Nigdy cię nie okłamałem, Griff – powiedział.

– Wiem o tym.

– Czasem jednak muszę cię… izolować.

– Izolować?

– Na przykład od tych, których wynajmuję. Nigdy nie podaję ci ich nazwisk. Im też nigdy żadnych nie podaję.

– To szczegóły.

– Tak.

– Co się stało?

Larry przestał chodzić po pokoju.

– Pamiętasz, jak osiem lat temu wynajęliśmy dwóch ludzi do wykonania pewnego zadania?

Griffin zbladł jak ściana. Przełknął ślinę.

– I wykonali je w podziwu godny sposób.

– Tak. A raczej być może.

– Nie rozumiem.

– Wykonali zadanie. Przynajmniej częściowo. Zagrożenie najwyraźniej zostało wyeliminowane.

Chociaż dom co tydzień sprawdzano, by mieć pewność, czy nie ma gdzieś urządzeń podsłuchowych, ci dwaj mężczyźni nigdy nie wymieniali nazwisk. Zasada Scope'a. Larry Gandle często zastanawiał się, czy wynikało to z ostrożności multimilionera, czy też pomagało mu strawić to, co często byli zmuszeni robić. Podejrzewał to drugie.

Griffin bezwładnie wyciągnął się w fotelu, jakby ktoś go popchnął.

– Dlaczego wyciągasz teraz tę sprawę? – zapytał cicho.

– Wiem, jakie to dla ciebie bolesne.

Griffin nie odpowiedział.

– Dobrze zapłaciłem tym ludziom – podjął Larry.

– Spodziewam się.

– Tak. – Odchrząknął. – Cóż, po tej historii mieli przez jakiś czas siedzieć cicho. Na wszelki wypadek.

– Mów dalej.

– Nigdy nie otrzymaliśmy od nich żadnej wiadomości.

– Dostali swoje pieniądze, mam rację?

– Tak.

– Cóż więc w tym dziwnego? Może uciekli ze swoim świeżo zdobytym bogactwem. Może opuścili kraj albo zmienili tożsamość.

– Tak – odparł Larry. – Tak zakładaliśmy.

– Ale?

– W zeszłym tygodniu znaleziono ich ciała. Nie żyją.

– Wciąż nie widzę problemu. Kto mieczem wojuje, od miecza ginie.

– Nie żyją od dawna.

– Od dawna?

– Co najmniej od pięciu lat. I znaleziono ich pogrzebanych w pobliżu jeziora, nad którym... nad którym doszło do tamtego incydentu.

Griffin otworzył usta, zamknął je i znów otworzył.

– Nie rozumiem.

– Szczerze mówiąc, ja też.

Zbyt wiele. To już zbyt wiele. Griffin przez cały wieczór powstrzymywał łzy cisnące się do oczu z powodu przyjęcia wydanego na cześć Brandona i w ogóle. Teraz nagle znów wróciła sprawa jego tragicznej śmierci. Był bliski załamania. Spojrzał na swojego powiernika.

– To nie może się powtórzyć.

– Wiem, Griff.

– Musimy się dowiedzieć, co zaszło. Chcę wiedzieć wszystko.

– Miałem na oku wszystkich jej znajomych. Szczególnie męża. Na wszelki wypadek. Teraz przyjrzymy mu się jeszcze dokładniej.

– Dobrze – powiedział Griffin. – Choćby nie wiem co, przeszłość trzeba pogrzebać. Nieważne, kto zostanie pogrzebany wraz z nią.

– Rozumiem.

– I wiesz co, Larry?

Gandle czekał.

– Znam nazwisko jednego z tych, których zatrudniasz. – Mówił o Ericu Wu. Griffin Scope otarł oczy i ruszył z powrotem do swoich gości. – Wykorzystaj go.

Rozdział 8

Shauna i Linda wynajmowały trzypokojowe mieszkanie na rogu Riverside Drive i Sto Szesnastej Ulicy, niedaleko od Columbia University. Udało mi się znaleźć miejsce do zaparkowania zaledwie przecznicę dalej, co było równie częstym wydarzeniem jak rozstąpienie się morza czy wręczenie Mojżeszowi kamiennych tablic.

Shauna nacisnęła przycisk bramofonu, żeby mnie wpuścić. Linda jeszcze nie wróciła z przyjęcia. Mark spał. Na palcach wszedłem do jego pokoju i pocałowałem go w czoło. Wciąż szalał na punkcie Pokémonów, co było widać. Pościel zdobiły obrazki Pikachu, a w ramionach tulił wypchaną kukiełkę Squirtle. Ludzie krytykują tę modę, ale to przypomina mi moją własną dziecinną obsesję na punkcie Batmana i Kapitana America. Patrzyłem na niego przez kilka sekund. Wiem, że to banalne, ale właśnie takie drobne przyjemności przynosi życie.

Shauna stała w drzwiach i czekała. Kiedy w końcu wróciliśmy do salonu, zapytałem:

— Masz coś przeciwko temu, że się napiję?

Wzruszyła ramionami.

— Poczęstuj się.

Nalałem sobie pół szklaneczki burbona.

– Przyłączysz się?

Przecząco pokręciła głową.

Usiedliśmy na kanapie.

– O której Linda ma wrócić do domu? – zapytałem.

– Pytaj mnie – odpowiedziała powoli. Nie spodobał mi się sposób, w jaki to mówiła.

– Do licha – mruknąłem.

– To chwilowe, Beck. Kocham Lindę, przecież wiesz.

– Do licha – powtórzyłem.

W zeszłym roku Linda i Shauna pokłóciły się na dwa miesiące. To nie było dobre, szczególnie dla Marka.

– Nie wyprowadzam się ani nic takiego – powiedziała Shauna.

– No, to o co chodzi?

– Zawsze o to samo. Mam wspaniałą pracę i wciąż jestem na topie. Przez cały czas otaczają mnie piękni i interesujący ludzie. Nic nowego, prawda? Wszyscy o tym wiemy. Mimo to Linda uważa, że jestem flirciarą.

– Bo jesteś – stwierdziłem.

– No jasne, ale to nic nowego, prawda? – Nie odpowiedziałem. – Mimo wszystko wieczorem wracam do domu i Lindy.

– I nigdy nie robisz tego okrężną drogą?

– Gdyby nawet zdarzył mi się jakiś objazd, nie miałby znaczenia. Wiesz o tym, Beck. Nie mogę dać się zamknąć w klatce. Muszę pokazywać się publice.

– Ciekawa przenośnia.

– Tak sądzę.

Przez długą chwilę popijałem w milczeniu.

– Beck?

– Co?

– Teraz twoja kolej.

– To znaczy?

Przeszyła mnie spojrzeniem i czekała.

Pomyślałem o ostrzeżeniu na końcu wiadomości przesłanej pocztą elektroniczną. *Nie mów nikomu.* Gdyby ta wiadomość rzeczywiście pochodziła od Elizabeth – mój umysł z trudem brał pod uwagę taką możliwość – wiedziałaby, że powiem o tym Shaunie. Może nie Lindzie. Ale Shaunie? Mówiłem jej wszystko. Musiała o tym wiedzieć.

– Być może – odezwałem się – Elizabeth żyje.

Shauna nie przestała krążyć po pokoju.

– Uciekła z Elvisem, tak? – Zaraz jednak zobaczyła moją minę i przystanęła. – Wyjaśnij – poprosiła.

Zrobiłem to. Powiedziałem jej o liście. Opowiedziałem o ulicznej kamerze. I o tym, że widziałem Elizabeth na ekranie monitora. Shauna przez cały czas nie odrywała ode mnie oczu. Nie kiwała głową ani nie przerywała. Kiedy skończyłem, ostrożnie wyjęła papierosa z pudełka i włożyła do ust. Już kilka lat temu rzuciła palenie, ale lubiła się tak bawić. Obejrzała go, obracając w palcach, jakby nigdy przedtem czegoś takiego nie widziała. Niemal mogłem dostrzec, jak się przesuwają trybiki w jej głowie.

– W porządku – powiedziała. – Zatem jutro o ósmej piętnaście ma nadejść następna wiadomość?

Kiwnąłem głową.

– Zaczekajmy więc do tego czasu.

Schowała papierosa z powrotem do pudełka.

– Nie uważasz, że zwariowałem?

Shauna wzruszyła ramionami.

– Nieistotne – odparła.

– Czyli?

– To, co mi przed chwilą opowiedziałeś, można tłumaczyć rozmaicie.

– Na przykład obłędem.

– Taak, pewnie, jest taka możliwość. Po co jednak od razu myśleć o najgorszym? Załóżmy, że to prawda. Załóżmy, że naprawdę ją widziałeś i Elizabeth żyje. Jeśli się mylimy... no cóż, szybko się o tym przekonamy. Jeżeli mamy rację... – Zmarszczyła brwi, zastanowiła się, pokręciła głową. – Chryste, mam cholerną nadzieję, że mamy rację.

Uśmiechnąłem się do niej.

– Kocham cię, wiesz.

– Taak – mruknęła. – Wszyscy mnie kochają.

• • •

Kiedy wróciłem do domu, nalałem sobie ostatniego szybkiego drinka. Pociągnąłem łyk i poczułem, jak ciepły płyn wędruje ku dobrze znanemu przeznaczeniu. Owszem, piję. Mimo to nie jestem pijakiem. To prawda. Wiem, że flirtuję z alkoholizmem. Wiem również, że ten flirt jest równie bezpieczną zabawą jak zalecanie się do nieletniej córki gangstera. Na razie jednak ta gra wstępna nie doprowadziła do stosunku. I jestem dostatecznie mądry, by wiedzieć, że taki stan rzeczy nie może trwać wiecznie.

Chloe nieśmiało podeszła, ze swoją typową miną mówiącą niedwuznacznie: „jedzenie, spacer, jedzenie, spacer". Psy są cudownie konsekwentne. Sypnąłem jej karmy i wyprowadziłem na spacer dookoła budynku. Dobrze było odetchnąć świeżym i zimnym powietrzem, ale przechadzki nigdy nie pomagały mi zebrać myśli. Spacerowanie to piekielnie nudne zajęcie. Lubiłem jednak patrzeć na przechadzającą się Chloe. Wiem, że to dziwnie brzmi, ale pies czerpie tyle przyjemności z takiej zwyczajnej czynności. Obserwując ją, wpadałem w trans jak jogin.

Wróciwszy do domu, po cichu ruszyłem do sypialni. Chloe poszła za mną. Dziadek spał. Jego nowa pielęgniarka też. Chrapała donośnie i piskliwie, jak postać z kreskówek. Włączyłem komputer i zacząłem się zastanawiać, dlaczego szeryf Lowell nie odpowiedział na mój telefon. Myślałem o tym, czy zadzwonić do niego, ale już prawie dochodziła północ. Potem doszedłem do wniosku, że pora nie ma znaczenia.

Podniosłem słuchawkę i wybrałem numer. Lowell miał telefon komórkowy. Jeśli poszedł spać, to przecież mógł ją wyłączyć, zgadza się?

Odebrał po trzecim dzwonku.

– Halo, doktorze Beck.

W jego głosie wyczułem napięcie. Zauważyłem także, że już nie zwrócił się do mnie per „Doc".

– Dlaczego pan nie zatelefonował? – zapytałem.

– Późno wróciłem – odparł. – Pomyślałem, że złapię pana rano.

– Dlaczego pytał mnie pan o Sarah Goodhart?

– Jutro – oświadczył.

– Słucham?

– Jest późno, doktorze Beck. Skończyłem służbę. Ponadto myślę, że powinienem przekazać to panu osobiście.

– Czy przynajmniej nie może pan powiedzieć…?

– Będzie pan rano w przychodni?

– Tak.

– Wtedy tam zadzwonię.

Pożegnał mnie uprzejmie, lecz stanowczo, i rozłączył się. Gapiłem się na słuchawkę i rozmyślałem, o co w tym wszystkim chodzi.

O spaniu nie było mowy. Większość nocy spędziłem w sieci, surfując po różnych ulicznych kamerach, mając nadzieję natrafić na właściwą. Jak szukanie igły we wszechświatowej stercie siana.

W końcu dałem sobie spokój i poszedłem do łóżka. Zawód lekarza uczy cierpliwości. Wciąż przeprowadzam badania, których wyniki mogą zmienić – lub zakończyć – życie przychodzących do mnie dzieci, i mówię im oraz ich rodzicom, żeby byli cierpliwi. Nie mają innego wyjścia. Być może to samo można powiedzieć o tej sytuacji. W tym momencie było zbyt wiele niewiadomych. Jutro, kiedy zaloguję się do Bigfoota jako użytkownik Bat Street i podam hasło Teenage, może dowiem się więcej.

Przez jakiś czas spoglądałem w sufit. Potem spojrzałem na prawo. Po tej stronie spała Elizabeth. Ja zawsze zasypiałem pierwszy. Zwykłem tak leżeć i obserwować profil jej twarzy, całkowicie skupionej na lekturze książki. Patrzyłem na nią, dopóki nie zamknąłem oczu i nie zapadłem w sen.

Teraz obróciłem się na plecy, a potem na drugi bok.

• • •

O czwartej rano Larry Gandle rzucił okiem nad tlenionymi lokami Erica Wu. Koreańczyk był niewiarygodnie zdyscyplinowany. Jeśli nie pracował nad swoją kondycją, to siedział przy komputerze. Już kilka tysięcy surfowań temu jego cera przybrała niezdrowy, sinoblady odcień, lecz twarde jak cement mięśnie bynajmniej nie zwiotczały.

– No? – naciskał Gandle.

Wu zdjął słuchawki. Potem złożył ręce na wypukłej piersi.

– Jestem zdziwiony.

– Czym?

– Doktor Beck prawie nigdy nie zachowuje swojej poczty elektronicznej. Tylko w nielicznych wypadkach… dotyczących pacjentów. Żadnej prywatnej korespondencji. Tymczasem w ciągu dwóch ostatnich dni otrzymał dwie dziwne wiadomości.

Wciąż nie odwracając się od ekranu, Eric Wu podał mu przez ramię dwie kartki papieru. Larry Gandle spojrzał na wydrukowane wiadomości i zmarszczył brwi.

– Co oznaczają?

– Nie wiem.

Gandle zerknął na list z poleceniem kliknięcia czegoś w „czas całusa". Nie znał się na komputerach i nie chciał się znać. Przeniósł wzrok z powrotem na górę kartki i przeczytał nagłówek.

E.P. + D.B. oraz rząd kresek.

Zastanowił się. D.B. to pewnie David Beck. E.P. zaś…

Waga tego, co odkrył, przytłoczyła go jak zrzucony na głowę fortepian. Powoli oddał kartkę Wu.

– Kto to przysłał? – zapytał Gandle.

– Nie wiem.

– Dowiedz się.

– Niemożliwe – odparł Wu.

– Dlaczego?

– Nadawca użył anonimowego serwera pocztowego – wyjaśnił Wu cierpliwie, niemal nieludzko monotonnym głosem. Tym samym tonem omawiał prognozę pogody i konieczność przemodelowania czyjejś twarzy. – Nie będę się wgłębiał w techniczne szczegóły, ale w żaden sposób nie można dotrzeć do nadawcy.

Gandle skupił uwagę na drugiej kartce, tej z Bat Street i Teenage. Nie widział w tym żadnego sensu.

– A co z tą? Możesz znaleźć nadawcę?

Wu pokręcił głową.

– Również przesłana przez anonimowy serwer pocztowy.

– Czy obie zostały wysłane przez tę samą osobę?

– Możemy tylko zgadywać.

– A ich treść? Czy rozumiesz, o co w nich chodzi?

Wu postukał w klawisze i na ekranie pojawił się pierwszy e-mail. Koreańczyk grubym paluchem wskazał na monitor.

– Widzisz te litery podkreślone na niebiesko? To hiperłącze. Wystarczyło, by doktor Beck kliknął na nie, a przeniósłby się gdzieś, w jakiś inny punkt sieci.

– Jaki?

– To łącze zostało zerwane. Jego też nie da się odtworzyć.

– I Beck miał to zrobić w „czas całusa"?

– Tak tu jest napisane.

– Czy „czas całusa" to jakiś termin komputerowy?

Wu prawie się uśmiechnął.

– Nie.

– A zatem nie wiadomo nic na temat godziny?

– Właśnie tak.

– Ani czy ta godzina już minęła, czy nie?

– Minęła – orzekł Wu.

– Skąd wiesz?

– Jego przeglądarka sieciowa jest ustawiona na zachowanie ostatnich dwudziestu odwiedzanych miejsc. Kliknął to hiperłącze. Nawet kilkakrotnie.

– Nie możesz jednak... hm... podążyć tam za nim?

– Nie. To łącze jest już bezużyteczne.

– A co z drugą wiadomością?

Wu znów postukał w klawisze. Na ekranie pojawiła się druga wiadomość.

– Ta jest łatwiejsza do zrozumienia. Prawdę mówiąc, nawet całkiem prosta.

– Dobrze. Słucham.

– Anonimowy nadawca założył doktorowi Beckowi konto pocztowe – wyjaśnił Wu. – Podał mu nazwę użytkownika, hasło i znów wspomniał o czasie pocałunku.

– Sprawdźmy, czy dobrze zrozumiałem – rzekł Gandle. – Beck łączy się z jakimś węzłem sieci. Wprowadza nazwę użytkownika oraz hasło, a tam czeka na niego wiadomość?

– Teoretycznie tak.

– A my możemy to zrobić?

– Połączyć się, wykorzystując nazwę i hasło?

– Tak. I przeczytać wiadomość.

– Próbowałem. To konto jeszcze nie istnieje.

– Dlaczego?

Wu wzruszył ramionami.

– Ten anonimowy nadawca może założyć je później. Tuż przed „czasem całusa".

– Co z tego wynika?

– Krótko mówiąc... – W pustych oczach Wu odbijał się blask monitora. – Ktoś zadał sobie sporo trudu, żeby pozostać anonimowym.

– Jak więc dowiedzieć się, kto to taki?

Wu pokazał mu niewielkie urządzenie, które wyglądało jak coś, co można znaleźć w odbiorniku tranzystorowym.

– Zainstalowaliśmy takie w jego komputerach... w domu i w gabinecie.

– Co to takiego?

– Cyfrowy przekaźnik sygnału. Przesyła strumień informacji z jego komputerów do mojego. Jeśli doktor Beck otrzyma jakąś pocztę elektroniczną, odwiedzi jakąś witrynę w internecie czy choćby stuknie w klawisz, będziemy monitorowali to w czasie rzeczywistym.

– A więc czekamy i obserwujemy – stwierdził Gandle.

– Tak.

Gandle pomyślał o tym, co powiedział mu Wu: ktoś zadał sobie wiele trudu, żeby pozostać anonimowym; w jego umyśle zaczęło kiełkować straszne podejrzenie, od którego aż zakłuło go w brzuchu.

Rozdział 9

Zaparkowałem dwie przecznice od przychodni. Jeszcze nigdy nie udało mi się zejść poniżej jednej przecznicy.

Szeryf Lowell wyrósł jak spod ziemi, wraz z dwoma ostrzyżonymi na jeża mężczyznami w szarych garniturach. Faceci w garniturach oparli się o wielkiego brązowego buicka. Tworzyli zabawną parę. Jeden był wysoki, chudy i biały, drugi niski, gruby i czarnoskóry. Razem wyglądali jak kula i ostatni kręgiel. Obaj uśmiechnęli się do mnie. Lowell nie.

– Doktor Beck? – powiedział chudy biały kręgiel. Był odstawiony jak na wesele: żel we włosach, chusteczka w butonierce, krawat zawiązany z nieludzką precyzją, okulary w szylkretowych oprawkach, z rodzaju takich, jakie nakładają aktorzy, kiedy chcą inteligentnie wyglądać.

Spojrzałem na Lowella. Nie odezwał się.

– Tak.

– Agent specjalny Nick Carlson z FBI – rozpoczął prezentację nienagannie ubrany. – A to agent specjalny Tom Stone.

Obaj mignęli odznakami. Stone, niższy i mniej zadbany, podciągnął spodnie i skinął mi głową. Potem otworzył tylne drzwi buicka.

– Zechce pan pojechać z nami?

– Za piętnaście minut mam pierwszego pacjenta.

– Już się tym zajęliśmy. – Carlson machnął długim ramieniem w kierunku samochodu, jakby pokazywał mi główną wygraną. – Proszę.

Usiadłem z tyłu. Carlson prowadził. Stone wcisnął się na przednie siedzenie obok niego. Lowell nie pojechał z nami. Nie opuściliśmy Manhattanu, ale podróż i tak zajęła nam czterdzieści pięć minut. Zakończyła się w pobliżu śródmieścia, na Broadwayu, niedaleko Duane Street. Carlson zatrzymał wóz przed biurowcem z tabliczką: 26 Federal Plaza.

Wewnątrz budynek też wyglądał jak zwyczajny biurowiec. Mężczyźni w garniturach, zaskakująco porządnych, kręcili się z kubkami parzonej własnoręcznie kawy. Były tu też kobiety, ale w zdecydowanej mniejszości. Weszliśmy do salki konferencyjnej. Poprosili mnie, żebym usiadł, co skwapliwie zrobiłem. Spróbowałem założyć nogę na nogę, lecz nie siedziało mi się wygodnie.

– Czy ktoś może wyjaśnić, o co chodzi? – zapytałem.

Biały Kręgiel Carlson objął prowadzenie.

– Możemy czymś pana poczęstować? – zapytał. – Mamy tu automat z najgorszą na świecie kawą, jeśli jest pan zainteresowany.

To wyjaśniało, dlaczego sami ją parzyli. Uśmiechnął się do mnie. Odpowiedziałem mu uśmiechem.

– Kuszące, ale nie, dziękuję.

– Może napój orzeźwiający? Mamy jakieś napoje, Tom?

– Jasne, Nick. Cola zwykła, dietetyczna, sprite, cokolwiek pan doktor sobie zażyczy.

Znowu się uśmiechnęli.

– Nie, dziękuję – powtórzyłem.

– Może krakersa? – spróbował Stone. Podciągnął spodnie. Miał wydatny brzuszek… trudno na nim znaleźć miejsce, z którego nie będzie się zsuwał pasek. – Dysponujemy najróżniejszymi rodzajami.

O mało nie poprosiłem o krakersy, żeby przerwać ten cyrk, w końcu jednak spokojnie odmówiłem. Blat stołu z jakiegoś sztucznego tworzywa był pusty – nie licząc leżącej na nim dużej brązowej koperty. Nie wiedziałem, co zrobić z rękami, więc położyłem je na stole. Stone odszedł na bok i stanął pod ścianą. Carlson, wciąż nie oddając prowadzenia, usiadł w fotelu na skraju stołu, obrócił się i popatrzył na mnie.

– Co może nam pan powiedzieć o Sarah Goodhart? – zapytał.

Nie wiedziałem, jak zareagować. Usiłowałem znaleźć jakiś wykręt, ale żaden nie przychodził mi do głowy.

– Doktorze?

Popatrzyłem na niego.

– Dlaczego pan o to pyta?

Carlson i Stone spojrzeli po sobie.

– Nazwisko Sarah Goodhart pojawiło się w toku obecnie trwającego śledztwa – wyjaśnił Carlson.

– Jakiego śledztwa? – zapytałem.

– Tego nie możemy powiedzieć.

– Nie rozumiem. Co ja mam z tym wspólnego?

Carlson westchnął. Spojrzał na swojego pulchnego partnera i nagle przestali się uśmiechać.

– Czyżbym zadał zbyt skomplikowane pytanie, Tom?

– Nie, Nick. Nie sądzę.

– Ja też nie. – Carlson znów spojrzał na mnie. – A może nie podoba się panu sposób, w jaki sformułowałem to pytanie, doktorze? Mam rację?

– Tak zawsze mówią w serialu *The Practice*, Nick – zaszczebiotał Tom. – Nie podoba mi się sposób, w jaki zostało sformułowane to pytanie.

– Właśnie tak, Tom, właśnie tak. A potem mówią: „Zatem ujmę to inaczej", prawda? Coś w tym stylu.

– Taak, coś w tym stylu.

Carlson spojrzał na mnie z góry.

– A więc ujmę to inaczej. Czy mówi panu coś nazwisko Sarah Goodhart?

Nie podobało mi się to. Nie podobało mi się ich nastawienie i fakt, że przejęli sprawę z rąk Lowella, ani to, że przesłuchiwali mnie w tej salce konferencyjnej. Musieli wiedzieć, co oznacza to nazwisko. To nie było takie trudne do rozszyfrowania. Wystarczyło sprawdzić, jak Elizabeth miała na drugie imię i jej wcześniejszy adres. Postanowiłem zachować ostrożność.

– Moja żona miała na drugie imię Sarah – odparłem.

– Moja żona ma na drugie Gertruda – rzekł Carlson.

– Chryste, Nick, to okropne!

– A jak ma twoja, Tom?

– McDowd. To rodzinna tradycja.

– Podoba mi się to. Podtrzymywanie tradycji. Szacunek dla przodków.

– Mnie też, Nick.

Znów popatrzyli na mnie.

– Jak ma pan na drugie imię, doktorze?

– Craig.

– Craig – powtórzył Carlson. – W porządku, więc gdybym zapytał pana o, na przykład… – teatralnie pomachał rękami – Craiga Pampersa, to zaćwierkałby pan radośnie: „Hej, mam na drugie Craig!" – dodał, przeszywając mnie wzrokiem.

– Pewnie nie – powiedziałem.

– Pewnie nie. No to spróbujmy jeszcze raz. Słyszał pan nazwisko Sarah Goodhart… tak czy nie?

– Kiedykolwiek?

– Jezu Chryste – mruknął Stone.

Carlson poczerwieniał.

– Zamierza pan bawić się z nami w słowne gierki, doktorze?

Miał rację. To było głupie. Błądziłem po omacku, a słowa: *Nie mów nikomu* wciąż migały mi w głowie, jak kolorowy neon. Nie miałem pojęcia, co robić. Na pewno wiedzieli o Sarah Goodhart. Chcieli tylko sprawdzić, czy będę chętny do współpracy, czy nie. To wszystko. Może. Współpracy w związku z czym?

– Moja żona wychowała się przy Goodhart Road – stwierdziłem. Obaj cofnęli się trochę, dając mi wolne pole, i założyli ręce na piersiach. Podprowadzili mnie do jeziora milczenia i pozwalali, żebym się w nie zanurzył. – To dlatego powiedziałem, że moja żona miała na drugie imię Sarah. Skojarzyło mi się z Goodhart.

– Ponieważ wychowała się przy Goodhart Road? – rzekł Carlson.

– Tak.

– Zatem słowo Goodhart było czymś w rodzaju katalizatora?

– Tak – powtórzyłem.

– Moim zdaniem to ma sens. – Carlson spojrzał na partnera. – Czy twoim zdaniem to ma sens, Tom?

– Jasne – przytaknął Stone, klepiąc się po brzuchu. – Wcale nie wykręcał się, nic takiego. Słowo Goodhart było katalizatorem.

– Racja. Przypomniało mu żonę.

Znów spojrzeli na mnie. Tym razem udało mi się nic nie powiedzieć.

– Czy pańska żona używała kiedykolwiek nazwiska Sarah Goodhart? – spytał Carlson.

– W jaki sposób?

– Czy powiedziała kiedyś „Cześć, jestem Sarah Goodhart", albo miała prawo jazdy na to nazwisko lub meldowała się w jakimś hotelu…

– Nie.

- Jest pan pewien?
- Tak.
- Naprawdę?
- Tak.
- Nie potrzebuje pan następnego katalizatora?

Wyprostowałem się na fotelu i postanowiłem pokazać im trochę ikry.

- Nie podoba mi się pańskie nastawienie, agencie Carlson.

Na jego usta powrócił szeroki uśmiech z dentystycznego plakatu, lecz była to kiepska imitacja poprzedniego. Podniósł rękę.

- Proszę wybaczyć, tak, to rzeczywiście było nieuprzejme - powiedział. Rozejrzał się wokół, jakby zastanawiając się co dalej. Czekałem. - Czy bił pan swoją żonę, doktorze?

To pytanie było jak smagnięcie bata.

- Co?
- Rajcowało to pana? Bicie kobiety?
- Czy... pan zwariował?
- Jaką sumę odszkodowania otrzymał pan z polisy ubezpieczeniowej pańskiej żony?

Zamarłem. Spojrzałem na niego, a potem na Stone'a. Ich twarze nie zdradzały żadnych uczuć. Nie wierzyłem własnym uszom.

- O co wam chodzi?
- Proszę odpowiedzieć na moje pytanie. Chyba że ma pan coś do ukrycia.
- To żadna tajemnica. Polisa opiewała na dwieście tysięcy dolarów.

Stone gwizdnął.

- Dwieście patyków za martwą żonę. Hej, Nick, gdzie koniec kolejki?
- To bardzo wysoka suma ubezpieczenia, zwłaszcza że dotyczy dwudziestopięcioletniej kobiety.

– Jej kuzyn rozpoczął pracę w State Farm – powiedziałem, z trudem wydobywając z siebie te słowa. Zabawne, ale chociaż wiedziałem, że nie zrobiłem nic złego... przynajmniej nie zrobiłem tego, o co mnie podejrzewali... poczułem się winny. Upiorne uczucie. Zacząłem się pocić. – Chciała mu pomóc. Dlatego wykupiła polisę na taką dużą sumę.

– Miło z jej strony – rzucił Carlson.

– Naprawdę miło – dodał Stone. – Rodzina jest najważniejsza, nie uważa pan?

Nie odpowiedziałem. Carlson znów usiadł w fotelu na skraju stołu. Już przestał się uśmiechać.

– Niech pan na mnie spojrzy, doktorze.

Przeniosłem wzrok na niego. Wbił we mnie świdrujące spojrzenie. Zdołałem utrzymać kontakt wzrokowy, chociaż z trudem.

– Tym razem niech pan odpowie na moje pytanie – wycedził. – I nie udaje zaszokowanego czy urażonego. Czy bił pan swoją żonę?

– Nigdy.

– Ani razu?

– Ani razu.

– Nie popchnął jej pan?

– Nigdy.

– Nie uderzył w gniewie? Do licha, każdemu się zdarza, doktorze. Lekki policzek. To nic takiego. Całkiem naturalne w sprawach sercowych. Wie pan, co mam na myśli?

– Nigdy nie uderzyłem mojej żony – powiedziałem. – Nigdy nie popchnąłem jej, nie spoliczkowałem i nie uderzyłem w gniewie. Nigdy.

Carlson spojrzał na Stone'a.

– Czy to dla ciebie jasne, Tom?

– Pewnie, Nick. Mówi, że nigdy jej nie uderzył, tak zrozumiałem.

Carlson podrapał się po brodzie.

– Chyba.

– Chyba że co, Nick?

– No, chyba że dostarczę doktorowi Beckowi jeszcze jeden katalizator.

Znowu patrzyli się na mnie. Mój własny oddech odbijał się echem w moich uszach, urywany i nierówny. Kręciło mi się w głowie. Carlson odczekał chwilkę, po czym podniósł tę dużą brązową kopertę. Niespiesznie odgiął zapięcie długimi szczupłymi palcami i otworzył ją. Potem podniósł i pozwolił, żeby zawartość wypadła na stół.

– No i jak ten katalizator, doktorze?

Na stole leżały fotografie. Carlson podsunął mi je. Spojrzałem na nie i pęknięcie w moim sercu powiększyło się.

– Doktorze Beck?

Nie odrywałem oczu od zdjęć. Delikatnie dotknąłem palcami jej twarzy.

Elizabeth.

To były zdjęcia Elizabeth. Pierwsze ukazywało zbliżenie jej twarzy z profilu; prawą dłonią odgarniała włosy za ucho. Miała podbite oko. Na szyi poniżej ucha... głębokie skaleczenie i kolejny siniak.

Wyglądała tak, jakby płakała.

Na drugim zdjęciu była widoczna od pasa w górę. Stała tylko w biustonoszu, ukazując duży kolorowy siniec na żebrach. Oczy wciąż miała czerwone od płaczu. Fotografia była dziwnie kontrastowa, jakby lampa błyskowa wyrwała siniaka z tła.

Były jeszcze trzy inne fotografie – różne ujęcia różnych części ciała. Wszystkie ukazywały skaleczenia i siniaki.

– Doktorze Beck?

Oderwałem wzrok od zdjęć. Prawie ze zdziwieniem stwierdziłem, że agenci wciąż są w tym pokoju. Ich twarze były obojętne, cierpliwe. Spojrzałem na Carlsona, potem na Stone'a i znów na Carlsona.

– Myślicie, że ja to zrobiłem?

Carlson wzruszył ramionami.

– Niech pan nam to powie.

– Jasne, że tego nie zrobiłem.

– Czy wie pan, skąd wzięły się te ślady na ciele pańskiej żony?

– Miała wypadek samochodowy.

Popatrzyli po sobie, jakbym właśnie powiedział im, że pies zjadł moją pracę domową.

– Stłuczka – wyjaśniłem.

– Kiedy?

– Nie pamiętam dokładnie. Trzy, może cztery miesiące przed... – To słowo nie chciało przejść mi przez gardło. – Przed śmiercią.

– Była w szpitalu?

– Nie, nie sądzę.

– Nie sądzi pan?

– Nie było mnie tu wtedy.

– A gdzie pan był?

– W tym czasie byłem na zjeździe pediatrycznym w Chicago. Powiedziała mi o tym wypadku, kiedy wróciłem do domu.

– Ile czasu minęło, zanim panu powiedziała?

– Od tego wypadku?

– Tak, doktorze, od tego wypadku.

– Nie wiem. Dwa, może trzy dni.

– Byliście już po ślubie?

– Od kilku miesięcy.

– Dlaczego nie powiedziała panu od razu?

– Powiedziała. Jak tylko wróciłem do domu. Pewnie nie chciała, żebym się martwił.

– Rozumiem – rzekł Carlson. Spojrzał na Stone'a. Nawet nie próbowali ukryć sceptycyzmu. – A więc to pan zrobił te zdjęcia, doktorze?

– Nie – odparłem i natychmiast tego pożałowałem. Znów wymienili spojrzenia, węsząc krew. Carlson przechylił głowę w bok i przysunął się bliżej.

– Czy widział pan wcześniej te fotografie?

Nie odpowiedziałem. Czekali. Zastanawiałem się nad tym pytaniem. Nigdy przedtem nie widziałem tych fotografii... Skąd je wzięli? Dlaczego nic o nich nie wiedziałem? Kto je zrobił? Popatrzyłem na agentów, ale ich twarze niczego nie zdradzały.

To zadziwiające, kiedy się nad tym zastanowić, że najważniejsze lekcje życia daje nam telewizja. Większość wiadomości o przesłuchaniach, prawach obywatelskich, oskarżeniach, krzyżowym ogniu pytań, świadkach i systemie prawnym czerpiemy z takich seriali, jak *Policyjny blues* czy *Prawo i porządek*. Gdybym dał wam teraz pistolet i polecił z niego strzelić, zrobilibyście to, co oglądacie w telewizji. Gdybym wam kazał wypatrywać „ogona", wiedzielibyście, o czym mówię, ponieważ znacie to z *Mannixa* lub *Magnum*.

Spojrzałem na nich i zadałem klasyczne pytanie:

– Czy jestem podejrzany?

– Podejrzany o co?

– O cokolwiek – odparłem. – Czy podejrzewacie, że popełniłem jakieś przestępstwo?

– To bardzo niejasne pytanie, doktorze.

I bardzo niejasna odpowiedź. Nie podobał mi się kierunek, w jakim zmierzała ta rozmowa. Postanowiłem wykorzystać następny tekst zasłyszany w telewizji.

– Chcę zadzwonić do mojego adwokata – oświadczyłem.

Rozdział 10

Nie mam swojego adwokata od spraw kryminalnych – bo kto go ma? – więc z płatnego telefonu na korytarzu zadzwoniłem do Shauny i wyjaśniłem sytuację. Nie traciła czasu.

– Mam kogoś takiego – zapewniła. – Siedź spokojnie.

Czekałem w pokoju przesłuchań. Carlson i Stone byli tak uprzejmi, że czekali ze mną. Przez cały czas szeptali coś do siebie. Minęło pół godziny. Cisza działała mi na nerwy. Wiedziałem, że właśnie tego chcieli. Mimo to nie mogłem się powstrzymać. W końcu byłem niewinny. Czy mogę sobie zaszkodzić, jeśli zachowam ostrożność?

– Moją żonę znaleziono z wypaloną na policzku literą „K" – powiedziałem do nich.

Obaj spojrzeli na mnie.

– Przepraszam – odezwał się Carlson, wyciągając długą szyję. – Mówi pan do nas?

– Moją żonę znaleziono z wypaloną na policzku literą „K" – powtórzyłem. – Ja w tym czasie leżałem ze wstrząsem mózgu w szpitalu. Chyba nie podejrzewacie... – Nie dokończyłem.

– Co podejrzewamy? – spytał Carlson.

Jak się powiedziało A, trzeba powiedzieć i B.

– Że miałem coś wspólnego ze śmiercią mojej żony.

99

W tym momencie otworzyły się mocno pchnięte drzwi i do pokoju wpadła kobieta, którą znałem z telewizji. Carlson aż podskoczył na jej widok. Usłyszałem, jak Stone wymamrotał pod nosem: „O kurwa!".

Hester Crimstein nie traciła czasu na wstępy.

– Czy mój klient prosił o pomoc prawą? – zapytała.

Na Shaunie można polegać. Nigdy nie spotkałem mojej pani adwokat, ale znałem ją z jej występów w charakterze „prawniczego eksperta" oraz prowadzonego przez nią na kanale Court TV programu *Crimstein on Crime*. Na ekranie Hester Crimstein była błyskotliwa, cięta i często roznosiła gości na strzępy. Teraz przekonałem się, że miała niezwykłą charyzmę i była jedną z tych osób, które patrzą na innych jak głodny tygrys na stado kulawych gazeli.

– Zgadza się – odparł Carlson.

– A mimo to siedzicie tu sobie, miło i wygodnie, wciąż go przesłuchując.

– Sam się do nas odezwał.

– Och, rozumiem. – Hester Crimstein z trzaskiem otworzyła dyplomatkę, wyjęła długopis i papier, po czym rzuciła je na stół. – Napiszcie tu wasze nazwiska.

– Słucham?

– Wasze nazwiska, przystojniaku. Chyba umiecie pisać?

Czysto retoryczne pytanie, ale Carlson wciąż czekał na odpowiedź na swoje.

– Tak – mruknął po chwili.

– Jasne – dodał Stone.

– To dobrze. Napiszcie tutaj. Chcę je poprawnie wymówić, kiedy wspomnę w moim programie o tym, jak wy dwaj podeptaliście konstytucyjne prawa mojego klienta. Drukowanymi literami, proszę. – W końcu spojrzała na mnie. – Chodźmy.

– Chwileczkę – powiedział Carlson. – Chcielibyśmy zadać pani klientowi kilka pytań.

– Nie.

– Nie? Tak po prostu?

– Tak po prostu. Nie będziecie z nim rozmawiać. On nie będzie rozmawiał z wami. Nigdy. Rozumiecie?

– Tak – mruknął Carlson.

Skierowała pałające spojrzenie na Stone'a.

– Tak – przytaknął.

– Klawo, chłopcy. Macie zamiar aresztować doktora Becka?

– Nie.

Odwróciła się do mnie.

– Na co czekasz? – warknęła. – Wychodzimy stąd.

• • •

Hester Crimstein nie odezwała się słowem, dopóki nie znaleźliśmy się w bezpiecznym wnętrzu jej limuzyny.

– Dokąd mam cię podrzucić? – zapytała.

Podałem kierowcy adres przychodni.

– Opowiedz mi o tym przesłuchaniu – zażądała Crimstein. – Niczego nie pomijaj.

Postarałem się jak najdokładniej odtworzyć moją rozmowę z Carlsonem i Stone'em. Hester Crimstein nie obdarzyła mnie ani jednym spojrzeniem. Wyjęła notatnik grubszy od mojego nadgarstka i zaczęła go kartkować.

– A zdjęcia twojej żony – odezwała się, kiedy skończyłem. – Nie ty je zrobiłeś?

– Nie.

– I powiedziałeś to tej parze błaznów?

Przytaknąłem.

Pokręciła głową.

– Lekarze to najgorsi klienci. – Odgarnęła włosy z czoła. – No, dobrze, to był głupi błąd, ale nie fatalny. Mówisz, że nigdy wcześniej nie widziałeś tych zdjęć?

– Nigdy.

– I kiedy o to zapytali, w końcu zamknąłeś się?

– Tak.

– Już lepiej – orzekła, kiwając głową. – A to, że siniaki były skutkiem wypadku samochodowego. Czy to prawda?

– Słucham?

Crimstein zamknęła notatnik.

– Posłuchaj... Beck, tak? Shauna mówi, że wszyscy nazywają cię Beck, więc chyba nie będziesz miał nic przeciwko temu, że ja też będę się tak do ciebie zwracać?

– Nie ma sprawy.

– Dobrze. Słuchaj, Beck, jesteś lekarzem, zgadza się?

– Zgadza.

– Potrafisz pocieszyć pacjenta?

– Staram się.

– Ja nie. Ani trochę. Chcesz się pieścić, przejdź na dietę i wynajmij masażystkę. Tak więc dajmy spokój tym wszystkim „słucham", „przepraszam" i innym nonsensom, dobrze? Po prostu odpowiadaj na moje pytania. Ta historia o wypadku samochodowym, którą im opowiedziałeś. Czy to prawda?

– Tak.

– Bo federalni sprawdzą wszystkie fakty. Wiesz o tym?

– Wiem.

– W porządku, świetnie, więc to sobie wyjaśniliśmy. – Crimstein nabrała tchu. – Może twoja żona miała przyjaciela, który zrobił te zdjęcia – powiedziała, głośno myśląc. – Ze względu na ubezpieczenie lub z jakiegoś innego powodu. Na wypadek gdyby chciała wystąpić z roszczeniami. To mogłoby mieć sens, gdybyśmy byli zmuszeni się w to wgłębiać.

Dla mnie to nie miało sensu, lecz zatrzymałem tę myśl dla siebie.

– Tak więc pytanie pierwsze: gdzie były te zdjęcia?

– Nie wiem.

– Drugie i trzecie: W jaki sposób zdobyli je federalni? Dlaczego pojawiły się teraz?

Pokręciłem głową.

– I najważniejsze: co oni próbują ci przypiąć? Twoja żona nie żyje od ośmiu lat. Trochę za późno na wytaczanie sprawy o maltretowanie małżonki. – Usiadła wygodnie i zastanawiała się przez minutę czy dwie. Potem popatrzyła na mnie i wzruszyła ramionami. – Nieważne. Podzwonię trochę i dowiem się, co jest grane. Tymczasem nie bądź głupi. Nic nie mów nikomu. Rozumiesz?

– Tak.

Znowu oparła się wygodniej i rozmyślała przez jakiś czas.

– Nie podoba mi się to – powiedziała w końcu. – Wcale mi się nie podoba.

Rozdział 11

Dwunastego maja tysiąc dziewięćset siedemdziesiątego roku Jeremiah Renway z trójką innych radykałów spowodowali eksplozję w budynku wydziału chemii Eastern State University. Według pogłosek, które krążyły wśród członków organizacji pacyfistycznych, wojskowi naukowcy wykorzystywali uniwersyteckie laboratoria do badań nad ulepszoną odmianą napalmu. Czwórka studentów, którzy w przypływie twórczej weny nazwali się Freedom's Cry, postanowiła zaprotestować przeciwko temu w tyleż dramatyczny, co widowiskowy sposób.

W tym czasie Jeremiah Renway nie wiedział, czy ta pogłoska jest prawdą. Teraz, przeszło trzydzieści lat później, mocno w to wątpił. Nieważne. Wybuch nie zniszczył laboratorium. Dwaj strażnicy pilnujący terenu uniwersytetu natknęli się na podejrzaną paczkę. Kiedy jeden z nich ją podniósł, paczka eksplodowała, zabijając obu.

Obaj mieli dzieci.

Jeden z „obrońców wolności" Jeremiaha został schwytany dwa dni później. Do tej pory siedzi w więzieniu. Drugi umarł na raka okrężnicy w tysiąc dziewięćset osiemdziesiątym dziewiątym roku. Trzecia osoba uczestnicząca w zamachu, Evelyn Cosmeer, została aresztowana w tysiąc dziewięćset dziewięćdziesiątym szóstym roku. Obecnie odsiadywała siedmioletni wyrok.

Zaraz po wybuchu Jeremiah znikł nocą w lesie i nigdy z niego nie wyszedł. Rzadko widywał ludzi, słuchał radia czy oglądał telewizję. Tylko raz skorzystał z telefonu – zmuszony przez okoliczności. Jego jedyną więzią ze światem były gazety, chociaż i te zupełnie błędnie opisywały to, co wydarzyło się tutaj przed ośmioma laty.

Urodzony i wychowany u podnóża gór północno-zachodniej Georgii, ojciec Jeremiaha nauczył syna wszystkich możliwych technik przetrwania w ekstremalnie trudnych warunkach, lecz najważniejszą radą było stwierdzenie: „możesz ufać naturze, ale nie człowiekowi". Jeremiah zapomniał o tym na jakiś czas. Teraz ta rada stała się jego życiową dewizą.

Obawiając się, że będą go szukać w pobliżu rodzinnego miasta, Jeremiah osiadł w lasach Pensylwanii. Kręcił się po nich przez jakiś czas, co noc lub dwie przenosząc swój biwak, aż znalazł względne wygody i bezpieczeństwo nad jeziorem Charmaine. Kiedy pogoda była bardzo kiepska, człowiek mógł schronić się w starych chatach, które pozostały po dawnym letnim obozowisku. Goście rzadko przybywali nad jezioro – przeważnie w lecie, a i wtedy głównie w weekendy. Mógł tu polować na jelenie i we względnym spokoju żywić się ich mięsem. Kiedy czasem nad jezioro przyjeżdżali ludzie, po prostu chował się lub odchodził dalej na zachód.

Albo obserwował ich.

Dla dzieci, które kiedyś tu przychodziły, Jeremiah Renway był Boogeymanem.

Teraz stał nieruchomo i obserwował kręcących się mężczyzn w czarnych kamizelkach. Agentów FBI. Widok tych trzech dużych żółtych liter wciąż przeszywał mu serce jak lodowy sopel.

Nikt nie zadał sobie trudu, żeby ogrodzić teren żółtą taśmą, zapewne dlatego, że było to tak odludne miejsce. Renway wcale się nie zdziwił, kiedy znaleźli ciała. No oczywiście, ci dwaj mężczyźni zostali zakopani głęboko i starannie, ale Renway miał pewność, że większość tajemnic zawsze wychodzi na jaw. Najlepiej wiedziała o tym jego wspólniczka Evelyn Cosmeer, która przed aresztowaniem była typową kurą domową z podmiejskiej dzielnicy Ohio. Ironiczna wymowa tego faktu nie uszła uwagi Jeremiaha.

Pozostał ukryty w krzakach. Był specjalistą od kamuflażu. Nie zauważą go.

Wspominał tę noc sprzed ośmiu lat, kiedy umarli ci dwaj mężczyźni – nagły huk strzałów, dźwięk szpadla tnącego ziemię, postękiwania dochodzące z głębokiego wykopu. Zastanawiał się nawet, czy nie powiadomić władz o tym, co tu naprawdę się wydarzyło.

Anonimowo, rzecz jasna.

W końcu jednak doszedł do wniosku, że nie może ryzykować. Jeremiah wiedział, że człowiek nie jest stworzony do życia w klatce, choć niektórzy potrafią się do tego przyzwyczaić. On by nie potrafił. Jego kuzyn Perry odsiadywał osiem lat w więzieniu federalnym. Był sam w maleńkiej celi przez dwadzieścia trzy godziny na dobę. Pewnego ranka próbował się zabić, z rozpędu waląc głową o cementowy mur.

Jeremiah też by tak skończył.

Więc trzymał język za zębami i nie zrobił nic. Przynajmniej przez osiem lat.

A jednak wiele myślał o tamtej nocy. Myślał o tej nagiej kobiecie. O zaczajonych mężczyznach. Wspominał szamotaninę koło samochodu. I ten paskudny, suchy trzask drewna uderzającego w ciało. Myślał o człowieku pozostawionym na pewną śmierć.

I o kłamstwach. Najbardziej dręczyły go kłamstwa.

Rozdział 12

Kiedy wróciłem do przychodni, poczekalnia była pełna zasmarkanych i zniecierpliwionych. Z magnetowidu szła *Mała syrenka*. Odtwarzana taśma miała wyblakłe kolory i liczne rysy od długiej i zbyt intensywnej eksploatacji. Po paru godzinach spędzonych w FBI mój umysł trochę przypominał tę taśmę. Wciąż wracałem w myślach do słów Carlsona – który zdecydowanie dowodził w tym dwuosobowym zespole – usiłując zrozumieć, o co właściwie mu chodziło, ale otrzymywałem tylko coraz mniej klarowny i zrozumiały obraz. Ponadto okropnie rozbolała mnie głowa.

– Cześć, doktorze.

Tyrese Barton zerwał się z krzesła. Miał na sobie workowate spodnie i coś, co wyglądało na przydużą akademicką togę – strój z pracowni jakiegoś projektanta, o którym nigdy nie słyszałem, ale niebawem usłyszę.

– Cześć, Tyrese.

Wymieniliśmy przedziwny uścisk dłoni, przypominający figurę dziwnego tańca, w którym on prowadził mnie. Tyrese i Latisha mieli sześcioletniego synka, na którego mówili TJ. Mały miał hemofilię. Był również niewidomy. Po raz pierwszy zobaczyłem go, kiedy był niemowlęciem, a Tyrese'a tylko sekundy dzieliły od aresztowania. Tyrese twierdził, że tamtego dnia uratowałem jego synowi życie. To przesada.

Może jednak uratowałem Tyrese'a.

Uważał, że to czyni nas przyjaciółmi – jakby on był lwem, a ja myszką, która wyjęła kolec z jego łapy. Mylił się.

Tyrese i Latisha nie byli małżeństwem, a mimo to był jednym z niewielu mężczyzn, jakich tu widywałem. Przestał ściskać moją dłoń i wetknął mi w nią dwa banknoty z wizerunkiem Bena Franklina, jakbym był szefem sali w Le Cirque.

Spojrzał mi prosto w oczy.

– Zajmij się dobrze moim chłopcem.

– Jasne.

– Jesteś prima, doktorze. – Wręczył mi wizytówkę, na której nie było imienia, nazwiska ani adresu. Tylko numer telefonu komórkowego. – Gdybyś czegoś potrzebował, zadzwoń.

– Będę o tym pamiętał – powiedziałem.

Wciąż patrzył mi w oczy.

– *Czegokolwiek*, doktorze.

– Jasne.

Schowałem banknoty do kieszeni. Ten rytuał powtarzał się regularnie już od sześciu lat. Pracując tutaj, poznałem wielu handlarzy narkotyków, ale żadnego innego, który przetrwałby w tej branży sześć lat.

Oczywiście nie zatrzymam tych pieniędzy. Oddam je Lindzie na cele charytatywne. Wiedziałem, że to lewe pieniądze, ale doszedłem do wniosku, że lepiej będzie, jeśli zrobi z nich użytek organizacja charytatywna niż diler narkotyków. Nie miałem pojęcia, ile pieniędzy ma Tyrese. Zawsze jeździł nowym samochodem – lubił BMW z przyciemnianymi szybami – a ubranka jego dzieciaka kosztowały więcej niż te, które wisiały w mojej szafie. Niestety matka dziecka korzystała z opieki zdrowotnej Medicaid, więc te wizyty były darmowe.

Wiem, że to wkurzające.

Telefon Tyrese'a odegrał melodyjkę w rytmie hip-hopu.

– Muszę odebrać, doktorze. Zobowiązania.

– Jasne – powiedziałem po raz trzeci.

Czasem się denerwuję. Jak każdy. Ale nawet wtedy pamiętam, że chodzi o dzieci. O ich cierpienia. Wcale nie twierdzę, że wszystkie dzieci są cudowne. Nie są. Czasami leczę takie, o których wiem – po prostu wiem – że nie wyrośnie z nich nic dobrego. Mimo wszystko dzieci są bezradne. Są słabe i bezbronne. Możecie mi wierzyć, spotykałem się z przypadkami, które skłoniłyby was do przedefiniowania pojęcia człowieczeństwa.

Dlatego zajmuję się dziećmi.

• • •

Miałem pracować tylko do południa, ale przyjmowałem pacjentów do trzeciej, żeby nadrobić opóźnienie spowodowane wizytą w FBI. Naturalnie, przez cały dzień myślałem o tym przesłuchaniu. Zdjęcia Elizabeth, pobitej i zapłakanej, wciąż stawały mi przed oczami, jak stroboskopowa sekwencja jakiegoś groteskowego filmu.

Kto mógł coś wiedzieć o tych zdjęciach?

Kiedy zacząłem się nad tym zastanawiać, odpowiedź okazała się prosta. Pochyliłem się i podniosłem słuchawkę telefonu. Nie dzwoniłem pod ten numer od lat, ale wciąż go pamiętałem.

– Schayes Photography – usłyszałem kobiecy głos.

– Cześć, Rebecca.

– Stary byku. Jak się masz, Beck?

– Dobrze. A ty?

– Nieźle. Jestem zajęta jak diabli.

– Zbyt ciężko pracujesz.

– Już nie. W zeszłym roku wyszłam za mąż.

– Wiem. Przykro mi, że nie mogłem przyjść.

- Trujesz.
- Tak. Mimo to gratuluję.
- O co chodzi?
- Chcę cię o coś zapytać – powiedziałem.
- Uhm.
- O ten wypadek samochodowy.

Usłyszałem ciche westchnienie. Potem zapadła cisza.

- Czy pamiętasz wypadek samochodowy? Ten przed śmiercią Elizabeth?

Rebecca Schayes, najlepsza przyjaciółka mojej żony, nie odpowiedziała.

Odkaszlnąłem.

- Kto prowadził?
- Co? – usłyszałem, lecz to pytanie nie było skierowane do mnie. – W porządku, zaczekaj. – A potem powiedziała: – Słuchaj, Beck, jestem teraz zajęta. Może zadzwonię do ciebie niedługo?
- Rebecca...

Przerwała rozmowę.

• • •

Oto smutna prawda: cierpienie uszlachetnia.

To fakt, że po stracie bliskich stałem się lepszym człowiekiem. Jeśli prawdą jest stwierdzenie, że nie ma złego bez dobrego, to tego drugiego jest naprawdę niewiele. Ale jest. Wcale nie twierdzę, że było warto, nie zamieniłbym tego i tak dalej, lecz wiem, że jestem lepszym człowiekiem niż kiedyś. Wyraźniej dostrzegam to, co jest ważne. Jestem wrażliwszy na ludzkie cierpienia.

Był taki okres – z którego teraz się śmieję – że przejmowałem się tym, do jakich należę klubów, jakim jeżdżę samochodem i z jakiej uczelni dyplom powiesiłem sobie na ścianie. Słowem, wszystkimi bzdurami związanymi z pozycją. Chciałem zostać chirurgiem, ponieważ to imponuje ludziom. Chciałem zrobić wrażenie na tak zwanych znajomych. Chciałem być grubą rybą.

Jak już powiedziałem, śmiechu warte.

Ktoś mógłby się spierać, że moja przemiana to po prostu oznaka dojrzałości. Częściowo miałby rację. A ta przemiana w znacznym stopniu wynika z tego, że teraz jestem sam. Z Elizabeth tworzyliśmy parę, jedność. Ona była tak dobra, że ja mogłem sobie pozwolić na wady, jakby jej dobroć uszlachetniała także mnie, niczym jakiś kosmiczny ulepszacz.

Tak, śmierć jest wspaniałym nauczycielem. Niestety zbyt surowym.

Chciałbym móc wam powiedzieć, że dzięki tej tragedii odkryłem jakąś życiową absolutną prawdę, którą jestem w stanie wyjawić innym. No cóż. Mogę recytować same banały: liczą się ludzie, życie jest cenne, wartości materialne są przeceniane, najważniejsze są drobne radości, trzeba żyć chwilą... Mógłbym powtarzać to wam do znudzenia. I słuchalibyście, ale bez przekonania. Dopiero tragedia pozwala zrozumieć te prawdy. Wbija je do głowy. Może potem nie jesteś szczęśliwszym człowiekiem, ale na pewno lepszym.

Najzabawniejsze jest to, że często pragnąłem, żeby Elizabeth mogła zobaczyć mnie takiego, jakim się stałem. Choćbym nie wiem jak się starał, nie potrafię uwierzyć w to, że zmarli spoglądają na nas; nie wierzę w żadną z tego rodzaju pocieszających bajek, które sobie opowiadamy. Uważam, że zmarli odchodzą na dobre. Mimo to wciąż myślę, że może teraz jestem jej godny.

Bardziej religijny człowiek mógłby się zastanawiać, czy nie dlatego wróciła.

Rebecca Schayes była wziętym fotografem. Pracowała jako wolny strzelec i jej prace ukazywały się we wszystkich największych magazynach, lecz – co dziwne – specjalizowała się w fotografiach mężczyzn. Zawodowi sportowcy, którzy zgadzali się na zamieszczenie ich zdjęć na okładce, powiedzmy „GQ", często żądali, by to ona je robiła. Rebecca lubiła żartować, że potrafi właściwie uchwycić męskie ciało dzięki „intensywnym i wieloletnim studiom".

Znalazłem jej pracownię przy Zachodniej Trzydziestej Drugiej Ulicy, niedaleko Penn Station. Mieściła się w paskudnym, podobnym do magazynu budynku, w którym na parterze znajdowały się stajnie i gdzie śmierdziało końmi oraz bryczkami jeżdżącymi po Central Parku. Zrezygnowałem z jazdy windą towarową i wszedłem po schodach.

Rebecca raźnym krokiem szła korytarzem. Za nią truchtał chudy, ubrany na czarno asystent, z rękami jak patyki i cieniutkim wąsikiem, taszcząc dwie aluminiowe walizki. Rebecca wciąż miała te niesforne loki żydowskiej dziewczyny, ogniście rude i spływające na ramiona. Jej oczy były szeroko rozstawione i zielone, a jeśli przez te osiem lat choć trochę się zmieniła, to ja tego nie potrafiłem dostrzec.

Na mój widok tylko trochę zwolniła kroku.

– Wybrałeś sobie kiepski moment, Beck.

– To fatalnie – powiedziałem.

– Jadę na zdjęcia. Możemy załatwić to później?

– Nie.

Przystanęła, szepnęła coś do ponurego, odzianego na czarno asystenta i zwróciła się do mnie.

– W porządku, chodź.

Jej pracownia miała wysoki sufit i ściany pomalowane na biało. Było tam mnóstwo białych oraz czarnych ekranów i wszędzie wiły się węże przedłużaczy. Rebecca bawiła się opakowaniem błony, udając zaabsorbowaną.

– Opowiedz mi o tym wypadku samochodowym – poprosiłem.

– Nie rozumiem, Beck. – Otworzyła koreks, odstawiła go,

112

znów nałożyła zakrętkę i ponownie go otwarła. – Prawie nie kontaktowaliśmy się ze sobą przez... ile? Osiem lat? I nagle dostałeś obsesji na tle wypadku, który zdarzył się tak dawno temu? – Skrzyżowałem ręce na piersi i czekałem. – Dlaczego, Beck? Po tak długim czasie. Dlaczego o to pytasz?

– Opowiedz mi.

Unikała mojego spojrzenia. Niesforne włosy zasłoniły jej połowę twarzy, ale nie odgarnęła ich.

– Brakuje mi jej – powiedziała. – I brakuje mi ciebie.

Milczałem.

– Dzwoniłam.

– Wiem.

– Próbowałam utrzymać kontakt. Chciałam tam być.

– Przykro mi.

I rzeczywiście było mi przykro. Rebecca była najlepszą przyjaciółką Elizabeth. Przed naszym ślubem wynajmowały wspólne mieszkanie w pobliżu Washington Square Park. Powinienem był odpowiedzieć na jej telefony, zaprosić na obiad albo podjąć jakąś inną próbę podtrzymania kontaktu. Ale nie mogłem.

Żal bywa potwornie samolubny.

– Elizabeth mówiła mi, że we dwie miałyście niegroźny wypadek samochodowy – ciągnąłem. – Powiedziała mi, że to była jej wina. Przez moment nie patrzyła na drogę. Czy to prawda?

– A jakie to ma teraz znaczenie?

– Ma.

– Jakie?

– Czego się boisz, Rebecco?

Teraz ona milczała.

– Czy to był wypadek, czy nie?

Zgarbiła się, jakby ktoś przeciął niewidoczne sznurki. Zrobiła kilka głębokich wdechów, nie podnosząc głowy.

– Nie wiem.

– Jak to nie wiesz?

– Powiedziała mi, że to był wypadek.

– Nie byłaś wtedy z nią?

– Nie. Ciebie nie było w mieście, Beck. Któregoś wieczoru wróciłam do domu i zastałam Elizabeth. Była posiniaczona. Zapytałam, co się stało. Powiedziała, że miała wypadek i gdyby ktoś pytał, jechałyśmy moim samochodem.

– Gdyby ktoś pytał?

W końcu spojrzała na mnie.

– Wydaje mi się, że myślała o tobie, Beck.

Usiłowałem to ogarnąć.

– Co więc naprawdę się stało?

– Nie chciała powiedzieć.

– Zawiozłaś ją do lekarza?

– Nie pozwoliła mi. – Rebecca obrzuciła mnie dziwnym spojrzeniem. – Wciąż nie rozumiem. Dlaczego pytasz o to teraz?

Nie mów nikomu.

– Z czystej ciekawości.

Kiwnęła głową, ale nie uwierzyła. Oboje nie potrafiliśmy kłamać.

– Czy zrobiłaś jej jakieś zdjęcia? – zapytałem.

– Zdjęcia?

– Jej obrażeń. Po tym wypadku.

– Boże, nie. Dlaczego miałabym to robić?

Bardzo dobre pytanie. Siedziałem i zastanawiałem się nad tym. Nie wiem jak długo.

– Beck?

– Taak.

– Wyglądasz okropnie.

– Ty wprost przeciwnie.

– Jestem zakochana.

114

– To ci służy.

– Dzięki.

– Czy to porządny gość?

– Wspaniały.

– Zatem może na ciebie zasługuje.

– Może. – Nachyliła się i pocałowała mnie w policzek. To było miłe, pocieszające. – Coś się stało, prawda?

Tym razem powiedziałem prawdę.

– Sam nie wiem.

Rozdział 13

Shauna i Hester Crimstein siedziały w szykownym biurze adwokackim w centrum miasta. Hester skończyła rozmowę i odłożyła słuchawkę na widełki.

– Niewiele się dowiedziałam – mruknęła.

– Ale nie aresztowali go?

– Nie. Jeszcze nie.

– No to co się dzieje? – spytała Shauna.

– Z tego, co się domyślam, sądzą, że Beck zabił żonę.

– To idiotyzm! – powiedziała Shauna. – Leżał w szpitalu i płakał. Ten świr KillRoy siedzi za to w celi śmierci.

– Nie za zamordowanie Elizabeth – odparła prawniczka.

– Co?

– Kellerton jest podejrzany o zamordowanie co najmniej osiemnastu kobiet. Przyznał się do czternastu zabójstw, ale tylko w wypadku dwunastu mieli wystarczająco dużo dowodów, żeby oskarżyć go i uzyskać wyrok skazujący. To wystarczyło. Ile razy można wymierzyć karę śmierci?

– Przecież wszyscy wiedzą, że to on zabił Elizabeth.

– Poprawka: wszyscy wiedzieli.

– Nie rozumiem. Jak oni mogą przypuszczać, że Beck miał coś wspólnego z jej zabójstwem?

– Nie mam pojęcia – odparła Hester. Położyła nogi na biurku i splotła ręce za głową. – Przynajmniej na razie. Musimy się jednak pilnować.

– Jak to?

– Po pierwsze, musimy założyć, że federalni śledzą każdy nasz krok. Podsłuchy telefonów, obserwacja, tego rodzaju rzeczy.

– I co z tego?

– Jak to „i co z tego"?

– On jest niewinny, Hester. Niech sobie obserwują.

Prawniczka spojrzała na nią i pokręciła głową.

– Nie bądź naiwna.

– Co chcesz przez to powiedzieć, do diabła?

– Chcę powiedzieć, że jeśli nawet nagrają, jak ciamka przy śniadaniu, to zrobią z tego aferę. Powinien uważać. Jest jednak jeszcze coś.

– Co?

– Federalni zamierzają go dorwać.

– Jak?

– Nie mam pojęcia, ale wierz mi, zrobią to. Zawzięli się na twojego przyjaciela. To sprawa sprzed ośmiu lat. A to oznacza, że federalni są zdesperowani. A zdesperowani federalni nie przejmują się prawami przysługującymi obywatelowi.

Shauna siedziała i rozmyślała o dziwnych e-mailach od „Elizabeth".

– O czym myślisz? – spytała Hester.

– O niczym.

– Niczego przede mną nie ukrywaj, Shauno.

– To nie ja jestem twoją klientką.

– Chcesz powiedzieć, że Beck nie powiedział mi wszystkiego?

Nagle, z rosnącym przerażeniem, Shauna uświadomiła sobie coś. Zastanawiała się nad tym przez długą chwilę, obracając tę myśl w głowie, analizując.

To miało sens, lecz Shauna miała nadzieję, że się myli – a nawet modliła się o to. Wstała i pospiesznie ruszyła do drzwi.

– Muszę iść.

– Co się stało?

– Zapytaj swojego klienta.

• • •

Specjalni agenci Nick Carlson i Tom Stone usadowili się na tej samej kanapie, na której Beck tak niedawno oddawał się nostalgicznym wspomnieniom. Kim Parker, matka Elizabeth, siedziała naprzeciw nich, trzymając ręce na podołku. Jej twarz była nieruchoma jak woskowa maska. Hoyt Parker przechadzał się po pokoju.

– Cóż to za ważna sprawa, że nie chcieliście o niej rozmawiać przez telefon? – zapytał.

– Chcemy zadać kilka pytań – rzekł Carlson.

– Czego dotyczą?

– Pańskiej córki.

Parkerowie zamarli.

– Ściśle mówiąc, chcemy zapytać o jej małżeństwo z doktorem Davidem Beckiem.

Hoyt i Kim wymienili spojrzenia.

– Dlaczego? – zapytał Hoyt.

– Ma to związek z prowadzonym obecnie śledztwem.

– Jaki związek? Ona nie żyje od ośmiu lat. Jej morderca siedzi w celi śmierci.

– Proszę, detektywie Parker. Jesteśmy po tej samej stronie.

W salonie zapadła głucha cisza. Kim Parker zacisnęła wargi i zadrżała. Hoyt spojrzał na żonę, na agentów, a potem skinął głową. Carlson nie odrywał oczu od Kim.

– Pani Parker, jak określiłaby pani stosunki między pani córką a jej mężem?

– Byli bardzo szczęśliwi, bardzo zakochani.

– Żadnych problemów?

– Nie – odparła. – Żadnych.

– Czy nazwałaby pani doktora Becka agresywnym?

Wyglądała na zdumioną.

– Nie, nigdy.

Spojrzeli na Hoyta. Potwierdził skinieniem głowy.

– Czy wiadomo państwu, by doktor Beck uderzył kiedyś waszą córkę?

– Co takiego?

Carlson spróbował uprzejmego uśmiechu.

– Gdybyście państwo zechcieli odpowiedzieć na moje pytanie.

– Nigdy – odparł Hoyt. – Nikt nigdy nie uderzył mojej córki.

– Jest pan pewien?

– Najzupełniej – odparł stanowczo Hoyt.

Carlson popatrzył na Kim.

– Pani Parker?

– Tak bardzo ją kochał.

– Rozumiem, proszę pani. A jednak wielu mężczyzn, którzy podają się za kochających mężów, bije swoje żony.

– On nigdy jej nie uderzył.

Hoyt przestał chodzić po pokoju.

– O co właściwie chodzi?

Carlson przez chwilę spoglądał na Stone'a.

– Jeśli państwo pozwolą, chciałbym wam pokazać kilka zdjęć. To będzie trochę nieprzyjemne, ale uważam, że konieczne.

Stone podał mu brązową kopertę. Carlson otworzył ją. Jedno po drugim, położył fotografie posiniaczonej Elizabeth na stoliku. Pilnie obserwował reakcję Parkerów. Kim Parker, zgodnie z oczekiwaniami, cicho krzyknęła. Twarz Hoyta Parkera wykrzywiła się w dziwnym grymasie, po czym zastygła w nieruchomą maskę.

– Skąd je wzięliście? – zapytał cicho.

– Widzieliście je już wcześniej?

– Nigdy – powiedział. Spojrzał na żonę. Przecząco pokręciła głową.

– Pamiętam, że miała te siniaki – powiedziała.

– Kiedy?

– Nie przypominam sobie dokładnie. Niedługo przed śmiercią. Tylko że kiedy je widziałam, były mniej… – szukała odpowiedniego słowa – widoczne.

– Czy córka mówiła, w jaki sposób się tak potłukła?

– Powiedziała, że miała wypadek samochodowy.

– Pani Parker, sprawdziliśmy w jej firmie ubezpieczeniowej. Nigdy nie zgłosiła roszczeń. Sprawdziliśmy akta policyjne. Nikt nie odnotował żadnego wypadku. Nie ma nawet żadnego policyjnego raportu.

– Co chce pan przez to powiedzieć? – wtrącił się Hoyt.

– Tylko to: jeśli córka państwa nie miała wypadku, skąd wzięły się te siniaki na jej ciele?

– Sądzicie, że pobił ją jej mąż?

– Pracujemy nad tą teorią.

– Opartą na czym?

Agenci zawahali się. To wahanie mogło oznaczać wyłącznie jedno: nie przy matce, nie przy cywilach. Hoyt natychmiast to zrozumiał.

– Kim, czy będziesz miała coś przeciwko temu, że przez chwilę sam porozmawiam z panami?

– Ależ skąd. – Wstała na miękkich nogach i chwiejnie poszła w kierunku schodów. – Będę w sypialni.

Kiedy znikła im z oczu, Hoyt rzekł:

– W porządku, słucham.

– Sądzimy, że doktor Beck nie tylko pobił pańską córkę – powiedział Carlson. – Uważamy, że ją zamordował.

Hoyt powiódł wzrokiem od Carlsona do Stone'a i z powrotem, jakby czekając na puentę. Kiedy jej nie usłyszał, ruszył w kierunku fotela.

– Czekam na wyjaśnienia.

Rozdział 14

Co jeszcze ukrywała przede mną Elizabeth? Idąc Dziesiątą Aleją w kierunku parkingu, raz po raz usiłowałem uznać te fotografie za dokumentację obrażeń odniesionych w wypadku samochodowym. Pamiętałem, jak Elizabeth zbyła tę sprawę machnięciem ręki. Zwyczajna stłuczka, powiedziała. Nic specjalnego. Kiedy zapytałem o szczegóły, odpowiedziała wymijająco.

Teraz wiedziałem, że mnie okłamała.

Mógłbym wam powiedzieć, że nigdy mnie nie okłamywała, ale – w świetle tego ostatniego odkrycia – zabrzmiałoby to zupełnie nieprzekonująco. Mimo wszystko było to jej pierwsze kłamstwo, które odkryłem. Choć pewnie oboje mieliśmy swoje sekrety.

Kiedy dojechałem do parkingu, zauważyłem coś dziwnego – a raczej powinienem powiedzieć, kogoś dziwnego. Na rogu stał mężczyzna w brązowym prochowcu.

Patrzył na mnie.

I wyglądał dziwnie znajomo. Wiedziałem, że go nie znam, a mimo to miałem lekkie *déjà vu*. Już gdzieś widziałem tego człowieka. Nawet dziś rano. Gdzie? Przebiegłem myślami wydarzenia tego ranka i oczami duszy zobaczyłem go.

O ósmej rano zatrzymałem się, by wypić kawę. Mężczyzna w brązowym płaszczu był tam, na parkingu Starbucks.

Czy byłem tego pewny?

Nie, jasne, że nie. Odwróciłem głowę i pospieszyłem do budki strażnika. Dozorca parkingu – według tabliczki na piersi Carlo – oglądał telewizję i jadł kanapkę. Przez pół minuty nie odrywał oczu od ekranu, zanim przeniósł spojrzenie na mnie. Potem powoli strzepnął okruchy z rąk, wziął mój bilet i opieczętował go. Szybko zapłaciłem, a on dał mi klucz.

Mężczyzna w brązowym prochowcu wciąż tam był.

Idąc do mojego samochodu, bardzo starałem się nie patrzeć w jego stronę. Wsiadłem, ruszyłem, a kiedy wyjechałem na Dziesiątą Aleję, spojrzałem w lusterko.

Człowiek w brązowym płaszczu nawet na mnie nie spojrzał. Obserwowałem go, dopóki nie skręciłem ku West Side Highway. Ani razu nie popatrzył w moją stronę. Paranoja. Robiłem się stukniętym paranoikiem.

Dlaczego Elizabeth mnie okłamała?

Zastanawiałem się nad tym, ale nic nie wymyśliłem.

Miałem jeszcze trzy godziny czasu do wiadomości z Bat Street. Trzy godziny. Człowieku, musisz się czymś zająć. Nieustanne rozmyślanie o tym, jaka wiadomość może na mnie czekać na drugim końcu tego internetowego połączenia, wyraźnie źle wpływała na błonę śluzową mojego żołądka.

Wiedziałem, co muszę zrobić. Po prostu usiłowałem odwlec nieuniknione.

• • •

Kiedy wróciłem do domu, dziadek siedział w swoim ulubionym fotelu… sam. Telewizor był wyłączony. Pielęgniarka terkotała po rosyjsku przez telefon. Nie przepracowywała się. Będę musiał zadzwonić do agencji i poprosić o inną.

Dziadek miał w kącikach ust kawałeczki jajka, więc wyjąłem chusteczkę i delikatnie wytarłem je. Nasze spojrzenia spotkały się, lecz on był zapatrzony gdzieś w dal. Zobaczyłem nas wszystkich razem nad jeziorem. Dziadek przybrał swoją ulubioną postawę „przed i po". Odwrócił się bokiem, wypiął brzuch i krzyknął „Przed!", a potem wciągnął go i zawołał „Po!". Robił to doskonale. Mój ojciec ryczał ze śmiechu. Miał wesoły, zaraźliwy śmiech. Swobodny, niewymuszony. Ja też się tak śmiałem. Przestałem po jego śmierci. Już nigdy potem nie śmiałem się w ten sposób. Wydawało mi się, że byłoby to nieprzyzwoite.

Słysząc moje kroki, pielęgniarka pospiesznie zakończyła rozmowę i z promiennym uśmiechem wmaszerowała do pokoju. Nie odwzajemniłem jej się tym samym.

Zerknąłem na drzwi do piwnicy. Wciąż odwlekałem nieuniknione.

– Zostań przy nim – powiedziałem.

Pielęgniarka skinęła głową i usiadła.

Piwnicę wybudowano w czasach, zanim ludzie zaczęli starannie wykańczać takie pomieszczenia, i to rzucało się w oczy. Niegdyś brązowa wykładzina była poplamiona i powybrzuszana od wilgoci. Do nasmołowanych ścian przyklejono imitujące cegły płytki z jakiegoś dziwacznego plastiku. Niektóre odkleiły się i spadły na podłogę, inne przekrzywiły, ale jeszcze się trzymały, jak kolumny Akropolu.

Na środku pomieszczenia stał stół do ping-ponga – zielony blat od wielokrotnego mycia przybrał modny, prawie miętowy odcień. Podarta siatka wyglądała jak barykada po ataku francuskich wojsk. Paletki były zdarte do żywego drewna.

Na stole do ping-ponga stało kilka kartonów częściowo pokrytych nalotem pleśni. Inne zalegały w kącie. W kufrach były stare ubrania. Nie Elizabeth. Jej ubraniami zajęły się Shauna z Lindą. Myślę, że dostała je Armia Zbawienia. Natomiast w kilku innych kartonach znajdowały się różne rzeczy.

Jej rzeczy. Nie mogłem ich wyrzucić ani pozwolić, by używali ich inni ludzie. Sam nie wiem dlaczego. Czasem pakujemy stare rzeczy i chowamy je na strychu, nigdy nie zamierzając ich wyjmować, ale nie potrafimy się ich pozbyć. Pewnie tak samo jak marzeń.

Nie pamiętałem, gdzie to wetknąłem, lecz byłem pewien, że to tu jest. Zacząłem przerzucać stare fotografie, znów starając się nie patrzeć. Miałem w tym wprawę, chociaż z upływem czasu ich widok sprawiał mi coraz mniejszy ból. Kiedy zobaczyłem Elizabeth i siebie razem na jakimś wyblakłym zdjęciu wykonanym polaroidem, miałem wrażenie, że patrzę na obcych ludzi.

Nienawidziłem tego, co robiłem.

Grzebałem w pudle. Dotknąłem palcami czegoś zrobionego z filcu i wyjąłem numerek, który nosiła jako zawodniczka szkolnej drużyny tenisowej. Ze smutnym uśmiechem przypomniałem sobie jej opalone nogi i podskakujący na plecach warkocz, kiedy podbiegała do siatki. Na korcie jej twarz zawsze miała skupiony wyraz. Właśnie dzięki temu zwyciężała. Miała całkiem niezłe uderzenie i bardzo dobry serw, lecz przewyższała koleżanki umiejętnością koncentrowania się.

Delikatnie odłożyłem numerek i znów zacząłem szukać. To, czego szukałem, znalazłem na samym dnie pudła.

Jej notatnik.

Policja chciała przejrzeć go po jej porwaniu. A przynajmniej tak mi powiedziano. Rebecca przyszła do naszego mieszkania i pomogła im go znaleźć. Zakładam, że szukali w nim jakichś wskazówek – co i ja zamierzałem zrobić – lecz pewnie zrezygnowali, kiedy znaleźli ciało z piętnem KillRoya.

Myślałem o tym przez chwilę – jak wszystko gładko przypięto KillRoyowi – i nagle wpadł mi do głowy zupełnie nowy pomysł. Pobiegłem na górę do mojego komputera i wszedłem

125

do internetu. Znalazłem witrynę nowojorskiego wydziału więziennictwa. Było tam mnóstwo materiałów, włącznie z potrzebnym mi nazwiskiem i numerem telefonu.

Rozłączyłem się i zadzwoniłem do Briggs Penitentiary. To więzienie, w którym siedzi KillRoy.

Kiedy odezwała się automatyczna sekretarka, wystukałem odpowiedni numer wewnętrzny i zaczekałem na połączenie. Po trzech sygnałach usłyszałem męski głos.

– Mówi nadinspektor Brown.

Powiedziałem mu, że chciałbym odwiedzić Elroya Kellertona.

– Kim pan jest? – zapytał.

– Doktor David Beck. Moja żona Elizabeth była jedną z jego ofiar.

– Rozumiem. – Brown zawahał się. – Czy mógłbym poznać cel tych odwiedzin?

– Nie.

Na linii znów zapadła cisza.

– Mam prawo go odwiedzić, jeśli tylko on zechce – powiedziałem.

– Tak, oczywiście, ale to bardzo niezwykłe życzenie.

– Mimo to.

– Zgodnie z powszechnie przyjętą procedurą pański adwokat powinien skontaktować się z jego...

– To nie jest konieczne – przerwałem mu. Z witryny internetowej poświęconej ofiarom przestępstw dowiedziałem się, że mogę tego zażądać. Jeśli Kellerton zechce się ze mną widzieć, nie ma przeszkód. – Chcę tylko z nim porozmawiać. Jutro są u was godziny odwiedzin, prawda?

– Tak.

– Zatem jeśli Kellerton się zgodzi, odwiedzę go jutro. Czy będą z tym jakieś problemy?

– Nie, proszę pana. Jeśli wyrazi zgodę, nie będzie problemu.

126

Podziękowałem mu i odłożyłem słuchawkę. Zacząłem działać. Poczułem się z tym lepiej.

Notatnik leżał przede mną na biurku. Nie chciałem do niego zaglądać, bo choć zdjęcia i nagrania sprawiały straszny ból, to jej pismo jeszcze gorszy, gdyż było czymś bardziej osobistym. Wysokie duże litery, wyraźne kreski przy „t", zbyt szerokie zawijasy między literami, lekko pochylonymi na prawo...

Spędziłem nad nim godzinę. Elizabeth prowadziła dokładne notatki. Rzadko stenografowała. Zdziwiło mnie to, jak dobrze znałem moją żonę. Wszystko było jasne, żadnych niespodzianek. Prawdę mówiąc, znalazłem tylko jedną notatkę, która nic mi nie mówiła.

Trzy tygodnie przed śmiercią napisała w dzienniku: PF.

I numer telefonu wraz z numerem kierunkowym.

Ponieważ tak dokładnie wszystko opisywała, ten lakoniczny wpis był trochę niepokojący. Nie miałem pojęcia, jaki obszar obejmował kod. Zrobiła to osiem lat temu. Od tej pory numery kierunkowe kilkakrotnie się zmieniały.

Spróbowałem 201 – bez powodzenia. Wybrałem 973. Odezwała się jakaś staruszka. Powiedziałem jej, że wygrała darmową prenumeratę „New York Post". Podała mi swoje nazwisko. Inicjały nie pasowały. Spróbowałem 212, czyli centrum miasta. I trafiłem.

– Peter Flannery, adwokat – powiedział senny kobiecy głos.

– Czy mógłbym mówić z panem Flannerym.

– Jest w sądzie.

Może mogłaby być bardziej znudzona, ale nie bez recepty wystawionej przez lekarza. W tle słyszałem hałas.

– Chciałbym się umówić na spotkanie z panem Flannerym.

– W odpowiedzi na nasze ogłoszenie na tablicach reklamowych?

– Na tablicach?

– Był pan ranny?

– Tak – odparłem. – Ale nie czytałem tej reklamy. Polecił was mój znajomy. Chodzi o błąd w sztuce lekarskiej. Złamałem rękę i teraz nie mogę nią poruszać. Straciłem pracę. I wciąż mnie boli.

Wyznaczyła mi spotkanie na następny dzień po południu.

Odłożyłem telefon i zmarszczyłem brwi. Co robiła Elizabeth u takiego łowcy odszkodowań, na jakiego wyglądał Flannery?

Dźwięk telefonu przestraszył mnie. Podskoczyłem i podniosłem słuchawkę w połowie dzwonka.

– Halo – powiedziałem.

Dzwoniła Shauna.

– Gdzie byłeś? – zapytała.

– W domu.

– Musisz natychmiast tu przyjechać – oświadczyła.

Rozdział 15

Agent Carlson spojrzał Hoytowi Parkerowi w oczy.

– Jak pan wie, niedawno znaleźliśmy dwa ciała w pobliżu jeziora Charmaine.

Hoyt skinął głową.

Zadzwonił telefon komórkowy. Stone podniósł się ociężale, przeprosił i powlókł się do kuchni. Hoyt znów odwrócił się do Carlsona i czekał.

– Znamy oficjalną przyczynę zgonu pańskiej córki – rzekł Carlson. – Razem z mężem pojechali nad jezioro, jak co roku w rocznicę ślubu. Pływali po ciemku. KillRoy zaczaił się i czekał. Potem napadł na doktora Becka i porwał pańską córkę. Koniec historii.

– A wy uważacie, że było inaczej?

– Owszem, Hoyt... Mogę mówić ci Hoyt?

Parker skinął głową.

– Tak, Hoyt, uważamy, że było inaczej.

– A jak?

– Ja uważam, że to David Beck zamordował twoją córkę i obciążył tym seryjnego mordercę.

Hoyt, od dwudziestu ośmiu lat pracujący w nowojorskiej policji, wiedział, jak zachować kamienną twarz, a mimo to odchylił się do tyłu, jakby te słowa były mocnym ciosem pod-bródkowym.

– Chętnie posłucham.

– W porządku, odtwórzmy sytuację. Beck zabiera twoją córkę nad odludne jezioro, tak?

– Zgadza się.

– Byłeś tam?

– Wiele razy.

– O?

– Byliśmy zaprzyjaźnieni. Kim i ja przyjaźniliśmy się z rodzicami Davida. Często się odwiedzaliśmy.

– Zatem wiesz, jakie to odludzie.

– Tak.

– Leśna droga od znaku, który można zauważyć tylko wtedy, kiedy ktoś wie, gdzie go szukać. Naprawdę bardzo odludne miejsce. Żywego ducha w promieniu wielu kilometrów.

– Do czego zmierzasz?

– Jakie jest prawdopodobieństwo, że KillRoy pojawi się nad jeziorem?

Hoyt podniósł ręce.

– A jakie jest prawdopodobieństwo, że ktoś spotka seryj-nego mordercę?

– Owszem, to prawda, ale w innych wypadkach sprawca kierował się jakąś logiką. Kellerton porywał kobiety z ulicy, ze staranowanego przez siebie samochodu, nawet włamywał się do domów. Dobrze się zastanów. Zauważa tę boczną dróż-kę i nagle postanawia poszukać na niej ofiary? Nie mówię, że to niemożliwe, lecz wysoce nieprawdopodobne.

– Mów dalej – zachęcił Hoyt.

– Przyznasz, że w przyjętym przez policję scenariuszu jest mnóstwo dziur.

– Nie ma spraw, w których wszystko byłoby jasne.

– To też racja, ale pozwól, że podam ci alternatywną teorię. Powiedzmy, że doktor Beck chciał zabić twoją córkę.

– Dlaczego?

– Przede wszystkim z powodu dwustu tysięcy odszkodowania z ubezpieczenia na życie.

– On nie potrzebuje pieniędzy.

– Każdy potrzebuje pieniędzy, Hoyt. Wiesz o tym.

– Nie kupuję tego.

– Posłuchaj, wciąż nad tym pracujemy. Jeszcze nie mamy wszystkich motywów. Pozwól mi jednak rozwinąć ten scenariusz, dobrze?

Hoyt obojętnie wzruszył ramionami.

– Mamy dowody, że doktor Beck ją bił.

– Jakie dowody? Macie kilka zdjęć. Powiedziała matce, że miała wypadek samochodowy.

– Daj spokój, Hoyt. – Carlson machnięciem ręki wskazał na fotografię. – Spójrz na wyraz twarzy twojej córki. Czy tak wygląda twarz kobiety, która miała wypadek samochodowy?

Nie, pomyślał Hoyt, nie tak.

– Gdzie znaleźliście te zdjęcia?

– Zaraz do tego dojdę, ale wróćmy do mojego scenariusza, dobrze? Załóżmy przez moment, że doktor Beck pobił twoją córkę i po jej śmierci mógł dostać piekielnie duże odszkodowanie.

– Niezłe założenie.

– Owszem, ale bądźmy cierpliwi. Pomyśl o przyjętej wersji wydarzeń i wszystkich dziurach w tym scenariuszu. A teraz przedstawię ci inny: doktor Beck zabiera twoją córkę w odludne miejsce, gdzie nie będzie żadnych świadków. Wynajmuje dwóch opryszków, żeby ją złapali. Słyszał o KillRoyu. Pisali o nim w gazetach. Ponadto twój brat pracował nad tą sprawą. Czy omawiał ją kiedyś z tobą lub Beckiem?

Hoyt przez chwilę milczał.

– Mów dalej.

– Ci dwaj wynajęci dranie porywają i zabijają twoją córkę. Naturalnie głównym podejrzanym będzie jej mąż... jak zawsze w takich wypadkach, prawda? Lecz ci dwaj wypalają jej na policzku literę „K". W ten sposób o to morderstwo obwinia się KillRoya.

– Przecież Beck został napadnięty. Miał poważne obrażenia głowy.

– Jasne, lecz obaj wiemy, że coś takiego wcale nie wyklucza przypuszczenia, iż to z jego inicjatywy. W jaki sposób by się tłumaczył, gdyby nic mu się nie stało? „Hej, wiecie co, ktoś porwał moją żonę, ale mnie zostawił w spokoju"? To bez sensu. Uderzenie w głowę uwiarygodniło jego opowieść.

– To było piekielnie mocne uderzenie.

– Miał do czynienia z oprychami, Hoyt. Pewnie przesadzili. A poza tym co z tymi jego obrażeniami? Opowiada przedziwną historię o tym, jak w jakiś cudowny sposób wydostał się z wody i zadzwonił pod dziewięćset jedenaście. Pokazałem kilku lekarzom kartę szpitalną doktora Becka. Twierdzą, że przedstawiony przez niego opis wydarzeń przeczy wszelkiej wiedzy medycznej. Przy takich obrażeniach nie był w stanie tego dokonać.

Hoyt rozważył te słowa. Sam też często zastanawiał się nad tym, w jaki sposób Beck przeżył i wezwał pomoc.

– Co jeszcze? – zapytał.

– Mamy dowód wskazujący na to, że to ci dwaj kryminaliści, a nie KillRoy, napadli na Becka.

– Jaki dowód?

– Obok ciał znaleźliśmy zakopany zakrwawiony kij baseballowy. Pełna analiza DNA zajmie chwilę, ale wstępne wyniki wskazują na to, że krew należy do Becka.

Agent Stone przeszedł przez pokój i z impetem opadł na kanapę. Hoyt ponownie powiedział:

– Mów dalej.

– Reszta jest oczywista. Ci dwaj dranie robią swoje. Zabijają twoją córkę i obciążają tym KillRoya. Potem przychodzą po resztę zapłaty… a może postanawiają wymusić na doktorze Becku więcej pieniędzy. Nie wiem. Tak czy inaczej, musi się ich pozbyć. Wyznacza im spotkanie w lasach w pobliżu jeziora Charmaine. Ci dwaj pewnie sądzili, że mają do czynienia z lalusiowatym doktorkiem, i zupełnie ich zaskoczył. Tak czy inaczej zastrzelił obu i zakopał wraz z kijem baseballowym oraz wszystkimi innymi dowodami, które mogłyby go później obciążyć. Zbrodnia doskonała. Nic nie wiązało go z morderstwem. Spójrzmy prawdzie w oczy. Gdyby nie dopisało nam szczęście, ciała nigdy nie zostałyby znalezione.

Hoyt pokręcił głową.

– Ciekawa teoria.

– To nie wszystko.

– Tak?

Carlson spojrzał na Stone'a. Ten wskazał na swój telefon komórkowy.

– Właśnie otrzymałem dziwną wiadomość od kogoś z więzienia federalnego Briggs. Wygląda na to, że pański zięć dzwonił tam dzisiaj i zażądał widzenia z KillRoyem.

Teraz Hoyt naprawdę zrobił zdumioną minę.

– Do diabła, po co miałby to robić?

– Niech pan nam to powie – odparł Stone. – Trzeba jednak pamiętać, że Beck wie, iż depczemy mu po piętach. I nagle odczuwa nieodpartą ochotę, by odwiedzić człowieka, którego obciążył zabójstwem pańskiej córki.

– Ciekawy zbieg okoliczności – zauważył Carlson.

– Myślicie, że próbuje zacierać ślady?

– A ma pan lepsze wyjaśnienie?

Hoyt usiadł wygodniej i zastanowił się chwilkę.

– Zapomnieliście o czymś.

– O czym?

Wskazał na leżące na stole zdjęcia.

– Kto wam je dał?

– Myślę, że w pewnym sensie – rzekł Carlson – zrobiła to twoja córka.

Hoyt zbladł.

– Ściśle mówiąc, jej *alter ego*. Niejaka Sarah Goodhart. Drugie imię twojej córki oraz nazwa tej ulicy.

– Nie rozumiem.

– Na miejscu zbrodni – ciągnął Carlson – okazało się, że jeden z tych dwóch zbirów, niejaki Melvin Bartola, miał w bucie kluczyk. – Carlson pokazał niewielki klucz. Hoyt wziął go od niego i obejrzał, jakby szukał jakiejś ukrytej odpowiedzi. – Widzisz znak UCB na uszku?

Hoyt skinął głową.

– To skrót United Central Bank. W końcu ustaliliśmy, że chodzi o ich oddział przy Broadway tysiąc siedemset siedemdziesiąt dwa w tym mieście. Ten klucz pasuje do skrytki sto siedemdziesiąt cztery, która została wynajęta na nazwisko Sarah Goodhart. Dostaliśmy nakaz jej przeszukania.

Hoyt podniósł głowę.

– I te zdjęcia tam były?

Carlson i Stone popatrzyli po sobie. Wcześniej ustalili, że nie powiedzą Hoytowi wszystkiego o tej skrytce – przynajmniej dopóki nie otrzymają wyników analiz, które rozwieją wątpliwości – lecz teraz obaj kiwnęli głowami.

– Tylko pomyśl, Hoyt. Twoja córka schowała te zdjęcia w depozycie bankowym. Powody są oczywiste. Chcesz więcej? Przesłuchaliśmy doktora Becka. Przyznał, że nic o nich nie wiedział. Nigdy ich przedtem nie widział. Dlaczego twoja córka ukryła je przed nim?

– Rozmawialiście z Beckiem?

– Tak.

– Co jeszcze powiedział?

– Niewiele, bo zaraz wezwał adwokata. – Carlson odczekał chwilę. Potem nachylił się do rozmówcy. – I to nie byle kogo, bo samą Hester Crimstein. Czy to ci wygląda na postępowanie niewinnego człowieka?

Hoyt ścisnął poręcze fotela, usiłując się uspokoić.

– Nie możecie niczego dowieść.

– Nie, jeszcze nie. Lecz znamy już prawdę. Czasem to połowa zwycięstwa.

– I co zamierzacie uczynić?

– Możemy zrobić tylko jedno – odparł z uśmiechem Carlson. – Naciskać i czekać, aż pęknie.

• • •

Larry Gandle przejrzał codzienny raport i wymamrotał pod nosem:

– Niedobrze.

Najpierw FBI zgarnęło Becka i przesłuchało go.

Potem Beck dzwoni do fotografa, kobiety o nazwisku Rebecca Schayes. Pyta ją o dawny wypadek samochodowy, który spowodowała jego żona. Później odwiedza studio.

Fotograficzne.

Jeszcze później Beck dzwoni do więzienia Briggs i mówi, że chce się zobaczyć z Elroyem Kellertonem.

I w końcu telefonuje do biura Petera Flannery'ego.

Wszystko to bardzo zagadkowe. Złe wieści.

Eric Wu odłożył słuchawkę.

– To ci się nie spodoba – powiedział.

– Co?

– Nasz informator w FBI twierdzi, że podejrzewają Becka o zamordowanie żony.

Gandle o mało nie padł.

– Wyjaśnij.

– Nic więcej nie wie. W jakiś sposób powiązali z Beckiem te dwa trupy znad jeziora.

Bardzo zagadkowe.

– Pokaż mi jeszcze raz zapisy poczty elektronicznej – zażądał Gandle.

Eric Wu podał mu kartki. Kiedy Gandle rozmyślał nad tym, kto mógł to wysłać, zaczął odczuwać coraz silniejsze i dokuczliwsze mrowienie w żołądku. Próbował poskładać kawałki tej łamigłówki. Zawsze zastanawiał się, jak Beck zdołał przeżyć tamtą noc. Teraz zastanawiał się nad czymś innym.

Czy oprócz Becka przeżył ją ktoś jeszcze?

– Która godzina? – zapytał.

– Szósta trzydzieści.

– Beck jeszcze nie sprawdził tego adresu Bat... coś tam?

– Bat Street. Nie, jeszcze nie.

– Mamy coś więcej o Rebecce Schayes?

– Tylko to, co już wiedzieliśmy. Przyjaciółka Elizabeth Parker. Wynajmowały wspólne mieszkanie, zanim Parker wyszła za Becka. Sprawdziłem bilingi telefoniczne. Beck od lat do niej nie dzwonił.

– To dlaczego zrobił to teraz?

Wu wzruszył ramionami.

– Pani Schayes musi coś wiedzieć.

Griffin Scope wyraził się jasno. Dowiedz się prawdy i pogrzeb przeszłość.

I wykorzystaj Wu.

– Musimy z nią porozmawiać – rzekł Gandle.

Rozdział 16

Shauna czekała na mnie na parterze wieżowca przy Park Avenue 462 na Manhattanie.

– Chodź – powiedziała bez żadnych wstępów. – Chcę pokazać ci coś na górze.

Spojrzałem na zegarek. Niecałe dwie godziny do nadejścia wiadomości z Bat Street. Weszliśmy do windy. Shauna nacisnęła guzik dwudziestego trzeciego piętra. Wskaźnik piął się w górę i popiskiwał licznik dla niewidomych.

– Słowa Hester dały mi do myślenia – oznajmiła Shauna.

– Tak?

– Powiedziała, że federalni są zdesperowani. Zrobią wszystko, żeby cię dopaść.

– A więc?

Dźwig wydał z siebie ostatnie brzęknięcie.

– Zaczekaj, sam zobaczysz.

Drzwi otworzyły się, ukazując ogromne pomieszczenie podzielone przepierzeniami. W dzisiejszych czasach typowe wnętrze firmy w dużym mieście. Gdyby nie sufit i widok z okien, z trudem można by je odróżnić od laboratoryjnego labiryntu dla szczurów. Kiedy się nad tym zastanowić, to podobieństwo nie jest wyłącznie zewnętrzne.

Shauna pomaszerowała pomiędzy niekończącymi się dźwiękochłonnymi ściankami. W połowie drogi skręciła w lewo, potem w prawo i znów w lewo.

– Może powinienem pozostawiać okruszki chleba – powiedziałem.

– Dobry żart – stwierdziła bez entuzjazmu.

– Dziękuję, czynne cały tydzień.

Nie uśmiechnęła się.

– Gdzie właściwie jesteśmy?

– Firma DigiCom. Agencja czasem korzysta z ich usług.

– Jakich?

– Sam zobaczysz.

Skręciliśmy jeszcze raz i weszliśmy do zagraconej klitki, w której zastaliśmy młodego człowieka o wysokim czole i smukłych palcach pianisty-wirtuoza.

– To Farrell Lynch. Farrell, to David Beck.

Uścisnąłem szczupłe palce.

– Cześć – rzekł Farrell.

Skinąłem głową.

– W porządku – rzuciła Shauna. – Włącz to.

Farrell Lynch okręcił się na krześle, twarzą do komputera. Shauna i ja patrzyliśmy zza jego pleców. Zaczął stukać w klawisze swoimi smukłymi palcami.

– Włączone – oznajmił.

– Puść.

Nacisnął klawisz „enter". Ekran ściemniał, a potem pojawił się na nim Humphrey Bogart. Miał na sobie fedorę i procho-wiec. Natychmiast rozpoznałem obraz. Mgła, samolot na drugim planie. Finałowa scena *Casablanki*.

Spojrzałem na Shaunę.

– Poczekaj – powiedziała.

Kamera była skierowana na Bogarta. Właśnie rozmawiał z Ingrid Bergman, mówiąc jej, żeby wsiadała do samolotu z Laszlo i że problemy trojga ludzi nie mają żadnego znaczenia dla tego świata. A potem, kiedy w obiektywie znów pojawiła się Ingrid Bergman...

To wcale nie była ona.

Zamrugałem oczami. Spod ronda tego słynnego kapelusza spoglądała na Bogiego Shauna, skąpana w szarawym świetle.

– Nie mogę zostać z tobą, Rick – powiedziała dramatycznym tonem komputerowa Shauna – ponieważ szaleńczo kocham się w Avie Gardner.

Odwróciłem się do Shauny. Obrzuciłem ją pytającym spojrzeniem. Przytaknęła skinieniem głowy.

– Sądzisz... – urwałem. – Sądzisz, że dałem się nabrać na fotomontaż? – musiałem zadać jej to pytanie.

Farrell przejął pałeczkę.

– Fotografię cyfrową – poprawił. – Znacznie łatwiej uzyskać pożądany efekt. – Obrócił się na fotelu, twarzą do mnie. – Widzi pan, obrazy komputerowe to nie film. To po prostu piksele zapisane w plikach. Trochę podobnie jak dokumenty stworzone w trakcie pracy z procesorem tekstu. Z pewnością pan wie, jak łatwo zmienić taki dokument? Jego zawartość, typ fontów lub interlinię? – Skinąłem głową. – No cóż, ktoś, kto opanował choćby podstawowe umiejętności z dziedziny cyfrowej obróbki obrazu, równie łatwo może manipulować plikami wideo. Nie są to zdjęcia, filmy czy taśmy. Komputerowe pliki wideo to po prostu zbiory pikseli. Każdy może nimi manipulować. Wystarczy wciąć, nałożyć i przepuścić przez program miksujący.

Spojrzałem na Shaunę.

– Przecież na filmie wyglądała inaczej – upierałem się. – Była starsza.

– Farrell? – powiedziała Shauna.

Stuknął w inny klawisz. Znów pojawił się Bogie. Kiedy tym razem kamera pokazała Ingrid Bergman, Shauna wyglądała na siedemdziesięcioletnią staruszkę.

– Oprogramowanie postarzające – wyjaśnił Farrell. – Najczęściej wykorzystywane do sporządzania portretów zaginionych dzieci, lecz teraz w każdym sklepie komputerowym można kupić program tego typu do domowego użytku. Mogę również zmienić dowolną cechę wizerunku Shauny: jej fryzurę, kolor oczu, wielkość nosa. Mogę zrobić jej cieńsze lub grubsze wargi, tatuaż, cokolwiek.

– Dziękuję, Farrell. – Shauna obdarzyła go spojrzeniem, które zrozumiałby nawet ślepiec.

– Przepraszam – rzucił i pospiesznie wyszedł.

Nie mogłem zebrać myśli.

Kiedy Farrell znikł z pola widzenia, zwróciła się do mnie.

– Przypomniałam sobie sesję fotograficzną, którą miałam w zeszłym miesiącu. Jedno ujęcie wyszło doskonale... sponsorowi bardzo się podobało... tylko że klips zsunął mi się z ucha. Przynieśliśmy to zdjęcie tutaj. Farrell błyskawicznie je przemontował i *voilà* , klips znalazł się na właściwym miejscu.

Pokręciłem głową.

– Pomyśl, Beck. Federalni uważają, że to ty zabiłeś Elizabeth, ale mają trudności z udowodnieniem. Hester mówiła, że rozpaczliwie starają się tego dowieść. Zaczęłam się zastanawiać. Może usiłują cię podejść. Czy byłby lepszy sposób niż podsyłanie ci takich e-maili?

– A czas całusa?

– Co z nim?

– Skąd wiedzieliby o czasie całusa?

– Ja o tym wiem. Linda wie. Założę się, że Rebecca wie także, a może rodzice Elizabeth też. Federalni mogli się dowiedzieć.

Poczułem, że łzy cisną mi się do oczu. Usiłowałem zapanować nad nimi i zdołałem wykrztusić:

– To montaż?

– Nie wiem, Beck. Naprawdę nie wiem. Lecz pomyślmy rozsądnie. Gdyby Elizabeth żyła, gdzie podziewałaby się przez osiem lat? Dlaczego akurat teraz miałaby powstać z grobu... dziwnym zbiegiem okoliczności w tym samym czasie, kiedy FBI zaczęło podejrzewać, że to ty ją zamordowałeś? Poza tym... czy naprawdę wierzysz, że ona żyje? Wiem, że bardzo tego pragniesz. Do diabła, ja też. Spróbujmy jednak zachować rozsądek. Pomyśl o tym i odpowiedz na pytanie: który scenariusz wydaje się bardziej prawdopodobny?

Kolana ugięły się pode mną i opadłem na krzesło. Świat rozsypywał się w gruzy. Znów zacząłem tracić nadzieję.

Montaż. Czyżby to był tylko podstęp?

Rozdział 17

Rozsiadłszy się w pracowni Rebekki Schayes, Larry Gandle zadzwonił z telefonu komórkowego do swojej żony.

– Późno wrócę do domu – powiedział.

– Nie zapomnij zażyć tabletki – przypomniała mu Patty.

Gandle miał łagodną cukrzycę, której rozwojowi dawało się zapobiec dzięki diecie i tabletkom. Nie brał insuliny.

– Nie zapomnę.

Eric Wu, nie zdejmując słuchawek walkmana, starannie rozłożył na podłodze winylową folię.

Gandle schował telefon i nałożył gumowe rękawiczki. Rozpoczęli dokładne i czasochłonne poszukiwania. Jak większość fotografów, Rebecca Schayes przechowywała tony negatywów. Cztery metalowe szafy kartotekowe były nimi zapchane. Sprawdzili jej plan dnia. Kończyła zdjęcia. Za godzinę powinna wrócić, żeby popracować w ciemni. Za mało czasu.

– Wiesz, co by nam pomogło? – powiedział Wu.

– Co?

– Gdybyśmy mieli choć blade pojęcie, czego właściwie szukamy.

– Beck otrzymuje tajemnicze e-maile – rzekł Gandle. – I co robi? Po raz pierwszy od ośmiu lat biegnie zobaczyć się z najlepszą przyjaciółką żony. Musimy się dowiedzieć po co.

Wu przyglądał mu się przez chwilę.

– Dlaczego po prostu nie zaczekamy na nią i nie zapytamy o to?

– Zrobimy tak, Eric.

Wu pokiwał głową i odwrócił się.

Gandle dostrzegł długi metalowy stół w ciemni. Sprawdził go. Mocny. I odpowiednich rozmiarów. Można kogoś na nim rozciągnąć i przywiązać kończyny do nóg stołu.

– Ile mamy taśmy izolacyjnej?

– Wystarczy – odparł Wu.

– No to wyświadcz mi grzeczność – powiedział Gandle. – Przenieś tę folię pod stół.

• • •

Pół godziny później odebrałem wiadomość z Bat Street.

Przygotowany przez Shaunę pokaz ogłuszył mnie jak niespodziewany lewy sierpowy. Byłem oszołomiony i leżałem aż do dziesięciu. Potem jednak zdarzyło się coś dziwnego. Podniosłem tyłek z desek. Wstałem, otrząsnąłem się i znów zacząłem walczyć.

Siedzieliśmy w moim samochodzie. Shauna uparła się, że pojedzie ze mną do domu. Za parę godzin przyjedzie po nią limuzyna. Wiedziałem, że chciała mnie pocieszyć, ale domyślałem się również, że jeszcze nie miała ochoty wracać do swojego mieszkania.

– Czegoś nie łapię – oznajmiłem.

Spojrzała na mnie.

– Federalni myślą, że zabiłem Elizabeth, tak?

– Właśnie.

– To dlaczego przysyłają mi e-maile sugerujące, że ona żyje? – Shauna nie miała na to szybkiej odpowiedzi. – Zastanów się – nalegałem. – Twierdzisz, że to jakaś skomplikowana intryga, prowadzona po to, bym podjął działania, które mnie zdemaskują. A przecież gdybym zabił Elizabeth, wiedziałbym, że to podstęp.

– Chcą cię sprowokować.

– To nie ma sensu. Gdyby ktoś naprawdę chciał mnie sprowokować, powinien przysłać wiadomość, udając kogoś, kto... Sam nie wiem, może kogoś, kto był świadkiem morderstwa.

Zastanowiła się.

– Sądzę, że oni po prostu chcą wytrącić cię z równowagi, Beck.

– Taak, ale mimo wszystko. To nie trzyma się kupy.

– W porządku, ile zostało czasu do następnej wiadomości?

Spojrzałem na zegarek.

– Dwadzieścia minut.

Usiadła wygodniej.

– Zaczekamy i zobaczymy.

• • •

Eric Wu postawił swój laptop na podłodze w kącie pracowni Rebekki Schayes.

Najpierw sprawdził komputer w gabinecie Davida Becka. Wciąż nic. Zegar wskazywał kilka minut po ósmej. Przychodnia od dawna była zamknięta. Przełączył się na domowy komputer. Przez kilka sekund nic, a potem...

– Beck właśnie się zalogował – oznajmił Wu.

Larry Gandle pospiesznie podszedł do niego.

– Czy możemy się podłączyć i przeczytać tę wiadomość przed nim?

– To nie byłby dobry pomysł.

– Dlaczego?

– Jeśli się podłączymy i on też spróbuje to zrobić, serwer zamelduje mu, że ktoś już używa tego pseudonimu.

– I zorientuje się, że jest pilnowany?

– Tak. Ale to bez znaczenia. Mamy podgląd tego, co robi, w czasie rzeczywistym. Kiedy przeczyta wiadomość, my też ją zobaczymy.

– W porządku, powiedz mi, jak tylko ją zobaczysz.

Wu zmrużył oczy, wpatrując się w ekran.

– Właśnie wszedł na serwer Bigfoota. Za kilka sekund powinien odczytać wiadomość.

• • •

Wystukałem bigfoot.com i nacisnąłem enter.

Zaczęła mi drżeć lewa noga. Zdarza mi się to, kiedy jestem zdenerwowany. Shauna położyła dłoń na moim kolanie. Noga przestała mi dygotać. Cofnęła rękę. Moja noga przez minutę pozostała nieruchoma, a potem znów zaczęła podrygiwać. Shauna ponownie położyła na niej dłoń. Cały cykl się powtórzył.

Shauna zachowywała spokój, ale widziałem, że wciąż na mnie zerka. Była moją najlepszą przyjaciółką. Będzie podtrzymywać mnie na duchu. A przecież tylko głupiec martwi się o połączenie kolejowe, jeśli winda staje na każdym piętrze. Powiadają, że szaleństwo jest dziedziczne – podobnie jak choroby krążenia czy inteligencja. Ta myśl raz po raz przychodziła mi do głowy, od kiedy zobaczyłem obraz Elizabeth w ulicznej kamerze. Niezbyt podnosiło mnie to na duchu.

Mój ojciec zginął w wypadku samochodowym, kiedy miałem dwadzieścia lat. Jego samochód spadł z nabrzeża do morza. Według zeznania świadka – kierowcy ciężarówki z Wyoming – buick mojego ojca uderzył czołowo w barierkę. Była zimna noc. Szosa, chociaż odśnieżona, była śliska.

Wielu sugerowało – a raczej napomykało szeptem – że popełnił samobójstwo. Nie wierzyłem w to. Owszem, przez ostatnie miesiące był dziwnie zgaszony i cichy. Tak, często zastanawiałem się, czy nie było to jedną z przyczyn tego wypadku. Ale samobójstwo? Wykluczone.

Moja matka, zawsze nadwrażliwa i cierpiąca na lekką nerwicę, w wyniku tego powoli postradała zmysły. Dosłownie zamknęła się w sobie. Linda usiłowała opiekować się nią przez trzy lata, po czym nawet ona przyznała, że mamę trzeba oddać do zakładu. Linda często ją odwiedza. Ja nie.

Po chwili na ekranie pojawiła się strona Bigfoota. Znalazłem okienko użytkownika i wystukałem Bat Street.

Nacisnąłem tabulator i w okienku tekst hasła 1 wpisałem „Teenage". Stuknąłem klawisz enter.

Nic się nie stało.

— Zapomniałeś kliknąć ikonę „wejdź" — podpowiedziała Shauna.

Spojrzałem na nią. Wzruszyła ramionami. Kliknąłem tę ikonę.

Ekran pobielał. Potem pojawiła się reklama sklepu z płytami kompaktowymi. Pasek na samym dole powoli przesuwał się. Procenty rosły. Kiedy doszły do osiemdziesięciu, pasek znikł i po kilku sekundach pojawił się komunikat.

BŁĄD — Nazwy użytkownika lub podanego hasła nie ma w naszej bazie danych.

— Spróbuj ponownie — zachęciła Shauna.

Zrobiłem to. Pojawił się ten sam komunikat. Komputer mówił mi, że takie konto nie istnieje.

Co to miało znaczyć?

Nie wiedziałem. Usiłowałem znaleźć jakieś wyjaśnienie tego faktu.

Sprawdziłem czas.

20.13.34.

Czas całusa.

Czy to mogła być odpowiedź? Czy to możliwe, by konto, tak jak wczorajsze hiperłącze, jeszcze nie istniało? Przez chwilę zastanawiałem się nad tym. Oczywiście, że możliwe, ale mało prawdopodobne.

Jakby czytając w moich myślach, Shauna powiedziała:

– Może powinniśmy zaczekać do ósmej piętnaście.

Tak więc spróbowałem ponownie o ósmej piętnaście. O ósmej osiemnaście. I o ósmej dwadzieścia. Nic prócz tego samego komunikatu o błędzie.

– Pewnie federalni odpuścili sobie – stwierdziła Shauna.

Pokręciłem głową, jeszcze nie rezygnując.

Noga znów zaczęła mi się trząść. Shauna jedną ręką powstrzymała to drżenie, a drugą chwyciła swoją dzwoniącą komórkę. Zaczęła powarkiwać na kogoś. Sprawdziłem godzinę. Spróbowałem ponownie. Nic. Jeszcze dwa razy. Nic.

Była już ósma trzydzieści.

– Ona... hm... może się spóźni – próbowała tłumaczyć Shauna.

Zmarszczyłem brwi.

– Kiedy widziałeś ją wczoraj, nie wiedziałeś, gdzie jest, prawda?

– Prawda.

– Może być w innej strefie czasowej – orzekła. – Może dlatego się spóźnia.

– W innej strefie czasowej? – Jeszcze bardziej zmarszczyłem brwi.

Shauna wzruszyła ramionami.

Czekaliśmy godzinę. Shauna – trzeba jej to przyznać – ani razu nie powiedziała: „a nie mówiłam". Po pewnym czasie położyła dłoń na moim ramieniu.

– Wiesz co? Mam pomysł – oznajmiła.

Odwróciłem się do niej.

– Zaczekam w drugim pokoju. Myślę, że to może ci pomóc.

– Skąd ci to przyszło do głowy?

– Widzisz, gdyby to był film, teraz miałabym już powyżej uszu twojego szaleństwa i uciekłabym stąd, a wtedy... bach!... pojawiłaby się wiadomość i tylko ty byś ją przeczytał, a wszyscy mieliby cię za wariata. Tak jak Scooby-Doo, kiedy tylko on i Shaggy widzą ducha i nikt im nie wierzy.

Zastanowiłem się nad tym.

– Warto spróbować – orzekłem.

– Dobrze. Może więc pójdę na chwilę do kuchni? Nie spiesz się. Kiedy pojawi się wiadomość, zawołaj mnie.

Wstała.

– Chcesz mnie rozbawić, tak? – mruknąłem.

Zawahała się.

– Pewnie tak.

Potem wyszła. Odwróciłem się do monitora. Czekałem.

Rozdział 18

— Nic się nie dzieje — powiedział Eric Wu. — Beck próbuje się połączyć, ale za każdym razem otrzymuje komunikat o błędzie.

Larry Gandle już miał go o coś zapytać, kiedy usłyszał szum jadącej w górę windy. Spojrzał na zegarek.

Rebecca Schayes wracała punktualnie.

Eric Wu oderwał się od komputera. Spojrzał na Larry'ego Gandle'a takim wzrokiem, na widok którego człowiek instynktownie cofa się o krok. Gandle wyjął pistolet — tym razem kaliber dziewięć milimetrów. Na wszelki wypadek. Wu zmarszczył brwi. Przeniósł swe potężne cielsko pod drzwi i zgasił światło.

Czekali w ciemności.

Dwadzieścia sekund później winda zatrzymała się na piętrze, na którym mieściła się pracownia.

• • •

Rebecca Schayes rzadko teraz wspominała Elizabeth i Becka. W końcu minęło już osiem lat. Lecz to, co zdarzyło się tego ranka, obudziło głęboko uśpione wspomnienia. Dziwne uczucia.

Związane z „wypadkiem samochodowym".

Po tylu latach Beck w końcu zapytał ją o to.

Osiem lat temu Rebecca była gotowa wyznać mu wszystko. Ale on nie odpowiadał na jej telefony. Z upływem czasu – i po aresztowaniu zabójcy – nie widziała powodu, by odgrzebywać przeszłość. Tylko zraniłaby Becka. A przecież po aresztowaniu KillRoya nie miało to już znaczenia.

Mimo to dziwny niepokój – wrażenie, że obrażenia, jakich doznała Elizabeth w wyniku „wypadku samochodowego", były w jakiś sposób powiązane z jej śmiercią – pozostał... Co więcej, ten niepokój dręczył ją, każąc się zastanawiać, czy gdyby ona, Rebecca, postarała się, naprawdę się postarała poznać prawdę o tym „wypadku samochodowym", to czy nie zdołałaby uratować życia przyjaciółce.

Stopniowo jednak uspokajała się. Pod koniec dnia doszła do wniosku, że Elizabeth wprawdzie była jej przyjaciółką, ale człowiek oswaja się z myślą o śmierci przyjaciół, choćby nie wiem jak bliskich. Gary Lamont pojawił się w jej życiu przed trzema laty i całkowicie je zmienił. Tak – Rebecca Schayes, artystka z Greenwich Village, zakochała się w zbijającym forsę maklerze z Wall Street. Pobrali się i przenieśli do szykownego wieżowca przy Upper West Side.

Zabawne, jak dziwnie układa się życie.

Rebecca wsiadła do windy towarowej i zasunęła za sobą drzwi. Na korytarzu było ciemno, co w tym budynku nie wydawało się niczym niezwykłym. Kabina zaczęła sunąć w górę i warkot silnika odbijał się głośnym echem od kamiennych ścian. Nocami słyszała czasem rżenie koni, ale teraz były cicho. W powietrzu unosił się zapach siana i czegoś mniej przyjemnego.

Lubiła pracować tu w nocy. Samotność mieszająca się z odgłosami nocnego życia miasta sprawiała, że Rebecca wpadała w twórczy nastrój.

Wróciła myślami do rozmowy, którą poprzedniego wieczoru przeprowadziła z Garym. Chciał wyprowadzić się z centrum Nowego Jorku, najchętniej do jakiegoś przestronnego domu na Long Island, w Sands Point, gdzie się wychował. Myśl o przeprowadzce na przedmieścia przerażała ją. Nie tylko kochała wielkie miasto, ale także wiedziała, że opuszczając je, zdradziłaby swoje artystyczne zasady. Stałoby się to, do czego poprzysięgała sobie nigdy nie dopuścić: upodobniłaby się do swojej matki i babki.

Kabina zatrzymała się. Rebecca podniosła kratę i wyszła na korytarz. Nie paliło się ani jedno światło. Odgarnęła włosy do tyłu i związała je w gruby koński ogon. Spojrzała na zegarek. Prawie dziewiąta. W budynku pewnie nie ma nikogo. A przynajmniej żadnego człowieka.

Obcasy jej butów zastukały o zimny cement. Chodziło głównie o to – i Rebecca niechętnie godziła się z tą myślą, jako artystka i w ogóle – że w miarę jak się nad tym zastanawiała, coraz wyraźniej zdawała sobie sprawę z tego, że chce mieć dzieci, a miasto nie jest dobrym miejscem do ich wychowywania. Dzieciom potrzebne jest podwórko, huśtawka, świeże powietrze i…

Wkładając klucz do zamka i otwierając drzwi studia, Rebecca Schayes właśnie podejmowała decyzję – decyzję, która niewątpliwie zachwyciłaby jej męża Gary'ego. Weszła do środka i zapaliła światło.

Wtedy zobaczyła mocno zbudowanego Azjatę.

Przez moment tylko na nią patrzył. Rebecca znieruchomiała. W następnej chwili stanął przy niej, nieco z boku, i uderzył ją pięścią w plecy.

Jakby kafar rąbnął ją w nerkę.

Osunęła się na kolana. Mężczyzna chwycił ją dwoma palcami za kark. Nacisnął sploty nerwowe. Wszystkie gwiazdy stanęły jej przed oczami. Sztywne i zimne jak lód palce drugiej ręki wbił jej pod żebra. Poczuła je aż na wątrobie i oczy wyszły jej na wierzch. Nigdy nie wyobrażała sobie tak potwornego bólu. Usiłowała wrzasnąć, lecz z jej ust wydobył się tylko zduszony jęk.

Z drugiego końca pomieszczenia, które widziała jak przez mgłę, nadleciał męski głos.

– Gdzie jest Elizabeth? – usłyszała.

Po raz pierwszy.

Ale nie ostatni.

Rozdział 19

Siedziałem przy tym przeklętym komputerze i zacząłem wlewać w siebie alkohol. Usiłowałem połączyć się z cholerną witryną na tuzin rozmaitych sposobów. Posłużyłem się Explorerem, a potem Netscape'em. Wyczyściłem pamięć podręczną, przeładowałem strony, rozłączyłem się z providerem i połączyłem ponownie.

Bez skutku. Wciąż otrzymywałem komunikat o błędzie.

O dziesiątej Shauna wróciła do mojej jaskini. Policzki miała zarumienione od drinków. Ja pewnie też.

– Nie powiodło ci się?

– Wracaj do domu – odparłem.

Pokiwała głową.

– Myślę, że tak będzie lepiej.

Limuzyna przyjechała po pięciu minutach. Shauna chwiejnie dowlokła się do krawężnika, nieźle zaprawiona burbonem i zmartwieniami. Ja też. Otworzyła drzwi i odwróciła się do mnie.

– Miałeś kiedyś ochotę ją zdradzić? Kiedy byliście już małżeństwem.

– Nie.

Rozczarowana, pokręciła głową.

– Nic nie wiesz o tym, jak namieszać sobie w życiu.

Pocałowałem ją na pożegnanie i wróciłem do mieszkania. Wciąż wpatrywałem się w ekran jak w święty obraz. Nic się nie zmieniło.

Kilka minut później powoli podeszła do mnie Chloe. Trąciła moją dłoń wilgotnym nosem. Spojrzałem w jej oczy za firankami włosów i przysiągłbym, że rozumiała, jak się czuję. Nie należę do tych, którzy przypisują psom ludzkie cechy – głównie dlatego, że moim zdaniem to żaden komplement dla psów – ale wierzę, że w pewien sposób są w stanie zrozumieć uczucia swoich właścicieli. Podobno psy potrafią wyczuć strach. Czy to tak trudno sobie wyobrazić, że umieją wyczuć również radość, gniew lub smutek?

Uśmiechnąłem się do Chloe i poklepałem ją po łbie. Pocieszającym gestem położyła łapę na mojej ręce.

– Chcesz iść na spacer, dziewczyno? – zapytałem.

W odpowiedzi zakręciła się w kółko jak cyrkowy akrobata. Jak już mówiłem, to te drobiazgi.

Nocne powietrze kłuło mnie w płuca. Usiłowałem skupić się na Chloe – jej wyzywającym chodzie, merdającym ogonie – ale byłem... przygnębiony. Przygnębiony. Nieczęsto używam tego słowa. Teraz jednak uznałem, że pasuje.

Niezupełnie kupiłem tę aż nazbyt gładką hipotezę Shauny o montażu cyfrowym. Owszem, ktoś mógł pomanipulować zdjęciem i zrobić z niego plik wideo. Ktoś mógł też wiedzieć o czasie całusa. Tak, ktoś mógł nawet sprawić, by jej wargi szepnęły „przepraszam". I owszem, moja tęsknota mogła uczynić złudzenie realnym i sprawić, że dałem się zwieść.

I najważniejsze: hipoteza Shauny miała znacznie więcej sensu niż powrót Elizabeth zza grobu.

Tylko że dwa inne fakty w znacznym stopniu umniejszały znaczenie tego wszystkiego. Po pierwsze, nie jestem człowiekiem obdarzonym nadmiarem wyobraźni. Jestem zatrważająco nudny i bardziej przyziemny niż większość ludzi. Po drugie, tęsknota mogła mnie omamić, a za pomocą obróbki cyfrowej można wiele uzyskać.

Tylko nie te oczy...

Jej oczy. Oczy Elizabeth. W żaden sposób, pomyślałem, nie można by ich wziąć ze starych fotografii i wmontować do filmu. Te oczy należały do mojej żony. Czy byłem tego najzupełniej pewien? Nie, jasne, że nie. Nie jestem głupcem. A jednak to, co widziałem, oraz wątpliwości, jakich nie wyjaśniała teoria Shauny, umniejszały znaczenie zorganizowanego przez nią pokazu. Zawróciłem do domu, wciąż wierząc, że otrzymam wiadomość od Elizabeth.

Teraz nie wiedziałem, co mam myśleć. Gorzała pewnie jeszcze potęgowała ten stan.

Chloe przystanęła, żeby powęszyć długą chwilę. Czekałem pod latarnią, patrząc na mój długi cień.

Czas całusa.

Chloe warknęła na coś szeleszczącego w krzakach. Przez ulicę przemknęła wiewiórka. Chloe zawarczała, udając pościg. Wiewiórka przystanęła i obejrzała się na nas. Chloe zawarczała do niej: „masz-szczęście-że-jestem-na smyczy". Wcale tak nie myślała. Była typową rasową ciepłą kluchą.

Czas całusa.

Przechyliłem głowę, tak jak robi to Chloe, kiedy słyszy jakiś dziwny dźwięk. Ponownie zastanowiłem się nad tym, co wczoraj zobaczyłem na ekranie mojego komputera, i pomyślałem, ile wysiłku zadał sobie ten ktoś, żeby zaszyfrować wiadomość. Niepodpisany e-mail nakazujący mi kliknąć hiperłącze w czas całusa. Drugi e-mail z wiadomością o założonym koncie internetowym.

Obserwują cię...

Ktoś bardzo się starał, żeby sens tych wiadomości był zrozumiały tylko dla mnie.

Czas całusa...

Jeśli ktoś... no, dobrze, jeśli Elizabeth po prostu chciała przekazać mi wiadomość, dlaczego nie zadzwoniła lub nie przysłała mi e-mailu? Po co wszystko tak strasznie komplikować?

Odpowiedź była oczywista: aby zachować rzecz w tajemnicy. Ktoś – nie powtórzę, że Elizabeth – chciał utrzymać to w sekrecie.

A jeśli masz jakiś sekret, to należy przyjąć, że są również tacy, przed którymi chcesz go ukryć. Ten ktoś może cię obserwować, podsłuchiwać lub próbować cię znaleźć. Albo to, albo cierpisz na paranoję. Zazwyczaj byłbym skłonny podejrzewać paranoję, ale...

Obserwują cię...

Co to miało oznaczać? Kto mnie obserwuje? Federalni? Jeśli federalni stali za tymi wiadomościami, to dlaczego ostrzegali mnie w ten sposób? Przecież chcieli, żebym zaczął działać.

Czas całusa.

Zamarłem. Chloe gwałtownie odwróciła łeb w moją stronę.

O mój Boże, jak mogłem być taki głupi?

● ● ●

Nawet nie musieli jej wiązać.

Rebecca Schayes leżała na metalowym stole, skamląc jak pies potrącony przez samochód, odrzucony na pobocze drogi. Czasem wykrztusiła słowo lub dwa, a nawet trzy, ale nie układały się one w żaden sensowny ciąg. Była zbyt zmaltretowana, żeby krzyczeć. Przestała też błagać. Oczy miała szeroko otwarte i nieruchome – niewidzące już niczego. Piętnaście minut wcześniej postradała zmysły.

To zdumiewające, ale Wu nie pozostawił żadnych śladów. Na jej ciele nie było żadnych siniaków, lecz wyglądała na starszą o dwadzieścia lat.

Rebecca Schayes nic nie wiedziała. Doktor Beck odwiedził ją w związku z jakimś dawnym wypadkiem samochodowym, który wcale nie był wypadkiem. Chodziło o jakieś zdjęcia. Doktor Beck podejrzewał, że to ona je zrobiła. Tak nie było. Nieprzyjemne mrowienie w żołądku – to, które zaczęło się od lekkiego skurczu, gdy Larry Gandle po raz pierwszy usłyszał o znalezieniu ciał nad jeziorem – nasilało się. Tamtej nocy coś poszło nie tak. To było pewne. Teraz jednak Larry Gandle obawiał się, że wszystko poszło źle.

Czas dowiedzieć się prawdy.

Skontaktował się ze swoimi ludźmi. Beck wyprowadził psa na spacer. Sam. W świetle dowodów, jakie podrzuci mu Wu, nie będzie to żadne alibi. Federalni pękną ze śmiechu.

Larry Gandle podszedł do stołu. Rebecca Schayes spojrzała na niego i wydała niesamowity dźwięk, coś pośredniego między przeciągłym jękiem a chichotem.

Przyłożył lufę do jej czoła. Ponownie wydała ten dźwięk. Wypalił dwa razy i wszystko ucichło.

· · ·

Ruszyłem do domu, ale przypomniałem sobie ostrzeżenie. *Obserwują cię.*

Po co ryzykować? Trzy przecznice dalej była kawiarenka internetowa Kinko. Otwarta przez całą dobę. Kiedy dotarłem do drzwi, zrozumiałem dlaczego. Dochodziła północ, a w środku było pełno. Mnóstwo wyczerpanych ludzi interesu przesyłało dokumenty, przezrocza i plakaty.

Stanąłem w długiej kolejce, która posuwała się labiryntem stworzonym ze stojaków i obszytego aksamitem sznura. Przypominało mi to wizytę w banku, zanim wprowadzono bankomaty. Kobieta przede mną miała na sobie garsonkę – w środku nocy – i takie wory pod oczami, że można ją było wziąć za nocnego stróża. Za mną stanął kędzierzawy mężczyzna w czarnym dresie. Wyjął z kieszeni telefon komórkowy i zaczął naciskać guziki.

– Proszę pana?

Facet w fartuchu Kinko wskazał na Chloe.

– Nie może pan wejść tu z psem.

Już miałem mu powiedzieć, że właśnie to zrobiłem, ale rozmyśliłem się. Kobieta w garsonce nie zareagowała. Kędzierzawy facet w czarnym dresie wzruszył ramionami w stylu „no-i-co-na-to-poradzisz". Wyszedłem na zewnątrz, przywiązałem Chloe do parkometru i wróciłem do środka. Kędzierzawy wpuścił mnie na moje miejsce w kolejce. Uprzejmy.

Dziesięć minut później znalazłem się na początku kolejki. Pracownik Kinko był młody i zbyt gadatliwy. Wskazał mi terminal i rozwlekle poinformował o kosztach połączeń.

Przeczekałem to, kiwając głową, po czym podłączyłem się do sieci.

Czas całusa.

Zrozumiałem, że to był klucz do zagadki. Pierwszy e-mail mówił o czasie całusa, a nie o osiemnastej piętnaście. Dlaczego? Odpowiedź była oczywista. Szyfr na wypadek gdyby wiadomość wpadła w niepowołane ręce. Ktokolwiek wysłał tę wiadomość, zdawał sobie sprawę z tego, że może zostać przechwycona. Wysyłający wiedział, że tylko ja będę w stanie zrozumieć, co oznacza czas całusa.

Podążając dalej tym tropem, znalazłem rozwiązanie.

Przede wszystkim nazwa konta – Bat Street. Kiedy Elizabeth i ja byliśmy mali, jeździliśmy rowerami po Morewood Street, w drodze na boisko ligi młodzików. W żółtym domu stojącym przy tej ulicy mieszkała stuknięta staruszka. Była samotna i wrzeszczała na dzieci. W każdym miasteczku jest przynajmniej jedna taka zwariowana staruszka. Zazwyczaj ma jakiś przydomek.

My nazywaliśmy ją Bat Lady.

Ponownie wywołałem Bigfoot. W okienku użytkownika wystukałem Morewood.

Obok mnie młody i gadatliwy pracownik Kinko recytował swój kawałek kędzierzawemu mężczyźnie w czarnym dresie. Nacisnąłem klawisz tabulatora, przechodząc do tekstowego okienka hasła.

Z nastolatkiem poszło mi łatwiej. Na początku szkoły średniej, pewnego piątkowego wieczoru zebraliśmy się w domu Jordana Goldmana. Było nas chyba z dziesięcioro. Jordan odkrył, gdzie jego ojciec schował film porno. Nikt z nas wcześniej nie widział takiego filmu. Obejrzeliśmy go wszyscy razem, śmiejąc się nieszczerze i rzucając typowe szydercze uwagi, a jednocześnie czując się cudownie występnie. Kiedy jakiś czas potem wybieraliśmy nazwę dla naszej klasowej drużyny softballowej, Jordan zaproponował, żebyśmy wykorzystali głupi tytuł tego filmu:

Teenage Sex Poodles.

Wprowadziłem jako hasło Sex Poodles. Przełknąłem ślinę i kliknąłem ikonę wejścia. Zerknąłem na kędzierzawego. Był połączony z Yahoo! i całkowicie pochłonięty poszukiwaniami. Spojrzałem na stanowisko przede mną. Kobieta w garsonce marszczyła brwi, patrząc na innego nadgorliwego pracownika Kinko.

Czekałem na komunikat o błędzie. Tym razem się nie pojawił. Zamiast niego pokazał się powitalny ekran. Na samej górze przeczytałem:

Cześć, Morewood!

A poniżej:

Masz w skrzynce 1 wiadomość.

Serce tłukło mi się w piersi jak ptak w klatce.

Kliknąłem ikonę „nowa poczta" i znów zadygotała mi noga. Nie było Shauny, która by to powstrzymała. Przez okno widziałem uwiązaną do słupka parkometru Chloe. Zauważyła mnie i zaczęła szczekać. Przyłożyłem palec do ust, dając jej znak, żeby siedziała cicho.

Pojawiła się wiadomość:

Washington Square Park. Spotkaj się ze mną na południowo-wschodnim rogu.
Jutro o siedemnastej.
Będą cię śledzić.

I na samym dole:

Obojętnie co, kocham cię.

Nadzieja, ten ptak w klatce, który nigdy nie umiera, wyrwała się na wolność. Odchyliłem się do tyłu. Łzy napłynęły mi do oczu, ale po raz pierwszy od bardzo dawna pozwoliłem sobie na szeroki uśmiech.

Elizabeth. Wciąż była najmądrzejszą osobą, jaką znam.

Rozdział 20

O drugiej rano padłem na łóżko i obróciłem się na plecy. Sufit zaczął wirować w tempie stymulowanym przez nadmiar drinków. Przytrzymałem się boków łóżka i usiłowałem nie spaść.

Shauna zapytała mnie wcześniej, czy miałem kiedyś ochotę zdradzić żonę. Dodała „kiedy byliście już małżeństwem", bo wiedziała o tym jednym skoku w bok, który zdarzył mi się przed ślubem.

Teoretycznie raz zdradziłem Elizabeth, chociaż nie jest to w pełni ścisłe określenie. Zdrada wiąże się z ranieniem drugiej osoby. Ja nie zraniłem Elizabeth – jestem tego pewien – gdy na pierwszym roku studiów wziąłem udział w żałosnej imprezie nazywanej nocnymi otrzęsinami. Chyba ze zwyczajnej ciekawości. Był to wyłącznie eksperyment i jedynie fizyczne doznanie. Niezbyt mi się spodobało. Oszczędzę wam staroświeckiego banału „seks bez miłości nie ma znaczenia". To nieprawda. Myślę, że choć bez trudu można uprawiać seks z kimś, kogo się słabo zna lub niezbyt lubi, trudno jednak zostać z nim do rana. Tamto przyciąganie miało czysto hormonalne podłoże. Zaspokoiwszy... hm... ciekawość, chciałem jak najprędzej wyjść. Seks jest dla wszystkich, ale wzajemna bliskość po nim tylko dla zakochanych.

Ładne usprawiedliwienie, nie uważacie?

Jeśli chcecie wiedzieć, to podejrzewam, że Elizabeth zapewne zrobiła coś podobnego. Idąc na studia, uzgodniliśmy, że spróbujemy „chodzić" z innymi – przy czym „chodzić" było takim wygodnym, ogólnikowym pojęciem. W ten sposób te eksperymenty można było uznać za jeszcze jedną próbę trwałości naszego związku. Ilekroć ten temat pojawiał się w naszych rozmowach, Elizabeth twierdziła, że nigdy nie było nikogo oprócz mnie. Tyle że ja mówiłem to samo.

Łóżko wciąż wirowało, a ja zastanawiałem się, co teraz robić.

Oczywiście, muszę zaczekać do piątej po południu. Ale nie mogę do tego czasu tylko siedzieć na tyłku. Robiłem to wystarczająco długo, piękne dzięki. Problem w tym – do czego niełatwo mi było się przyznać nawet przed samym sobą – że wtedy nad jeziorem zawahałem się. Ponieważ się bałem. Wyszedłem z wody i przystanąłem. W ten sposób dałem niewidocznemu przeciwnikowi sposobność do ataku. Nie podjąłem walki po pierwszym uderzeniu. Nie rzuciłem się na napastnika. Nie złapałem go i nie rąbnąłem pięścią. Po prostu upadłem. Padłem na pomost, dałem się tłuc i pozwoliłem, by silniejszy mężczyzna zabrał moją żonę.

To się już nie powtórzy.

Zastanawiałem się, czy nie porozmawiać z teściem. Nie uszło mojej uwagi, że podczas ostatniej wizyty Hoyt był nieco wytrącony z równowagi. Tylko co by to dało? Hoyt kłamał lub… Sam nie wiem co. Wiadomość jednak nie pozostawiała wątpliwości. *Nie mów nikomu.* Jedynie wyznając mu, co widziałem w obiektywie tamtej ulicznej kamery, mógłbym skłonić go do mówienia. Jeszcze nie byłem na to gotowy.

Wstałem z łóżka i znów zacząłem surfować po internecie. Do rana ułożyłem pewien plan.

. . .

Gary Lamont, mąż Rebekki Schayes, nie od razu wpadł w panikę. Jego żona często pracowała do późnych godzin wieczornych lub nocnych, a czasem nawet nocowała na starej kanapie w kącie studia. Tak więc kiedy do czwartej rano Rebecca nie wróciła do domu, był tylko zmartwiony, lecz nie zaniepokojony.

A przynajmniej tak sobie wmawiał.

Zadzwonił do jej studia; odezwała się automatyczna sekretarka. To również często się zdarzało. Rebecca nie znosiła, kiedy coś odrywało ją od pracy. Zostawił jej wiadomość i wrócił do łóżka. Spał niespokojnie, budząc się co chwila. Zastanawiał się, czy nie zrobić jeszcze czegoś, ale to zdenerwowałoby Rebeccę. Ceniła sobie niezależność i jeśli w ich wspaniale układającym się związku pojawiały się jakieś napięcia, to wyłącznie wynikające z jego „tradycyjnego" trybu życia, „podcinającego" jej twórcze skrzydła. Tak to nazywała.

Dlatego dawał jej wolną rękę. Czekał, aż sama sobie przytnie te skrzydełka.

O siódmej rano jednak niepokój przeszedł już prawie w strach. Gary zadzwonił do Artura Ramireza, chudego, ubierającego się na czarno asystenta Rebekki.

– Dopiero co wróciłem – narzekał rozespany Arturo.

Gary wyjaśnił mu sytuację. Arturo, który położył się spać w ubraniu, nie tracił czasu na przebieranie. Pobiegł do drzwi. Gary obiecał zaraz przyjechać do studia.

Arturo pierwszy przybył na miejsce. Drzwi do pracowni były uchylone. Pchnął je.

– Rebecca?

Żadnej odpowiedzi. Arturo zawołał ją ponownie. Wciąż cisza. Wszedł do środka i rozejrzał się. Nie było jej. Otworzył drzwi ciemni. W pomieszczeniu unosił się ostry zapach odczynników, lecz Arturo poczuł jeszcze jakąś woń, ledwie wyczuwalną, a mimo to sprawiającą, że włosy na głowie stanęły mu dęba.

Zdecydowanie ludzką woń.

Gary wyszedł zza rogu i usłyszał krzyk.

Rozdział 21

Rano zjadłem w biegu obarzanka i przez czterdzieści pięć minut jechałem na zachód Route 80. W New Jersey ta szosa zmienia się w wąski pas betonu. Mniej więcej wtedy, kiedy miniesz Saddle Brook, budynki prawie zupełnie znikają i widzisz tylko dwa identyczne rzędy drzew po obu stronach drogi. Monotonię krajobrazu przerywają regularnie rozmieszczone znaki szosy międzystanowej.

Pozostawiwszy za sobą zjazd 163 do miasteczka Gardensville, zwolniłem i spojrzałem na wysokie trawy. Serce zaczęło walić mi jak młotem. Nigdy przedtem tutaj nie byłem, a przez ostatnie osiem lat nie korzystałem nawet z tego odcinka międzystanowej, a teraz znalazłem się tutaj, niecałe pięćdziesiąt metrów od miejsca, gdzie znaleziono zwłoki Elizabeth.

Sprawdziłem mapki, które wydrukowałem w nocy. Biuro koronera Sussex County było w bazie danych Mapquest.com, więc wiedziałem co do metra, gdzie go szukać. Budynek miał okna zasłonięte roletami i był zwyczajnym prostokątnym pudełkiem z czerwonej cegły, bez żadnych zdobień, bo czy kostnica powinna być okazała? Przyjechałem kilka minut przed ósmą trzydzieści i zaparkowałem na tyłach. Biuro było jeszcze zamknięte. Doskonale.

Kanarkowożółty cadillac seville zatrzymał się na kopercie oznaczonej Timothy Harper, okręgowy patolog. Kierowca samochodu zgasił papierosa (nigdy nie przestaje mnie zadziwiać fakt, jak wielu lekarzy pali), po czym wysiadł. Harper był mężczyzną mojego wzrostu, ponad metr osiemdziesiąt, o śniadej skórze i rzadkich siwych włosach. Zobaczył mnie stojącego przy drzwiach kostnicy i zrobił poważną minę. Ludzie nie odwiedzają kostnicy z samego rana, żeby usłyszeć dobre wieści.

Powoli podszedł do mnie.

– W czym mogę pomóc? – zapytał.

– Doktor Harper?

– Tak, to ja.

– Jestem doktor David Beck. – Tak więc byliśmy kolegami po fachu. – Chciałbym zająć panu chwilkę.

Nie zareagował, usłyszawszy moje nazwisko. Wyjął klucz i otworzył drzwi.

– Może usiądziemy w moim gabinecie?

– Chętnie.

Poszedłem za nim korytarzem. Harper prztyknął włącznikiem. Świetlówki pod sufitem niechętnie zapaliły się, jedna po drugiej. Podłoga była pokryta porysowanym linoleum. To miejsce bardziej wyglądało na pozbawiony wyrazu gabinet weterynarza niż kostnicę, ale może właśnie o to chodziło. Nasze kroki odbijały się echem i mieszały z brzękiem lamp, niczym rytmiczny podkład. Idąc, Harper podniósł kupkę korespondencji i pospiesznie sortował listy.

Jego gabinet też był skromnie urządzony. Metalowe biurko, które mogłoby służyć nauczycielowi w szkole podstawowej. Funkcjonalne krzesła z politurowanego drewna. Kilka dyplomów wiszących na ścianie. Okazało się, że on też studiował medycynę na Columbia University, ale ukończył studia prawie dwadzieścia lat przede mną. Żadnych rodzinnych zdjęć, trofeów z turniejów golfa, wycinków z prasy, niczego osobistego. Ludzie nie przychodzili do tego gabinetu na towarzyskie pogawędki. Ostatnią rzeczą, jaką chcieli tu zobaczyć, były czyjeś uśmiechnięte wnuki.

Harper splótł dłonie i położył je na blacie biurka.

– Co mogę dla pana zrobić, doktorze Beck?

– Osiem lat temu – zacząłem – przywieziono tu moją żonę. Była ofiarą seryjnego mordercy znanego jako KillRoy.

Nie jestem zbyt dobry w czytaniu z ludzkich twarzy. Kontakt wzrokowy nigdy nie był moją mocną stroną. Nie znam się na mowie ciała. Mimo to, patrząc na Harpera, mogłem się tylko zastanawiać, dlaczego lekarz sądowy o tak długiej praktyce, człowiek na co dzień spotykający się ze zmarłymi, nagle tak pobladł.

– Pamiętam – powiedział cicho.

– Czy to pan przeprowadził sekcję?

– Tak. No, przynajmniej częściowo.

– Częściowo?

– Tak. Włączyli się federalni. Wspólnie pracowaliśmy nad tą sprawą; FBI nie ma własnych koronerów, więc my odgrywaliśmy wiodącą rolę.

– Proszę sobie przypomnieć, co pan zobaczył, kiedy przywieziono tu ciało.

Harper wyprostował się na krześle.

– Czy wolno spytać, dlaczego chce pan to wiedzieć?

– Jestem mężem zamordowanej.

– To było osiem lat temu.

– Każdy na swój sposób opłakuje zmarłych, doktorze.

– Tak, z pewnością to prawda, ale…

– Ale co?

– Chciałbym wiedzieć, czego pan tu szuka.

Postanowiłem zmierzać prosto do celu.

– Robi pan zdjęcia każdego przywiezionego tu ciała, prawda?

Zawahał się. Zauważyłem to. On też zdał sobie z tego sprawę i odkaszlnął.

– Tak. Obecnie korzystamy z fotografii cyfrowej. Ściśle mówiąc, z kamery cyfrowej. To pozwala nam magazynować zdjęcia i obrazy w komputerze. Bardzo ułatwia diagnozowanie i katalogowanie.

Kiwnąłem głową. Mało mnie to obchodziło. Usiłował zyskać na czasie. Kiedy zamilkł, zapytałem:

– Czy robił pan zdjęcia w trakcie sekcji mojej żony?

– Tak, oczywiście. Tylko że... mówi pan, że ile minęło lat?

– Osiem.

– A zatem zostały wykonane polaroidem.

– I gdzie teraz są te zdjęcia, doktorze?

– W aktach. – Zerknąłem na wysoką metalową szafę, stojącą w kącie jak wartownik. – Nie tutaj – dorzucił pospiesznie. – Sprawa pana żony została zamknięta. Zabójcę schwytano i skazano. Ponadto minęło więcej niż pięć lat.

– A więc gdzie mogą być?

– W archiwum. W Layton.

– Chciałbym zobaczyć te fotografie, jeśli to możliwe.

Zanotował coś na karteczce i pokiwał głową.

– Zajmę się tym.

– Doktorze?

Podniósł głowę.

– Powiedział pan, że pamięta moją żonę.

– No cóż, tak mniej więcej. Nieczęsto zdarzają się tu morderstwa, szczególnie tak głośne.

– Czy pamięta pan, w jakim stanie było ciało?

– Niezupełnie. Chcę powiedzieć, że nie pamiętam szczegółów.

– A przypomina pan sobie, kto ją zidentyfikował?

– Nie pan?

– Nie.

Harper podrapał się po głowie.

– Chyba jej ojciec, prawda?

– Czy pamięta pan, jak długo to trwało?

– Co?

– Rozpoznał ją od razu? Czy po kilku minutach? Po pięciu, dziesięciu?

– Naprawdę nie potrafię powiedzieć.

– Nie pamięta pan, czy poznał ją od razu, czy nie?

– Przykro mi, ale nie pamiętam.

– Przed chwilą powiedział pan, że to była głośna sprawa.

– Tak.

– Może największa w pańskiej karierze?

– Kilka lat temu mieliśmy tu roznosiciela pizzy... zabójcę – odparł Harper. – Lecz owszem, była jedną z największych.

– I mimo to nie pamięta pan, czy jej ojciec miał kłopoty z identyfikacją ciała?

To mu się nie spodobało.

– Doktorze Beck, z całym szacunkiem, ale nie rozumiem, do czego pan zmierza.

– Jestem mężem ofiary. Zadaję panu proste pytania.

– Ton pańskiego głosu świadczy o tym, że jest pan wrogo nastawiony.

– A nie powinienem być?

– Cóż to ma znaczyć, do licha?

– Skąd pan wiedział, że ona padła ofiarą KillRoya?

– Nie wiedziałem.

– Zatem w jaki sposób federalni włączyli się do sprawy?

– Pewne ślady na ciele...

– Mówi pan o wypalonej na policzku literze K?

– Tak.

Byłem jak w transie i czułem się naprawdę doskonale.

– A więc przywiozła ją tu policja. Zaczął pan badać ciało. Zobaczył pan piętno...

– Nie, sami zaraz tu przyjechali. Mówię o federalnych.

– Jeszcze zanim przywieziono ciało?

Spojrzał w sufit, nie pamiętając lub zmyślając.

– Albo zaraz potem. Nie pamiętam.

– W jaki sposób tak szybko się dowiedzieli?

– Nie mam pojęcia.

– I nie domyśla się pan?

Harper założył ręce na piersi.

– Przypuszczam, że jeden z policjantów badających miejsce zbrodni zauważył piętno i zawiadomił FBI. Ale to tylko domysł.

Zapiszczał mój biper zawieszony przy pasku na biodrze. Sprawdziłem wyświetlacz. Pilnie wzywano mnie do przychodni.

– Przykro mi z powodu pańskiej żony – wyrecytował. – Rozumiem, jakie to musi być dla pana bolesne, lecz mam dziś bardzo wiele zajęć. Może moglibyśmy się umówić na jakiś inny dzień...

– Ile czasu zajmie panu ściągnięcie tu akt mojej żony? – zapytałem.

– Nie jestem pewien, czy mogę to zrobić. Chcę powiedzieć, że będę musiał sprawdzić...

– Ustawa o swobodnym dostępie do informacji.

– Słucham?

– Sprawdziłem dzisiaj rano. Sprawa mojej żony została zamknięta. Mam prawo przejrzeć jej akta.

Harper musiał o tym wiedzieć, gdyż z pewnością nie byłem pierwszą osobą, która zażądała dostępu do protokołu sekcji. Zaczął zbyt energicznie kiwać głową.

– Oczywiście, ale trzeba przeprowadzić to drogą urzędową, wypełnić odpowiednie formularze...

– Chce pan zyskać na czasie? – spytałem.

– Słucham?

– Moja żona padła ofiarą strasznej zbrodni.

– Rozumiem to.

– Mam prawo wglądu do protokołu jej sekcji. Jeśli będzie pan zwlekał, zacznę zastanawiać się dlaczego. Nigdy nie rozmawiałem z przedstawicielami środków masowego przekazu o mojej żonie czy jej zabójcy. Teraz chętnie to zrobię. I wszyscy zaczną się zastanawiać, dlaczego miejscowy patolog tak niechętnie spełnia moją prośbę.

– To brzmi jak groźba, doktorze Beck.

Wstałem.

– Wrócę tu jutro rano – powiedziałem. – Proszę przygotować protokół sekcji mojej żony.

Nareszcie zacząłem działać. Poczułem się piekielnie dobrze.

Rozdział 22

Detektywi Roland Dimonte i Kevin Krinsky z nowojorskiego wydziału zabójstw pierwsi przybyli na miejsce zbrodni, jeszcze przed mundurowymi. Dimonte – mężczyzna o tłustych włosach, który lubił nosić ohydne buty z wężowej skóry i żuć wykałaczki – objął dowodzenie. Wyszczekiwał rozkazy. Miejsce zbrodni natychmiast zostało zabezpieczone. Po kilku minutach zjawili się technicy z laboratorium kryminalistyki i rozeszli się po pracowni.

– Odizolować świadków – rozkazał Dimonte.

Tych było tylko dwóch: mąż i dziwak ubrany na czarno. Dimonte zanotował w pamięci, że mąż wyglądał na rozkojarzonego, choć mógł udawać. Po kolei. Dimonte, wciąż żując wykałaczkę, odprowadził na bok dziwaka, który miał na imię – a jakże – Arturo. Chłopak był blady. Zazwyczaj Dimonte podejrzewałby, że to skutek zażywania narkotyków, ale facet puścił pawia, kiedy znalazł ciało.

– Dobrze się pan czuje? – spytał Dimonte. Jakby go to obchodziło.

Arturo kiwnął głową.

Dimonte zapytał go, czy zauważył ostatnio coś niezwykłego. Tak, odparł Arturo. Co takiego? Rebecca odebrała wczoraj telefon, który ją zaniepokoił. Kto dzwonił? Arturo nie był pewien, ale godzinę później – może mniej, nie potrafił powiedzieć dokładnie – do studia przyszedł mężczyzna. Kiedy wyszedł, Rebecca była zupełnie roztrzęsiona.

Czy pamięta, jak nazywał się ten mężczyzna?

– Beck – odparł Arturo. – Tak się do niego zwracała.

• • •

Shauna wkładała pościel Marka do suszarki. Linda stanęła za nią.

– Znów moczy łóżko – powiedziała.

– Boże, co za przenikliwość.

– Nie bądź złośliwa.

Linda odsunęła się. Shauna otworzyła usta, żeby ją przeprosić, ale nie była w stanie wykrztusić słowa. Kiedy wyprowadziła się stąd pierwszy – i *jedyny* – raz, Mark bardzo źle to przyjął. Zaczął się moczyć. Przestał, gdy pogodziła się z Lindą. I do tej pory tego nie robił.

– On wie, co się dzieje – powiedziała Linda. – Wyczuwa napięcie.

– I co twoim zdaniem powinnam z tym zrobić?

– Cokolwiek będzie trzeba.

– Nie wyprowadzę się. Obiecałam.

– Najwidoczniej to nie wystarczy.

Shauna wrzuciła prześcieradło do suszarki. Twarz miała pobrużdżoną ze zmęczenia. Niedobrze. Była wziętą modelką. Nie mogła przyjść do pracy z workami pod oczami lub nieumytymi włosami. To niedopuszczalne.

Była zmęczona tym wszystkim. Zmęczona domowymi obowiązkami, za którymi nie przepadała. Znużona naciskiem przeklętych świętoszków. Nie zważać na bigotów, to było łatwe. A jednak presja, którą pozornie popierający je ludzie wywierali na parę lesbijek wychowujących małe dziecko, była po prostu nie do zniesienia. Ta gadanina, że jeśli ich związek się rozpadnie, będzie to klęska dla wszystkich lesbijek i tym podobne bzdury, jakby pary hetero nigdy się nie rozchodziły. Shauna nie była krzyżowcem. Wiedziała o tym. Mogą nazywać ją egoistką, ale nie złoży ofiary ze swojego szczęścia dla „dobra ogółu".

Zastanawiała się, czy Linda też tak to odczuwa.

– Kocham cię – powiedziała Linda.

– Ja ciebie też.

Spojrzały na siebie. Mark znów moczył łóżko. Shauna nie poświęciłaby się dla dobra ogółu. Lecz zrobiłaby to dla Marka.

– I co będzie? – spytała Linda.

– Jakoś sobie z tym poradzimy.

– Myślisz, że damy radę?

– Kochasz mnie?

– Wiesz, że tak – odparła Linda.

– Czy wciąż uważasz, że jestem najbardziej podniecającą, najcudowniejszą istotą na całej kuli ziemskiej?

– Och, tak – potwierdziła Linda.

– Ja też – uśmiechnęła się Shauna. – Jestem narcystycznym wrzodem na dupie.

– Och, tak.

– Ale twoim narcystycznym wrzodem na dupie.

– Cholernie dobrze powiedziane.

Shauna podeszła do niej.

– Nie jestem stworzona do ustabilizowanego życia. Jestem efemeryczna.

– I seksowna jak diabli, gdy jesteś efemeryczna.

– Nawet wtedy, kiedy nie jestem.

– Zamknij się i pocałuj mnie.

Zadzwonił dzwonek domofonu. Linda spojrzała na Shaunę. Ta wzruszyła ramionami. Linda nacisnęła przycisk.

– Tak? – powiedziała.

– Czy pani Linda Beck?

– Kto mówi?

– Agentka specjalna Kimberly Green z FBI. Jest ze mną mój partner, agent specjalny Rick Peck. Chcielibyśmy wejść i zadać pani kilka pytań.

Shauna nachyliła się do domofonu, zanim Linda zdążyła odpowiedzieć.

– Naszym prawnikiem jest Hester Crimstein! – krzyknęła do mikrofonu. – Możecie porozmawiać z nią.

– Nie jest pani o nic podejrzana. Chcemy tylko zadać kilka pytań…

– Hester Crimstein – przerwała Shauna. – Z pewnością znacie jej numer telefonu. Życzę bardzo miłego dnia.

Shauna zwolniła przycisk domofonu. Linda spojrzała na nią ze zdumieniem.

– Co to było, do diabła?

– Twój brat ma kłopoty.

– Co?

– Usiądź – powiedziała Shauna. – Musimy porozmawiać.

• • •

Słysząc mocne pukanie, Raisa Markov, pielęgniarka opiekująca się dziadkiem doktora Becka, otworzyła drzwi. Specjalni agenci Carlson i Stone, teraz pracujący razem z nowojorskimi detektywami Dimonte'em i Krinskym, wręczyli jej dokument.

– Federalny nakaz rewizji – oznajmił Carlson.

Raisa z kamiennym wyrazem twarzy odsunęła się na bok.

Wychowała się w Związku Sowieckim. Policyjne najścia nie były dla niej niczym nowym.

Ośmiu ludzi Carlsona weszło do środka. Rozeszli się po mieszkaniu Becka.

– Chcę mieć wszystko sfilmowane – zawołał Carlson. – Żadnych błędów.

Działali w pośpiechu, mając nadzieję wyprzedzić o pół kroku Hester Crimstein. Carlson wiedział, że Crimstein, jak wielu sprytnych adwokatów od czasu afery O.J. Simpsona, w razie konieczności zawzięcie czepia się policyjnej niekompetencji i/lub niewłaściwego traktowania podejrzanego. Carlson, raczej sprytny przedstawiciel organów ścigania, nie zamierzał jej tego ułatwiać. Każdy krok będzie udokumentowany i potwierdzony.

Kiedy Carlson i Stone pojawili się w studiu Rebekki Schayes, Dimonte w pierwszej chwili nie był zachwycony. Jak zwykle w kontaktach między miejscową policją a federalnymi było trochę stroszenia piór w obronie swego terytorium. Przedstawiciele FBI i policji rzadko bywają jednomyślni, szczególnie w takim dużym mieście jak Nowy Jork.

Jednym z tego rodzaju rzadkich wypadków była perspektywa zmierzenia się z Hester Crimstein.

Wszyscy biorący udział w śledztwie wiedzieli, że Crimstein jest trudnym przeciwnikiem i uwielbia robić wokół siebie wrzawę. Cały świat będzie na nich patrzył. Nikt nie chciał spieprzyć sprawy. To ich mobilizowało do działania. Tak więc zawarli przymierze równie szczere jak palestyńsko-izraelski uścisk dłoni, ponieważ wiedzieli, że muszą jak najprędzej zebrać dowody i przygwoździć winnego – zanim Crimstein zdąży zamącić sprawę.

Federalni uzyskali nakaz rewizji. Wystarczyło im przejść przez Federal Plaza do południowego okręgowego sądu federalnego. Gdyby Dimonte i jego koledzy z nowojorskiego wydziału policji chcieli uzyskać taki nakaz, musieliby zwrócić się do rejonowego sądu New Jersey, co trwałoby za długo, gdy na karku mieli Hester Crimstein.

– Agencie Carlson!

Okrzyk dobiegł zza rogu budynku. Carlson wybiegł na zewnątrz, a Stone potruchtał za nim. Dimonte i Krinsky deptali im po piętach. Młody agent FBI stał na chodniku obok otwartego pojemnika na śmieci.

– Co jest? – zapytał Carlson.

– Może nic, proszę pana, ale…

Młody agent wskazał na coś, co wyglądało jak para pospiesznie wepchniętych do kosza gumowych rękawiczek.

– Zapakuj je – polecił Carlson. – Chcę, by natychmiast wykonano próbę na ślady prochu. – Carlson spojrzał na Dimonte'a. Pora na ściślejszą współpracę… tym razem dzięki rywalizacji. – Ile czasu potrwa to w waszym laboratorium?

– Dzień – odparł Dimonte. Miał w ustach nową wykałaczkę i żuł ją z ogromnym zapałem. – Może dwa.

– Za długo. Będziemy musieli wysłać próbki samolotem do naszego laboratorium w Quantico.

– Nie ma mowy! – warknął Dimonte.

– Uzgodniliśmy, że najważniejszy jest czas.

– Na miejscu będzie najszybciej – oświadczył Dimonte. – Dopilnuję tego.

Carlson kiwnął głową. Tego oczekiwał. Jeśli chcesz, żeby miejscowi gliniarze nadali sprawie priorytet, zagroź, że im ją odbierzesz. Współzawodnictwo. Dobra rzecz.

Pół godziny później usłyszeli następny okrzyk, tym razem dochodzący z garażu. Znów pobiegli tam razem.

Stone cicho gwizdnął. Dimonte wytrzeszczył oczy. Carlson pochylił się, żeby lepiej się przyjrzeć.

Pod gazetami w koszu na śmieci leżał pistolet – kaliber dziewięć milimetrów. Zapach nie pozostawiał żadnych wątpliwości – z tej broni niedawno strzelano.

Stone odwrócił się do Carlsona, żeby kamera nie zarejestrowała jego szerokiego uśmiechu.

– Mamy go – mruknął.

Carlson nie odpowiedział. Patrzył, jak technik wkłada broń do plastikowego woreczka. Potem, zastanawiając się nad tym wszystkim, zmarszczył brwi.

Rozdział 23

Wezwanie przez biper dotyczyło TJ. Skaleczył się w ramię o futrynę drzwi. W wypadku większości dzieci oznaczałoby to psiknięcie piekącą bactine w sprayu. Dla TJ oznaczało noc spędzoną w szpitalu. Zanim tam dotarłem, już podłączyli mu kroplówkę. Chorym na hemofilię podaje się preparaty krwiozastępcze, takie jak krioprecypitat lub liofilizowane osocze. Kazałem pielęgniarce natychmiast to zrobić.

Jak już wcześniej wspomniałem, po raz pierwszy spotkałem Tyrese'a sześć lat temu, zakutego w kajdanki i miotającego przekleństwa. Godzinę wcześniej przywiózł swojego dziewięciomiesięcznego synka na izbę przyjęć. Byłem tam, ale nie zajmowałem się ostrymi przypadkami. Opiekę nad dzieckiem Tyrese'a przejął lekarz dyżurny.

Mały był w śnie letargicznym i nie reagował na bodźce. Oddychał płytko. Tyrese, który – według zebranego wywiadu – zachowywał się „emocjonalnie" (ciekawe, jak powinien się zachowywać ojciec dziecka przywiezionego na izbę przyjęć?), powiedział lekarzowi dyżurnemu, że stan chłopczyka pogarszał się przez cały dzień. Lekarz posłał znaczące spojrzenie pielęgniarce. Ta skinęła głową i poszła zadzwonić. Na wszelki wypadek.

Badanie oftalmoskopowe wykazało u niemowlęcia obustronny krwotok siatkówkowy, będący skutkiem pęknięcia naczyń krwionośnych obu gałek ocznych. Lekarz poskładał kawałki łamigłówki – krwawienie siatkówkowe, letarg oraz zachowanie ojca – po czym postawił diagnozę.

Maltretowane dziecko.

Po chwili pojawili się uzbrojeni strażnicy. Skuli Tyrese'a, który właśnie wtedy zaczął kląć. Wyszedłem na korytarz, żeby sprawdzić, co się stało. Przyszli dwaj umundurowani policjanci. A także znużona kobieta z ACS – czyli Administration for Children Services. Tyrese usiłował przekonać ich, że jest niewinny. Wszyscy kręcili głowami w sposób mówiący „co też się porobiło z tym światem".

W szpitalu widziałem takie sceny dziesiątki razy. Prawdę mówiąc, nawet znacznie gorsze. Leczyłem trzyletnią dziewczynkę zarażoną chorobą weneryczną. Tamowałem krwotok wewnętrzny u zgwałconego czterolatka. W obu tych przypadkach – jak we wszystkich innych, z którymi miałem do czynienia – gwałcicielem był członek rodziny lub najnowszy kochanek mamusi.

Zły Człowiek nie czai się na placu zabaw, dzieciaki. On mieszka w waszych domach.

Wiedziałem również – statystyka zawsze mnie przerażała – że ponad dziewięćdziesiąt pięć procent przypadków ciężkich urazów wewnątrzczaszkowych u noworodków powstaje w wyniku maltretowania. Tak więc niestety – albo na szczęście, zależnie od punktu widzenia – wszystkie dowody wskazywały na to, że Tyrese pobił swojego synka.

W izbie przyjęć słyszeliśmy już wszelkie możliwe wykręty. Dziecko spadło z kanapy. Drzwiczki piecyka uderzyły je w główkę. Straszy brat upuścił na nie zabawkę. Jeśli popracujesz tu dłużej, robisz się bardziej cyniczny niż zahartowany miejski gliniarz. W rzeczywistości zdrowe dzieci dość dobrze znoszą tego rodzaju nieszczęśliwe wypadki. Bardzo rzadko się zdarza, by – na przykład – upadek z kanapy spowodował krwotok siatkówkowy.

Diagnoza dyżurnego lekarza nie budziła moich wątpliwości. Przynajmniej z początku.

Uznałem jednak za dziwny sposób, w jaki Tyrese usiłował się bronić. Wcale nie pomyślałem, że jest niewinny. Zdarza mi się sądzić ludzi po ich wyglądzie albo, jeśli mam posłużyć się poprawniejszym politycznie określeniem, przynależności etnicznej. Wszyscy to robimy. Jeśli przechodzisz na drugą stronę ulicy, żeby uniknąć spotkania z bandą czarnoskórych nastolatków, dokonujesz kwalifikacji etnicznej; jeśli tego nie robisz, obawiając się, że wyjdziesz na rasistę, też dokonujesz kwalifikacji etnicznej, a jeżeli na ich widok nie myślisz ani o jednym, ani o drugim, to przybyłeś tu z jakiejś planety, na której ja nigdy nie byłem.

Zastanowiło mnie coś innego. Niedawno, odbywając staż w bogatej podmiejskiej dzielnicy Short Hills, w stanie New Jersey, widziałem zatrważająco podobny przypadek. Biała matka i ojciec, oboje elegancko ubrani, zajechali nieźle wyposażonym range roverem, przywożąc na izbę przyjęć swoją sześciomiesięczną córeczkę. Dziecko, ich trzecie, miało te same objawy co TJ.

Nikt nie zakuł w kajdanki tamtego ojca.

Dlatego podszedłem do Tyrese'a. Obrzucił mnie typowym spojrzeniem mieszkańca getta. Na ulicy może by mnie przeraził, ale tutaj był jak zły wilk usiłujący zdmuchnąć ceglany dom.

– Czy pański syn urodził się w tym szpitalu? – zapytałem.

Tyrese nie odpowiedział.

– Czy pański syn urodził się tutaj, tak czy nie?

Ochłonął na tyle, by odpowiedzieć.

– Tak.

– Został obrzezany?

Tyrese znów posłał mi gniewne spojrzenie.

– Jesteś pan jakimś cholernym pedziem?

– Chce pan powiedzieć, że jest ich kilka rodzajów? – odparowałem. – Został tu obrzezany, tak czy nie?

– Taak – burknął niechętnie Tyrese.

Sprawdziłem numer ubezpieczenia chłopczyka i wprowadziłem do komputera. Pojawiły się dane. Przejrzałem informacje dotyczące zabiegu obrzezania. Wszystko w normie. Do licha. Potem jednak znalazłem inny wpis. To nie była pierwsza wizyta TJ w tym szpitalu. Kiedy miał dwa tygodnie, ojciec przywiózł go tu z powodu krwawienia z pępka – czyli blizny powstałej po odcięciu pępowiny.

Dziwne.

Kazałem wykonać kilka analiz, chociaż policja chciała natychmiast aresztować Tyrese'a. Ten nie protestował. Zgodził się na przeprowadzenie badań krwi. Usiłowałem przyspieszyć procedurę, ale miałem niewielki wpływ na biurokratyczną machinę. Mało kto ma. Mimo to laboratorium zdołało ustalić, że w pobranych próbkach krwi czas krzepliwości był wyraźnie zbyt długi, chociaż czas protrombinowy oraz liczba płytek krwi były w normie. No, dobrze, dobrze, wytrzymajcie jeszcze przez chwilę.

Potwierdziły się moje najlepsze – i najgorsze – obawy. Chłopczyk nie został pobity przez swojego pochodzącego z nizin społecznych ojca. Ten wewnętrzny krwotok był skutkiem hemofilii. I uczynił chłopca niewidomym.

Strażnicy westchnęli, rozkuli Tyrese'a i odeszli bez słowa. Tyrese roztarł nadgarstki. Nikt nie przeprosił ani nie wyraził współczucia ojcu, który został niesłusznie oskarżony o pobicie swojego niewidomego synka.

Wyobraźcie to sobie w szpitalu na bogatym przedmieściu.

Od tamtej pory TJ był moim pacjentem.

Teraz, w szpitalnym pokoiku, pogłaskałem TJ po głowie i spojrzałem w jego niewidzące oczy. Dzieciaki zazwyczaj patrzą na mnie z nieskrywanym podziwem, będącym czymś w rodzaju mieszaniny strachu i czci. Moi koledzy są zdania, że dzieci lepiej niż dorośli zdają sobie sprawę z tego, co się z nimi dzieje. Ja sądzę, że wyjaśnienie jest mniej skomplikowane. Dzieci uważają swoich rodziców za nieustraszonych i niepokonanych – a tymczasem ci rodzice patrzą na mnie, lekarza, z nabożnym szacunkiem, jaki normalnie rezerwuje się dla bóstwa.

Co może bardziej przerażać dziecko?

Po kilku minutach TJ zamknął oczy. Zapadł w sen.

– Po prostu wpadł na framugę drzwi – rzekł Tyrese. – To wszystko. Jest niewidomy. Zdarza się, no nie?

– Będziemy musieli zatrzymać go tu na noc – powiedziałem. – Wszystko będzie dobrze.

– Jakim cudem? – mruknął Tyrese. – Jakim cudem ma być dobrze, jeśli nie można powstrzymać krwawienia?

Nie miałem na to odpowiedzi.

– Muszę wyciągnąć go stąd.

Nie miał na myśli szpitala.

Tyrese sięgnął do kieszeni i zaczął odliczać banknoty. Nie byłem w nastroju. Powstrzymałem go machnięciem ręki i powiedziałem:

– Policzymy się następnym razem.

– Dzięki za przybycie, doktorze. Doceniam to.

Już miałem mu przypomnieć, że przyjechałem do jego syna, a nie do niego, ale wolałem milczeć.

• • •

Ostrożnie, myślał Carlson, czując, jak przyspiesza mu puls. Bądź cholernie ostrożny.

Wszyscy czterej – Carlson, Stone, Krinsky i Dimonte – siedzieli przy stole konferencyjnym z asystentem prokuratora okręgowego Lance'em Feinem. Ten ostatni był ambitnym i krwiożerczym jak łasica człowieczkiem o nieustannie podskakujących brwiach i woskowatej twarzy wyglądającej tak, jakby zaraz miała się stopić i spłynąć na podłogę.

– Weźmy tego chorego drania za dupę – zaproponował Dimonte.

– Jeszcze raz – rzekł Lance Fein. – Poskładajcie to dla mnie tak, żeby nawet Alan Dershowitz chciał go zapuszkować.

Dimonte skinął na partnera.

– Dalej, Krinsky. Zrób mi dobrze.

Krinsky wyjął swój notes i zaczął czytać:

– Rebecca Schayes została dwukrotnie postrzelona w głowę z bardzo bliskiej odległości, z pistoletu kaliber dziewięć milimetrów. Działając na mocy nakazu rewizji, wystawionego przez sąd federalny, znaleźliśmy pistolet o tym kalibrze w garażu doktora Becka.

– Odciski palców na broni? – zapytał Fein.

– Żadnych. Analiza balistyczna potwierdziła jednak, że broń znaleziona w garażu doktora Becka była narzędziem zbrodni.

Dimonte uśmiechnął się i uniósł brwi.

– Czy ktoś jeszcze dostał orgazmu?

Brwi Feina uniosły się i opadły.

– Proszę czytać dalej – rzekł.

– W wyniku przeszukania dokonanego na mocy tego samego nakazu znaleziono parę gumowych rękawiczek w pojemniku na śmieci na terenie rezydencji doktora Becka. Na prawej rękawiczce wykryto ślady prochu. Doktor Beck jest praworęczny.

Dimonte oparł o stół nogi w butach z wężowej skóry i przesunął językiem wykałaczkę.

– Och, tak, mocniej, mocniej. To lubię.

Fein zmarszczył brwi. Krinsky, nie odrywając oczu od no-
tatnika, poślinił palec i przewrócił kartkę.

– Na tej samej rękawiczce z prawej ręki laboratorium zna-
lazło włos, którego kolor był identyczny z barwą włosów Rebekki Schayes.

– O Boże! O Boże! – wrzasnął Dimonte, udając orgazm.
A może wcale nie udawał.

– Pełna analiza DNA wymaga więcej czasu – ciągnął
Krinsky. – Ponadto na miejscu zbrodni znaleziono odciski
doktora Becka, chociaż nie w pomieszczeniu ciemni, w którym popełniono zbrodnię.

Krinsky zamknął notes. Obecni spojrzeli na Lance'a Feina.

Ten wstał i potarł podbródek. Oprócz Dimonte'a wszyscy
skrywali przepełniającą ich radość. W pokoju panowała elek-
tryzująca atmosfera, poprzedzająca aresztowanie winnego,
odurzająca jak narkotyk, towarzysząca rozwiązaniu naprawdę
dużych spraw. Będą konferencje prasowe, telefony od polity-
ków i zdjęcia w gazetach.

Tylko Nick Carlson odczuwał dziwny niepokój. Siedział,
skręcając, rozwijając i znów zwijając skrawek papieru. Nie
mógł przestać. Coś tkwiło w jego podświadomości, tuż za po-
lem widzenia, coś, czego wciąż nie mógł uchwycić, ale było
tam, irytujące jak wszyscy diabli. Po pierwsze, te urządzenia
podsłuchowe w domu doktora Becka. Ktoś założył mu podsłuch. Na linii telefonicznej także. Tymczasem nikt nie wiedział dlaczego i nie przejmował się tym.

– Lance? – rzucił Dimonte.

Lance Fein odchrząknął.

– Czy wiecie, gdzie jest teraz doktor Beck? – zapytał.

– W szpitalu – odparł Dimonte. – Postawiłem tam dwóch mundurowych, żeby mieli go na oku.

Fein kiwnął głową.

– No, Lance – rzekł Dimonte. – Daj mi to, chłopie.

– Najpierw zadzwońmy do pani Crimstein – powiedział Fein. – Kurtuazyjnie.

• • •

Shauna opowiedziała Lindzie prawie wszystko. Pominęła to, że Beck „widział" Elizabeth na ekranie monitora. Nie dlatego, że w to wierzyła. Była prawie pewna, że to cyfrowy fotomontaż. Lecz Beck wyraził się jasno. Nie mów nikomu. Nie lubiła mieć tajemnic przed Lindą, ale lepsze to niż zawieść zaufanie Becka.

Linda przez cały czas patrzyła jej w oczy. Nie kiwała głową, nie odzywała się i nie poruszała. Kiedy Shauna skończyła, zapytała:

– Widziałaś te zdjęcia?

– Nie.

– Skąd się wzięły w rękach policji?

– Nie mam pojęcia.

Linda wstała.

– David nigdy nie skrzywdziłby Elizabeth.

– Wiem o tym.

Linda objęła się ramionami. Zaczęła ciężko dyszeć. Krew odpłynęła jej z twarzy.

– Co ci jest? – spytała Shauna.

– Co przede mną ukrywasz?

– Dlaczego sądzisz, że coś przed tobą ukrywam?

Linda tylko popatrzyła na nią.

– Zapytaj swojego brata – poradziła jej Shauna.

– Dlaczego?

– Ja nie mogę ci tego powiedzieć.

Znów ktoś zadzwonił do drzwi. Tym razem do domofonu podeszła Shauna.

– Taak?

Z głośnika popłynął głos:

– Tu Hester Crimstein.

Shauna nacisnęła guzik otwierający drzwi. Dwie minuty później do mieszkania wpadła Hester.

– Czy znacie niejaką Rebeccę Schayes, fotografa?

– Pewnie – odparła Shauna. – Chociaż od dawna jej nie widziałam. Linda?

– Ja też nie. Od lat. Ona i Elizabeth wynajmowały wspólnie mieszkanie w śródmieściu. Dlaczego pytasz?

– Zeszłej nocy została zamordowana – odparła Hester. – Uważają, że to Beck ją zabił.

Obie kobiety zastygły, jakby ktoś je spoliczkował. Shauna pierwsza doszła do siebie.

– Przecież ja byłam wczoraj wieczorem z Beckiem – powiedziała. – W jego domu.

– Do której?

– A do której ci trzeba?

Hester zmarszczyła brwi.

– Nie pogrywaj ze mną, Shauno. O której opuściłaś jego dom?

– O dziesiątej, dziesiątej trzydzieści. O której zginęła?

– Jeszcze nie wiem. Mam jednak swoje źródła. Podobno mają przeciwko niemu murowane dowody.

– Bzdura.

Zadzwonił telefon komórkowy. Hester Crimstein wyjęła go z torebki i przycisnęła do ucha.

– Co?

Osoba na drugim końcu linii mówiła przez długą chwilę.

Hester słuchała w milczeniu. Wyraz jej twarzy zdradzał coraz większe przygnębienie. Po minucie czy dwóch, nie pożegnawszy się, wyłączyła telefon.

– Kurtuazyjna wiadomość – wymamrotała.

– Co?

– Zamierzają aresztować pani brata. Mamy godzinę na wydanie go w ręce władz.

Rozdział 24

Nie mogłem myśleć o niczym innym poza spotkaniem w Washington Square Park. To prawda, że nie powinienem się tam pokazywać jeszcze przez cztery następne godziny. A przecież, pomijając nagłe przypadki, dzisiaj miałem wolny dzień. Byłem wolny jak ptak – zaśpiewałby Lynyrd Skynyrd – i ten ptaszek chciał jak najszybciej polecieć do Washington Square Park.

Właśnie zamierzałem opuścić szpital, kiedy mój biper znów odegrał swą złowieszczą pieśń. Westchnąłem i sprawdziłem numer. Telefon komórkowy Hester Crimstein. Obok widniał symbol oznaczający „pilne".

To nie mogła być dobra wiadomość.

Przez chwilę czy dwie miałem ochotę nie odpowiadać i polecieć za głosem swego ptasiego serca – tylko co by mi to dało? Wróciłem do mojego gabinetu. Drzwi były zamknięte, a tarcza przy klamce pokazywała czerwone pole. To oznaczało, że z gabinetu korzysta inny lekarz.

Przeszedłem dalej korytarzem, skręciłem w lewo i znalazłem pusty gabinet na oddziale ginekologiczno-położniczym. Czułem się jak szpieg w obozie wroga. Pokój lśnił nadmiarem chromu. Otoczony przez fotele ze strzemionami i inne elementy wyposażenia, wyglądającego na zatrważająco przedpotopowe, wybrałem numer.

Hester Crimstein nie fatygowała się powitaniami.

– Beck, mamy poważny problem. Gdzie jesteś?

– W szpitalu. Co się dzieje?

– Odpowiedz mi na jedno pytanie – powiedziała Hester Crimstein. – Kiedy ostatni raz widziałeś Rebeccę Schayes?

Serce zabiło mi mocniej.

– Wczoraj. Dlaczego pytasz?

– A przedtem?

– Osiem lat temu.

Crimstein zaklęła pod nosem.

– O co chodzi? – spytałem.

– Rebecca Schayes została zeszłej nocy zamordowana w swojej pracowni. Ktoś dwa razy strzelił jej w głowę.

Miałem wrażenie, że spadam. Coś takiego czujesz na chwilę przed tym, zanim pogrążysz się we śnie. Kolana ugięły się pode mną. Z łoskotem opadłem na taboret.

– O Chryste…

– Beck, posłuchaj mnie. Słuchaj uważnie.

Przypomniałem sobie, jak Rebecca wyglądała wczoraj.

– Gdzie byłeś zeszłej nocy?

Odsunąłem słuchawkę od ucha i głośno łapałem powietrze. Martwa. Rebecca nie żyje. Dziwne, ale wciąż miałem przed oczami ten połysk jej pięknych włosów. Pomyślałem o jej mężu. Pomyślałem, co przyniosą mu te noce, kiedy będzie leżał w łóżku, przypominając sobie, jak pięknie te włosy wyglądały na poduszce.

– Beck?

– W domu – powiedziałem. – Byłem w domu z Shauną.

– A potem?

– Poszedłem na spacer.

– Dokąd?

– Spacerowałem.

– Gdzie byłeś?

Nie odpowiedziałem.

– Posłuchaj mnie, Beck, dobrze? Znaleźli w twoim domu broń, za pomocą której dokonano morderstwa.

Słyszałem słowa, lecz ich sens z trudem docierał do mózgu. Pokój nagle wydał mi się ciasny. Nie miał okien. Nie było czym oddychać.

– Słyszysz mnie?

– Tak – odparłem. Potem, zaczynając rozumieć, dodałem: – To niemożliwe.

– Posłuchaj, nie mamy teraz na to czasu. Zaraz cię aresztują. Rozmawiałam z prokuratorem prowadzącym tę sprawę. To skończony kutas, ale zgodził się, żebyś sam oddał się w ręce policji.

– Aresztują?

– Zacznij kojarzyć, Beck.

– Ja nic nie zrobiłem.

– To teraz jest nieistotne. Zamierzają cię aresztować. Potem postawić przed sądem. Wtedy wyciągnę cię za kaucją. Już jestem w drodze do szpitala. Tam się spotkamy. Siedź spokojnie. Nie rozmawiaj z nikim, słyszysz? Ani z glinami, ani z federalnymi, ani z nowym kumplem w celi. Rozumiesz?

Przywarłem wzrokiem do zegara nad kozetką. Było kilka minut po drugiej. Washington Square. Pomyślałem o Washington Square.

– Nie mogę dać się aresztować, Hester.

– Wszystko będzie dobrze.

– Jak prędko?

– Co jak prędko?

– Wyciągniesz mnie za kaucją.

– Trudno powiedzieć. Nie sądzę, żeby były jakieś problemy z kaucją. Nie byłeś karany. Jesteś członkiem społecznej elity, masz rodzinę i obowiązki. Pewnie będziesz musiał oddać paszport...

– Jak prędko?

– Co jak prędko, Beck? Nie rozumiem.

– Jak prędko wyjdę.

– Posłuchaj, spróbuję ich przycisnąć, dobrze? Jeśli nawet mi się uda – a tego nie mogę ci obiecać – będą musieli wysłać twoje odciski palców do Albany. Takie są przepisy. Jeśli będziemy mieli szczęście – dużo szczęścia – to staniesz przed sądem przed północą.

Przed północą?

Strach ścisnął mi pierś stalowymi obręczami. Uwięzienie oznaczało, że nie będę mógł pójść na spotkanie w Washington Square Park. Mój kontakt z Elizabeth był tak cholernie słaby jak pajęcza nić. Jeśli o piątej nie zjawię się w Washington Square Park...

– To na nic – powiedziałem.

– Co?

– Musisz to odwlec, Hester. Niech aresztują mnie jutro.

– Żartujesz, prawda? Słuchaj, pewnie już cię pilnują.

Wystawiłem głowę przez uchylone drzwi i rozejrzałem się po korytarzu. Z tego miejsca widziałem tylko kawałek kontuaru rejestracji, narożnik po prawej stronie, ale to mi wystarczyło.

Zobaczyłem dwóch gliniarzy, lecz mogło ich być więcej.

– O Chryste – jęknąłem, cofając się do gabinetu.

– Beck?

– Nie mogę pójść do więzienia – powtórzyłem. – Nie dzisiaj.

– Nie świruj, Beck, dobrze? Po prostu zostań tam. Nie ruszaj się, nie rozmawiaj z nikim, nic nie rób. Siedź w swoim gabinecie i czekaj. Już jadę.

Rozłączyła się.

Rebecca nie żyła. Oni myśleli, że to ja ją zabiłem. Śmieszne, oczywiście, ale to morderstwo musiało mieć jakiś związek z całą tą sprawą. Wczoraj odwiedziłem ją po raz pierwszy od ośmiu lat. Jeszcze tego samego wieczoru została zamordowana.

Co się dzieje, do diabła?

Otworzyłem drzwi i zerknąłem. Gliniarze nie patrzyli w moim kierunku. Wyślizgnąłem się i poszedłem korytarzem. Z tyłu było wyjście awaryjne. Wymknę się tamtędy. Dotrę do Washington Square Park.

Czy to wszystko się dzieje naprawdę? Czy rzeczywiście uciekam przed policją?

Nie miałem pojęcia. Kiedy znalazłem się przy drzwiach, zaryzykowałem i obejrzałem się. Jeden z policjantów zauważył mnie. Wskazał na mnie palcem i rzucił się w pościg.

Pchnąłem drzwi i wybiegłem.

• • •

Nie mogłem w to uwierzyć. Uciekałem przed policją.

Drzwi wychodziły na ciemną uliczkę na tyłach szpitala. Nie znałem jej. Może to wydawać się dziwne, ale to nie była moja dzielnica. Przyjeżdżałem tutaj, pracowałem i odjeżdżałem. Siedziałem zamknięty w pomieszczeniach bez okien, kryjąc się przed słońcem jak ponura sowa. Wystarczyło, żebym oddalił się o jedną przecznicę od szpitala, a znalazłbym się na kompletnie nieznanym mi terenie.

Bez żadnego konkretnego powodu skręciłem w prawo. Za plecami usłyszałem trzaśnięcie otwieranych drzwi.

– Stać! Policja!

Naprawdę tak krzyczeli. Nie zatrzymałem się. Czy będą strzelać? Bardzo w to wątpiłem. Ze względu na reperkusje, jakie wywołałoby postrzelenie nieuzbrojonego człowieka, który usiłował uciec. Wprawdzie nie można było tego wykluczyć – przynajmniej nie w tej dzielnicy – ale wydawało się to mało prawdopodobne.

Wokół znajdowało się niewielu ludzi, lecz wszyscy przyglądali mi się z wyraźnym, nie tylko przelotnym, zainteresowaniem. Biegłem dalej, najszybciej jak mogłem. Przemknąłem obok groźnie wyglądającego mężczyzny z równie groźnie wyglądającym rottweilerem. Starcy siedzieli na rogu i narzekali na ciężki dzień. Kobiety taszczyły zbyt wiele sprawunków. Dzieciaki, które zapewne powinny być w szkole, podpierały ściany, szpanując jedne przed drugimi.

A ja uciekałem przed policją.

Mój umysł z trudem rejestrował ten fakt. Nogi już zaczynały odmawiać mi posłuszeństwa, lecz obraz spoglądającej w obiektyw kamery Elizabeth popychał mnie naprzód i dodawał sił.

Ciężko dyszałem.

Na pewno słyszeliście o adrenalinie, że pobudza i obdarza niesamowitą siłą, ale ma też pewną wadę. Uderza do głowy i tracisz panowanie nad sobą. Wyostrza zmysły tak, że prawie paraliżuje. Musisz okiełznać tę siłę, inaczej cię udusi.

Wpadłem w boczną uliczkę – tak zawsze robią w telewizji – lecz ta okazała się ślepym zaułkiem, zamkniętym stertą najokropniejszych kontenerów na śmieci na całej kuli ziemskiej. Smród osadził mnie w miejscu... jak rumaka. Niegdyś, zapewne za czasów burmistrzowania LaGuardii, te pojemniki mogły być zielone, ale farbę już dawno pokryła rdza. Przeżarła metal, ułatwiając dostęp stadu szczurów, które wylały się przez nie jak struga szlamu z rury.

Szukałem jakiejś drogi ucieczki, drzwi lub czegokolwiek, ale nie znalazłem. Żadnego tylnego wyjścia. Może mógłbym rozbić okno, lecz wszystkie znajdujące się na parterze były zakratowane.

Mogłem wydostać się stąd tylko tą samą drogą, którą przybiegłem – a wtedy niewątpliwie zobaczą mnie policjanci.

Znalazłem się w pułapce.

Spojrzałem w lewo, w prawo, a potem – niespodziewanie – w górę.

Schody ewakuacyjne.

Miałem je nad głową. Wciąż czerpiąc z moich zapasów adrenaliny, podskoczyłem najwyżej jak mogłem, wyciągając obie ręce w górę. Upadłem na tyłek. Spróbowałem ponownie. Nie udało się. Drabiny były o wiele za wysoko.

I co teraz?

Może zdołam jakoś przesunąć kontener na śmieci, stanąć na nim i dosięgnąć jednej z drabinek. Tylko że te pojemniki były kompletnie przerdzewiałe. Jeśli nawet stanę na śmieciach, i tak będę za nisko.

Zaczerpnąłem tchu i usiłowałem zebrać myśli. Ten smród mnie wykańczał: wdzierał mi się do nosa i wydawał się tam zagnieżdżać. Ruszyłem w kierunku wylotu zaułka.

Szum radia. Dźwięk mogący pochodzić z policyjnej radiostacji.

Przywarłem plecami do muru i słuchałem.

Ukryć się. Trzeba się ukryć.

Szum przybierał na sile. Rozróżniałem głosy. Policjanci się zbliżali. Byłem widoczny jak na dłoni. Jeszcze mocniej przycisnąłem się do muru, jak gdyby to mogło mi jakoś pomóc. Jakby mieli wyjechać zza rogu i wziąć mnie za płaskorzeźbę.

Ciszę rozdarł dźwięk policyjnych syren.

Szukali mnie.

Kroki. Zdecydowanie coraz bliżej. Mogłem ukryć się tylko w jednym miejscu.

Szybko oceniłem, który z pojemników na śmieci jest najmniej brudny, zamknąłem oczy i wskoczyłem do środka.

Kwaśne mleko. *Bardzo* kwaśne mleko. Ten zapach poczułem najpierw. Ale nie tylko. Coś przypominającego odór wymiotów... Siedziałem w tym. W czymś wilgotnym i rozkładającym się. Lepiło się do mnie. Mój organizm postanowił zareagować odruchem wymiotnym. Żołądek zaczął podchodzić mi do gardła.

Usłyszałem czyjeś kroki u wylotu zaułka. Pozostałem na miejscu.

Szczur przebiegł mi po nodze.

O mało nie wrzasnąłem, lecz podświadomość jakoś zdołała utrzymać struny głosowe w ryzach. Boże, to nie może dziać się naprawdę. Wstrzymałem oddech. Nie na długo. Usiłowałem wciągać powietrze nosem, lecz znów zacząłem się dławić. Zasłoniłem nos i usta połą koszuli. Trochę pomogło, ale niewiele.

Nie słyszałem już szumu radia. Ani kroków. Czyżbym się im wymknął? Jeśli nawet, to jedynie chwilowo. Kolejne syreny dołączyły do chóru. Prawdziwa *Błękitna rapsodia*. Gliniarze ściągnęli wsparcie. Wkrótce ktoś tu wróci. Ponownie sprawdzą ten zaułek. I co wtedy?

Chwyciłem brzeg kontenera, żeby wyjść. Zardzewiała krawędź skaleczyła mi dłoń. Odruchowo zacząłem ssać krwawiącą ranę. Lekarz we mnie natychmiast zaczął pokrzykiwać o tężcu, ale pozostała część mojego umysłu podpowiadała, że tężec jest teraz najmniejszym z moich zmartwień.

Nasłuchiwałem.

Żadnych kroków. Ani szumu radiostacji. Wycie syren, czego jednak mogłem się spodziewać? Wciąż ściągali wsparcie. Morderca grasujący po naszym ślicznym mieście. Dobrzy faceci zbiorą oddział pościgowy. Zamkną cały obszar i przeczeszą go gęstym grzebieniem.

Jak daleko odbiegłem?

Nie byłem w stanie ocenić. Mimo to wiedziałem jedno. Powinienem wynieść się stąd. Odejść jak najdalej od szpitala.

A to oznaczało, że muszę wydostać się z tej ślepej uliczki.

Zacząłem skradać się w kierunku wylotu. Nie słyszałem żadnych kroków czy szumu radia. Dobry znak. Usiłowałem zebrać myśli. Ucieczka to dobry pomysł, ale jeszcze lepiej byłoby wiedzieć dokąd. Postanowiłem kierować się na wschód, chociaż oznaczało to mniej bezpieczne dzielnice. Przypomniałem sobie, że widziałem estakadę z torami.

Metro.

Jedyny sposób, żeby się stąd wydostać. Wystarczy dotrzeć na pierwszą lepszą stację i kilkakrotnie się przesiąść, żeby zniknąć. Tylko gdzie jest najbliższa stacja?

Właśnie usiłowałem odtworzyć z pamięci mapę metra, kiedy w uliczkę wszedł policjant.

Wyglądał tak młodo, tak gładziutko ogolony, świeżo wyszorowany i różowiutki. Równo podwinięte rękawy niebieskiej koszuli były jak dwie opaski uciskowe na jego potężnych bicepsach. Na mój widok drgnął – równie zaskoczony tym spotkaniem jak ja.

Obaj zamarliśmy. Lecz jego zaskoczenie trwało sekundę dłużej.

Gdybym spróbował zaatakować go jak bokser lub adept kung-fu, pewnie musiałbym zbierać moje zęby z rynsztoka. Nie zrobiłem tego. Wpadłem w panikę. Kierował mną wyłącznie strach.

Rzuciłem się na niego jak rozwścieczony byk.

Opuściłem głowę, przycisnąłem brodę do piersi i wystartowałem niczym rakieta skierowana w jego tułów. Elizabeth grała w tenisa. Powiedziała mi pewnego razu, że kiedy przeciwnik jest przy siatce, często najlepiej celować piłką w jego brzuch, gdyż wtedy on lub ona nie wie, w którą stronę uskoczyć. To spowalnia czas reakcji.

Tak stało się teraz.

Wpadłem na niego z impetem. Złapałem go za ramiona, jak małpa trzymająca się płotu. Stracił równowagę. Podciągnąłem kolana aż na wysokość jego pasa. Brodę przyciskałem do piersi, a czubek głowy miałem tuż pod szczęką gliniarza.

Z okropnym łomotem wylądowaliśmy na ziemi. Usłyszałem głośny trzask. Przeszywający ból rozszedł się z miejsca, w którym moja czaszka zetknęła się z jego szczęką. Młody policjant wydał z siebie ciche „ufff". Impet uderzenia wycisnął mu powietrze z płuc. Myślę, że miał złamaną szczękę. Dopiero teraz wpadłem w panikę. Zeskoczyłem z niego, jakby był żywym paralizatorem.

Napadłem na funkcjonariusza policji.

Nie było czasu, by się nad tym zastanawiać. Chciałem się tylko wydostać stąd. Zdołałem jakoś wstać i już miałem odwrócić się i uciec, kiedy złapał mnie za kostkę. Popatrzyłem w dół i nasze spojrzenia się spotkały.

Cierpiał. To ja zadałem mu ból.

Udało mi się utrzymać równowagę i kopnąłem go. Trafiłem w żebra. Tym razem „uff" było zduszone. Krew pociekła mu z kącika ust. Sam nie mogłem uwierzyć, że to robię. Kopnąłem go jeszcze raz. Nie za mocno, ale wystarczająco, by rozluźnił chwyt. Wyrwałem się.

I uciekłem.

Rozdział 25

Hester i Shauna pojechały taksówką do szpitala. Linda wsiadła do metra linii jeden, zmierzając do doradcy finansowego w World Financial Center, żeby zlecić mu zebranie pieniędzy na kaucję.

Przed szpitalem, w którym pracował Beck, stało kilkanaście radiowozów zaparkowanych bez ładu i składu, jak strzałki rzucone przez pijaka. Migotały czerwonymi światłami. Słychać było wycie syren. Nadjeżdżały kolejne radiowozy.

– Co tu się dzieje, do diabła? – zapytała Shauna.

Hester dostrzegła asystenta prokuratora okręgowego Lance'a Feina, lecz on zauważył ją pierwszy. Ruszył ku niej. Był czerwony z wściekłości i żyłka na jego czole pulsowała gwałtownie.

– Ten skurwysyn uciekł – prychnął bez żadnych wstępów.

Hester przyjęła cios i natychmiast odparowała go.

– Pewnie sprowokowali go wasi ludzie.

Podjechały dwa następne radiowozy. I furgonetka z ekipą Channel 7. Fein zaklął pod nosem.

– Prasa. Niech to szlag, Hester. Wiesz, jak teraz wyglądam?

– Posłuchaj, Lance…

– Jak jakiś cholerny dupek, który certoli się z bogatymi, ot co. Jak mogłaś mi to zrobić, Hester? Czy wiesz, jak załatwi mnie burmistrz? Odgryzie mi dupsko i posieka na zrazy. A Tucker... – (Tucker był prokuratorem okręgowym Manhattanu) – Jezu Chryste, możesz sobie wyobrazić, co on zrobi?

– Panie Fein!

Jeden z policjantów zawołał prokuratora. Fein przeszył obie kobiety gniewnym wzrokiem, po czym odszedł.

Hester rzuciła się na Shaunę.

– Czy ten Beck zwariował?

– On się boi – powiedziała Shauna.

– Uciekł przed policją! – wrzasnęła Hester. – Rozumiesz? Czy rozumiesz, co to oznacza? – Wskazała na samochód reporterów. – Są tu media, rany boskie. Zaczną gadać o zabójcy na wolności. To niebezpieczne. Sprawi, że zacznie wyglądać na winnego. A to wpływa na sędziów.

– Uspokój się – poradziła Shauna.

– Mam się uspokoić? Czy nie rozumiesz, co on narobił?

– Uciekł. To wszystko. Tak jak OJ, no nie? Zdaje się, że tamtemu to nie zaszkodziło w sądzie.

– Nie mówimy o Simpsonie, Shauno. Mówimy o bogatym białym lekarzu.

– Beck nie jest bogaty.

– Nie o to chodzi, do licha. Po czymś takim wszyscy będą chcieli go ukrzyżować. Zapomnij o kaucji. Zapomnij o uczciwym procesie. – Nabrała tchu i założyła ręce na piersi. – I nie tylko reputacja Feina jest zagrożona.

– O czym ty mówisz?

– Mówię o sobie! – wrzasnęła Hester. – Tym jednym posunięciem Beck zniszczył moją wiarygodność w oczach prokuratury. Jeśli obiecuję dostarczyć faceta, to muszę im go dostarczyć.

– Hester?

– Co?

– W tym momencie guzik mnie obchodzi twoja reputacja.

Nagły hałas i zamieszanie przerwały im tę rozmowę. Odwróciły się i zobaczyły pędzącą ulicą karetkę. Ktoś coś krzyknął. Policjanci zaczęli miotać się jak chmara kulek wpuszczonych jednocześnie do automatu do gier.

Karetka zatrzymała się z piskiem opon. Sanitariusze – mężczyzna i kobieta – wyskoczyli z szoferki. Szybko. Za szybko. Otworzyli tylne drzwi i wyciągnęli nosze na kółkach.

– Tędy! – wrzasnął ktoś. – Jest tutaj!

Shauna poczuła, że serce na moment przestało jej bić. Podbiegła do Lance'a Feina. Hester za nią.

– Co jest? – spytała. – Co się stało?

Fein zignorował ją.

– Lance?

W końcu spojrzał na nie. Twarz wykrzywił mu grymas wściekłości.

– Twój klient.

– Co z nim? Został ranny?

– Właśnie napadł na funkcjonariusza policji.

• • •

Czyste szaleństwo.

Przekroczyłem granicę, uciekając, ale atak na tego młodego policjanta… Teraz już nie było odwrotu. Rzuciłem się do ucieczki. Biegłem ile sił w nogach.

– Policjant ranny!

Ktoś naprawdę tak krzyknął. Potem rozległy się kolejne okrzyki. Szum radiostacji. Wycie syren. Coraz bliżej. Serce podchodziło mi do gardła. Wciąż poruszałem nogami, chociaż robiły się coraz sztywniejsze i cięższe, jakby mięśnie i ścięgna powoli stawały się twarde jak kamień. Nie byłem w formie. Zaczęło mi cieknąć z nosa. Śluz mieszał się z brudem nad moją górną wargą i sączył do ust.

Co chwila skręcałem w boczne ulice, jakbym w ten sposób mógł zgubić pościg. Wiedziałem, że nie zdołam. Nie odwracałem się, żeby sprawdzić, czy depczą mi po piętach. Zdradzało to wycie syren i szum krótkofalówek.

Nie miałem szansy.

Zapuszczałem się coraz dalej w głąb dzielnicy, przez którą normalnie bałbym się nawet przejeżdżać. Przeskoczyłem przez płot i pobiegłem po wysokiej trawie porastającej to, co kiedyś mogło być placem zabaw dla dzieci. Mówią o rosnących cenach nieruchomości na Manhattanie. Tymczasem tutaj, niedaleko od Harlem River Drive, były puste parcele zasłane potłuczonym szkłem oraz zardzewiałymi resztkami tego, co mogło niegdyś być huśtawkami, drabinkami gimnastycznymi i samochodzikami.

Przed rzędem tandetnych czynszowych budynków stała grupka czarnych nastolatków, wszyscy obcięci i ubrani w stylu „gangsta". Spojrzeli na mnie jak na smakowity kąsek. Już mieli coś zrobić – nie wiem co – kiedy zorientowali się, że ścigają mnie policjanci.

Zaczęli zagrzewać mnie do ucieczki.

– Szybciej, białasie!

Kiwnąłem im głową, przebiegając obok, jak maratończyk wdzięczny za doping tłumu. Jeden z nich wrzasnął „Diallo!". Biegłem dalej, chociaż – oczywiście – wiedziałem, kim był Amadou Diallo. Wiedział o tym każdy mieszkaniec Nowego Jorku. Policjanci wpakowali mu czterdzieści jeden kul – a był nieuzbrojony. Przez chwilę myślałem, że ci młodzi chcą mnie ostrzec, że policja zaraz zacznie do mnie strzelać.

Nie o to jednak chodziło.

Podczas procesu obrońcy twierdzili, że kiedy Amadou Diallo sięgnął po portfel, policjanci pomyśleli, że sięga po broń. Od tego czasu ludzie protestowali przeciwko temu, szybko sięgając do kieszeni, wyjmując portfele i krzycząc

"Diallo!". Policjanci twierdzili, że dostają dreszczy, ilekroć ktoś w taki sposób wkłada rękę do kieszeni.

Tak stało się i teraz. Moi nowi sprzymierzeńcy – prawdopodobnie uważający mnie za mordercę – błyskawicznie wyciągnęli portfele. Dwaj ścigający mnie policjanci przystanęli na moment. To wystarczyło, żebym zwiększył dzielący nas dystans.

I co z tego?

Czułem pieczenie w gardle. Wciągałem za dużo powietrza. Buty ciążyły mi, jakby były z ołowiu. Z trudem poruszałem nogami. Zawadziłem o coś czubkiem buta i upadłem. Padając na chodnik, poraniłem sobie dłonie, kolana i twarz.

Jakoś zdołałem wstać, ale nogi uginały się pode mną.

Koniec był bliski.

Mokra od potu koszula lepiła mi się do ciała. W uszach miałem charakterystyczny szum przyboju. Zawsze nienawidziłem biegania. Miłośnicy joggingu nieraz opisują upajające przeżycia, jakich doznają podczas biegu, kiedy to osiągają stan nirwany zwany odlotem biegacza. Pewnie. Zawsze byłem przekonany, że – tak samo jak w wypadku asfiksji – ten błogostan jest wywołany bardziej brakiem tlenu niż zwiększoną produkcją endorfin.

Możecie mi wierzyć, to nie było przyjemne.

Byłem zmęczony. Byłem zbyt zmęczony. Nie mogę uciekać bez końca. Obejrzałem się. Nie dostrzegłem policjantów. Ulica była pusta. Spróbowałem otworzyć pierwsze lepsze drzwi. Zamknięte. Podbiegłem do następnych. Znowu usłyszałem szum krótkofalówki. Ruszyłem przed siebie. Nieco dalej dostrzegłem lekko uchyloną klapę wejścia do piwnicy. Była zardzewiała. Wszystko tutaj było zardzewiałe.

Pochyliłem się i pociągnąłem za metalowy uchwyt. Klapa otworzyła się z przeciągłym zgrzytem. Zerknąłem w ciemność.

– Zajdź go z drugiej strony! – usłyszałem krzyk policjanta.

Nie obejrzałem się. Wskoczyłem w otwór. Postawiłem nogę na pierwszym stopniu. Ugiął się. Opuściłem nogę, szukając drugiego. Nie znalazłem.

Wisiałem tak przez sekundę, jak Wile E. Coyote, który wybiegł poza krawędź urwiska, po czym runąłem w ciemność.

Spadłem z wysokości najwyżej trzech metrów, ale wydawało mi się, że minęła długa chwila, zanim dotarłem na dół. Machałem ramionami. Nic nie pomogło. Wylądowałem na cementowej podłodze z impetem, od którego zadzwoniło mi w uszach.

Leżałem na plecach, spoglądając w górę. Klapa zatrzasnęła się za mną. Pewnie dobrze się stało, tylko że teraz znalazłem się w kompletnych ciemnościach. Pospiesznie obmacałem kończyny, jak lekarz badający pacjenta. Wszystko mnie bolało.

Znów usłyszałem policjantów. Syreny nie przestawały wyć, a może po prostu tak szumiało mi w uszach. Mnóstwo głosów. Mnóstwo krótkofalówek.

Zamykali krąg.

Przetoczyłem się na bok. Oparłem prawą dłoń o podłogę, poczułem kłujący ból skaleczeń i zacząłem się podnosić. Głowę miałem zwieszoną. Zaprotestowała przeszywającym bólem, kiedy wstałem. O mało znów nie upadłem.

I co dalej?

Czy powinienem tu pozostać? Nie, to kiepski pomysł. W końcu zaczną przeszukiwać dom po domu. Złapią mnie. A jeśli nawet nie, to nie uciekłem po to, żeby chować się w wilgotnej piwnicy. Uciekłem dlatego, że chciałem spotkać się z Elizabeth w Washington Square.

Muszę się stąd wydostać.

Tylko jak?

Moje oczy zaczęły przyzwyczajać się do ciemności, przynajmniej na tyle, by dostrzegać niewyraźne kształty. Bezładnie rzucone skrzynki. Sterty szmat, kilka barowych stołków, stłuczone lustro. Zobaczyłem swoje odbicie i przeraziłem się własnym wyglądem. Miałem rozcięte czoło. Spodnie podarte na kolanach. Koszulę w strzępach, jak Hulk Hogan po trzynastej rundzie. Byłem umorusany tak, jakby ktoś przeczyścił mną kilka kominów.

Którędy?

Schody. Muszą tu być jakieś schody na górę. Wymacywałem sobie drogę, poruszając się jak w szalonym tańcu, postukując przed sobą lewą nogą niczym białą laską. Pod podeszwą zatrzeszczało rozbite szkło. Szedłem dalej.

Usłyszałem jakieś ciche mamrotanie i nagle na mojej drodze wyrosła sterta szmat. Coś, co mogło być dłonią, wyciągnęło się do mnie jak z grobu. Z trudem powstrzymałem krzyk przerażenia.

– Himmler lubi steki z tuńczyka! – wrzasnął do mnie.

Mężczyzna – gdyż teraz widziałem już, że to mężczyzna – powoli podnosił się z podłogi. Był wysoki, czarnoskóry, a brodę miał tak siwą i wełnistą, że wyglądał, jakby zjadł barana.

– Słyszysz mnie?! – wrzasnął. – Słyszysz, co do ciebie mówię?!

Zrobił krok w moją stronę. Cofnąłem się.

– Himmler! Lubi steki z tuńczyka!

Brodaty najwyraźniej był z czegoś niezadowolony. Zacisnął dłoń w pięść i usiłował mnie uderzyć. Uchyliłem się odruchowo. Pięść ominęła mnie, a impet – prawdopodobnie wzmocniony wypitym alkoholem – pozbawił napastnika równowagi. Mężczyzna runął na twarz. Nie czekałem, aż wstanie. Znalazłem schody i wbiegłem na górę.

Drzwi były zamknięte.

– Himmler!

Darł się za głośno, o wiele za głośno. Naparłem na drzwi. Nie ustąpiły.

– Słyszysz mnie? Słyszysz, co do ciebie mówię?

Skrzypnięcie. Obejrzałem się i zobaczyłem coś, co przeraziło mnie jeszcze bardziej.

Promień słońca.

Ktoś otwierał klapę zasłaniającą otwór, przez który tu wpadłem.

– Kto tam jest?

Stanowczy głos. Po podłodze zatańczył krąg światła z zapalonej latarki. Natrafił na brodatego.

– Himmler lubi steki z tuńczyka!

– Co tam wrzeszczysz, stary?

– Słyszysz, co mówię?

Naparłem ramieniem na drzwi, wkładając w to wszystkie siły. Futryna zaczęła pękać. Oczami duszy ujrzałem obraz Elizabeth, tak jak widziałem ją na ekranie monitora: z wyciągniętą ręką i stęsknionymi oczami. Pchnąłem jeszcze mocniej.

Drzwi ustąpiły.

Upadłem na podłogę. Znalazłem się na parterze, niedaleko frontowego wejścia.

I co teraz?

W pobliżu byli jeszcze inni policjanci – słyszałem odgłosy płynące z ich krótkofalówek – a jeden z nich wciąż wypytywał biografa Himmlera. Nie pozostało mi dużo czasu. Potrzebowałem pomocy.

Kto mógł mi pomóc?

Nie mogłem dzwonić do Shauny. Policja na pewno ją obserwuje. Lindę też. Hester namawiałaby mnie, żebym się poddał.

Ktoś otwierał frontowe drzwi.

Pobiegłem korytarzem. Podłoga pokryta linoleum była brudna. Wszystkie drzwi były obite blachą i pozamykane. Farba płatami obłaziła ze ścian. Z trzaskiem otworzyłem drzwi ewakuacyjne i popędziłem schodami w górę. Na drugim piętrze wróciłem na korytarz.

Stała na nim jakaś staruszka.

Ze zdziwieniem zobaczyłem, że jest biała. Domyśliłem się, że usłyszała hałas i wyszła sprawdzić, co się dzieje. Stanąłem jak wryty. Znajdowała się dostatecznie daleko od otwartych drzwi mieszkania, żebym mógł przemknąć obok niej i...

Czy zrobiłbym to? Jak daleko mógłbym się posunąć, żeby uciec?

Patrzyłem na nią, a ona na mnie. Potem wyjęła broń.

O Chryste...

– Czego pan chce? – zapytała.

Usłyszałem swój głos:

– Czy mogę skorzystać z pani telefonu?

Odpowiedziała bez namysłu:

– Dwadzieścia dolców.

Sięgnąłem po portfel i wyjąłem gotówkę. Staruszka kiwnęła głową i wpuściła mnie. Mieszkanie było malutkie i dobrze utrzymane. Na kanapie i fotelach leżały koronkowe kapy, a stół z ciemnego drewna był nakryty koronkowym obrusem.

– Tam – wskazała mi drogę.

Aparat miał obracaną tarczę. Z trudem wpychałem palec w dziurki. Zabawne. Jeszcze nigdy nie telefonowałem pod ten numer – nigdy nie chciałem – ale znałem go na pamięć. Psychiatrzy pewnie mieliby tu prawdziwe pole do popisu. Wybrałem numer i czekałem.

Po dwóch dzwonkach usłyszałem głos.

– Hej.

– Tyrese? Tu doktor Beck. Potrzebuję twojej pomocy.

Rozdział 26

Shauna pokręciła głową.

– Beck kogoś zranił? To niemożliwe.

Żyłka na czole prokuratora Feina znów zaczęła pulsować. Przysunął się do Shauny tak, że jego twarz znalazła się tuż przy jej twarzy.

– Zaatakował funkcjonariusza policji w zaułku. Zdaje się, że złamał mu szczękę i kilka żeber. – Fein przysunął się jeszcze bliżej, pryskając śliną na policzki Shauny. – Słyszy pani, co mówię?

– Słyszę – odparła Shauna. – A teraz cofnij się, przyjemniaczku, albo kolanem wbiję ci jaja do gardła.

Fein odczekał sekundę, dając do zrozumienia, że ma to gdzieś, po czym odwrócił się. Hester także. Ruszyła w kierunku Broadwayu. Shauna dogoniła ją.

– Dokąd idziesz?

– Rezygnuję – powiedziała Hester.

– Co?

– Znajdź mu innego prawnika, Shauno.

– Chyba nie mówisz poważnie.

– Mówię.

– Nie możesz go teraz zostawić.

– No to popatrz.

– Działasz pochopnie.

– Dałam im słowo, że się odda w ich ręce.

– Pieprzyć twoje słowo. Najważniejszy jest teraz Beck, nie ty.

– Może dla ciebie.

– Stawiasz swoje dobro nad dobro klienta?

– Nie mogę pracować dla kogoś, kto tak postępuje.

– Komu wciskasz kit? Broniłaś wielokrotnych gwałcicieli.

Hester machnęła ręką.

– Idę.

– Jesteś cholerną, żądną sławy hipokrytką.

– Och, Shauno!

– Pójdę do nich.

– Co?

– Pójdę do prasy.

Hester przystanęła.

– I co im powiesz? Że nie chciałam bronić nieuczciwego mordercy? Wspaniale, idź. Wygrzebię tyle gówna na temat Becka, że Jeffrey Dahmer będzie przy nim wyglądał na wspaniałą partię.

– Nic na niego nie masz – powiedziała Shauna.

Hester wzruszyła ramionami.

– To jeszcze nigdy mnie nie powstrzymało.

Mierzyły się gniewnymi spojrzeniami. Żadna nie spuściła oczu.

– Uważasz, że moja reputacja się nie liczy – powiedziała nagle Hester łagodniejszym tonem. – Nie masz racji. Jeśli prokuratura nie może polegać na moim słowie, jestem bezużyteczna dla innych moich klientów. Także dla Becka. To proste. Nie pozwolę, by ucierpiała moja praktyka... i moi klienci... tylko dlatego, że twój chłopak zachował się jak niezrównoważony psychicznie.

Shauna pokręciła głową.

– Zejdź mi z oczu.

– Jeszcze jedno.

– Co?

– Niewinni ludzie nie uciekają, Shauno. A twój Beck? Sto do jednego, że to on zabił Rebeccę Schayes.

– Przyjmuję – odparła Shauna. – I ja też chcę ci jeszcze coś wyjaśnić, Hester. Powiedz jedno słowo przeciwko Beckowi, a będą potrzebowali chochli, żeby pozbierać twoje szczątki. Rozumiemy się?

Hester nie odpowiedziała. Zrobiła krok, zamierzając zostawić Shaunę. I w tym momencie zaczęła się kanonada.

• • •

Nisko pochylony, skradałem się po zardzewiałych schodach ewakuacyjnych i o mało z nich nie spadłem, kiedy nagle wybuchła strzelanina. Przywarłem do siatki podestu i czekałem.

Znów padły strzały.

Usłyszałem krzyki. Powinienem być przygotowany, ale i tak serce łomotało mi w piersi. Tyrese kazał mi wdrapać się tu i czekać na niego. Zastanawiałem się, w jaki sposób zamierza mnie stąd wyciągnąć. Teraz zaczynałem się już domyślać.

Odwróci ich uwagę.

W oddali ktoś wołał:

– Białas strzela na oślep!

Potem zawtórował mu drugi głos:

– Białas z bronią! Białas z bronią!

Znowu strzały. Nadstawiałem uszu, lecz nie słyszałem już szumu policyjnych krótkofalówek. Pozostałem w ukryciu i starałem się za dużo nie myśleć. Najwyraźniej w moim mózgu nastąpiło jakieś zwarcie. Trzy dni temu byłem oddanym lekarzem, pędzącym monotonny żywot. Od tej pory zdążyłem zobaczyć ducha, otrzymałem pocztę elektroniczną z zaświatów, stałem się podejrzanym nie o jedno, ale aż dwa morderstwa, pobiłem funkcjonariusza policji i poprosiłem o pomoc znanego dilera narkotyków.

Nieźle jak na siedemdziesiąt dwie godziny.

O mało nie parsknąłem śmiechem.

– Hej, doktorze.

Spojrzałem w dół. Stał tam Tyrese. Obok niego drugi czarnoskóry mężczyzna, dwudziestoparoletni, tylko trochę mniejszy od tego budynku. Wielkolud spoglądał na mnie zza szpanerskich „kij ci w oko" okularów, które idealnie pasowały do jego nieruchomej twarzy.

– Schodź, doktorze. Ruszamy.

Zbiegłem po schodach ewakuacyjnych. Tyrese wciąż rozglądał się na boki. Wielkolud stał nieruchomo, z rękami założonymi na piersi, w tak zwanej byczej pozie. Zawahałem się na ostatniej drabince, nie wiedząc, jak zeskoczyć z niej na ziemię.

– Hej, doktorze, dźwignia po prawej.

Znalazłem ją, pociągnąłem i drabinka zsunęła się w dół. Kiedy dotarłem na ziemię, Tyrese skrzywił się i pomachał ręką przed nosem.

– Chyba przejrzałeś, doktorze.

– Przykro mi, nie miałem czasu, by wziąć prysznic.

– Tędy.

Tyrese raźnie przeszedł przez podwórze na tyłach. Ja za nim, lekkim truchtem, żeby dotrzymać mu kroku. Wielkolud sunął w milczeniu, zamykając pochód. Wcale nie rozglądał się na boki, a mimo to miałem wrażenie, że niewiele uchodzi jego uwagi. Czekało na nas czarne BMW z przyciemnionymi szybami, sporą anteną i czarnymi tablicami rejestracyjnymi w srebrnych ramkach. Silnik pracował. Wszystkie drzwi były zamknięte, ale i tak słyszałem muzykę. Basy rapu zawibrowały mi w piersi jak kamerton.

– Ten samochód – zmarszczyłem brwi – nie zanadto rzuca się w oczy?

– Będąc gliniarzem szukającym białego jak lilia doktorka, gdzie zajrzałbyś na samym końcu?

Miał rację.

Wielkolud otworzył tylne drzwi. Muzyka uderzyła w moje uszy z siłą koncertu Black Sabbath. Tyrese gestem odźwiernego zaprosił mnie do środka. Wsiadłem. Zajął miejsce obok mnie. Wielkolud wcisnął się za kierownicę.

Niewiele rozumiałem z tego, co mówił raper z kompaktu, ale najwyraźniej był wkurzony na „człowieka". Nagle zacząłem go rozumieć.

– To jest Brutus – powiedział Tyrese.

Mówił o wielkoludzie za kierownicą. Spróbowałem przechwycić jego spojrzenie w lusterku, ale widziałem tylko czarne okulary.

– Miło cię poznać – mruknąłem.

Brutus nie odpowiedział. Ponownie skupiłem uwagę na Tyresie.

– Jak ci się to udało?

– Paru moich chłopaków rozpoczęło strzelaninę na Sto Czterdziestej Siódmej Ulicy.

– Gliniarze ich nie złapią?

– Akurat – prychnął Tyrese.

– Tak po prostu?

– Tutaj, owszem, tak po prostu. Jest takie miejsce, budynek numer pięć z Hobart Houses. Płacę dozorcom dziesięć dolców miesięcznie, żeby stawiali kubły ze śmieciami przy tylnych drzwiach domów. W ten sposób blokuję dojazd. Gliny nie mogą przejechać. Dobry teren na takie manewry. Moi chłopcy postrzelają sobie trochę z okien, jak zresztą słyszysz. Zanim gliny dojadą na miejsce, ich już tam nie będzie.

– A kto krzyczał o białasie z bronią?

– Paru innych moich chłopców. Biegali po ulicy i pokrzykiwali o białym wariacie.

– Teoretycznie o mnie.

– Teoretycznie – przytaknął z uśmiechem Tyrese. – To miłe i ładne słowo, doktorze.

Położyłem głowę na oparciu. Byłem potwornie zmęczony. Brutus jechał na wschód. Przejechał przez ten wielki niebieski most – nigdy nie zapamiętam jego nazwy – przy stadionie Yankee, co oznaczało, że wjechaliśmy na Bronx. Na chwilę zsunąłem się niżej, żeby ktoś mnie nie zobaczył, ale zaraz przypomniałem sobie o przyciemnionych szybach. Rozejrzałem się wokół.

Jakbym znalazł się w piekle albo na planie jednego z tych katastroficznych filmów, których akcja toczy się po wojnie nuklearnej. Wszędzie wznosiły się resztki czegoś, co kiedyś mogło być budynkami, a teraz było ruinami w różnych stadiach rozpadu. Budynki sypały się, owszem, ale od wewnątrz, jakby coś trawiło ich szkielet.

Jechaliśmy jeszcze chwilę. Usiłowałem ogarnąć sytuację, lecz mój umysł wciąż natrafiał na blokady. Tkwiący we mnie lekarz rozpoznał objawy lekkiego szoku, ale pozostała część mojego ja nie dopuszczała takiej możliwości. Skupiłem uwagę na otoczeniu. Po chwili – gdy wjechaliśmy jeszcze głębiej w to morze ruin – coraz rzadziej dostrzegałem budynki nadające się do zamieszkania. Chociaż pewnie nie odjechaliśmy więcej niż kilka kilometrów od szpitala, nie miałem pojęcia, gdzie jesteśmy. Domyślałem się, że wciąż na Bronksie. Zapewne w jego południowej części.

Stare opony i porozprowane materace leżały na środku drogi, jak ofiary wojny. Z wysokiej trawy sterczały kawały cementu. Wszędzie stały wraki samochodów i chociaż nigdzie nie paliły się ogniska, pasowałyby do tego krajobrazu.

– Często tutaj bywasz, doktorze? – zachichotał Tyrese.

Nie fatygowałem się odpowiedzieć.

Brutus zatrzymał samochód przed jednym z takich walących się budynków. Smętną ruderę otaczał płot z siatki. Okna były zabite dyktą. Zauważyłem kartkę papieru naklejoną na drzwiach, zapewne ostrzeżenie, że dom jest przeznaczony do rozbiórki. Te drzwi też były z dykty. Uchyliły się. Wytoczył się z nich jakiś człowiek, osłaniając rękami oczy i chwiejąc się jak Dracula rażony światłem dnia.

Mój świat wciąż wirował.

– Chodźmy – rzekł Tyrese.

Brutus pierwszy wysiadł z samochodu. Otworzył mi drzwi. Podziękowałem mu. Wciąż milczał. Miał twarz Indianina ze sklepu z wyrobami tytoniowymi. Nie potrafiłbyś sobie wyobrazić, że mógłby się uśmiechnąć – i pewnie wolałbyś tego nie zobaczyć.

Po prawej siatka została przecięta i odchylona w bok. Przeszliśmy przez ten otwór. Utykający mężczyzna podszedł do Tyrese'a. Brutus zesztywniał, ale Tyrese uspokoił go machnięciem ręki. Kulawy i Tyrese przywitali się ciepło i wymienili skomplikowany uścisk dłoni. Potem rozeszli się w przeciwne strony.

– Wejdźmy do środka – powiedział do mnie Tyrese.

Wszedłem do budynku, wciąż otępiały. Najpierw poczułem smród, kwaśny odór moczu i charakterystyczną woń fekaliów. Coś tu palono – wydawało mi się, że wiem co – a wilgotny odór zastarzałego potu zdawał się wydobywać ze ścian. Ale poczułem coś jeszcze. Zapach... nie śmierci, lecz czegoś poprzedzającego ją, jak gangrena, jakby coś tutaj umierało i rozkładało się już za życia.

W środku było gorąco jak w piecu. Ludzkie istoty – może pięćdziesiąt, a może sto – zalegały na podłodze jak niedopałki na przystanku. Było ciemno. Najwidoczniej w budynku nie było światła, bieżącej wody ani jakichkolwiek mebli. Zabite deskami okna nie wpuszczały słońca, więc wnętrze oświetlały tylko wąskie i ostre jak kosa smugi, którymi wdzierało się przez szpary. Można było dostrzec zarysy i cienie, ale niewiele więcej.

Przyznaję, że mało wiem o narkotykach. W izbie przyjęć często widuję skutki ich zażywania. Osobiście jednak nigdy mnie nie interesowały. Najwyraźniej moją trucizną z wyboru jest alkohol. Mimo to widziałem dosyć, by się zorientować, że weszliśmy do meliny narkomanów.

– Tędy – powiedział Tyrese.

Ruszyliśmy w to morze ludzkiej nędzy. Brutus szedł przodem. Rozstępowało się przed nim, jakby był Mojżeszem. Ja szedłem za Tyrese'em. Tylko ogniki palących się fajek rozjaśniały ciemność. Przypominało mi to cyrk Barnuma i Baileya, w którym byłem jako dzieciak, albo nocne zabawy z latarkami. Właśnie tak to wyglądało. Mrok. Cienie. Błyski światła.

Nie grała muzyka. Niewiele rozmawiano. Słyszałem pomruki. Słyszałem bulgotanie fajek. Co jakiś czas powietrze rozdzierały przeraźliwe, nieludzkie wrzaski.

Słyszałem również jęki. Ludzie uprawiali najbardziej wyuzdany seks, zupełnie jawnie, bezwstydnie, na oczach wszystkich.

Jedna z takich scen – oszczędzę wam szczegółów – sprawiła, że zamarłem ze zgrozy. Tyrese spojrzał na mnie z lekkim rozbawieniem.

– Jak nie mają pieniędzy, przychodzą robić to – wskazał ręką – za szprycę.

Żołądek podchodził mi do gardła. Popatrzyłem na Tyrese'a. Wzruszył ramionami.

– Handel, doktorze. Dzięki niemu kręci się ten świat.

Tyrese i Brutus szli dalej. Ja wlokłem się za nimi. Większość ścianek działowych dawno się zwaliła. Ludzie – starzy, młodzi, czarni, biali, mężczyźni, kobiety – zalegali wszędzie, bezwładnie jak szmaciane lalki.

– Jesteś ćpunem, Tyrese? – spytałem.

– Byłem. Wciągnąłem się, kiedy miałem szesnaście lat.

– Jak ci się udało przestać?

Uśmiechnął się.

– Widzisz mojego Brutusa?

– Trudno go nie zauważyć.

– Powiedziałem mu, że dam mu tysiąc dolarów za każdy tydzień, który przeżyję bez ćpania. Brutus wprowadził się do mnie.

Pokiwałem głową. To wyglądało na skuteczniejszą kurację niż tydzień w klinice Betty Ford.

Brutus otworzył drzwi. W tym pomieszczeniu, chociaż też brudnym, były przynajmniej stoły i krzesła, a nawet lampa i lodówka. W kącie zauważyłem agregat prądotwórczy.

Weszliśmy z Tyrese'em do środka. Brutus zamknął za nami drzwi i pozostał na korytarzu. Byliśmy sami.

– Witaj w moim biurze – powiedział Tyrese.

– Czy Brutus w dalszym ciągu pomaga ci trzymać się z daleka od narkotyków?

Przecząco pokręcił głową.

– Nie, teraz pomaga mi TJ. Wiesz, o czym mówię?

Wiedziałem.

– I nie masz problemu z tym, co tu robisz?

– Mam mnóstwo problemów, doktorze. – Tyrese usiadł i zachęcił mnie gestem, żebym zrobił to samo. Spojrzał na mnie i nie spodobało mi się to, co zobaczyłem w jego oczach. – Ja nie jestem jednym z dobrych facetów.

Nie miałem pojęcia, co powiedzieć, więc zmieniłem temat.

– O piątej muszę być w Washington Square Park.

Odchylił się do tyłu.

– Wytłumacz mi, o co chodzi.

– To długa historia.

Tyrese wyjął pilnik i zaczął czyścić sobie paznokcie.

– Jak mój dzieciak zachoruje, idę do eksperta, no nie?

Kiwnąłem głową.

– Masz kłopoty z prawem, powinieneś zrobić to samo.

– Też mi porównanie.

– Dzieje się z tobą coś złego, doktorze. – Rozłożył ręce. – Zło to mój świat. Jestem w nim najlepszym przewodnikiem.

Opowiedziałem mu moją historię. Prawie wszystko. Kiwał głową, ale wątpię, czy mi uwierzył, kiedy stwierdziłem, że nie miałem nic wspólnego z tymi morderstwami. I wątpię, by się tym przejmował.

– W porządku – rzekł, gdy skończyłem. – Musisz się przygotować. Potem będziemy musieli jeszcze o czymś porozmawiać.

– O czym?

Tyrese nie odpowiedział. Podszedł do metalowej szafy stojącej w kącie pokoju. Otworzył ją kluczem, pochylił się i wyjął broń.

– Glock, dziecino, glock – powiedział, podając mi pistolet. Zesztywniałem. Przez moment ujrzałem czarno-czerwony obraz, który mignął mi przed oczami i umknął. Nie ścigałem go. To było dawno. Wyciągnąłem rękę i wziąłem broń dwoma palcami, jakby mogła mnie oparzyć. – Broń czempionów – dodał Tyrese.

Zamierzałem mu ją oddać, ale to byłoby głupie. Już zarzucano mi dwa morderstwa, napad na funkcjonariusza policji, stawianie oporu przy aresztowaniu i pewnie tuzin innych przestępstw popełnionych w trakcie ucieczki przed sprawiedliwością. Wobec takich zarzutów czym było nielegalne posiadanie broni?

– Nabity – ostrzegł Tyrese.

– Gdzie jest bezpiecznik?

– Usunięty.

– Och.

Uważnie obejrzałem pistolet, przypominając sobie, kiedy ostatni raz miałem broń w rękach. Dobrze było znów mieć ją w dłoni. Pewnie jej ciężar dodawał otuchy. Podobała mi się ta gładka i zimna stal w mojej dłoni, czułem jej ciężar. I nie podobało mi się to uczucie.

– Weź również to.

Podał mi coś, co wyglądało jak telefon komórkowy.

– Co to jest? – spytałem.

Tyrese zmarszczył brwi.

– A na co wygląda? Telefon komórkowy. Ma lewy numer. Nikt nie dojdzie po nim do ciebie, rozumiesz?

Pokiwałem głową. Nie znałem się na tych sprawach.

– Za tymi drzwiami jest łazienka – rzekł Tyrese, wskazując na prawo. – Nie ma prysznica, ale jest wanna. Zmyj z siebie ten smród. Załatwię ci jakieś czyste ubranie. Potem razem z Brutusem zawieziemy cię do Washington Square.

– Mówiłeś, że chcesz o czymś ze mną porozmawiać.

– Kiedy się przebierzesz – odparł Tyrese. – Wtedy porozmawiamy.

Rozdział 27

Eric Wu gapił się na rozłożysty wiąz. Twarz miał pogodną, brodę lekko uniesioną.

– Eric?

Głos należał do Larry'ego Gandle'a. Wu nie odwrócił się.

– Wiesz, jak nazywa się to drzewo? – zapytał.

– Nie.

– Katowski Wiąz.

– Czarująco.

Wu uśmiechnął się.

– Niektórzy historycy uważają, że w osiemnastym wieku w tym parku przeprowadzano publiczne egzekucje.

– To wspaniale, Eric.

– Taak.

Dwaj mężczyźni bez koszul przemknęli na łyżworolkach. Z przenośnego radioodbiornika grzmiał Jefferson Airplane. Washington Square Park – nazwany tak oczywiście na cześć Jerzego Waszyngtona – był jednym z tych miejsc, które z coraz mniejszym powodzeniem usiłowały pozostać w latach sześćdziesiątych. Zazwyczaj stali tu tacy czy inni demonstranci, ale bardziej wyglądający na aktorów jakiegoś nostalgicznego spektaklu niż na prawdziwych rewolucjonistów.

Uliczni aktorzy wykonywali swoje numery nieco zbyt finezyjnie. Bezdomni byli tak malowniczymi typami, że sprawiali wrażenie przebierańców.

– Jesteś pewien, że dobrze obstawiliśmy teren? – zapytał Gandle.

Wu kiwnął głową, wciąż patrząc na drzewo.

– Sześciu ludzi. Plus dwóch w furgonetce.

Gandle obejrzał się. Biała furgonetka miała przyczepiony magnesami znak z napisem B&T Paint i numerem telefonu oraz sympatycznym facetem w typie konferansjera, trzymającym drabinę i pędzel. Poproszeni o opis samochodu świadkowie, jeśli w ogóle coś zapamiętają, to tylko nazwę firmy i ewentualnie numer telefonu.

I nazwa, i telefon były fikcyjne.

Furgonetka stała nieprawidłowo zaparkowana. Na Manhattanie prawidłowo zaparkowana furgonetka byłaby bardziej podejrzana niż stojąca na środku ulicy. Mimo wszystko mieli się na baczności. Gdyby pojawił się jakiś policjant, odjechaliby. Na parkingu przy Lafayette Street zmieniliby tablice rejestracyjne i przyczepioną magnesami reklamę. Potem wróciliby tutaj.

– Powinieneś wsiąść do furgonetki – powiedział Wu.

– Sądzisz, że Beck zdoła tu dotrzeć?

– Wątpię – odrzekł Wu.

– Myślałem, że jego aresztowanie wywabi ją z kryjówki – ciągnął Gandle. – Nie miałem pojęcia, że umówiła się z nim na spotkanie.

Jeden z ich agentów – kędzierzawy mężczyzna w czarnym dresie, który wszedł za Beckiem do kawiarenki Kinko – przeczytał wiadomość na ekranie komputera. Zanim jednak przekazał tę informację, Wu już podrzucił dowody do domu Becka.

Nieważne. I tak zaraz zakończą tę sprawę.

– Musimy złapać ich oboje, ale ją przede wszystkim – powiedział Gandle. – W najgorszym wypadku zabijemy ich. Najlepiej jednak byłoby złapać ich żywcem. Wtedy dowiemy się, co wiedzą.

Wu milczał. Wciąż spoglądał na drzewo.

– Eric?

– Na takim drzewie jak to powiesili moją matkę – oznajmił.

Gandle nie wiedział, co powiedzieć, więc ograniczył się do „przykro mi".

– Myśleli, że była szpiegiem. Sześciu mężczyzn zdarło z niej ubranie, a potem chłostało bykowcem. Bili ją godzinami. Wszędzie. Porozcinali nawet skórę na twarzy. Przez cały czas była przytomna. I wrzeszczała. Długo trwało, zanim umarła.

– Jezu Chryste – mruknął Gandle.

– Kiedy skończyli, powiesili ją na wielkim drzewie. – Wu wskazał na Katowski Wiąz. – Takim jak to. Oczywiście miała to być lekcja dla innych. Żeby nikt nie szpiegował. Potem ptaki i zwierzęta dobrały się do niej. Po dwóch dniach zostały tylko kości. – Zsunął na uszy słuchawki walkmana. Odwrócił się plecami do drzewa. – Naprawdę powinieneś zejść z widoku – powiedział do Gandle'a.

Larry z trudem oderwał oczy od wielkiego wiązu, skinął głową i odszedł.

Rozdział 28

Wciągnąłem czarne dżinsy, które w pasie miały pewnie tyle samo, co obwód koła ciężarówki. Zmarszczyłem je i ściągnąłem paskiem. Czarna koszulka drużyny White Sox pasowała do nich jak pięść do nosa. Ktoś już złamał za mnie daszek czarnej baseballowej czapeczki ze znakiem, którego nie rozpoznałem. Tyrese dał mi jeszcze takie „kij ci w oko" okulary, jakie nosił Brutus.

O mało nie ryknął śmiechem, kiedy wyszedłem z łazienki.

– Wyglądasz wspaniale, doktorze.

– Chyba chciałeś powiedzieć „czadowo".

Zachichotał i pokręcił głową.

– Biali ludzie.

Potem spoważniał. Podsunął mi klika spiętych razem kartek papieru. Podniosłem je. Na samej górze widniał napis: OSTATNIA WOLA I TESTAMENT. Spojrzałem pytająco na Tyrese'a.

– Właśnie o tym chciałem porozmawiać.

– O twojej ostatniej woli?

– Mam w planie jeszcze dwa lata.

– W jakim planie?

– Będę to robił jeszcze przez dwa lata, zanim zbiorę dość

pieniędzy, by zabrać stąd małego. Zakładam, że mam sześćdziesiąt procent szansy na to, że mi się uda.

– Co się uda?

Tyrese spojrzał mi prosto w oczy.

– Przecież wiesz.

Wiedziałem. Przeżyć.

– Dokąd chcesz się przenieść?

Pokazał mi pocztówkę. Ukazywała słońce, błękitną wodę, drzewa. Była pomięta od częstego oglądania.

– Na Florydę – powiedział nieoczekiwanie łagodnym tonem. – Znam to miejsce. Spokojne. Basen i dobre szkoły. Nikt nie będzie pytał, skąd mam pieniądze... Wiesz, o czym mówię?

Oddałem mu pocztówkę.

– Nie rozumiem, co ja mam z tym wspólnego.

– To – pokazał mi widokówkę – jest plan na sześćdziesiąt procent. A to... – podniósł testament – na pozostałe czterdzieści.

Odparłem, że w dalszym ciągu nie rozumiem.

– Sześć miesięcy temu pojechałem do śródmieścia... wiesz, o czym mówię. Do cwanego prawnika. Za dwie godziny zapłaciłem mu dwa patyki. Nazywa się Joel Marcus. Jeśli zginę, będziesz musiał zobaczyć się z nim. Jesteś wykonawcą mojego testamentu. W skrytce umieściłem papiery. Dowiesz się z nich, gdzie są pieniądze.

– Dlaczego ja?

– Zajmujesz się moim chłopcem.

– A co z Latishą?

Skrzywił się.

– To kobieta, doktorze. Jak kopnę w kalendarz, zaraz znajdzie sobie innego chłopa, rozumiesz, co mówię? Pewnie znów zacznie się puszczać. A może nawet znów zacznie ćpać. – Wyprostował się i założył ręce na piersi. – Kobietom nie można ufać, doktorze. Powinieneś o tym wiedzieć.

– Ona jest matką TJ-a.

– Jasne.

– Kocha go.

– Tak, wiem. Ale to tylko kobieta, rozumiesz, co mówię? Daj jej taką forsę, a przepuści ją w jeden dzień. Dlatego ustanowiłem fundusz powierniczy i inne takie gówna. Ty jesteś wykonawcą testamentu. Będzie chciała pieniędzy dla TJ-a, ty będziesz musiał to zaaprobować. Ty i ten Joel Marcus.

Mógłbym się spierać, że to seksizm i neandertalskie poglądy, ale nie była to odpowiednia chwila. Niespokojnie poruszyłem się na krześle i przyjrzałem się Tyrese'owi. Miał najwyżej dwadzieścia pięć lat. Widziałem wielu takich jak on. Zawsze wydawali mi się jedną i ta samą osobą, a ich twarze zlewały się w mroczną maskę zła.

– Tyrese?

Spojrzał na mnie.

– Wyjedź natychmiast.

Zmarszczył brwi.

– Wykorzystaj te pieniądze, które już masz. Podejmij jakąś pracę na Florydzie. Pożyczę ci, jeśli potrzebujesz. Tylko zaraz wyjedź stąd razem z rodziną.

Pokręcił głową.

– Tyrese?

Wstał.

– Chodźmy, doktorze. Powinniśmy już jechać.

• • •

– Bez przerwy szukamy go.

Lance Fein wciąż się pienił i wydawało się, że jego woskowa twarz zaraz spłynie na podłogę. Dimonte żuł wykałaczkę. Krinsky robił notatki. Stone podciągał spodnie.

Carlson słuchał nieuważnie, pochylony nad faksem, który właśnie odebrał w samochodzie.

– A co z tymi strzałami? – warknął Lance Fein.

Umundurowany policjant – agent Carlson nie starał się zapamiętać jego nazwiska – wzruszył ramionami.

– Nikt nic nie wie. Sądzę, że ta strzelanina nie miała żadnego związku ze sprawą.

– Nie miała związku? – wrzasnął Fein. – Ależ z ciebie niekompetentny idiota, Benny! Biegali po ulicy, wrzeszcząc o uzbrojonym białym mężczyźnie.

– A teraz nikt nic nie wie.

– Przyciśnij ich – poradził Fein. – Przyciśnij ich mocno. Jak to możliwe, do wszystkich diabłów, że temu facetowi udało się uciec?

– Dopadniemy go.

Stone klepnął Carlsona w ramię.

– Co jest, Nick?

Carlson ze zmarszczonymi brwiami wpatrywał się w wydruk. Nic nie powiedział. Był pedantyczny w stopniu graniczącym z nerwicą natręctw. Zresztą rzeczywiście za często mył ręce. I kilkakrotnie zamykał i otwierał drzwi, zanim wyszedł z domu. Teraz wpatrywał się w tę kartkę, ponieważ coś mu tu nie grało.

– Nick?

Carlson odwrócił się.

– Ta trzydziestkaósemka, którą znaleźliśmy w skrytce depozytowej Sarah Goodhart.

– Do której doprowadził nas klucz znaleziony przy zwłokach?

– Właśnie.

– Co z nią? – spytał Stone.

Carlson wciąż marszczył brwi.

– W tym jest za dużo dziur.

– Dziur?

– Po pierwsze – ciągnął Carlson – zakładamy, że skrytka depozytowa Sarah Goodhart należała do Elizabeth Beck, prawda?

– Prawda.

– Tylko że przez osiem ostatnich lat ktoś co roku płacił za tę skrytkę – przypomniał Carlson. – Elizabeth Beck nie żyje. Martwi nie płacą rachunków.

– Może to jej ojciec. Myślę, że on wie więcej, niż nam powiedział.

Carlsonowi jednak nie podobało się to wszystko.

– A te urządzenia podsłuchowe, które znaleźliśmy w domu Becka? Jak to wytłumaczysz?

– Nie wiem – odparł Stone, wzruszając ramionami. – Może ktoś z naszego wydziału też go podejrzewał.

– Do tej pory byśmy już o tym wiedzieli. A to jest raport dotyczący tej trzydziestkiósemki, którą znaleźliśmy w skrytce. – Wskazał palcem. – Widzisz, co przysłało mi ATF?

– Nie.

– Bulletproof nie wykazał niczego, lecz to mnie nie dziwi, gdyż w bazie nie ma danych sprzed ośmiu lat. NTC natomiast trafiło w dziesiątkę.

Bulletproof, program analizujący pociski, z którego korzystało Bureau of Alcohol, Tobacco and Firearms, sprawdzał, czy dana broń została użyta podczas jakichś przestępstw popełnionych w przeszłości. NTC to skrót od National Tracing Center.

– Zgadnij, kto był ostatnim zarejestrowanym właścicielem tej broni.

Wręczył Stone'owi wydruk. Ten przejrzał dokument i znalazł nazwisko.

– Stephen Beck?

– Ojciec Davida Becka.

– Nie żyje, prawda?

– Prawda.

Stone oddał mu kartkę.

– A zatem odziedziczył ją jego syn – rzekł. – To była broń Becka.

– Tylko dlaczego jego żona trzymała tę trzydziestkęósem-kę w skrytce depozytowej razem z tymi fotografiami?

Stone zastanowił się.

– Może obawiała się, że Beck ją zastrzeli.

Carlson jeszcze bardziej zmarszczył brwi.

– Coś przeoczyliśmy.

– Posłuchaj, Nick, nie komplikujmy tego bardziej, niż musimy. Możemy Becka przygwoździć za morderstwo popełnione na Schayes. Posadzić go na długo. Zapomnijmy o Elizabeth Beck, dobrze?

Carlson spojrzał na niego.

– Zapomnieć o niej?

Stone odkaszlnął i rozłożył ręce.

– Spójrzmy prawdzie w oczy. Przygwożdżenie Becka za zamordowanie Schayes to bułka z masłem. Natomiast za zabójstwo żony… Chryste, to sprawa sprzed ośmiu lat. Mamy poszlaki, owszem, ale niczego mu nie udowodnimy. Jest za późno. Może… – zbyt energicznie wzruszył ramionami. – Może nie powinniśmy wywoływać wilka z lasu.

– O czym ty mówisz, do diabła?

Stone przysunął się bliżej i skinął na partnera, żeby nachylił się do niego.

– Niektórzy ludzie w biurze woleliby, żebyśmy nie odgrzebywali tej sprawy.

– Kto nie chce?

– Nieważne, Nick. Wszyscy jesteśmy po tej samej stronie, zgadza się? Jeśli udowodnimy, że KillRoy nie zabił Elizabeth Beck, otworzymy puszkę Pandory, mam rację? Jego prawnik pewnie zażąda nowego procesu…

– Nie został skazany za zamordowanie Elizabeth Beck.

– Uznaliśmy jednak, że to jego robota. To może wzbudzić wątpliwości. A tak jak jest, mamy czystą sprawę.

– Nie chcę czystej sprawy – warknął Carlson. – Chcę poznać prawdę.

– Wszyscy chcemy, Nick. Lecz jeszcze bardziej pragniemy sprawiedliwości, czyż nie? Beck dostanie dożywocie za Schayes. KillRoy zostanie w więzieniu. I tak powinno być.

– Za dużo dziur, Tom.

– Wciąż to powtarzasz, ale ja żadnych nie widzę. Przecież to ty pierwszy chciałeś wsadzić Becka na dobre za zamordowanie żony.

– Właśnie – rzekł Carlson. – Za zamordowanie żony. Nie Rebekki Schayes.

– Nie rozumiem, o co ci chodzi.

– Morderstwo Schayes nie pasuje do obrazu.

– Żartujesz? Doskonale pasuje. Schayes wiedziała coś. Zaczęliśmy zaciskać pętlę. Beck musiał zamknąć usta świadkowi.

Carlson wciąż powątpiewał.

– No, co? – ciągnął Stone. – Sądzisz, że jego wczorajsza wizyta w jej pracowni, zaraz po przesłuchaniu u nas, to tylko zbieg okoliczności?

– Nie – odparł Carlson.

– Zatem, Nick? Nie widzisz tego? Morderstwo Schayes doskonale pasuje.

– Aż nazbyt dobrze.

– Och, nie zaczynaj z tymi bzdurami.

– Pozwól, że zapytam cię o coś, Tom. Jak starannie Beck zaplanował morderstwo żony i zrealizował ten plan?

– Cholernie starannie.

– Właśnie. Pozabijał świadków. Pozbył się ciał. Gdyby nie opady deszczu i ten niedźwiedź, nie mielibyśmy żadnych dowodów. I spójrzmy prawdzie w oczy. Nawet teraz nie mamy ich dość, żeby go oskarżyć, a co dopiero skazać.

– A zatem?

– Zatem dlaczego Beck nagle postępuje tak głupio? Wie, że chcemy się do niego dobrać. Wie, że asystent Schayes będzie mógł zeznać, że widział go u niej w dniu morderstwa. Dlaczego miałby być tak głupi, żeby przechowywać narzędzie zbrodni w garażu? I wrzucać rękawiczki do własnego pojemnika na śmieci?

– Proste – odparł Stone. – Tym razem działał w pośpiechu. W wypadku żony miał mnóstwo czasu do namysłu.

– Widziałeś to?

Carlson podał Stone'owi raport z obserwacji.

– Dziś rano Beck odwiedził patologa – powiedział. – Po co?

– Nie wiem. Może chciał sprawdzić, czy w protokole sekcji nie ma czegoś, co by go obciążało.

Carlson wciąż marszczył brwi. Miał ochotę umyć ręce.

– Coś przeoczyliśmy, Tom.

– Nie wiem, co by to mogło być, ale tak czy inaczej chcemy go zgarnąć. Potem wszystko wyjaśnimy, no nie?

Stone podszedł do Feina. Słowa partnera zasiały w jego umyśle ziarno wątpliwości. Carlson znów zaczął się zastanawiać nad wizytą Becka w biurze koronera. Podniósł słuchawkę, wytarł ją chusteczką i wystukał numer.

– Poproszę z patologiem Sussex County – powiedział.

Rozdział 29

W dawnych czasach – a przynajmniej dziesięć lat temu – jej znajomi mieszkali w hotelu Chelsea przy Zachodniej Dwudziestej Trzeciej Ulicy. Hotel był na pół turystyczny, na pół mieszkalny i strasznie ekscentryczny. Roiło się tu od artystów, pisarzy, studentów, zagorzałych zwolenników wszelkich możliwych filozofii i trendów. Czarne paznokcie, blada twarz, czerwona jak krew szminka, włosy nietknięte lokówką – jeszcze zanim to wszystko stało się kanonem mody.

Niewiele się zmieniło. Hotel wciąż był dogodnym miejscem dla tych, którzy pragnęli pozostać anonimowi.

Kupiwszy kawałek pizzy po drugiej stronie ulicy, zameldowała się i nie wychodziła z pokoju. Nowy Jork. Kiedyś nazywała go rodzinnym miastem, a teraz była tu zaledwie po raz drugi w ciągu ośmiu ostatnich lat.

Tęskniła za nim.

Aż nazbyt wprawnym ruchem wsunęła włosy pod perukę. Dziś będzie blondynką z czarnymi odrostami. Nałożyła okulary w drucianych oprawkach i włożyła implanty do ust. Zmieniły kształt jej twarzy.

Trzęsły się jej ręce.

Na kuchennym stole leżały dwa bilety na samolot. Wieczorem polecą lotem 174 British Airways z JFK na lotnisko

Heathrow w Londynie, gdzie spotkają pewnego człowieka, który da im nowe dokumenty. Następnie udadzą się pociągiem do Gatwick i po południu odlecą do Nairobi w Kenii. Dżipem dojadą do podnóża Mount Meru w Tanzanii, a potem czeka ich jeszcze trzydniowa piesza wędrówka.

Kiedy dotrą na miejsce – jedno z niewielu na tej planecie, gdzie nie ma radia, telewizji ani elektryczności – będą wolni.

Bilety były wystawione na Lisę Sherman i Davida Becka.

Jeszcze raz poprawiła perukę i spojrzała na swoje odbicie w lustrze. Rozmazało się jej w oczach i na moment znów wróciła nad jezioro. Nadzieja przepełniała jej serce i tym razem nie starała się jej zgasić. Zdołała się uśmiechnąć i ruszyła do drzwi.

Zjechała windą do holu i poszła w prawo Dwudziestą Trzecią Ulicą.

Washington Square Park znajdował się niedaleko.

• • •

Tyrese i Brutus wysadzili mnie na rogu Zachodniej Czwartej i Lafayette, cztery przecznice na wschód od parku. Dość dobrze znałem tę część miasta. Elizabeth i Rebecca wynajmowały wspólne mieszkanie przy Washington Square; czuły się cudownie awangardowo wśród mieszkańców West Village – fotografka i pracownica opieki społecznej, tęskniące za bohemą wśród rzeszy wychowanych na bogatych przedmieściach marzycieli i żyjących z funduszów powierniczych rewolucjonistów. Szczerze mówiąc, nigdy mnie to nie pociągało, ale nie miałem nic przeciwko temu.

W tym czasie studiowałem medycynę na Columbia University i teoretycznie mieszkałem przy Haven Avenue, w pobliżu szpitala nazywanego teraz Nowojorskim Prezbiteriańskim. Oczywiście spędzałem mnóstwo czasu tutaj.

To były dobre lata.

Pół godziny do spotkania.

Poszedłem Zachodnią Czwartą i, minąwszy Tower Records, dotarłem do tej części miasta, gdzie znajduje się większość budynków New York University. NYU chce, żebyś o tym wiedział. Ogłasza swoje prawo do tego terenu porozwieszanymi wszędzie, jaskrawopurpurowymi flagami z godłem tej uczelni. Paskudny jak diabli, ten purpurowy znak rzucał się w oczy na tle stonowanej czerwieni ceglanych murów Greenwich Village. Bardzo agresywnie i władczo, pomyślałem, jak na taką enklawę liberalizmu. Cóż, zdarza się.

Serce łomotało mi w piersi tak, jakby chciało się wyrwać na wolność.

Czy ona już tam będzie?

Nie pobiegłem. Zachowałem spokój i usiłowałem nie myśleć o tym, co może przynieść następna godzina. Piekły mnie i swędziały skaleczenia będące pamiątką po ucieczce przed policją. Zobaczyłem swoje odbicie w wystawie mijanego sklepu i nie mogłem nie zauważyć, że w tych pożyczonych ciuchach wyglądam po prostu śmiesznie. Początkujący gangster. Ale obsuwa!

Spodnie wciąż mi opadały. Podciągałem je jedną ręką, usiłując nie zwalniać kroku.

Elizabeth mogła już być w parku.

Teraz widziałem plac. Od południowo-wschodniego rogu dzieliła mnie tylko jedna przecznica. Coś zdawało się wisieć w powietrzu, może nadchodziła burza, a może po prostu moja wyobraźnia pracowała na najwyższych obrotach. Szedłem ze spuszczoną głową. Czy pokazali już w telewizji moje zdjęcie? Czy spikerzy ogłosili, że jestem poszukiwany? Wątpiłem, by tak było. Mimo to nie odrywałem oczu od chodnika.

Przyspieszyłem kroku. W lecie Washington Square zawsze wydawał mi się zbyt ruchliwy. Tak jakby starano się tu za bardzo i zbyt rozpaczliwie, jakby za dużo się tu działo. Nazywałem to sztucznym ożywieniem. Moim ulubionym miejscem był rojący się od ludzi teren wokół cementowych stolików do gier. Czasem grałem tam w szachy. Byłem całkiem niezły, ale w tym parku szachy wyrównywały wszystkie różnice. Bogaci, biedni, biali, czarni, bezdomni, wysoko postawieni, mieszkańcy rezydencji i czynszówek – wszyscy stawali się równi nad odwieczną czarno-białą szachownicą. Najlepszym graczem, którego tam widziałem, był czarnoskóry mężczyzna – w czasach przed kadencją Giulianiego większość popołudni spędzał, nagabując kierowców o drobne za umycie szyb.

Elizabeth jeszcze nie przyszła.

Usiadłem na ławce.

Piętnaście minut.

Ucisk w piersi się nasilił. Nigdy w życiu tak się nie bałem. Pomyślałem o pokazie, jaki przygotowała dla mnie Shauna. Czyżby to wszystko było sfingowane? – zastanawiałem się znowu. A jeśli tak? Jeżeli Elizabeth naprawdę nie żyje? Co wtedy zrobię?

Bezsensowne rozważania, powiedziałem sobie. Strata czasu. Ona musi być żywa. Nie ma innego wyjścia.

Siedziałem i czekałem.

• • •

– Jest tam – rzucił Eric Wu do telefonu komórkowego.

Larry Gandle spojrzał przez przyciemnione okno furgonetki. David Beck istotnie był tam, gdzie miał być, ubrany jak punk. Na twarzy miał liczne zadrapania i siniaki. Gandle pokręcił głową.

– Jak mu się to udało?

– Cóż – odparł swym śpiewnym głosem Eric Wu. – Zawsze możemy go o to zapytać.

– Musimy załatwić to bez hałasu, Eric.

– Na pewno.

– Czy wszyscy są na swoich miejscach?

– Oczywiście.

Gandle spojrzał na zegarek.

– Powinna tu być lada chwila.

• • •

Najokazalszym budynkiem znajdującym się pomiędzy uli-cami Sullivan i Thompson jest wieżowiec z jasnobrązowej ce-gły, stojący przy południowym krańcu parku. Większość lu-dzi sądzi, że jest on częścią Judson Memorial Church. Tak nie jest. Przez ostatnie dwadzieścia lat w tym budynku mieścił się dom akademicki oraz biura różnych organizacji studenckich. Każdy, kto wyglądał tak, jakby przybył tu w konkretnym celu, mógł bez trudu dostać się na górę.

Stamtąd mogła objąć wzrokiem cały park. I kiedy to zrobi-ła, zaczęła płakać.

Beck przyszedł. Miał na sobie dziwaczne przebranie, ale przecież ostrzegła go w e-mailu, że może być śledzony. Wi-działa, jak siedzi na tej ławce, zupełnie sam, a lewa noga pod-skakuje mu w górę i w dół. Zawsze tak reagował, kiedy był zdenerwowany.

– Och, Beck...

Słyszała ból i rozpacz w swoim głosie. Nie odrywała od niego oczu.

Co narobiła?

Jakaż była głupia.

Z najwyższym trudem odwróciła się. Nogi ugięły się pod nią i zsunęła się plecami po ścianie, aż usiadła na podłodze. Beck przyszedł na spotkanie.

Ale oni też.

Była tego pewna. Zauważyła trzech – co najmniej. Za-pewne było ich więcej. Dostrzegła też furgonetkę z logo B&T Paint. Zadzwoniła pod numer widniejący poniżej, ale nikt nie odbierał. Sprawdziła w informacji. Nie było żadnej B&T Paint.

Znaleźli ich. Pomimo wszystkich środków ostrożności byli tutaj.

Zamknęła oczy. Głupia. Jaka była głupia. Jak mogła sądzić, że to się uda? Jak mogła pozwolić, żeby do tego doszło? Tęsknota pozbawiła ją rozsądku. Teraz to zrozumiała. Nie wiedzieć czemu wmówiła w siebie, że ta katastrofa, którą było znalezienie ciał nad jeziorem, może okazać się darem bożym.

Głupia.

Wyprostowała się i zaryzykowała jeszcze jedno spojrzenie na Becka. Jej serce spadało w otchłań jak kamień rzucony do studni. Był taki samotny, taki mały, bezbronny i bezradny. Czy pogodził się z jej śmiercią? Możliwe. Czy zdołał zapomnieć o tym, co się stało, i od nowa ułożył sobie życie? I to możliwe. Czy podniósł się po tym ciosie tylko po to, żeby znów cierpieć przez jej głupotę?

Zdecydowanie.

Znowu zaczęła płakać.

Wyjęła dwa bilety lotnicze. Przygotowania. Te zawsze były kluczem do przeżycia. Przygotować się na każdą ewentualność. Właśnie dlatego zaplanowała spotkanie tutaj, w tym parku, który tak dobrze znała, co dawało jej przewagę. Wprawdzie trudno było jej się pogodzić z tą myślą, ale wiedziała, że tak może się to skończyć – a nawet prawie na pewno tak się skończy.

Już po wszystkim.

Ta nikła szansa, jeśli w ogóle ją mieli, przepadła na zawsze.

Musi odejść. Sama. I tym razem na dobre.

Zastanawiała się, jak on zareaguje, kiedy ona się nie pojawi. Czy będzie wciąż szukał w komputerze poczty elektronicznej, której nigdy nie otrzyma? Czy będzie przypatrywał się twarzom obcych ludzi, szukając jej twarzy? Czy po prostu zapomni i będzie żył dalej... i czy ona naprawdę chciałaby, żeby tak zrobił?

Nieważne. Najważniejsze to uratować życie. Przynajmniej jego. Nie miała wyboru. Musiała odejść.

Z najwyższym trudem oderwała od niego wzrok i pospiesznie poszła korytarzem. Tylne wyjście prowadziło na Zachodnią Trzecią Ulicę, tak że nawet nie musiała przechodzić przez park. Pchnęła ciężkie metalowe drzwi i wyszła na zewnątrz. Poszła Sullivan Street i na rogu Bleecker złapała taksówkę.

Opadła na siedzenie i zamknęła oczy.

– Dokąd? – zapytał kierowca.

– Lotnisko JFK – powiedziała.

Rozdział 30

Upłynęło zbyt wiele czasu.

Siedziałem na ławce i czekałem. W oddali widziałem słynny marmurowy łuk triumfalny. „Zaprojektował" go Stanford White, głośny architekt z przełomu wieków, który zamordował człowieka w przypływie zazdrości o piętnastoletnią dziewczynę. Nie rozumiem tego. Jak można zaprojektować coś, co jest repliką dzieła innego człowieka? Przecież było publiczną tajemnicą, że Łuk Waszyngtona jest wierną kopią Łuku Triumfalnego w Paryżu. Nowojorczycy entuzjazmowali się czymś, co było jedynie udaną imitacją. Nie rozumiem dlaczego.

Teraz nie można go już dotknąć. Jest otoczony mającym zniechęcać grafficiarzy ogrodzeniem z siatki, bardzo podobnym do tego, jakie niedawno widziałem na południowym Bronksie. W tym parku jest mnóstwo siatki. Niemal wszystkie trawniki są ogrodzone – przeważnie podwójnym płotem.

Gdzie ona jest?

Gołębie nadymały się w sposób zazwyczaj przypisywany politykom. Całe ich stadko otoczyło moją ławkę. Dziobały moje buty i spoglądały na mnie, jakby rozczarowane tym, że nie są jadalne.

– Zazwyczaj siedzi tu Ty.

Głos należał do bezdomnego w czapce z wiatraczkiem i uszkami Spocka z serialu *Star Trek*. Usiadł naprzeciwko mnie.

– Och – powiedziałem.

– Ty je karmi. One lubią Ty.

– Och – powtórzyłem.

– Dlatego tak się do pana garną. Nie dlatego, że im się pan spodobał albo co. Myślą, że może jest pan Ty. Albo jego znajomym.

– Uhm.

Spojrzałem na zegarek.

Siedziałem tu prawie dwie godziny. Ona nie przyszła. Coś poszło nie tak. Znowu zacząłem się zastanawiać, czy to wszystko nie jest jakimś żartem, ale odepchnąłem od siebie tę myśl. Lepiej zakładać, że wiadomości były od Elizabeth. Jeśli to wszystko jest żartem, to cóż, wkrótce się przekonam.

Obojętnie co, kocham cię.

Tak się kończyła wiadomość. Obojętnie co. Jakby coś mogło pójść nie tak. Jakby coś mogło się stać. Jakbym mógł zapomnieć o tym e-mailu i żyć dalej.

Do diabła z tym.

Czułem się dziwnie. Tak, byłem załamany. Ścigała mnie policja. Byłem wyczerpany, potłuczony i bliski szaleństwa. A jednocześnie czułem się silniejszy niż kiedykolwiek w ciągu tych ośmiu lat. Nie miałem pojęcia dlaczego. Wiedziałem jednak, że nie zrezygnuję. Tylko Elizabeth znała te wszystkie fakty: czas całusa, Bat Lady, Teenage Sex Poodles. Tak więc to Elizabeth wysłała tę pocztę. Albo ktoś kazał jej to zrobić. Tak czy inaczej, ona żyje. Musiałem oprzeć się na takim założeniu. Nie było innej możliwości.

I co teraz?

Wyjąłem mój nowy telefon komórkowy. Przez chwilę tarłem podbródek, a potem wpadłem na pomysł. Wystukałem numer. Siedzący po drugiej stronie alejki mężczyzna, który już bardzo długo czytał gazetę, zerknął na mnie. Nie spodobało mi się to. Lepiej bezpiecznie niż serdecznie. Wstałem i odszedłem, żeby nie mógł mnie podsłuchać.

Shauna odebrała telefon.

– Halo?

– Telefon starego Teddy'ego – powiedziałem.

– Beck? Co, do diabła…?

– Za trzy minuty.

Rozłączyłem się. Podejrzewałem, że telefon Shauny i Lindy będzie na podsłuchu. Policja usłyszałaby każde wypowiedziane przeze mnie słowo. Piętro niżej pod nimi mieszkał stary wdowiec, niejaki Theodore Malone. Shauna i Linda pomagały mu od czasu do czasu. Miały klucz do jego mieszkania. Zadzwonię tam. Federalni, policja czy ktokolwiek na pewno nie założyli u niego podsłuchu. Przynajmniej na razie.

Wybrałem ten numer.

Shauna była lekko zasapana.

– Halo?

– Potrzebuję twojej pomocy.

– Czy masz pojęcie, co się dzieje?

– Zakładam, że rozpoczęto szeroko zakrojone poszukiwania.

Wciąż byłem dziwnie opanowany – przynajmniej pozornie.

– Beck, musisz się oddać w ich ręce.

– Nikogo nie zabiłem.

– Wiem, ale jeśli nadal będziesz uciekał…

– Chcesz mi pomóc czy nie? – przerwałem jej.

– Powiedz jak.

– Czy ustalili już, kiedy popełniono morderstwo?

– Około północy. To pozostawia ci niewiele czasu, ale uważają, że wyszedłeś z domu zaraz po moim odjeździe.

– W porządku – powiedziałem. – Chcę, żebyś coś dla mnie zrobiła.

– Tylko powiedz co.

– Przede wszystkim wyprowadź Chloe.

– Twojego psa?

– Tak.

– Dlaczego?

– Głównie dlatego – odparłem – że powinna wyjść na spacer.

• • •

Eric Wu zameldował przez telefon komórkowy:

– Rozmawia przez telefon, ale mój człowiek nie zdołał do niego podejść.

– Został zauważony?

– To możliwe.

– Może odwołuje spotkanie.

Wu nie odpowiedział. Patrzył, jak doktor Beck chowa telefon do kieszeni i rusza przez park.

– Mamy problem – rzekł Wu.

– Jaki?

– Wygląda na to, że opuszcza park.

Na drugim końcu zapadła cisza. Wu czekał.

– Już raz go zgubiliśmy – rzekł Gandle.

Wu nie odpowiedział.

– Nie możemy ryzykować, Eric. Zgarnij go. Zgarnij go teraz, dowiedz się, co wie, i skończ z nim.

Eric dał sygnał ludziom w furgonetce. Potem poszedł w ślad za Beckiem.

– Zrobione.

• • •

Ruszyłem w kierunku posągu Garibaldiego, wyciągającego szablę z pochwy. Dziwne, ale zmierzałem w konkretnym celu. Teraz odwiedziny u KillRoya nie wchodziły w grę. Natomiast PF z dziennika Elizabeth, czyli Peter Flannery, specjalista od załatwiania odszkodowań, to zupełnie inna sprawa. Mogłem pojawić się w jego biurze i porozmawiać sobie z nim. Nie miałem pojęcia, czego chciałem się dowiedzieć. W każdym razie będę coś robił. Od czegoś trzeba zacząć.

Po prawej był plac zabaw dla dzieci, lecz bawiło się na nim najwyżej tuzin malców. George's Dog Park po lewej był pełen opatulonych we wdzianka piesków i ich troskliwych właścicieli. Na parkowej scenie popisywali się dwaj żonglerzy. Przeszedłem obok grupki odzianych w poncha studentów siedzących półokręgiem. W pobliżu pojawił się Azjata o tlenionych włosach, zbudowany jak mały czołg. Zerknąłem przez ramię. Mężczyzna, który czytał gazetę, zniknął.

Zacząłem się nad tym zastanawiać.

Siedział tam prawie tak długo jak ja. A teraz, po dwóch godzinach, nagle postanowił odejść jednocześnie ze mną. Zbieg okoliczności? Zapewne...

Będziesz śledzony...

Tak ostrzegał e-mail. Nie było w nim „być może". Rozważając to teraz, doszedłem do wniosku, że była to bardzo wyraźna przestroga. Idąc, zastanawiałem się gorączkowo. Niemożliwe. Nikt nie zdołałby pozostać na moim tropie przez cały dzisiejszy dzień.

Ten facet z gazetą nie mógł mnie śledzić. A przynajmniej nie potrafiłem sobie wyobrazić w jaki sposób.

Czy mogli przechwycić wiadomość?

Absurd. Wykasowałem ją. Ani na chwilę nie znalazła się w zasobach komputera.

Przeszedłem przez Washington Square West. Kiedy wszedłem na chodnik, ktoś położył mi dłoń na ramieniu. Najpierw delikatnie. Jak stary przyjaciel, zachodzący mnie od tyłu. Odwróciłem się i zdążyłem zobaczyć Azjatę z tlenionymi włosami.

Potem zacisnął dłoń.

Rozdział 31

Jego palce wbiły się jak włócznie w mój staw barkowy. Ból – przeszywający ból – sparaliżował mi całą lewą połowę ciała. Nogi ugięły się pode mną. Chciałem wrzasnąć lub wyrwać się, ale nie mogłem. Biała furgonetka zahamowała przy nas z piskiem. Boczne drzwi odsunęły się. Azjata przesunął dłoń na mój kark. Nacisnął sploty nerwowe po obu stronach szyi i oczy wyszły mi na wierzch. Drugą ręką uderzył mnie w kręgosłup i poleciałem do przodu. Zacząłem zginać się wpół. Popchnął mnie w kierunku furgonetki. Z jej wnętrza wysunęły się dwie pary rąk i wciągnęły mnie do środka. Wylądowałem na metalowej podłodze. Z tyłu nie było siedzeń. Drzwi się zamknęły. Samochód włączył się do ruchu.

Cały epizod – od chwili gdy napastnik położył dłoń na moim ramieniu – trwał najwyżej pięć sekund.

Glock, pomyślałem.

Usiłowałem po niego sięgnąć, ale ktoś skoczył mi na plecy. Usłyszałem metaliczny trzask i prawą rękę przykuto mi do podłogi. Przewrócili mnie na plecy, o mało nie wyłamując stawu barkowego. Było ich dwóch. Teraz mogłem zobaczyć. Dwaj mężczyźni, obaj biali, najwyżej trzydziestoletni. Widziałem ich dobrze. Aż za dobrze. Mógłbym ich zidentyfikować. Musieli o tym wiedzieć.

Niedobrze.

Przykuli mi drugą rękę, a potem usiedli na nogach. Z szeroko rozłożonymi ramionami leżałem na podłodze furgonetki, zupełnie bezbronny.

– Czego chcecie? – zapytałem.

Nie odpowiedzieli. Furgonetka skręciła za róg i zatrzymała się. Wielki Azjata wślizgnął się do środka i samochód znów ruszył. Azjata pochylił się nade mną, spoglądając z umiarkowanym zaciekawieniem.

– Po co przyszedłeś do parku? – zapytał.

Jego głos zaskoczył mnie. Spodziewałem się groźnego warknięcia, tymczasem usłyszałem łagodny, wysoki, upiornie dziecinny głosik.

– Kim jesteście? – zapytałem.

Uderzył mnie pięścią w brzuch. Zrobił to tak mocno, że miałem wrażenie, że podrapał sobie przy tym knykcie o podłogę furgonetki. Usiłowałem podkurczyć nogi i zwinąć się w kłębek, ale uniemożliwiały mi to kajdanki i siedzący na moich nogach napastnicy. Powietrze. Potrzebowałem powietrza. Miałem wrażenie, że zaraz zwymiotuję.

Będziesz śledzony...

Wszystkie te środki ostrożności – niepodpisane wiadomości, szyfr, ostrzeżenia – teraz nabrały sensu. Elizabeth bała się. Jeszcze nie znałem wszystkich odpowiedzi – do diabła, prawie żadnych odpowiedzi – ale w końcu zrozumiałem, że te tajemnicze wiadomości wynikały ze strachu. Bała się, że ją znajdą.

Tacy faceci jak ci.

Dusiłem się. Wszystkie komórki mojego ciała łaknęły tlenu. W końcu Azjata skinął na tamtych dwóch. Zeszli z moich nóg. Natychmiast podciągnąłem kolana do piersi. Usiłowałem zaczerpnąć tchu, dygocząc jak epileptyk. Po chwili złapałem oddech. Azjata powoli ukląkł przy mnie. Patrzyłem

mu w oczy. A przynajmniej próbowałem. To nie były oczy
człowieka ani nawet ślepia zwierzęcia. Nie było w nich śladu
życia. Gdybyś mógł spojrzeć w oczy szafy na akta, miałyby
taki wyraz.

Udało mi się nie mrugnąć.

Był młody, ten mój oprawca – miał dwadzieścia, najwyżej
dwadzieścia pięć lat. Położył dłoń na moim ramieniu, tuż nad
łokciem.

– Po co przyszedłeś do parku? – zapytał ponownie swoim
świergotliwym głosikiem.

– Lubię ten park – powiedziałem.

Ścisnął moją rękę. Dwoma palcami. Jęknąłem. Wbiły się
głęboko w moje mięśnie i splot nerwowy. Oczy wyszły mi
na wierzch. Nigdy nie zaznałem takiego bólu. Tonęło w nim
wszystko. Miotałem się jak zdychająca ryba na haczyku. Próbowałem go kopnąć, ale nogi miałem jak z gumy. Nie mogłem oddychać.

Nie przestawał.

Spodziewałem się, że puści lub trochę rozluźni uścisk. Nie
zrobił tego. Zacząłem pojękiwać, ale ściskał dalej, ze znudzo-
ną miną.

Samochód wciąż jechał. Usiłowałem zapomnieć o bólu,
a przynajmniej podzielić go na regularne fazy. Nic z tego.
Potrzebowałem wytchnienia. Choć na sekundę. Ale on ściskał mi rękę jak w żelaznym imadle. I patrzył na mnie tymi
pustymi oczami. Krew uderzyła mi do głowy. Nie byłem
w stanie mówić. Nawet gdybym chciał odpowiedzieć na
jego pytanie, nie mógłbym wykrztusić słowa. On wiedział
o tym.

Uniknąć tego bólu. Tylko o tym mogłem myśleć. Jak uniknąć tego bólu? Cała moja świadomość zdawała się koncentro-
wać na splocie nerwowym w mojej ręce. Ciało paliło mnie,
a ciśnienie rozsadzało czaszkę.

Kilka sekund przed tym, zanim ręka popękała mi na kawałki, nagle rozluźnił chwyt. Znów jęknąłem, tym razem z ulgi. Ta jednak była krótkotrwała. Przesunął dłoń po moim ciele i zatrzymał ją na brzuchu.

– Po co przyszedłeś do parku?

Usiłowałem zebrać myśli i znaleźć jakieś przekonujące kłamstwo. Nie dał mi na to czasu. Znów zacisnął palce i ból wrócił, jeszcze gorszy niż przedtem. Niczym bagnet przeszywał mi wątrobę. Zacząłem szarpać się w pętach. Otworzyłem usta w bezgłośnym krzyku.

Poruszałem głową do przodu i do tyłu. I nagle, w trakcie tego, zobaczyłem tył głowy kierowcy. Furgonetka przystanęła, zapewne na światłach. Kierowca patrzył prosto przed siebie – pewnie na drogę. Wszystko potoczyło się bardzo szybko.

Zobaczyłem, że kierowca obraca głowę w kierunku bocznego okienka, jakby coś usłyszał. Za późno. Coś uderzyło go w skroń. Padł jak tarcza na strzelnicy. Przednie drzwi furgonetki otworzyły się.

– Ręce do góry!

Zobaczyłem pistolety. Dwa. Były wymierzone w moich porywaczy. Azjata puścił mnie. Opadłem bezwładnie, nie mogąc się ruszyć.

Za lufami ujrzałem dwie znajome twarze i o mało nie krzyknąłem z radości.

Tyrese i Brutus.

Jeden z białych mężczyzn usiłował sięgnąć po broń. Tyrese, niemal nie celując, nacisnął spust. Pierś mężczyzny eksplodowała. Runął na wznak, z szeroko otwartymi oczami. Martwy. Nie było co do tego cienia wątpliwości. Kierowca na przednim siedzeniu jęknął i zaczął się podnosić. Brutus mocno uderzył go łokciem w twarz. Kierowca ponownie padł.

Drugi biały podniósł ręce do góry. Mój azjatycki oprawca

nie zmienił wyrazu twarzy. Patrzył nieobecnym spojrzeniem i nie podniósł ani nie opuścił rąk. Brutus zajął miejsce kierowcy i wrzucił pierwszy bieg. Tyrese trzymał pistolet wycelowany prosto w Azjatę.

– Rozkujcie go – powiedział.

Biały mężczyzna spojrzał na Azjatę. Ten skinął głową. Biały rozkuł mnie. Spróbowałem usiąść. Czułem się tak, jakby coś we mnie pękło i drzazgi przy najmniejszym poruszeniu wbijały się w tkanki.

– Jesteś cały? – zapytał Tyrese.

Zdołałem kiwnąć głową.

– Mam ich skasować?

Popatrzyłem na białego mężczyznę.

– Kto cię wynajął?

Odruchowo spojrzał na młodego Azjatę. Ja zrobiłem to samo.

– Kto cię wynajął? – zapytałem.

Azjata w końcu uśmiechnął się, lecz ten uśmiech nie sięgnął oczu. I znów wszystko potoczyło się za szybko. Nawet nie zauważyłem tego ruchu, tylko poczułem, jak złapał mnie za kark i cisnął w kierunku Tyrese'a. Nagle znalazłem się w powietrzu, machając nogami, jakbym w ten sposób mógł się zatrzymać. Tyrese widział, co się dzieje, ale nie miał gdzie uskoczyć. Wpadłem na niego. Natychmiast przetoczyłem się na bok, lecz zanim Tyrese zdążył wycelować, Azjata uciekł przez boczne drzwi furgonetki.

Znikł.

– Cholerny Bruce Lee na sterydach – rzekł Tyrese.

Kiwnąłem głową.

Kierowca znów się poruszył. Brutus zamachnął się, ale Tyrese powstrzymał go.

– Ci dwaj gówno wiedzą – rzekł do mnie.

– Wiem.

– Możemy ich zabić albo wypuścić – powiedział obojętnie, jakby się zastanawiał, czy rzucić monetą.

– Puść ich – mruknąłem.

Brutus znalazł cichy zaułek, prawdopodobnie gdzieś na Bronksie, ale nie jestem tego pewien. Ten biały mężczyzna, który jeszcze oddychał, wysiadł sam. Brutus wyrzucił kierowcę i zabitego, jak śmieci. Odjechaliśmy. Przez kilka minut nikt się nie odzywał.

Tyrese splótł dłonie na karku i wyciągnął się wygodnie na siedzeniu.

– Dobrze, że zostaliśmy w pobliżu, no nie, doktorze?

Skinąłem głową, słysząc te słowa, które można było uznać za niedopowiedzenie tysiąclecia.

Rozdział 32

Stare protokoły sekcyjne były przechowywane w magazynie w Layton, w stanie New Jersey, niedaleko granicy Pensylwanii. Agent specjalny Nick Carlson przyjechał tam sam. Nie lubił tych magazynów. Budziły w nim przesądny lęk. Czynne całą dobę, bez strażników, marna kamera telewizyjna przy wejściu... Jeden Bóg wie, co znajduje się w tych cementowych pomieszczeniach. Carlson wiedział, że w wielu są przechowywane narkotyki, lewe pieniądze i wszelkiego rodzaju kontrabanda. To go nie niepokoiło. Pamiętał jednak sprawę sprzed kilku lat, kiedy pewien magnat naftowy został porwany i zamknięty w skrzyni przechowywanej w takim składzie. Udusił się z braku powietrza. Carlson był wśród tych, którzy go znaleźli. Od tej pory często wyobrażał sobie, że w takich pomieszczeniach są przetrzymywani żywi ludzie, tajemniczo zaginieni, skuci i zakneblowani zaledwie kilka metrów od niego, szamoczący się w ciemności.

Ludzie często mówią, że ten świat jest chory. Nawet nie wiedzą jak bardzo.

Timothy Harper, okręgowy koroner, wyszedł z podobnego do garażu budynku, trzymając dużą brązową kopertę ściągniętą gumką. Wręczył Carlsonowi protokół sekcji, z napisem „Elizabeth Beck" na okładce.

– Musi pan pokwitować – powiedział.

Carlson podpisał się na formularzu.

– Beck nie wyjaśnił panu, dlaczego chce to obejrzeć? – spytał.

– Mówił, że jest pogrążonym w smutku wdowcem i coś o zamknięciu sprawy, ale poza tym... – Harper wzruszył ramionami.

– Czy pytał jeszcze o coś w związku z tą sprawą?

– O nic szczególnego.

– A o co nieszczególnego?

Harper namyślał się chwilę.

– Pytał, czy pamiętam, kto zidentyfikował ciało.

– I pamiętał pan?

– Z początku nie.

– Kto ją zidentyfikował?

– Jej ojciec. Kiedy powiedziałem o tym Beckowi, zapytał, jak długo to trwało.

– Jak długo trwało? Co?

– Identyfikacja.

– Nie rozumiem.

– Ja również, jeśli mam być szczery. Chciał wiedzieć, czy ojciec rozpoznał ją od razu, czy też dopiero po kilku minutach.

– Dlaczego chciał to wiedzieć?

– Nie mam pojęcia.

Carlson usiłował znaleźć jakieś wyjaśnienie, ale żadne nie przychodziło mu do głowy.

– Co mu pan powiedział?

– Prawdę. Powiedziałem, że nie pamiętam. Zakładam, że identyfikacja nie trwała dłużej niż zwykle, inaczej zapamiętałbym ten fakt.

– Jeszcze coś?

– Nie, naprawdę nic – odparł koroner. – Proszę posłuchać,

jeśli to już wszystko, to czeka na mnie para dzieciaków, które wpadły hondą civic na słup telefoniczny.

Carlson ścisnął akta w dłoni.

– Taak – mruknął. – Skończyłem. Gdybym jednak chciał się z panem skontaktować?

– Będę w biurze.

• • •

Na matowym szkle drzwi napisano grubymi złotymi literami „Peter Flannery, adwokat". W szybie była dziura wielkości pięści. Ktoś zakleił ją szarą taśmą klejącą. Taśma wyglądała na starą.

Czapkę miałem nasuniętą aż po oczy. Wszystko bolało mnie po spotkaniu z tym wielkim Azjatą. Moje nazwisko podała rozgłośnia radiowa, która obiecuje, że w dwadzieścia dwie minuty opowie o wszystkim, co się właśnie zdarzyło. Byłem poszukiwany przez policję.

Nie mogło mi się to pomieścić w głowie. Miałem poważne kłopoty, a jednak to wszystko wydawało mi się dziwnie nierealne, jakby wydarzyło się komuś, kogo słabo znałem. Ja, czyli ten facet z lustra, niewiele się tym przejmowałem. Miałem tylko jeden cel: odnaleźć Elizabeth. Reszta stanowiła ledwie widoczne tło.

Tyrese przyszedł ze mną. W poczekalni było kilka osób. Dwie z nich w kołnierzach ortopedycznych. Jedna z ptaszkiem w klatce. Nie miałem pojęcia dlaczego. Nikt nawet na nas nie spojrzał, zapewne oszacowali związany z tym wysiłek i doszli do wniosku, że nie warto zadawać sobie tyle trudu.

Recepcjonistka miała odrażającą perukę i popatrzyła na nas, jakbyśmy wypadli psu spod ogona.

Powiedziałem, że chcę się zobaczyć z Peterem Flannerym.

– Ma klienta.

Nie strzeliła przy tym balonową gumą do żucia, ale niewiele brakowało.

Tyrese przejął pałeczkę. Ze zręcznością sztukmistrza wydobył zwitek banknotów grubszy od mojego nadgarstka.

– Powiedz mu, że zapłacimy za wizytę. – I z uśmiechem dodał: – Tobie również, jeśli przyjmie nas od razu.

Dwie minuty później wprowadzono nas do sanktuarium pana Flannery'ego. W gabinecie unosił się zapach cygar i cytrynowego odświeżacza powietrza. Tandetne i ciemno politurowane meble, z rodzaju tych, które można znaleźć w Kmart lub Bradlees, udawały szlachetny mahoń i dąb z takim samym powodzeniem, jak peruka na głowie recepcjonistki naturalne włosy. Na ścianach nie było dyplomów uczelni, tylko idiotyczne świstki, jakie ludzie wieszają, by zrobić wrażenie na naiwnych. Według jednego Flannery był członkiem Międzynarodowego Stowarzyszenia Kiperów, a drugie kwiecistym stylem głosiło, że brał udział w Konferencji Prawniczej na Long Island w tysiąc dziewięćset sześćdziesiątym szóstym roku. Były tam wyblakłe fotografie młodego Flannery'ego z jakimiś ludźmi, zapewne wybitnymi osobistościami lub miejscowymi politykami, chociaż nikogo nie rozpoznałem. Na honorowym miejscu nad biurkiem wisiała oprawiona w drewniane ramki fotografia czteroosobowej drużyny golfiarzy.

– Proszę – zachęcił Flannery, podkreślając zaproszenie machnięciem ręki. – Zechciejcie usiąść, panowie.

Usiadłem. Tyrese nie skorzystał z zaproszenia. Założył ręce na piersi i oparł się o ścianę.

– A zatem – rzekł Flannery, ciągnąc słowa jak dobrze przeżutą gumę – co mogę dla panów zrobić?

Peter Flannery wyglądał jak sportowiec, który zszedł na psy. Jego niegdyś złociste loki zrzedniały i posiwiały. Policzki obwisły. Miał na sobie niemodny trzyczęściowy garnitur ze sztucznego jedwabiu, a w kieszonce kamizelki zegarek na tombakowym łańcuszku.

– Muszę pana zapytać o pewną starą sprawę – powiedziałem.

Spojrzał na mnie oczami, które zachowały młodzieńczą błękitną barwę. Na biurku zauważyłem zdjęcie Flannery'ego z pulchną kobietą i mniej więcej czternastoletnią dziewczyną, najwyraźniej przechodzącą trudny okres dojrzewania. Wszyscy uśmiechali się z lekkim przymusem, jakby w każdej chwili spodziewali się ciosu.

– Starą sprawę? – powtórzył.

– Moja żona była u pana osiem lat temu. Muszę się dowiedzieć w jakim celu.

Flannery zerknął na Tyrese'a. Ten wciąż stał z założonymi rękami, skryty za czarnymi szkłami swoich okularów.

– Nie rozumiem. Czy to była sprawa rozwodowa?

– Nie.

– A więc... – Rozłożył ręce i wzruszył ramionami w stylu „chciałbym-panu-pomóc". – Obowiązuje mnie tajemnica zawodowa. Nie wiem, co w tej sytuacji mógłbym dla pana zrobić.

– Nie sądzę, żeby była pańską klientką.

– Nie rozumiem pana, panie... – Czekał, aż mu podpowiem.

– Beck – powiedziałem. – Doktor, nie pan.

Szczęka lekko mu opadła, gdy usłyszał moje nazwisko. Zastanawiałem się, czy skojarzył je z informacją podaną w wiadomościach. Czułem jednak, że nie o to chodziło.

– Moja żona miała na imię Elizabeth. – Flannery milczał. – Pamięta ją pan, prawda? – Ponownie zerknął na Tyrese'a. – Czy była pańską klientką, panie Flannery?

Odchrząknął.

– Nie – odparł. – Nie była moją klientką.

– Ale pamięta ją pan?

Niespokojnie wiercił się na fotelu.

– Tak.

– Czego dotyczyła ta rozmowa?

– Minęło wiele czasu, doktorze Beck.

– Chce pan powiedzieć, że nie pamięta?

Nie odpowiedział wprost.

– Pańska żona – rzekł – została zamordowana, prawda? Przypominam sobie, że czytałem o tym w gazetach.

Nie dałem się odwieść od tematu.

– Po co tu przyszła, panie Flannery?

– Jestem adwokatem – odpowiedział i lekko się nadął.

– Nie jej.

– Mimo to – stwierdził, usiłując zyskać przewagę. – Mój czas jest drogi. – Odkaszlnął, zasłaniając usta dłonią. – Wspominał pan o wynagrodzeniu.

Spojrzałem przez ramię, ale Tyrese już oderwał się od ściany. W ręku trzymał gruby zwitek i odliczał banknoty. Rzucił na biurko trzy z wizerunkiem Bena Franklina, zmierzył Flannery'ego wzrokiem i wrócił na swoje miejsce.

Adwokat popatrzył na pieniądze, ale nie dotknął ich. Złożył dłonie, zaczynając od czubków palców.

– A jeśli odmówię?

– Nie rozumiem, dlaczego miałby pan odmawiać – powiedziałem. – Nie była pańską klientką, więc nie obowiązuje pana tajemnica zawodowa.

– Nie o to chodzi – rzekł Flannery. Przeszył mnie wzrokiem, wyraźnie się wahając. – Kochał pan żonę, doktorze Beck?

– Bardzo.

– Czy ożenił się pan ponownie?

– Nie. A jakie to ma znaczenie?

Wyciągnął się w fotelu.

– Niech pan wyjdzie – oświadczył. – Proszę zabrać swoje pieniądze i wyjść.

– To ważne, panie Flannery.

– Nie sądzę. Ona nie żyje od ośmiu lat. Jej morderca czeka na wykonanie kary śmierci.

– Czego nie chce mi pan powiedzieć?

Flannery zwlekał z odpowiedzią. Tyrese ponownie odkleił się od ściany. Podszedł do biurka. Flannery spojrzał na niego i zaskoczył mnie znużonym westchnieniem.

– Niech pan wyświadczy mi grzeczność – zwrócił się do Tyrese'a. – Niech pan przestanie mnie straszyć, dobrze? Miałem do czynienia z psychopatami, przy których wyglądałby pan jak Mary Poppins.

Tyrese najwyraźniej zamierzał coś zrobić, ale to by mi nie pomogło. Zawołałem na niego. Spojrzał na mnie. Pokręciłem głową. Wycofał się. Flannery skubał dolną wargę. Pozwoliłem mu na to. Mogłem poczekać.

– Wolałby pan tego nie wiedzieć – odezwał sie po chwili.

– Wątpię.

– To nie przywróci życia pańskiej żonie.

– Może jednak – powiedziałem. Moje słowa zbiły go z tropu. Zmarszczył brwi i spojrzał na mnie, ale zaraz złagodniał. – Proszę – dodałem.

Obrócił fotel bokiem i odchylił głowę do tyłu, spoglądając na rolety, które pożółkły i popękały jeszcze w czasach przesłuchań związanych z aferą Watergate. Splótł dłonie i położył je na wydatnym brzuchu. Patrzyłem, jak unoszą się i opadają przy każdym oddechu.

– Byłem wtedy obrońcą z urzędu – zaczął. – Wie pan, o czym mówię?

– Bronił pan ubogich.

– Coś w tym rodzaju. Według praw Mirandy oskarżonemu przysługuje wybór adwokata, jeśli go na niego stać. Jeżeli nie,

255

dostaje kogoś takiego jak ja. – Skinąłem głową, lecz on wciąż wpatrywał się w rolety. – Mimo to otrzymałem sprawę jednego z najgłośniejszych morderstw w tym stanie.

Zimny dreszcz powoli pełzł mi wzdłuż kręgosłupa.

– O kogo chodziło? – spytałem.

– O Brandona Scope'a. Syna multimilionera. Pamięta ją pan?

Zamarłem przerażony. Nic dziwnego, że nazwisko Flannery'ego wydało mi się znajome. Brandon Scope. O mało nie pokręciłem głową, nie dlatego, że nie pamiętam tej sprawy, ale dlatego, że nie chciałem, by mi o niej przypominał.

Aby wszystko było jasne, pozwólcie, że wspomnę, co pisano o tym w gazetach. Brandon Scope, lat trzydzieści trzy, został obrabowany i zamordowany osiem lat temu. Tak, osiem lat temu. Jakieś dwa miesiące przed śmiercią Elizabeth. Wpakowano mu dwie kule i podrzucono ciało na terenie budowy w Harlemie. Nie miał przy sobie pieniędzy. Wszystkie gazety rozpisywały się o tym. Wiele pisano o charytatywnej działalności Brandona Scope'a. O tym jak pomagał dzieciakom z ulicy, jak wolał pracować wśród ubogich zamiast kierować międzynarodowym konsorcjum tatusia i tym podobne rzeczy. Było to jedno z tych morderstw, które „wstrząsają opinią społeczną" i prowadzą do wytykania palcami oraz załamywania rąk. Powstała fundacja dobroczynna imienia Brandona Scope'a. Zarządza nią moja siostra Linda. Nie uwierzylibyście, ile dobrego potrafi zdziałać.

– Pamiętam – powiedziałem.

– A pamięta pan, że aresztowano podejrzanego?

– Chłopaka z ulicy – odparłem. – Jednego z tych, którym pomagał, tak?

– Właśnie. Aresztowali niejakiego Helia Gonzaleza, wówczas dwudziestodwuletniego. Zamieszkałego w Barker House w Harlemie. Rejestr jego przestępstw był równie ciekawy jak życiorys bohatera narodowego. Napad z bronią w ręku, podpalenie, rozbój. Prawdziwy przyjemniaczek, ten nasz pan Gonzalez.

Zaschło mi w ustach.

– Zdaje się, że oskarżenie zostało wycofane? – spytałem.

– Tak. Nie mieli przeciwko niemu dowodów. Wprawdzie odciski jego palców znaleziono na miejscu zbrodni, ale było tam też mnóstwo śladów pozostawionych przez innych ludzi. W miejscu zamieszkania Gonzaleza znaleziono włosy, a nawet ślady krwi Scope'a, lecz ten bywał w tym budynku. Mogliśmy twierdzić, że w ten sposób się tam znalazły. To jednak wystarczyło, żeby policja uzyskała nakaz aresztowania. Byli przekonani, że znajdą więcej dowodów.

– I co się stało? – zapytałem.

Flannery nie patrzył na mnie. Nie podobało mi się to. Należał do facetów, których ideałem jest Willy Loman i jego świat błyszczących butów oraz szkieł kontaktowych. Znałem takich ludzi. Nie chciałem mieć z nimi nic wspólnego, ale znałem ich.

– Policja dokładnie określiła czas zgonu – ciągnął. – Patolog ustalił godzinę na podstawie temperatury wątroby. Scope zginął o jedenastej. Plus minus pół godziny, lecz nie więcej.

– Nie rozumiem, co to ma wspólnego z moją żoną?

Znowu złożył czubki palców.

– Pańska żona również pracowała na rzecz biednych – rzekł. – W tym samym ośrodku co ofiara.

Nie wiedziałem, do czego zmierzał, ale czułem, że to mi się nie spodoba. Przez moment zastanawiałem się, czy Flannery nie ma racji, mówiąc, że wolałbym tego nie usłyszeć, i czy nie powinienem podnieść się z fotela i zapomnieć o wszystkim. Mimo to zapytałem:

– I co z tego?

– Szlachetna działalność – rzekł i kiwnął głową. – Praca na rzecz ubogich.

– Cieszę się, że pan tak uważa.

– Dlatego poszedłem na prawo. Chciałem pomagać biednym.

Przełknąłem kulę, która tkwiła mi w gardle, i wyprostowałem się.

– Zechce mi pan wyjaśnić, co moja żona miała z tym wspólnego?

– To ona go oczyściła.

– Kogo?

– Mojego klienta. Helia Gonzaleza. Pańska żona oczyściła go z zarzutów.

Zmarszczyłem brwi.

– W jaki sposób?

– Jakie dała mu alibi?

Kiwnąłem głową, ale on w dalszym ciągu na mnie nie patrzył. Przytaknąłem ochryple.

– To proste – rzekł. – Ona i Helio byli w tym czasie razem.

Tonąłem w oceanie, rozpaczliwie walcząc z falami, bez nadziei na ratunek.

– Nie widziałem żadnej wzmianki o tym w gazetach.

– Nie rozgłaszano tego faktu.

– Dlaczego?

– Przede wszystkim na życzenie pańskiej żony. A biuro prokuratora okręgowego nie chciało się chwalić omyłkowym aresztowaniem. Tak więc wszystko odbyło się po cichu. Ponadto były pewne... hm... problemy z zeznaniem pana żony.

– Jakie problemy?

– Z początku nie powiedziała prawdy.

Znów ocean. Szedłem na dno. Wypłynąłem. Walczyłem, by utrzymać się na powierzchni.

– O czym pan mówi?

– Pańska żona twierdziła, że w chwili gdy popełniono morderstwo, była z Gonzalezem w ośrodku i pomagała mu w znalezieniu pracy. Nikt tego nie kupił.

– Dlaczego?

Sceptycznie uniósł brew.

– O jedenastej w nocy radziła mu, jak ma szukać pracy?

Tępo pokiwałem głową.

– Dlatego jako adwokat pana Gonzaleza przypomniałem pańskiej żonie, że policja sprawdzi to alibi. Na przykład
w biurach są zainstalowane kamery rejestrujące przychodzących i wychodzących. Dopiero wtedy wyznała prawdę.

Urwał.

– Proszę mówić.

– To oczywiste, czyż nie?

– Mimo to proszę mi powiedzieć.

Flannery wzruszył ramionami.

– Chciała oszczędzić przykrości sobie... i zapewne panu.
Dlatego nalegała na zachowanie wszystkiego w tajemnicy.
Była w mieszkaniu Gonzaleza, doktorze Beck. Sypiali ze
sobą od dwóch miesięcy.

Nawet nie drgnąłem. Zapadła cisza. W oddali usłyszałem
szczebiot ptaka. Zapewne tego w poczekalni. Wstałem. Tyrese
cofnął się.

– Dziękuję, że poświęcił mi pan chwilkę – powiedziałem
najspokojniejszym głosem, jaki kiedykolwiek słyszeliście.

Flannery skinął głową roletom.

– To nieprawda – dodałem.

Nie zareagował. Zresztą wcale nie oczekiwałem jakiejkol-
wiek reakcji.

Rozdział 33

Carlson siedział w samochodzie. Krawat miał wciąż nienagannie zawiązany. Marynarkę zdjął i powiesił na drewnianym wieszaku nad tylnym siedzeniem. Klimatyzacja szumiała, włączona na pełną moc. Przeczytał napis na kopercie: Elizabeth Beck, numer 94-87002. Ściągnął gumkę. Koperta się otworzyła. Carlson wyjął zawartość i rozłożył ją na siedzeniu pasażera.

Czego szukał doktor Beck?

Stone już mu podsunął oczywistą odpowiedź: Beck chciał sprawdzić, czy jest tutaj coś, co mogłoby go obciążyć. To pasowało do wcześniejszej teorii Carlsona, gdyż przecież to właśnie on jako pierwszy zaczął kwestionować dotychczas przyjęty scenariusz zamordowania Elizabeth Beck. To on zaczął podejrzewać, że zabójstwo miało zupełnie inny przebieg i w rzeczywistości to doktor David Beck, mąż ofiary, starannie zaplanował jej śmierć.

Dlaczego więc przestał w to wierzyć?

Drobiazgowo zanalizował wszystkie dziury w swojej teorii, lecz Stone równie przekonująco je załatał. W każdej sprawie pozostają niewyjaśnione kwestie. Carlson wiedział o tym. Zawsze są jakieś niejasności. Jeśli nie, to dziesięć do jednego, że coś zostało przeoczone.

Zatem dlaczego zaczął powątpiewać w winę Becka?

Może chodziło o to, że cała ta sprawa nagle stała się zbyt prosta, a wszystkie dowody idealnie zaczęły pasować do teorii. A może jego wątpliwości opierały się na czymś tak enigmatycznym jak „intuicja", chociaż Carlson nigdy nie przepadał za tym aspektem pracy dochodzeniowej. Intuicja często bywała pretekstem do chodzenia na skróty i zastępowania niezbitych dowodów oraz faktów złudnymi i kapryśnymi domysłami. Najgorsi znani mu agenci polegali na tak zwanej intuicji.

Podniósł pierwszą kartkę protokołu. Ogólne dane. Elizabeth Parker Beck. Adres, data urodzenia (w chwili śmierci miała dwadzieścia pięć lat), biała kobieta, metr siedemdziesiąt, waga czterdzieści osiem kilogramów. Szczupła. Badanie ujawniło, że stężenie pośmiertne ustąpiło. Znaleziono oparzenia na skórze i wyciek z otworów ciała. To wskazywało, że śmierć nastąpiła co najmniej trzy dni wcześniej. Przyczyną śmierci była rana kłuta klatki piersiowej. Zgon został spowodowany utratą krwi na skutek silnego krwotoku z prawej aorty. Ponadto stwierdzono obecność ran ciętych na dłoniach i palcach, prawdopodobnie zadanych, kiedy próbowała bronić się przed uzbrojonym w nóż napastnikiem.

Carlson wyjął notes i długopis marki Mont Blanc. Napisał „rany cięte dłoni" i podkreślił to kilka razy. Odniesione przy próbie obrony. To nie był styl KillRoya. Ten torturował swoje ofiary. Wiązał je sznurem, robił z nimi, co chciał, a gdy były tak umęczone, że zupełnie zobojętniałe, mordował je.

Skąd wzięły się te skaleczenia na jej dłoniach?

Zaczął czytać dalej. Kolor włosów i oczu, a potem, w połowie drugiej strony, następny zaskakujący fakt.

Elizabeth Beck została napiętnowana po śmierci.

Przeczytał to jeszcze raz. Wyjął notes i dopisał „po śmierci". To też nie pasowało do KillRoya, który zawsze piętnował żywe ofiary. Podczas procesu wiele mówiono o tym, że lubił odór palonego ciała i napawał się krzykami ofiar.

Najpierw te skaleczenia na dłoniach. Teraz to. Coś tu nie gra. Carlson zdjął okulary i zamknął oczy. Bałagan, powiedział sobie w duchu. Nieład zawsze go irytował. W każdym rozumowaniu można oczekiwać dziur, ale nie aż tak wielkich. Z drugiej strony ten protokół sekcji potwierdzał jego wcześniejsze podejrzenia, że śmierć Elizabeth Beck upozorowano na morderstwo dokonane przez KillRoya. Teraz jednak, jeśli tak istotnie było, ta teoria nie kleiła się z drugiego końca.

Spróbował uporządkować fakty. Po pierwsze, dlaczego Beck tak bardzo chciał zobaczyć ten protokół? Pozornie odpowiedź była prosta. Każdy, kto dokładnie przyjrzałby się wynikom sekcji, musiał dojść do wniosku, że KillRoy być może wcale nie zabił Elizabeth Beck. Chociaż nie można było tego zupełnie wykluczyć. Seryjni mordercy, wbrew temu, co czytaliście, nie postępują zawsze według tego samego schematu. KillRoy mógł zmienić swój sposób działania albo szukać odmiany. Mimo wszystko to, co Carlson wyczytał w protokole, skłaniało do zastanowienia.

Jednakże fakty prowadziły do następnego ważnego pytania. Dlaczego nikt wcześniej nie zauważył tych niejasności?

Carlson analizował możliwości. KillRoy nie został oskarżony o zamordowanie Elizabeth Beck. Powody tego były teraz zupełnie jasne. Być może prowadzący śledztwo coś podejrzewali. Może dostrzegli, że zabójstwo Elizabeth Beck nie pasuje do metod sprawcy, a wyciągnięcie tego faktu na jaw pomogłoby obrońcom KillRoya. W wypadku seryjnego mordercy oskarżenie ma tyle dowodów, że łatwo może coś przeoczyć. A jeśli obrona wyłapie choć jedną nieścisłość, obali zarzut o jedno morderstwo, podważy wiarygodność pozostałych zarzutów. Tak więc jeśli podejrzany nie przyzna się do winy, rzadko zostaje oskarżony o wszystkie dokonane morderstwa. Najważniejsze, by został skazany. Agenci prowadzący dochodzenie z pewnością zdawali sobie z tego sprawę i dlatego nie drążyli sprawy zabójstwa Elizabeth Beck.

A jednak ten scenariusz też budził poważne wątpliwości.

Zwłoki Elizabeth Beck widział jej ojciec i stryj – dwaj funkcjonariusze organów ścigania. Prawdopodobnie widzieli także protokół sekcji. Czy nie zastanawiali się nad tymi niekonsekwencjami? Czy pozwoliliby ujść mordercy, byle tylko skazać KillRoya? Carlson wątpił w to.

Więc co się stało?

Dalej czytał raport i natknął się na jeszcze jeden szokujący fakt. W klimatyzowanym wnętrzu samochodu zrobiło się bardzo zimno i chłód przeszywał do szpiku kości. Carlson opuścił szybę i wyjął kluczyk ze stacyjki. Na samej górze kartki widniał napis: „Raport toksykologa". Badania wykazały we krwi Elizabeth Beck obecność kokainy i heroiny. Co więcej, ślady tych substancji odkryto również we włosach i tkankach, co świadczyło o stałym zażywaniu.

Czy to pasowało do obrazu?

Zastanawiał się nad tym, kiedy zadzwonił telefon komórkowy. Odebrał.

– Carlson.

– Mamy coś – powiedział Stone.

Carlson odłożył protokół.

– Co?

– Beck. Zarezerwował bilet na samolot do Londynu. Odlatuje za dwie godziny z JFK.

– Już jadę.

. . .

Kiedy szliśmy, Tyrese położył dłoń na moim ramieniu.

– Dziwki – powtórzył któryś już raz. – Nie można im ufać.

Nie siliłem się na odpowiedź.

W pierwszej chwili byłem zaskoczony, że Tyrese zdołał tak szybko odnaleźć Helia Gonzaleza, ale uliczny telegraf bez drutu był równie dobrze rozbudowany jak każdy inny. Zapytaj faceta od Morgana Stanleya o jego odpowiednika u Goldmana Sachsa, a po kilku minutach poda ci jego nazwisko. Poproś mnie, żebym polecił cię dowolnemu innemu lekarzowi w tym stanie, a załatwię to jednym telefonem. Dlaczego u chłopców z ulicy miałoby być inaczej?

Helio niedawno zakończył cztery lata odsiadki w więzieniu stanowym za napad z bronią w ręku. Wyglądał na takiego. Czarne okulary, chustka na głowie, biały podkoszulek pod flanelową koszulą zapiętą tylko na ostatni guzik, tak że wyglądała jak płaszcz lub skrzydła nietoperza. Podwinięte rękawy odsłaniały toporne więzienne tatuaże na przedramionach i wijące się pod nimi więzienne mięśnie. Łatwo rozpoznać te muskuły wyhodowane za murami, gdyż są gładkie i twarde jak marmur, w przeciwieństwie do nadmuchiwanej muskulatury nabytej w klubach.

Siedzieliśmy na tarasie przed jakimś domem na Queensie. Nie potrafię powiedzieć, gdzie dokładnie. Wibrujące dźwięki latynoskiej muzyki łatwo wpadały w ucho. Po ulicy snuły się ciemnowłose kobiety w zbyt obcisłych topach na cienkich jak spaghetti ramiączkach. Tyrese skinął głową. Odwróciłem się do Helia. Miał na ustach szyderczy uśmiech. Zmierzyłem go spojrzeniem i miałem ochotę powiedzieć tylko jedno słowo: śmieć. Niereformowalny, nieczuły śmieć. Wystarczyło na niego spojrzeć, by wiedzieć, że wszędzie, gdzie się pojawi, narobi szkód. Pytanie tylko jak poważnych. Uświadomiłem sobie, że to może być zbyt powierzchowna ocena. Sądząc po pozorach, to samo można by powiedzieć o Tyresie. Nieważne. Elizabeth naprawdę wierzyła w możliwość nawrócenia bezwzględnych ludzi, zdeprawowanych przez ulicę. Ja musiałem jeszcze nad tym popracować.

– Kilka lat temu aresztowano cię pod zarzutem zamordowania Brandona Scope'a – zacząłem. – Wiem, że cię zwolniono, i nie zamierzam narobić ci żadnych kłopotów. Muszę jednak poznać prawdę.

Helio zdjął okulary i zerknął na Tyrese'a.

– Przyprowadziłeś mi gliniarza?

– Nie jestem gliniarzem – powiedziałem. – Jestem mężem Elizabeth Beck.

Czekałem na reakcję. Nie doczekałem się.

– To kobieta, która zapewniła ci alibi.

– Wiem kto to.

– Czy była z tobą tamtej nocy?

Helio nie spieszył się z odpowiedzią.

– Taak – wycedził, szczerząc do mnie pożółkłe zęby. – Była ze mną przez całą noc.

– Kłamiesz – rzuciłem.

Helio obejrzał się na Tyrese'a.

– Co jest, człowieku?

– Muszę poznać prawdę – powtórzyłem.

– Myślisz, że to ja rąbnąłem tego Scope'a?

– Wiem, że to nie ty.

To go zaskoczyło.

– O co tu chodzi, do diabła?

– Chcę, żebyś pomógł mi coś wyjaśnić.

Helio czekał.

– Byłeś tamtej nocy z moją żoną, tak czy nie?

– Co mam ci powiedzieć, człowieku?

– Prawdę.

– A jeśli prawda wygląda tak, że była ze mną całą noc?

– Nie była.

– Skąd możesz wiedzieć?

– Powiedz człowiekowi to, co chce wiedzieć – wtrącił się Tyrese.

Helio znów się zastanowił.

– Było, jak mówiła. Spałem z nią i co? Przykro mi, człowieku, ale tak było. Robiliśmy to całą noc.

Zerknąłem na Tyrese'a.

– Zostaw nas na moment, dobrze?

Kiwnął głową. Wstał i odszedł do samochodu. Oparł się o boczne drzwi i założył ręce na piersi. Brutus stał obok niego. Znów popatrzyłem na Helia.

– Gdzie poznałeś moją żonę?

– W ośrodku.

– Próbowała ci pomóc?

Wzruszył ramionami, ale nie patrzył mi w oczy.

– Znałeś Brandona Scope'a?

Jego twarz wykrzywił lekki grymas, być może wywołany strachem.

– Idę sobie, człowieku.

– Tylko między nami. Możesz mnie obszukać. Nie mam podsłuchu.

– Chcesz, żebym zrezygnował z alibi?

– Taak.

– Czemu miałbym to zrobić?

– Ponieważ ktoś wykańcza wszystkich, którzy mieli coś wspólnego z tym, co się zdarzyło Brandonowi Scope'owi. Wczoraj wieczorem przyjaciółka mojej żony została zamordowana w swojej pracowni. Dzisiaj złapali mnie, ale przeszkodził im Tyrese. Chcą też zabić moją żonę.

– Myślałem, że ona już nie żyje.

266

– To długa historia, Helio. Nagle wszystko zaczęło się od nowa. Jeśli szybko nie dowiem się, co naprawdę zaszło, wszyscy będziemy martwi.

Nie wiedziałem, w jakim stopniu było to prawdą. I mało mnie to obchodziło.

– Gdzie byłeś tamtej nocy? – naciskałem.

– Z nią.

– Mogę dowieść, że nie – powiedziałem.

– Co?

– Moja żona była wtedy w Atlantic City. Mam jej rachunki. Mogę tego dowieść. Mogę rozieść twoje alibi na strzępy, Helio. I zrobię to. Wiem, że nie zabiłeś Brandona Scope'a, ale, niech mnie szlag, pozwolę, żeby cię usmażyli, jeśli nie powiesz mi prawdy.

Blef. Wielki bezczelny blef. Widziałem jednak, że cios był celny.

– Powiedz mi prawdę, a nic ci się nie stanie – obiecałem.

– Nie zabiłem tego faceta, przysięgam, człowieku.

– Wiem o tym – powtórzyłem.

Zastanowił się.

– Nie mam pojęcia, dlaczego to zrobiła, rozumiesz?

Kiwnąłem głową, zachęcając go, by mówił dalej.

– Tamtej nocy obrobiłem jeden dom w Fort Lee. Nie miałem alibi. Już myślałem, że mnie w to wrobią. Uratowała mój tyłek.

– Pytałeś ją dlaczego?

Przecząco pokręcił głową.

– Wszystko poszło szybko. Mój adwokat powiedział mi, co zeznała. Potwierdziłem to. Zaraz mnie puścili.

– Czy potem widziałeś jeszcze moją żonę?

– Nie. – Popatrzył na mnie. – Skąd wiedziałeś, że nie spałem z nią?

– Znam moją żonę.

Uśmiechnął się.

– Myślisz, że nigdy cię nie zdradziła?

Nie odpowiedziałem. Helio wstał.

– Powiedz Tyrese'owi, że jest mi winien przysługę.

Zachichotał, odwrócił się, odszedł.

Rozdział 34

Żadnego bagażu. Elektroniczny bilet, który można potwierdzić w automacie, a nie przy kontuarze. Siedziała w sąsiednim terminalu, obserwując tablicę odlotów i czekając, aż napis *on time* przy numerze jej lotu zmieni się na *boarding*. Siedziała na krześle z profilowanego plastiku i spoglądała na płytę lotniska. W telewizorze ryczało CNN. „Za chwilę wiadomości sportowe". Starała się oczyścić umysł. Pięć lat temu spędziła pewien czas w małej wiosce niedaleko Goi w Indiach. Chociaż była to piekielna dziura, wioska była znana z powodu mieszkającego w niej stuletniego jogina. Spędziła trochę czasu z tym człowiekiem. Starał się nauczyć ją technik medytacji, oddychania *pranayama*, oczyszczania umysłu. Niewiele jej to dało. Bywały chwile, kiedy zapadała w mroczną nicość. A jednak najczęściej, kiedy próbowała to zrobić, czekał tam na nią Beck.

Zastanawiała się nad swoim następnym posunięciem. Właściwie nie miała wyboru. Chodziło o przetrwanie. Aby przeżyć, musiała uciec. Narobiła bałaganu i teraz znów uciekała, pozostawiając innym uporządkowanie wszystkiego. Tylko czy miała inne wyjście? Wpadli na jej trop. Była ostrożna jak diabli, lecz oni wciąż czuwali. Nawet po tych ośmiu latach.

Dzieciak, który ledwie zaczął chodzić, pogalopował w kierunku panoramicznego okna i wesoło plasnął rączkami o szybę. Zaniepokojony ojciec dopadł go i z chichotem porwał na ręce. Patrzyła na to i myślała o oczywistych sprawach, o tym, co mogłoby być. Po jej prawej siedziała para starszych ludzi, przyjaźnie gawędząc o niczym. Jako nastolatki ona i Beck obserwowali pana i panią Steinbergów, którzy co wieczór niezmiennie spacerowali, trzymając się pod ręce, długo po tym jak ich dzieci wyrosły i opuściły rodzinne gniazdo. Tak będzie z nami, obiecał Beck. Pani Steinberg umarła w wieku osiemdziesięciu dwóch lat. Pan Steinberg, który cieszył się zdumiewająco dobrym zdrowiem, cztery miesiące po niej. Powiadają, że często tak bywa ze starymi ludźmi, iż – parafrazując Springsteena – dwa serca stają się jednym. Kiedy jedno umiera, drugie podąża za nim. Czy tak było z nią i Davidem? Wprawdzie nie przeżyli ze sobą sześćdziesięciu jeden lat, jak Steinbergowie, lecz gdy spojrzeć na to pod innym kątem, kiedy wziąć po uwagę, że człowiek prawie nie pamięta niczego, co wydarzyło się, zanim skończył pięć lat, a ona i Beck byli nierozłączni, od kiedy ukończyli siedem, tak że prawie nie mieli wspomnień, w których nie byliby razem… Kiedy pomyśleć o minionym czasie nie jak o latach, lecz procentach ich dotychczasowego życia, to byli związani ze sobą nawet mocniej niż Steinbergowie.

Odwróciła się i spojrzała na tablicę. Obok lotu 174 British Airways zaczęło migać słowo *boarding*.

Zapowiedziano odlot jej samolotu.

• • •

Carlson i Stone wraz ze swoimi kolegami z miejscowej policji, Dimonte'em i Krinskym, rozmawiali z urzędniczką British Airways.

– Nie zgłosił się – powiedziała urzędniczka z biura rezerwacji, kobieta w błękitno-białym mundurku i apaszce, z pięknym akcentem i identyfikatorem, z którego wynikało, że ma na imię Emily.

Dimonte zaklął. Krinsky wzruszył ramionami. Można się było tego spodziewać. Beck z powodzeniem przez cały dzień wymykał się z sieci. Trudno było sobie wyobrażać, że okaże się tak głupi, by próbować odlecieć pod swoim prawdziwym nazwiskiem.

– Ślepy zaułek – rzekł Dimonte.

Carlson, wciąż trzymając w ręku kopertę z protokołem autopsji, zapytał Emily:

– Kto z pani pracowników najlepiej zna się na komputerach?

– Prawdopodobnie ja – odparła bez fałszywej skromności.

– Proszę wywołać rezerwacje – rzekł Carlson.

Zrobiła to, o co poprosił.

– Może mi pani powiedzieć, kiedy zarezerwował miejsce?

– Trzy dni temu.

Dimonte podskoczył.

– Beck planował ucieczkę! Sukinsyn!

Carlson pokręcił głową.

– Nie.

– Skąd wiesz?

– Zakładaliśmy, że zabił Rebeccę Schayes, żeby zamknąć jej usta – wyjaśnił Carlson. – Po co zadawałby sobie tyle trudu, jeśli zamierzał opuścić kraj? Po co miałby ryzykować, czekać trzy dni, a potem uciekać przed pościgiem?

Stone pokręcił głową.

– Za bardzo to komplikujesz, Nick.

– Coś przeoczyliśmy – upierał się Carlson. – Dlaczego w ogóle nagle postanowił uciec?

– Ponieważ zaczęliśmy go przyciskać.

– Nie trzy dni temu.

– Może wiedział, że to tylko kwestia czasu.

Carlson jeszcze mocniej zmarszczył brwi.

– Tracimy czas. Wynośmy się stąd w diabły – zwrócił się Dimonte do Krinsky'ego. Spojrzał na Carlsona. – Zostawimy tu paru mundurowych... na wszelki wypadek.

Carlson z roztargnieniem skinął głową. Kiedy tamci odeszli, zapytał Emily:

– Czy podróżował z kimś?

Emily nacisnęła kilka klawiszy.

– Nie, zarezerwował tylko jeden bilet.

– Jak to zrobił? Osobiście. Przez telefon? Za pośrednictwem biura podróży?

Znowu postukała w klawisze.

– Nie przez biuro podróży. Tyle mogę panu powiedzieć, ponieważ takie przypadki musimy zaznaczać, żeby zapłacić prowizję. Dokonał rezerwacji bezpośrednio w British Airways.

Nic z tego.

– Jak zapłacił?

– Kartą kredytową.

– Może mi pani podać numer?

Zanotowała i podała mu. Podsunął kartkę Stone'owi. Ten pokręcił głową.

– To nie jest żadna z jego kart. Przynajmniej żadna z tych, o których wiemy.

– Sprawdź to – polecił Carlson.

Stone już miał w ręku telefon komórkowy. Kiwnął głową i zaczął wprowadzać numer. Carlson potarł brodę.

– Powiedziała pani, że dokonał rezerwacji przed trzema dniami.

– Zgadza się.

– Może pani sprawdzić, o której?

– Owszem. Komputer zaznacza godzinę. O osiemnastej czternaście.

Carlson pokiwał głową.

– Doskonale. A czy może mi pani powiedzieć, czy ktoś jeszcze dokonał rezerwacji mniej więcej w tym samym czasie?

Zastanowiła się.

– Nigdy tego nie robiłam – stwierdziła. – Proszę chwilkę zaczekać, zaraz sprawdzę. – Postukała w klawiaturę. Zaczekała. Znów postukała. Czekała. – Bazy nie można posortować według daty rezerwacji.

– Ale ta informacja tam jest?

– Tak. Zaraz, chwileczkę. – Ponownie zaczęła przebierać palcami po klawiaturze. – Skopiuję te informacje do arkusza kalkulacyjnego. Na ekranie zmieści się pięćdziesiąt rezerwacji. W ten sposób będzie szybciej.

W pierwszej pięćdziesięcioosobowej grupie znalazła się para małżeńska, która dokonała rezerwacji tego samego dnia, ale kilka godzin wcześniej. Nic z tego. W drugiej nie było nikogo. Ale w trzeciej grupie znaleźli to, czego szukali.

– Lisa Sherman – oznajmiła Emily. – Zarezerwowała miejsce tego samego dnia, osiem minut później.

Oczywiście, że ten fakt sam w sobie nie miał żadnego znaczenia, ale Carlson poczuł, że włosy jeżą mu się na głowie.

– Och, to ciekawe – powiedziała Emily.

– Co?

– Numer jej miejsca.

– Co z nim?

– Miała siedzieć obok Davida Becka. Rząd szesnasty, fotele E i F.

Carlson podskoczył.

– Czy ona się zgłosiła?

Stuk klawiszy. Ekran oczyścił się. Pojawiła się następna tabelka.

– W rzeczy samej, jest już po odprawie. Pewnie w tej chwili wchodzi na pokład.

• • •

Poprawiła pasek torebki i wstała. Poszła raźnym krokiem, z podniesioną głową. Wciąż miała okulary, perukę i implanty. Wyglądała jak Lisa Sherman na zdjęciu w paszporcie.

Już tylko cztery bramki dzieliły ją od właściwej, kiedy usłyszała urywek wiadomości CNN. Stanęła jak wryta. Wpadł na nią facet z ogromnym wózkiem bagażowym. Pokazał jej palec, jakby zajechała mu drogę na autostradzie. Nie zwróciła na niego uwagi, wpatrując się w ekran.

Spikerka czytała komunikat. W prawym rogu ekranu pojawiła się fotografia jej dawnej przyjaciółki, Rebekki Schayes... a obok zdjęcie Becka.

Pospiesznie podeszła bliżej telewizora. Czerwone litery pod zdjęciami głosiły: ŚMIERĆ W CIEMNI.

– ...David Beck, podejrzany o dokonanie zabójstwa. Tylko czy to jedyne przestępstwo popełnione przez niego? Jack Turner ma dalsze informacje.

Spikerka zniknęła. Na jej miejscu pojawili się dwaj mężczyźni w kurtkach z literami NYPD, przetaczający wózek ze zwłokami w czarnym worku. Natychmiast rozpoznała budynek i o mało nie jęknęła. Minęło osiem lat, a Rebecca wciąż miała pracownię w tym samym miejscu.

Rozległ się męski głos, zapewne należący do Jacka Turnera.

– Zabójstwo mistrzyni fotografii w dziedzinie mody, jednej z najlepszych wśród nowojorskich artystów fotografów, to niezwykła historia. Rebecca Schayes została znaleziona martwa w swojej pracowni, dwukrotnie postrzelona w głowę z bliskiej odległości. – Na chwilę pojawiła się fotografia promiennie uśmiechniętej Rebekki. – Podejrzanym jest jej dobry znajomy doktor David Beck, pediatra ze śródmieścia.

Teraz pokazali zdjęcie Becka. Nie uśmiechał się. O mało nie zemdlała.

– Doktor Beck zdołał dziś rano uniknąć aresztowania i uciec, pobiwszy funkcjonariusza policji. Wciąż pozostaje na wolności, jest uzbrojony i niebezpieczny. Jeśli ktoś mógłby udzielić informacji o miejscu jego pobytu...

Pojawiły się żółte cyfry numeru telefonu. Jack Turner przeczytał go, zanim podjął relację.

– Dodatkowego smaczku tej historii dodają informacje z wiarygodnych źródeł w FBI. Podobno doktor Beck był związany z zamordowaniem dwóch mężczyzn, których ciała niedawno odkryto w Pensylwanii, niedaleko letniej rezydencji rodziny doktora Becka. I najbardziej szokująca wiadomość: doktor David Beck jest również podejrzany o zabójstwo sprzed ośmiu lat, zabójstwo, którego ofiarą padła jego żona Elizabeth.

Na ekranie ukazało się zdjęcie kobiety, w której ledwie rozpoznała siebie. Nagle poczuła się naga, zaszczuta. Jej fotografia znikła i znów pojawiła się spikerka, która powiedziała:

– Jack, czy nie uważano, że Elizabeth Beck padła ofiarą seryjnego mordercy... Elroya „KillRoya" Kellertona?

– Zgadza się, Terese. Władze na razie nie chcą o tym mówić i oficjalnie zaprzeczają tym doniesieniom. Te wiadomości jednak uzyskaliśmy z bardzo wiarygodnych źródeł.

– Czy policja ustaliła już motyw, Jack?

– Jeszcze nie wiemy. Podejrzewa się, że mogło chodzić o trójkąt małżeński. Pani Schayes była żoną Gary'ego Lamonta, który jest nieosiągalny. Niestety w tym momencie to tylko spekulacje.

Patrząc w ekran, poczuła, że łzy cisną jej się do oczu.

– A doktor Beck wciąż pozostaje na wolności?

– Tak, Terese. Policja prosi społeczeństwo o współpracę, ale ostrzega, by nikt nie próbował samodzielnie zatrzymywać podejrzanego.

Więcej słów. Bezsensowna paplanina.

Odwróciła się. Rebecca. O Boże, tylko nie Rebecca. I była mężatką. Pewnie fotografowała suknie, porcelanowe zastawy i robiła wszystkie te rzeczy, z których kiedyś drwiły. Jak? W jaki sposób Rebecca wplątała się w to? Przecież ona o niczym nie wiedziała.

Dlaczego ją zabili?

Nagle znów wróciła myśl: co ja narobiłam?

Powinna wracać. Już zaczęli jej szukać. Jak się do tego zabrali? To proste. Obserwując najbliższych jej ludzi. Głupia. Wracając tutaj, naraziła wszystkich swoich bliskich na niebezpieczeństwo. Zawaliła sprawę. A teraz jej przyjaciółka nie żyje.

– Lot sto siedemdziesiąt cztery British Airways do Londynu. Wszyscy pasażerowie proszeni są na pokład.

Nie było czasu na samooskarżenia. Pomyśl. Co robić? Jej bliskim groziło niebezpieczeństwo. Beck – nagle przypomniała sobie jego zabawne przebranie – był poszukiwany. Miał przeciwko sobie potężnych ludzi. Jeśli spróbują wrobić go w morderstwo – co teraz wydawało się oczywiste – nie będzie miał szansy.

Nie mogła odlecieć. Nie teraz. Nie wcześniej, nim się upewni, że Beck jest bezpieczny.

Odwróciła się i ruszyła do wyjścia.

• • •

Kiedy Peter Flannery usłyszał w telewizji wiadomość o poszukiwaniach Davida Becka, podniósł słuchawkę telefonu i zadzwonił do znajomego w biurze prokuratora okręgowego.

– Kto prowadzi sprawę Becka? – zapytał.

– Fein.

Prawdziwy dupek, pomyślał Flannery.

– Widziałem dzisiaj waszego chłopca.

– Davida Becka?

– Taak – mruknął Flannery. – Złożył mi wizytę.

– Po co?

Flannery zakołysał się na bujanym fotelu.

– Może lepiej połącz mnie z Feinem.

Rozdział 35

Gdy zapadła noc, Tyrese znalazł mi pokój w mieszkaniu kuzynki Latishy. Nie sądziliśmy, by policja zdołała odkryć moje powiązania z Tyrese'em, ale po co ryzykować?

Tyrese miał laptopa. Podłączyliśmy go. Sprawdziłem pocztę, mając nadzieję na wiadomość od tajemniczego nadawcy. Moja skrzynka była pusta. Spróbowałem pod nowym kontem Bigfoot.com. Tam też niczego nie było.

Od momentu wyjścia z gabinetu Flannery'ego Tyrese dziwnie na mnie patrzył.

– Mogę cię o coś zapytać, doktorze?

– Jasne.

– Kiedy ten najmimorda wspomniał o tym zamordowanym facecie…

– Brandonie Scopie – podpowiedziałem.

– Tak, o nim. Wyglądałeś, jakby ktoś potraktował cię paralizatorem.

I tak się czułem.

– Zastanawiasz się dlaczego?

Tyrese wzruszył ramionami.

– Znałem Brandona Scope'a. On i moja żona pracowali w tej samej fundacji charytatywnej w centrum miasta. A mój ojciec wychował się razem z jego ojcem i pracował dla niego. Miał zapoznać go z prowadzeniem rodzinnych interesów.

– Uhm – mruknął Tyrese. – I co jeszcze?

– To nie wystarczy?

Tyrese czekał. Odwróciłem się i spojrzałem mu w oczy. Wytrzymał mój wzrok i przez moment miałem wrażenie, że zagląda w najciemniejsze zakamarki mojej duszy. Na szczęście trwało to tylko chwilę. Potem zapytał:

– I co zamierzasz teraz zrobić?

– Przeprowadzić kilka rozmów – odparłem. – Jesteś pewien, że nie zlokalizują telefonu?

– Nie mam pojęcia, jak mogliby to zrobić. Ale powiem ci coś. Wykorzystamy połączenie konferencyjne z inną komórką. W ten sposób jeszcze bardziej utrudnimy im zadanie.

Skinąłem głową. Tyrese zajął się tym. Miałem zadzwonić do kogoś i powiedzieć mu, jaki ma wybrać numer. Tyrese ruszył do drzwi.

– Sprawdzę, co u TJ-a. Wrócę za godzinę.

– Tyrese?

Obejrzał się. Chciałem mu podziękować, lecz wydało mi się to niestosowne. Mimo to zrozumiał.

– Musisz zostać przy życiu, doktorze. Ze względu na mojego chłopca, no nie?

Kiwnąłem głową. Wyszedł. Spojrzałem na zegarek, po czym zadzwoniłem pod numer telefonu komórkowego Shauny. Odebrała po pierwszym dzwonku.

– Halo?

– Jak tam Chloe? – spytałem.

– Świetnie – odparła.

– Ile kilometrów przeszłyście?

– Co najmniej pięć. Prędzej sześć lub siedem. – Poczułem ogromną ulgę. – I co teraz…?

Uśmiechnąłem się i przerwałem połączenie. Zadzwoniłem do mojego nieznajomego kolegi i podałem mu inny numer. Mruknął coś o tym, że nie jest cholerną telefonistką, ale zrobił to, o co prosiłem.

Hester Crimstein odezwała się takim tonem, jakby właśnie odgryzła kawałek słuchawki.

– Czego?

– Tu Beck – powiedziałem pospiesznie. – Czy mogą nas podsłuchiwać, czy też chronią nas prawa przysługujące adwokatowi i klientowi?

– Linia jest bezpieczna – powiedziała po chwili wahania.

– Miałem powód, by uciec – zacząłem.

– Poczucie winy?

– Co?

Znów wahanie.

– Przepraszam, Beck. Spieprzyłam to. Kiedy uciekłeś, spanikowałam. Powiedziałam kilka głupstw Shaunie i zrezygnowałam z prowadzenia twojej sprawy.

– Nic mi o tym nie mówiła – mruknąłem. – Potrzebuję cię, Hester.

– Nie pomogę ci w ucieczce.

– Nie mam już zamiaru uciekać. Chcę się oddać w ręce policji. Ale na moich warunkach.

– Nie możesz dyktować im warunków, Beck. Wsadzą cię do pierdla. Możesz zapomnieć o kaucji.

– Chyba że dostarczę im dowód, że nie zabiłem Rebekki Schayes.

Znów chwila wahania.

– A możesz to zrobić?

– Tak.

– Jaki to dowód?

– Solidne alibi.

– Kto ci je zapewni?

– No, cóż – odparłem. – To właśnie jest najciekawsze.

• • •

Agent specjalny Carlson wyjął telefon komórkowy.

– Taak?

– Mam jeszcze coś – zameldował jego partner Stone.

– Co?

– Beck przed kilkoma godzinami odwiedził podrzędnego adwokacinę, niejakiego Flannery'ego. Był z nim jakiś czarny gangster.

Carlson zmarszczył brwi.

– Myślałem, że jego adwokatem jest Hester Crimstein.

– Nie szukał porady prawnej. Wypytywał go o dawną sprawę.

– Jaką sprawę?

– Osiem lat temu aresztowano recydywistę, niejakiego Gonzaleza, pod zarzutem zamordowania Brandona Scope'a. Elizabeth Beck dała facetowi niepodważalne alibi. Beck chciał poznać szczegóły.

Carlsonowi zakręciło się w głowie. Co, do diabła…?

– Jeszcze coś?

– To wszystko – odparł Stone. – Gdzie jesteś?

– Zadzwonię do ciebie później, Tom. – Carlson rozłączył się i wybrał inny numer.

Odezwał się kobiecy głos.

– National Tracing Center.

– Pracujesz po godzinach, Donno?

– Właśnie chciałam stąd wyjść, Nick. Czego chcesz?

– Naprawdę dużej przysługi.

– Nie – odparła bez wahania. A potem z westchnieniem dodała: – Jakiej?

– Masz jeszcze tę trzydziestkęósemkę, którą znaleźliśmy w skrytce depozytowej Sarah Goodhart?

– O co chodzi?

Powiedział jej, czego chce. Kiedy skończył, usłyszał:

– Żartujesz, prawda?

– Znasz mnie, Donno. Nie mam poczucia humoru.

– To żadna nowina. – Znowu westchnęła. – Zarządzę poszukiwania, ale nie ma mowy, żeby wyniki były na dziś wieczór.

– Dzięki, Donno. Jesteś wspaniała.

• • •

Gdy Shauna weszła do foyer, ktoś ją zawołał.

– Przepraszam! Pani Shauna?

Spojrzała na mężczyznę o nażelowanych włosach i w drogim garniturze.

– Z kim mam przyjemność?

– Agent specjalny Nick Carlson.

– Dobranoc, panie agencie.

– Wiemy, że do pani dzwonił.

Shauna zasłoniła dłonią udawane ziewnięcie.

– Na pewno jesteście dumni z tego osiągnięcia.

– Słyszała pani kiedyś o udzielaniu pomocy przestępcy?

– Niech mnie pan nie straszy – odparła z wystudiowaną obojętnością – bo posiusiam się na ten tani chodnik.

– Sądzi pani, że blefuję?

Wyciągnęła ręce, składając dłonie.

– Aresztuj mnie, przystojniaku. – Rozejrzała się wokół. – Czy wy, chłopcy, zwykle nie podróżujecie parami?

– Przyszedłem sam.

– Widzę. Mogę już iść?

Carlson starannie poprawił okulary.

– Nie sądzę, by doktor Beck zabił kogokolwiek.

Zatrzymała się.

– Niech mnie pani źle nie zrozumie. Mamy mnóstwo dowodów, że to zrobił. Wszyscy moi koledzy są pewni, że jest winny. Wciąż są prowadzone szeroko zakrojone poszukiwania.

– Uhm – mruknęła podejrzliwie Shauna. – Tylko pan jakimś cudem ujrzał prawdę?

– Po prostu uważam, że tu chodzi o coś innego.

– Na przykład?

– Miałem nadzieję, że pani mi to powie.

– A jeśli podejrzewam, że to podstęp?

Carlson wzruszył ramionami.

– Nic nie mogę na to poradzić.

Zastanowiła się.

– Nieważne – powiedziała w końcu. – Ja nic nie wiem.

– Wie pani, gdzie on się ukrywa.

– Nie wiem.

– A gdyby pani wiedziała?

– Nie powiedziałabym panu. To także pan wie.

– Owszem – rzekł Carlson. – Dlatego domyślam się, że nie wyjaśni mi pani, dlaczego chciał, żeby wyprowadziła pani na spacer jego psa.

Pokręciła głową.

– Wkrótce i tak się pan dowie.

– On poważnie ucierpi, zdaje sobie pani z tego sprawę. Pani przyjaciel napadł na policjanta. Nie wymknie się nam.

Shauna wytrzymała jego spojrzenie.

– Nic nie mogę na to poradzić.

– No tak, chyba nic.

– Mogę pana o coś spytać?

– Proszę strzelać – odparł Carlson.

– Dlaczego pan uważa, że on jest niewinny?

– Sam nie wiem. Mnóstwo drobiazgów… – Carlson przechylił głowę na bok. – Czy wiedziała pani, że Beck zarezerwował miejsce w samolocie do Londynu?

Shauna spojrzała w głąb holu, usiłując zyskać na czasie. Jakiś mężczyzna wszedł i uśmiechnął się do niej z uznaniem. Zignorowała go.

– Bzdura – orzekła w końcu.

– Właśnie wracam z lotniska – ciągnął Carlson. – Zarezerwował miejsce trzy dni temu. Oczywiście nie pokazał się. Najdziwniejsze było jednak to, że za bilet zapłacono kartą kredytową wystawioną na Laurę Mills. Czy to nazwisko coś pani mówi?

– A powinno?

– Pewnie nie. Wciąż pracujemy nad tym, ale to zapewne pseudonim.

– Czyj?

Carlson wzruszył ramionami.

– Zna pani Lisę Sherman?

– Nie. A co ona ma z tym wspólnego?

– Zarezerwowała miejsce na ten sam lot do Londynu. Miała siedzieć obok naszego podejrzanego.

– I też się nie zjawiła?

– Niezupełnie. Zgłosiła się do odprawy, ale kiedy zapowiedziano lot, nie weszła na pokład. Dziwne, nie sądzi pani?

– Nie mam pojęcia, co o tym myśleć – odparła Shauna.

– Niestety, nikt nie jest w stanie udzielić nam żadnych informacji o Lisie Sherman. Nie miała żadnego bagażu, a bilet kupiła w automacie. Dlatego zaczęliśmy sprawdzać wszelkie możliwe powiązania. I jak pani sądzi, co odkryliśmy?

Shauna pokręciła głową.

– Nic – rzekł Carlson. – To wygląda na następny pseudonim. Czy zna pani nazwisko Brandon Scope?

Shauna zesztywniała.

– O co chodzi, do licha?

– Doktor Beck w towarzystwie jakiegoś czarnoskórego mężczyzny odwiedził dziś adwokata, niejakiego Petera Flannery'ego. To on bronił podejrzanego o zamordowanie Brandona Scope'a. Doktor Beck wypytywał go o to i o rolę Elizabeth w tej sprawie. Domyśla się pani powodu?

Shauna zaczęła grzebać w torebce.

– Szuka pani czegoś?

– Papierosa – odrzekła. – Ma pan jednego?

– Przykro mi, nie.

– Do licha. – Przestała grzebać w torebce i napotkała jego spojrzenie. – Dlaczego mówi mi pan to wszystko?

– Mam cztery trupy. Chcę wiedzieć, co się dzieje.

– Cztery?

– Rebecca Schayes, Melvin Bartola, Robert Wolf… to ci dwaj mężczyźni, których znaleźliśmy nad jeziorem. I Elizabeth Beck.

– To KillRoy zabił Elizabeth.

Carlson przecząco pokręcił głową.

– Dlaczego pan tak uważa?

Pokazał jej brązową kopertę.

– Przede wszystkim dlatego.

– Co to jest?

– Protokół jej sekcji.

Shauna przełknęła ślinę. Poczuła dreszcz lęku, od którego mrowiło w palcach. Ostateczny dowód, wyjaśniający wszystko. Bardzo starała się zachować spokój.

– Mogę spojrzeć?

– Po co?

Nie odpowiedziała.

– A co ważniejsze, dlaczego Beck tak bardzo chciał to zobaczyć?

– Nie wiem, o czym pan mówi – odparła, ale te słowa zabrzmiały tak nieszczerze, że agent z pewnością też to wyczuł.

– Czy Elizabeth Beck była narkomanką? – zapytał Carlson.

To pytanie zupełnie ją zaskoczyło.

– Elizabeth? Skądże.

– Jest pani pewna?

– Oczywiście. Pracowała z uzależnionymi. Uczono ją wystrzegać się narkotyków.

– Znam wielu gliniarzy z obyczajówki, którzy chętnie spędzają kilka godzin z prostytutkami.

– Ona nie była taka. Elizabeth nie była chodzącym aniołem, ale narkotyki? W życiu.

Ponownie pokazał jej brązową kopertę.

– Badanie toksykologiczne wykazało obecność kokainy i heroiny w jej organizmie.

– Zatem pewnie Kellerton wmusił w nią te narkotyki.

– Nie – rzekł Carlson.

– Skąd pan wie?

– Są tu również wyniki innych badań. Tkanek i włosów. Wykazują, że zażywała narkotyki co najmniej przez kilka miesięcy.

Pod Shauną ugięły się nogi. Oparła się o ścianę.

– Posłuchaj, Carlson, przestań się ze mną bawić w ciuciubabkę. Pokaż mi ten raport, dobrze?

Rozważył tę propozycję.

– A może tak – powiedział. – Będę pokazywał po jednej kartce. W zamian za kolejne informacje. Co ty na to?

– Carlson, co to ma być, do diabła?

– Dobranoc, Shauno.

– No dobra, dobra, zaczekaj chwilkę.

Oblizała wargi. Pomyślała o dziwnych e-mailach. O Becku uciekającym przed policją. O zamordowaniu Rebekki Schayes i tych niewiarygodnych wynikach badań toksykologicznych.

I nagle ta przekonująca demonstracja możliwości cyfrowej obróbki obrazu przestała być wiarygodna.

– Zdjęcie – rzuciła. – Pokaż mi zdjęcie ofiary.

Carlson uśmiechnął się.

– Cóż, właśnie to jest bardzo interesujące.

– Co takiego?

– Nie ma żadnych zdjęć.

– Myślałam, że...

– Ja też tego nie rozumiem – przerwał jej agent. – Zadzwoniłem do doktora Harpera. To on przeprowadzał sekcję Elizabeth. Sprawdzi, kto jeszcze miał wgląd do tych akt. Właśnie teraz to robi.

– Chce pan powiedzieć, że ktoś ukradł te zdjęcia?

Carlson wzruszył ramionami.

– No, Shauno. Powiedz mi, co się dzieje.

O mało tego nie zrobiła. O mało nie powiedziała mu o e-mailach i obrazie z ulicznej kamery. A przecież Beck wyraził się jasno. Ten człowiek, pomimo całej tej gładkiej gadaniny, mógł być wrogiem.

– Czy mogę zobaczyć resztę protokołu?

Powoli wyciągnął do niej rękę. Do diabła z rezerwą, pomyślała. Zrobiła krok w przód i wyrwała mu akta z ręki. Otworzyła kopertę i wyjęła z niej pierwszą kartkę. Kiedy prześlizgnęła się wzrokiem po stronie, poczuła, że żołądek zmienia jej się w bryłę lodu. Zobaczyła wzrost i wagę ofiary. Z trudem powstrzymała krzyk.

– Co? – spytał Carlson.

Nie odpowiedziała.

Zadzwonił telefon komórkowy. Carlson wyrwał go z kieszeni.

– Carlson.

– Tu Tim Harper.

– Znalazł pan stary rejestr?

– Tak.

– Czy ktoś jeszcze miał wgląd do protokołu sekcji Elizabeth Beck?

– Trzy lata temu – odparł Harper. – Wkrótce po tym jak przeniesiono go do archiwum. Jedna osoba.

– Kto?

– Ojciec zmarłej. To także funkcjonariusz policji. Nazywa się Hoyt Parker.

Rozdział 36

Larry Gandle usiadł naprzeciw Griffina Scope'a. Znajdowali się w ogrodzie na tyłach rezydencji milionera. Zapadła ciemna noc, zasłaniając wypielęgnowane otoczenie. Świerszcze wygrywały niemal piękną melodię, jakby pieniądze Scope'a mogły mieć wpływ nawet na to. Zza rozsuwanych szklanych drzwi sączyły się dźwięki fortepianu. Palące się w domu światła nieco rozjaśniały mrok, rzucając ciemnoczerwone i żółte cienie.

Obaj mężczyźni ubrani byli w spodnie khaki. Larry miał na sobie niebieską koszulkę polo, Griffin zapinaną na guziki jedwabną koszulę od swego krawca w Hongkongu. Larry czekał, a piwo chłodziło mu dłoń. Patrzył na starego człowieka, zwróconego ku niemu profilem jak z jednocentowej monety, z lekko zadartym nosem i nogą założoną na nogę, spoglądającego w dal. Jego prawa ręka zwisała z poręczy fotela, w drugiej trzymał kieliszek z bursztynowym płynem.

— Nie domyślasz się, gdzie on jest? – zapytał Griffin.

— Nie.

— A ci dwaj czarni mężczyźni, którzy przyszli mu z pomocą?

— Nie mam pojęcia, w jaki sposób są w to wmieszani, ale Wu pracuje nad tym.

Griffin upił łyk alkoholu. Czas ciągnął się jak guma do żucia, lepki i ciepły.

– Naprawdę uważasz, że ona żyje?

Larry już miał zacząć długi wywód, przedstawiając dowody za i przeciw, wszystkie możliwości i ewentualności. Kiedy jednak otworzył usta, powiedział tylko:

– Tak.

Griffin zamknął oczy.

– Czy pamiętasz ten dzień, kiedy urodziło się twoje pierwsze dziecko?

– Tak.

– Byłeś przy jego narodzinach?

– Byłem.

– W tamtych czasach tego nie praktykowano – rzekł Griffin. – Ojcowie krążyli po poczekalni pełnej starych gazet. Pamiętam, jak przyszła po mnie pielęgniarka. Poprowadziła mnie przez korytarze i wciąż widzę, jak minąłem zakręt i zobaczyłem Allison trzymającą Brandona. Doznałem przedziwnego uczucia, Larry. Coś wezbrało we mnie tak, że wydawało mi się, iż zaraz pęknę. To uczucie było aż za silne, zbyt przytłaczające. Nie dało się go zrozumieć ani wytłumaczyć. Zakładam, że wszyscy ojcowie czują coś takiego. – Urwał. Larry spojrzał na niego. Łzy płynęły po policzkach starca, skrząc się w słabym świetle. Larry milczał. – Może najbardziej oczywistymi uczuciami w takiej chwili są radość i niepokój... obawa wywołana świadomością, że od tej pory jest się odpowiedzialnym za malca. Lecz to było coś więcej. Nie potrafiłem tego ogarnąć. Przynajmniej nie wtedy. Dopiero wówczas gdy Brandon po raz pierwszy poszedł do szkoły. – Coś ścisnęło gardło starego człowieka. Zakaszlał i Larry znów dostrzegł łzy. Fortepian grał coraz ciszej. Świerszcze milkły, jakby i one słuchały. – Czekaliśmy razem na szkolny autobus. Trzymałem go za rękę. Brandon miał pięć lat. Spojrzał na mnie tak, jak to robią dzieci w tym wieku. Miał na sobie brązowe spodnie, już zabrudzone trawą na kolanie. Pamiętam podjeżdżający żółty autobus i dźwięk, z jakim otworzyły się drzwi. Wtedy Brandon puścił moją rękę i zaczął wchodzić po schodkach. Miałem ochotę złapać go i zabrać z powrotem do domu, ale stałem tam nieruchomo. Przeszedł na środek autobusu, a potem znów usłyszałem ten dźwięk i drzwi zamknęły się. Brandon usiadł przy oknie. Widziałem jego twarz. Pomachał mi ręką. Pomachałem mu w odpowiedzi i kiedy autobus odjeżdżał, powiedziałem sobie: „Oto odjeżdża cały mój świat". Ten pojazd z cieniutkimi metalowymi ściankami i kompletnie nieznajomym kierowcą uwiózł to, co było dla mnie wszystkim. I w tym momencie zrozumiałem, co czułem w chwili jego narodzin. Przerażenie. Nie tylko niepokój. Zimny, zwyczajny strach. Można obawiać się choroby, starości czy śmierci. To jednak nic w porównaniu z tym zimnym kamieniem, w jaki lęk zamieniał mój żołądek, gdy patrzyłem na ten odjeżdżający autobus. Rozumiesz, o czym mówię?

Larry kiwnął głową.

– Tak sądzę.

– Wtedy, właśnie wtedy zrozumiałem, że mimo wszelkich moich wysiłków może przydarzyć mu się coś złego. Nie zawsze będę przy nim, żeby uchronić go od ciosu. Wciąż o tym myślałem. Pewnie wszyscy to robimy. A jednak gdy to się stało, kiedy… – Urwał i w końcu spojrzał na Larry'ego Gandle'a. – Wciąż próbuję go wskrzesić – rzekł. – Usiłuję targować się z Bogiem, proponując mu wszystko, byle tylko Brandon znów żył. Oczywiście to niemożliwe. Zdaję sobie z tego sprawę. Teraz jednak ty przychodzisz i mówisz mi, że podczas gdy mój syn, mój cały świat, gryzie ziemię… ona wciąż żyje. – Zaczął potrząsać głową. – Nie mogę na to pozwolić, Larry. Rozumiesz?

– Tak – odparł Gandle.

– Raz nie zdołałem go obronić. Nie zawiodę go ponownie.
Griffin Scope znów spojrzał w głąb ogrodu. Upił następny łyk z kieliszka. Larry Gandle zrozumiał. Wstał i odszedł w mrok.

• • •

O dziesiątej wieczorem Carlson podszedł do frontowych drzwi domu przy Goodhart Road 28. Nie przejmował się późną porą. Widział światła na parterze i poświatę telewizora, ale nawet bez tego miał inne zamartwienia niż czyjś zdrowy sen.

Już miał nacisnąć dzwonek, kiedy drzwi otworzyły się. Stanął w nich Hoyt Parker. Przez moment mierzyli się wzrokiem, jak dwaj bokserzy na środku ringu, szacujący się wzajemnie, podczas gdy sędzia recytuje bezsensowną formułkę o niezadawaniu ciosów poniżej pasa i podczas rozdzielania.

Carlson nie czekał na gong.

– Czy pańska córka zażywała narkotyki?

Hoyt Parker przyjął cios z ledwie dostrzegalnym skrzywieniem ust.

– A dlaczego pan pyta?

– Mogę wejść?

– Moja żona śpi – rzekł Hoyt, wychodząc na zewnątrz i zamykając za sobą drzwi. – Ma pan coś przeciwko temu, że porozmawiamy tutaj?

– Jak pan chce.

Hoyt skrzyżował ręce na piersi i zakołysał się na piętach. Był krępym mężczyzną w niebieskich dżinsach i podkoszulku, który wcześniej, gdy jego właściciel miał pięć kilogramów mniej, nie był tak dopasowany. Carlson wiedział, że Hoyt Parker jest doświadczonym policjantem. Nie dla niego sprytne pułapki i subtelne podstępy.

– Odpowie pan na moje pytanie? – nalegał.

– A pan odpowie mi, dlaczego o to pyta? – odparł Hoyt.

Carlson postanowił zmienić taktykę.

– Dlaczego usunął pan dokumentację fotograficzną z protokołu autopsji pana córki?

– Dlaczego pan sądzi, że ją usunąłem?

Ani śladu gniewu czy głośnych, kłamliwych zaprzeczeń.

– Dzisiaj przejrzałem ten protokół – odparł Carlson.

– Dlaczego?

– Słucham?

– Moja córka nie żyje od ośmiu lat. Jej zabójca siedzi w więzieniu. A mimo to postanowił pan dzisiaj przejrzeć protokół jej sekcji. Chciałbym wiedzieć dlaczego.

Ta rozmowa zmierzała donikąd, i to w szybkim tempie. Carlson postanowił ustąpić odrobinę pola, opuścić gardę i pozwolić przeciwnikowi zbliżyć się, żeby zobaczyć, co zrobi.

– Pański zięć wczoraj odwiedził koronera. Zażądał wglądu do tych akt. Chciałem dowiedzieć się w jakim celu.

– Czy widział ten protokół?

– Nie – odparł Carlson. – A czy pan wie, dlaczego tak bardzo chciał go zobaczyć?

– Nie mam pojęcia.

– Mimo to najwidoczniej się pan tym przejął.

– Podobnie jak pan, uważam, że to podejrzane.

– Nawet gorzej – rzekł Carlson. – Chciał pan wiedzieć, czy zięć miał ten protokół w rękach. Dlaczego?

Hoyt wzruszył ramionami.

– Powie mi pan, co pan zrobił z tymi zdjęciami?

– Nie wiem, o czym pan mówi – odrzekł obojętnie Hoyt.

– Tylko pan miał dostęp do tych dokumentów.

– I czego to dowodzi?

– Kiedy przeglądał pan te akta, czy te fotografie były w nich?

Hoytowi rozbłysły oczy, ale wahał się tylko ułamek sekundy.

– Tak – odparł. – Były tam.

Carlson mimo woli uśmiechnął się.

– Dobra odpowiedź. – Zastawił pułapkę, a Hoyt uniknął jej. – Bo gdyby pan zaprzeczył, musiałbym się zastanawiać, dlaczego od razu pan o tym nie zameldował, prawda?

– Jest pan podejrzliwym człowiekiem, agencie Carlson.

– Uhm. Ma pan jakieś sugestie co do tego, gdzie teraz mogą być te zdjęcia?

– Zapewne omyłkowo wetknięte gdzie indziej.

– Tak, z pewnością. Jakoś to pana nie irytuje.

– Moja córka nie żyje. Sprawa zamknięta. Po co ją rozgrzebywać?

Carlson doszedł do wniosku, że traci tu czas. A może nie. Wprawdzie nie uzyskał wielu informacji, ale zachowanie Hoyta mówiło mu bardzo wiele.

– A zatem pan w dalszym ciągu uważa, że to KillRoy zabił pańską córkę?

– Bez wątpienia.

Carlson pokazał mu protokół sekcji.

– Nawet po przeczytaniu tego?

– Tak.

– I nie niepokoi pana fakt, że tak wiele ran zadano po śmierci?

– Czerpię z tego pociechę – odparł Hoyt. – To oznacza, że moja córka mniej cierpiała.

– Nie o tym myślałem. Mówię o znaczeniu tych dowodów przeciwko Kellertonowi.

– Nie dostrzegam w tych aktach niczego, co przeczyłoby ostatecznemu wnioskowi.

– To morderstwo różni się od innych popełnionych przez niego zabójstw.

294

– Nie zgadzam się z tym – rzekł Hoyt. – Po prostu moja córka była silniejsza od pozostałych jego ofiar.

– Nie jestem pewien, czy nadążam.

– Wiem, że Kellerton lubił torturować swoje ofiary – powiedział Hoyt. – I wiem, że zwykle piętnował je, kiedy jeszcze żyły. Doszliśmy do wniosku, że Elizabeth stawiała opór, a może nawet próbowała uciec. Tak jak ja to widzę, zmusiła go, żeby ją zabił. Chciał ją podporządkować, ale nie zdołał. To wyjaśnia rany cięte na dłoniach. I wyjaśnia, dlaczego napiętnował ją po jej śmierci.

– Rozumiem.

Zaskakujący lewy sierpowy. Carlson usiłował utrzymać się na nogach. Odpowiedź Hoyta była dobra – piekielnie dobra. Miała sens. Nawet najsłabsza ofiara może sprawić zabójcy sporo kłopotu. To wyjaśnienie cudownie tłumaczyło wszystkie niekonsekwencje. Mimo to pozostały wątpliwości.

– A jak pan wyjaśni raport toksykologa?

– To nieistotne – oświadczył Hoyt. – Równie dobrze można pytać ofiarę gwałtu o jej życie seksualne. Nie ma znaczenia, czy moja córka była niewinna jak niemowlę, czy ćpała jak szalona.

– A jak było naprawdę?

– To nieistotne – powtórzył Hoyt.

– Kiedy chodzi o morderstwo, wszystko jest istotne. Dobrze pan o tym wie.

Hoyt zrobił krok w jego kierunku.

– Niech pan uważa – powiedział.

– Grozi mi pan?

– Wcale nie. Ostrzegam tylko, że nie powinien pan zbyt pochopnie powtórnie czynić mojej córki ofiarą.

Stali naprzeciw siebie. Gong zabrzmiał po raz ostatni. Teraz oczekiwali na decyzję, która miała być niezadowalająca, obojętnie czyje zwycięstwo ogłoszą sędziowie.

– Czy to już wszystko? – spytał Hoyt.

Carlson kiwnął głową i cofnął się o krok. Parker chwycił klamkę drzwi.

– Hoyt?

Obejrzał się.

– Chcę, żebyśmy się dobrze zrozumieli – oznajmił Carlson. – Nie wierzę w ani jedno twoje słowo. Jasne?

– Jak słońce – odparł Hoyt.

Rozdział 37

Shauna weszła do mieszkania i opadła na swoje ulubione miejsce na kanapie. Linda usiadła przy niej i poklepała ją po udzie. Shauna odchyliła głowę do tyłu. Zamknęła oczy, gdy Linda gładziła ją po głowie.

– Czy Mark dobrze się czuje? – spytała Shauna.

– Tak – odparła Linda. – Czy zechcesz mi powiedzieć, gdzie byłaś?

– To długa historia.

– Siedzę tu i czekam na jakąś wiadomość o moim bracie.

– Dzwonił do mnie – powiedziała Shauna.

– Co?

– Jest bezpieczny.

– Dzięki Bogu.

– I nie zabił Rebekki.

– Wiem o tym.

Shauna spojrzała na nią. Linda zamrugała oczami.

– Nic mu nie będzie – zapewniła Shauna.

Linda przytaknęła i odwróciła głowę.

– O co chodzi?

– To ja zrobiłam te zdjęcia – oznajmiła Linda.

Shauna poderwała się.

– Elizabeth przyszła do mojego biura. Była bardzo pobita. Chciałam zawieźć ją do szpitala. Odmówiła. Zależało jej tylko na udokumentowaniu obrażeń.

– To nie był wypadek samochodowy?

Linda przecząco potrząsnęła głową.

– Kto ją pobił?

– Kazała mi obiecać, że nikomu nie powiem.

– To było osiem lat temu – przypomniała Shauna. – Mów.

– To nie jest takie proste.

– Akurat. – Shauna zastanowiła się. – A właściwie dlaczego przyszła z tym do ciebie? I dlaczego chcesz chronić…

Umilkła. Badawczo spojrzała na Lindę. Ta nawet nie drgnęła, ale Shauna przypomniała sobie, co Carlson powiedział jej na dole.

– Brandon Scope – wyszeptała Shauna.

Linda milczała.

– To on ją pobił. O Chryste, nic dziwnego, że przyszła do ciebie. Chciała zachować to w tajemnicy. Ja lub Rebecca wysłałybyśmy ją na policję. Ale nie ty.

– Kazała mi obiecać – powtórzyła Linda.

– I zgodziłaś się?

– A co miałam zrobić?

– Zaciągnąć ją na komisariat.

– Nie każdy jest tak dzielny i silny jak ty, Shauno.

– Nie wciskaj mi tu kitu.

– Nie chciała iść na policję – upierała się Linda. – Powiedziała, że potrzebuje czasu. Twierdziła, że nie ma jeszcze wystarczających dowodów.

– Dowodów na co?

– Chyba na to, że ją pobił. Nie wiem. Nie chciała mnie słuchać. Nie mogłam jej zmusić.

– Na pewno… jakżeby inaczej.

– Co chcesz przez to powiedzieć, do diabła?

– Kierowałaś dobroczynną fundacją finansowaną przez jego rodzinę, z nim jako sternikiem – stwierdziła Shauna. – Co by to było, gdyby się wydało, że pobił kobietę?

– Elizabeth kazała mi obiecać.

– A ty aż nazbyt chętnie trzymałaś język za zębami, tak? Chciałaś chronić swoją przeklętą fundację.

– To niesprawiedliwe...

– Bardziej zależało ci na fundacji niż na Elizabeth.

– Czy wiesz, ile dobrego robimy?! – krzyknęła Linda. – Wiesz, ilu ludziom pomagamy?

– Po trupie Elizabeth Beck – oświadczyła Shauna.

Linda uderzyła ją w twarz. Shauna dotknęła piekącego policzka. Spoglądały na siebie, ciężko oddychając.

– Chciałam powiedzieć – dodała Linda. – Nie pozwoliła mi. Może byłam słaba, nie wiem. Nie waż się jednak tak do mnie mówić.

– A kiedy Elizabeth została porwana nad jeziorem, czy wtedy nie przyszło ci do głowy, żeby wyznać prawdę?

– Pomyślałam, że to może mieć jakiś związek z jej pobiciem. Poszłam do ojca Elizabeth. Opowiedziałam mu o wszystkim.

– I co on na to?

– Podziękował mi i powiedział, że już o tym wie. Kazał mi też nie mówić o tym nikomu, ponieważ sytuacja była bardzo delikatna. A potem, kiedy się okazało, że zamordował ją KillRoy...

– Postanowiłaś siedzieć cicho.

– Brandon Scope nie żył. Jaki sens obrzucać go błotem?

Zadzwonił telefon. Linda podniosła słuchawkę. Powiedziała „halo", posłuchała, a potem podała ją Shaunie.

– Do ciebie.

Shauna, nie patrząc na nią, wzięła słuchawkę.

– Halo?

– Przyjdź do mojego biura – powiedziała Hester Crimstein.

– Po co, do diabła?

– Nie umiem przepraszać, Shauno. Dlatego umówmy się, że jestem tłustą starą idiotką, i bierzmy się do roboty. Złap taksówkę i przyjedź tutaj. Musimy uratować niewinnego człowieka.

• • •

Zastępca prokuratora okręgowego Lance Fein wpadł do salki konferencyjnej Helen Crimstein; wyglądał jak cierpiąca na bezsenność łasica nafaszerowana amfetaminą. Za nim podążali dwaj detektywi z wydziału zabójstw – Dimonte i Krinsky. Wszyscy trzej byli spięci jak agrafki.

Hester i Shauna stały po drugiej stronie stołu.

– Panowie – odezwała się Hester, robiąc szeroki gest ręką – proszę, zajmijcie miejsca.

Fein zmierzył ja wzrokiem, a potem z nieskrywanym obrzydzeniem spojrzał na Shaunę.

– Nie przyszedłem się tu opierdzielać.

– Jestem pewna, że nie. Wystarczy, że robisz to w swoim biurze – odparowała mu Hester. – Siadaj.

– Jeśli wiesz, gdzie on jest…

– Siadaj, Lance. Od twojego gadania zaczyna mnie boleć głowa.

Wszyscy usiedli. Dimonte oparł o blat swoje buty z wężowej skóry. Hester obiema rękami strąciła je ze stołu, ani na chwilę nie przestając się uśmiechać.

– Zebraliśmy się tutaj, panowie, tylko w jednym celu: żeby uratować wasze tyłki. Zatem bierzmy się do roboty, dobrze?

– Chcę wiedzieć…

– Cicho, Lance. Teraz ja mówię. Ty masz słuchać, potakiwać i wygłaszać takie kwestie, jak: „Tak, proszę pani" i „Dziękuję pani". W przeciwnym razie będziesz ugotowany.

Lance Fein znów przeszył ją wzrokiem.

– To ty pomagasz zbiegowi ujść przed sprawiedliwością, Hester.

– Wyglądasz tak seksownie, kiedy udajesz twardziela, Lance. Tylko że na mnie to nie działa. Słuchajcie uważnie, bo nie zamierzam tego powtarzać. Mam zamiar wyświadczyć ci przysługę, Lance. Nie pozwolę, żebyś wyszedł na kompletnego idiotę. Idiotę, owszem, na to nic nie można poradzić, ale jeśli uważnie mnie wysłuchasz, to może nie na kompletnego. Nadążasz? Dobrze. Po pierwsze, rozumiem, że określiliście dość dokładnie czas zgonu Rebekki Schayes. Umarła o północy, plus minus pół godziny. Zgadza się?

– I co?

Hester spojrzała na Shaunę.

– Chcesz mu powiedzieć?

– Nie, mów sama.

– Przecież to ty odwaliłaś najcięższą robotę.

– Skończ z tymi bzdurami, Crimstein – warknął Fein.

Za ich plecami otworzyły się drzwi. Weszła sekretarka Hester i przyniosła szefowej plik papierów oraz kasetę magnetofonową.

– Dziękuję, Cheryl.

– Nie ma za co.

– Możesz już iść do domu. Jutro przyjdź później.

– Dziękuję.

Cheryl wyszła. Hester wyjęła połówkowe okulary do czytania. Nałożyła je na nos i zaczęła czytać.

– Zaczyna mnie to męczyć, Hester.

– Lubisz psy, Lance?

– Co?

– Psy. Ja za nimi nie przepadam. Lecz ten... Shauno, masz to zdjęcie?

– Tutaj. – Shauna pokazała wszystkim dużą fotografię Chloe. – To owczarek staroangielski.

– Czyż nie jest śliczna, Lance?

Lance Fein wstał. Krinsky również. Dimonte nie ruszył się z miejsca.

– Mam tego dość – rzekł zastępca prokuratora.

– Jeśli teraz wyjdziesz – powiedziała Hester – to ten pies obsika twoją karierę.

– O czym ty mówisz, do diabła?

Podała Feinowi dwie kartki.

– Ten pies to dowód, że Beck tego nie zrobił. Wczoraj w nocy był w kawiarence internetowej Kinko. Przyszedł tam z psem. Zdaje się, że narobił niezłego zamieszania. Tu masz zeznania czterech niezależnych świadków, którzy zidentyfikowali doktora Becka. Będąc tam, korzystał z komputera – dokładnie od dwunastej zero cztery do dwunastej dwadzieścia trzy, zgodnie z ich bilingiem. – Uśmiechnęła się. – Macie, chłopcy. Po kopii dla każdego.

– I spodziewasz się, że uwierzę ci na słowo?

– Wcale nie. Bardzo proszę, możesz sprawdzić.

Hester podsunęła jedną kopię Krinsky'emu, a drugą Dimonte'owi. Krinsky podniósł kartkę i zapytał, czy może skorzystać z telefonu.

– Jasne – odparła Crimstein. – Jeśli jednak zamierzasz długo gadać, to bądź tak miły i dzwoń na koszt waszego wydziału. – Posłała mu przesłodzony uśmiech. – Z góry dziękuję.

Fein przeczytał dokument i jego twarz przybrała barwę popiołu.

– Zastanawiasz się nad przesunięciem czasu zgonu? – spytała Hester. – Bardzo proszę, ale wiesz co? Tej nocy naprawiano most. Beck jest kryty.

Fein cały dygotał. Wymamrotał pod nosem coś, co rymowało się ze słowem „puka".

– No, no, Lance – skarciła go Hester. – Powinieneś mi podziękować.

– Co?

– Pomyśl tylko, jak mogłam cię załatwić. Stoisz przed tymi wszystkimi kamerami i cudownie licznymi przedstawicielami mediów, gotowy pochwalić się aresztowaniem niebezpiecznego mordercy. Masz na sobie najładniejszy krawat, wygłaszasz wspaniałą mowę o utrzymywaniu porządku na ulicach i zespołowej pracy, dzięki której ujęto strasznego zbira, choć tak naprawdę cała zasługa powinna przypaść tobie. Zaczynają błyskać flesze. Uśmiechasz się, mówisz reporterom po imieniu i przez cały ten czas wyobrażasz sobie swoje wielkie dębowe biurko w rezydencji gubernatora... a tu bach, walę cię pałką w łeb. Ogłaszam w środkach przekazu, że podejrzany ma niepodważalne alibi. Wyobraź to sobie, Lance. Człowieku, jak rany, powinieneś być mi wdzięczny, nie sądzisz?

Fein przeszył ją wzrokiem.

– Mimo to napadł na funkcjonariusza policji.

– Nie, Lance, nic podobnego. Dobrze pomyśl, przyjacielu. Po pierwsze: ty, zastępca prokuratora okręgowego Lance Fein, wyciągnąłeś pochopne wnioski. Kazałeś swoim doborowym oddziałom ścigać niewinnego człowieka... i nie tylko niewinnego, ale w dodatku lekarza, który za grosze leczy ubogich, zamiast zbijać fortunę w prywatnym gabinecie. – Usiadła wygodnie i uśmiechnęła się. – Och, to naprawdę dobre. I tak, kiedy dziesiątki policjantów z bronią w ręku uganiają się po mieście za niewinnym człowiekiem, marnując Bóg wie ile pieniędzy podatników, jeden z funkcjonariuszy... młody, krzepki i porywczy... zapędza go w ślepy zaułek i zaczyna okładać pięściami. W pobliżu nie ma nikogo, więc ten młody gliniarz postanawia dać draniowi nauczkę. Biedny prześladowany doktor David Beck, w dodatku wdowiec, działał wyłącznie w samoobronie.

– Nikt tego nie kupi.

– Ależ tak, Lance. Nie chcę być zarozumiała, ale kto lepiej ode mnie potrafi wykorzystać to w sądzie? I zaczekaj, aż usłyszysz moje filozoficzne wywody na temat podobieństwa tej sprawy do afery z Richardem Jewellem... i nadgorliwości prokuratury, która tak bardzo chciała przypisać tę zbrodnię doktorowi Davidowi Beckowi, bohaterowi biedaków, że najwyraźniej podrzuciła dowody w jego miejscu zamieszkania.

– Podrzuciła? – Fein był bliski apopleksji. – Postradałaś rozum?

– Daj spokój, Lance, przecież wiemy, że doktor David Beck nie mógł popełnić tego morderstwa. Mamy niepodważalne alibi dostarczone przez zeznania czterech niezależnych świadków... Do licha, w razie potrzeby znajdziemy ich więcej! Nie ma żadnej wątpliwości, że on tego nie zrobił! A więc w jaki sposób znalazły się tam te wszystkie dowody? To pańska sprawka, panie Fein, oraz pańskich doborowych oddziałów. Kiedy z tobą skończę, Mark Fuhrman będzie przy tobie wyglądał jak sam Mahatma Gandhi.

Fein zacisnął pięści. Zrobił kilka głębokich wdechów, a potem wyciągnął się na krześle.

– W porządku – zaczął powoli. – Zakładając, że to alibi okaże się wiarygodne...

– Och, bez wątpienia.

– Zakładając, że tak, czego chcesz?

– No, cóż, to bardzo dobre pytanie. Wpakowałeś się, Lance. Jeśli go aresztujesz, wyjdziesz na idiotę. Jeśli tego nie zrobisz, też zrobisz z siebie durnia. Wcale nie jestem pewna, czy uda się jakoś tego uniknąć. – Hester Crimstein wstała i zaczęła przechadzać się po pokoju, jakby prowadziła wykład. – Zastanawiałam się nad tym, rozważyłam wszystkie możliwości i sądzę, że znalazłam sposób, by zminimalizować straty. Chcesz wiedzieć jaki?

Fein kolejny raz obrzucił ją gniewnym spojrzeniem.

– Słucham.

– W całej tej sprawie zrobiłeś jedną mądrą rzecz. Tylko jedną, ale może to wystarczy. Trzymałeś dziób z daleka od mediów. Podejrzewam, że głównie z tego powodu, by nie tłumaczyć się, jak to możliwe, że doktor wymknął się wam z rąk. To dobrze. Dzięki temu o cały ten raban w środkach przekazu można będzie obwinić anonimowego informatora. Oto co zrobisz, Lance. Zwołasz konferencję prasową. Powiesz im, że wszystkie przecieki to lipa, że doktor Beck jest poszukiwany jako ważny świadek, nic poza tym. Nie podejrzewasz go o popełnienie tej zbrodni... a nawet jesteś pewien, że jej nie popełnił... lecz wiadomo ci, że był jedną z ostatnich osób, które widziały ofiarę żywą, i dlatego chcesz z nim porozmawiać.

– To nie przejdzie.

– Och, przejdzie. Może nie jest to zbyt gładkie ani prawdziwe, ale przejdzie. Kluczem do tego będę ja, Lance. Jestem ci to winna, ponieważ mój klient uciekł. Dlatego ja, zaprzysięgły wróg prokuratury, poprę cię w tej sprawie. Powiem dziennikarzom, że ściśle współpracowałeś z nami, wykazując troskę o konstytucyjne prawa mojego klienta, a doktor Beck i ja w pełni popieramy twoje wysiłki i chętnie udzielimy ci wszelkiej możliwej pomocy w śledztwie.

Fein milczał.

– Jak już powiedziałam, Lance, mogę załatwić tę sprawę albo ciebie.

– A w zamian.

– Wycofasz wszystkie głupie zarzuty o napad na policjanta i opór przy aresztowaniu.

– Nie ma mowy.

Hester wskazała mu drzwi.

– No to do zobaczenia na zielonej trawce.

Fein lekko oklapł. Kiedy się odezwał, rzekł cicho:

– Jeśli dojdziemy do porozumienia... czy twój klient będzie współpracował? Odpowie na wszystkie moje pytania?

– Proszę, Lance, nie próbuj udawać, że możesz ze mną negocjować. Przedstawiłam ci warunki. Przyjmij je... albo spróbuj zaryzykować z prasą. Wybór należy do ciebie. Zegar tyka.

Znacząco poruszyła wskazującym palcem, imitując ruch wahadła.

Fein popatrzył na Dimonte'a. Ten w zadumie żuł wykałaczkę. Krinsky skończył rozmawiać i skinął głową do Feina. Zastępca prokuratora spojrzał na Hester i też kiwnął głową.

– A więc jak to rozegramy?

Rozdział 38

Obudziłem się, podniosłem głowę i o mało nie wrzasnąłem. Mięśnie nie tylko miałem zesztywniałe i obolałe – bolały
mnie nawet takie części ciała, o których istnieniu nigdy nie
myślałem. Spróbowałem wyskoczyć z łóżka. Ten szybki ruch
był złym pomysłem. Bardzo złym. Powoli. Oto hasło tego
ranka.

Najbardziej bolały mnie nogi, przypominając o tym, że
pomimo niemal maratońskiego dystansu, jaki przebiegłem
wczoraj, jestem w żałośnie kiepskiej formie. Spróbowałem
obrócić się na bok. Odniosłem wrażenie, że pękają mi zaszyte
rany w tych miejscach, które ugniatał Azjata. Przydałoby mi
się kilka percodanów, ale wiedziałem, że przeniosłyby mnie
na ulicę Niekumatych, a nie było to miejsce, w którym chciałem się teraz znaleźć.

Spojrzałem na zegarek. Szósta rano. Czas zadzwonić do
Hester. Odebrała po pierwszym dzwonku.

– Udało się – powiedziała. – Jesteś czysty.

Poczułem tylko umiarkowaną ulgę.

– Co zamierzasz zrobić? – zapytała.

Piekielnie dobre pytanie.

– Sam nie wiem.

– Zaczekaj chwilkę. – W tle usłyszałem drugi głos. – Shauna chce z tobą porozmawiać.

Rozległy się szmery towarzyszące przechodzeniu słuchawki w inne ręce, a potem odezwała się Shauna:

– Musimy porozmawiać.

Shauna, nigdy niebawiąca się w zbędne uprzejmości czy jałowe pogaduszki, wydawała się lekko spięta, a może nawet – co trudno sobie wyobrazić – wystraszona.

Moje serce zaczęło wyprawiać dziwne brewerie.

– Co się stało? – zapytałem.

– To nie na telefon.

– Mogę być u was za godzinę.

– Nie powiedziałam Lindzie o… hm… no wiesz.

– Może czas już to zrobić.

– Tak, pewnie. – A potem dodała zaskakująco czule: – Kocham cię, Beck.

– Ja ciebie też.

Ledwie żywy, powlokłem się wziąć prysznic. Przytrzymując się mebli, jakoś doszedłem na sztywnych nogach do łazienki. Stałem pod prysznicem, aż skończyła się ciepła woda. Kąpiel trochę złagodziła ból, ale niewiele.

Tyrese znalazł mi purpurowe welurowe wdzianko z kolekcji Ala Sharptona w stylu lat osiemdziesiątych. O mało nie poprosiłem go jeszcze o złoty medalion.

– Dokąd chcesz jechać? – zapytał.

– Na razie do mojej siostry.

– A potem?

– Chyba do pracy.

Tyrese pokręcił głową.

– Bo co? – spytałem.

– Siedzą ci na karku nieprzyjemni faceci, doktorze.

– Taak, też na to wpadłem.

– Bruce Lee tak łatwo nie odpuści.

Zastanowiłem się nad tym. Miał rację. Nawet gdybym chciał, nie mogłem po prostu wrócić do domu i czekać, aż Elizabeth znów spróbuje nawiązać kontakt. Przede wszystkim jednak miałem dość biernego oczekiwania. Najwyraźniej cierpliwość przestała być dewizą Becka. Co więcej, ci faceci z furgonetki z pewnością nie zapomną o wszystkim i nie zostawią mnie w spokoju.

– Będę cię osłaniał, doktorze. Brutus też. Dopóki sprawa się nie skończy.

Już miałem powiedzieć coś w rodzaju „nie mogę cię o to prosić" lub „masz swoje życie", ale kiedy się nad tym zastanowić, mogli pomagać mi albo handlować prochami. Tyrese chciał – a może nawet musiał – mi pomóc i jeśli spojrzeć prawdzie w oczy, był mi potrzebny. Mogłem go ostrzec, przypomnieć mu, że to niebezpieczne, ale na tych sprawach znał się znacznie lepiej niż ja. Tak więc w końcu tylko zaakceptowałem to skinieniem głowy.

• • •

Carlson dostał odpowiedź z National Tracing Center prędzej, niż się spodziewał.

– Udało nam się szybko to sprawdzić – powiedziała Donna.

– Jakim cudem?

– Słyszałeś o IBIS-ie?

– Taak, trochę.

Wiedział, że IBIS to skrót od Integrated Ballistic Identification System – nowy program komputerowy wykorzystywany przez Bureau of Alcohol, Tobacco and Firearms do magazynowania zdjęć pocisków i łusek. Część nowego projektu o kryptonimie „Ceasefire".

– Teraz już nie potrzebujemy oryginalnego pocisku – ciągnęła. – Przysyłają nam tylko zeskanowane obrazy. Możemy przeprowadzać analizę cyfrową i porównywać na ekranie.

– No i?

– Miałeś rację, Nick – powiedziała. – Są identyczne.

Carlson zakończył rozmowę i zadzwonił pod inny numer. Usłyszał męski głos.

– Gdzie jest doktor Beck? – zapytał.

Rozdział 39

Brutus podjechał samochodem i zabrał nas z chodnika. Powiedziałem „dzień dobry". Nie odpowiedział. Jeszcze nie słyszałem, żeby odezwał się choć słowem. Usiadłem na tylnym siedzeniu. Tyrese zajął miejsce obok mnie i uśmiechnął się. Zeszłej nocy zabił człowieka. To prawda, że zrobił to, broniąc mojego życia, lecz widząc jego obojętną minę, zastanawiałem się, czy w ogóle pamięta, że pociągnął za spust. Ja lepiej niż ktokolwiek powinienem rozumieć takie podejście, a mimo to przychodziło mi to z trudem. Nie jestem ekspertem od moralności. Dostrzegam różne odcienie zła. Dokonuję wyborów. Elizabeth kierowała się w życiu surowszymi regułami. Byłaby przerażona tym, że ktoś stracił życie. Nie miałoby dla niej znaczenia, że ten człowiek porwał mnie, torturował i prawdopodobnie zamierzał mnie zabić. A może by miało. Teraz już nie byłem pewien. Zrozumiałem przykrą prawdę, że nie wiedziałem o niej wszystkiego. A ona nie wiedziała wszystkiego o mnie.

Jako lekarz nie powinienem dokonywać takich trudnych wyborów. To jak z regułą selekcji rannych. Najciężej rannymi trzeba zająć się najpierw. Nieważne, kim są i co zrobili. Zajmujesz się najciężej poszkodowanymi. To ładna teoria i rozumiem konieczność takiego podejścia. Gdyby jednak, powiedzmy, przywieziono mojego siostrzeńca Marka z raną kłutą oraz notorycznego pedofila, który go zranił, a potem otrzymał ciężki postrzał w głowę, no, cóż... sami wiecie. W takich sytuacjach musisz dokonać wyboru i w głębi serca dobrze wiesz, że nie będzie on trudny.

Możecie spierać się i twierdzić, że wkraczam na śliski grunt. Zgodzę się z tym, chociaż mógłbym odpowiedzieć, że w życiu przeważnie tak bywa. Chodzi o to, że kompromisy rodzą konsekwencje – nie tylko teoretyczne, które brukają duszę, ale praktycznie osłabiające fundamenty moralne i powodujące trudne do przewidzenia skutki. Zastanawiałem się, co by się stało, gdybym od razu powiedział prawdę. Ta myśl diabelnie mnie przestraszyła.

– Cichyś dzisiaj, doktorze.

– Taak – mruknąłem.

Brutus wysadził mnie na Riverside Drive, gdzie mieszkała Linda i Shauna.

– Będziemy niedaleko – rzekł Tyrese. – Gdybyś czegoś potrzebował, znasz mój numer.

– Jasne.

– Masz glocka?

– Tak.

Tyrese położył dłoń na moim ramieniu.

– Oni lub ty, doktorze – przypomniał. – Wystarczy naciskać spust.

On nie uznawał żadnych kompromisów.

Wysiadłem z samochodu. Obok mnie przechodziły mamusie i nianie, pchając skomplikowane dziecinne wózki, które składają się, rozciągają, kołyszą, grają melodyjki, pochylają do przodu lub do tyłu i mogą pomieścić więcej niż jednego dzieciaka oraz zapas pieluch, ściereczek, soczków Gerbera, kartoników z napojami (dla starszego potomstwa), zapasowe ubranka, butelki, a nawet samochodową apteczkę. Wiedziałem to wszystko z praktyki lekarskiej (gdyż to, że ktoś korzysta z pomocy społecznej, wcale nie oznacza, że nie stać go na najmodniejszy wózek Peg Perega) i ten uderzający przejaw normalności w otaczającym mnie oceanie szaleństwa był dla mnie jak eliksir.

Odwróciłem się i poszedłem w kierunku budynku. Linda i Shauna wybiegły mi na spotkanie. Linda dopadła mnie pierwsza. Objęła mnie. Uściskałem ją. Było mi przyjemnie.

– Dobrze się czujesz? – spytała Linda.

– Doskonale – odparłem.

To nie powstrzymało Lindy od powtórzenia tego pytania jeszcze kilkakrotnie, na kilka różnych sposobów. Shauna przystanęła parę kroków od nas. Spojrzałem na nią nad ramieniem siostry. Otarła łzy. Uśmiechnąłem się do niej.

Ściskaliśmy się i całowali, jadąc windą na górę. Shauna była mniej wylewna niż zwykle i trzymała się trochę na uboczu. Ktoś, kto jej nie znał, mógłby uznać, że to normalne i że daje rodzeństwu czas na czułe przywitanie. Tak mógłby pomyśleć tylko ktoś, kto nie odróżniłby Shauny od Cher. Shauna była cudownie konsekwentna. Jednocześnie wrażliwa, wymagająca, zabawna, wielkoduszna i niewiarygodnie lojalna. Nigdy niczego i nikogo nie udawała. Jeśli w waszym słowniku jest dział antonimów i odszukacie w nim zwrot „żywe srebro", to stanie wam przed oczami jak żywa. Shauna zawsze stawiała czoło życiu. I nie cofnęłaby się ani o krok, gdyby nawet ktoś zdzielił ją w łeb gazrurką.

Znów poczułem dreszcz niepokoju.

Kiedy dotarliśmy do mieszkania, Linda i Shauna popatrzyły po sobie. Linda puściła mnie.

– Shauna pragnie porozmawiać z tobą pierwsza – powiedziała. – Będę w kuchni. Chcesz kanapkę?

– Dzięki – odparłem.

313

Linda jeszcze raz ucałowała mnie i uściskała, jakby upewniając się, że nie jestem przywidzeniem. Potem pospiesznie wyszła z pokoju. Spojrzałem na Shaunę. W dalszym ciągu trzymała się z daleka. Pytająco rozłożyłem ręce.

– Dlaczego uciekłeś? – zapytała.

– Dostałem następny e-mail – odparłem.

– Na to konto w Bigfoot?

– Tak.

– Dlaczego wiadomość przyszła tak późno?

– Użyła szyfru – powiedziałem. – Potrwało chwilę, zanim na to wpadłem.

– Jakiego szyfru?

Wyjaśniłem jej, o co chodziło z Bat Lady i Teenage Sex Poodles. Kiedy skończyłem, zapytała:

– To dlatego korzystałeś z komputera w Kinko? Wpadłeś na to na spacerze z Chloe?

– Tak.

– Co to dokładnie była za wiadomość?

Nie miałem pojęcia, dlaczego Shauna zadaje te wszystkie pytania. Oprócz tych cech, które już wymieniłem, Shauna miała syntetyczny umysł. Nie interesowały jej szczegóły; według niej zaciemniały i komplikowały obraz.

– Chciała spotkać się ze mną wczoraj o piątej w parku przy Washington Square – powiedziałem. – Ostrzegła mnie, że będę śledzony. I że kocha mnie, obojętnie co.

– I dlatego uciekłeś? – zapytała. – Żeby pójść na to spotkanie?

Kiwnąłem głową.

– Hester powiedziała, że nie zdoła wyciągnąć mnie za kaucją wcześniej niż o północy.

– Dotarłeś na czas do parku?

– Tak.

Shauna patrzyła na mnie wyczekująco.

– I co?

– Nie pokazała się.

– I mimo to jesteś przekonany, że to Elizabeth przysłała ci tę wiadomość?

– Nie ma innego wyjaśnienia.

Uśmiechnęła się, słysząc to.

– O co chodzi? – spytałem.

– Pamiętasz moją przyjaciółkę Wendy Petino?

– Modelka – powiedziałem. – Piegowata jak indycze jajo.

Shauna uśmiechnęła się, słysząc ten opis.

– Kiedyś zabrała mnie na kolację z jej... – wykonała zabawny gest – duchowym guru. Twierdziła, że on umie czytać w myślach, przepowiadać przyszłość i tym podobne rzeczy. Pomagał jej porozumiewać się z matką, która popełniła samobójstwo, kiedy Wendy miała sześć lat.

Pozwoliłem jej mówić, nie przerywając cisnącym się na usta: „i co z tego?". Shauna nie spieszyła się, ale wiedziałem, że w końcu wyjaśni mi, do czego zmierza.

– Zjedliśmy kolację. Kelner podał nam kawę. Guru Wendy... miał na imię Omay, czy jakoś tak... obrzucił mnie bystrym, badawczym spojrzeniem, znasz ten typ, po czym stwierdził, że wyczuwa... tak powiedział, „wyczuwa"... mój sceptycyzm i woli, żebym mówiła otwarcie. Wiesz, jaka jestem. Powiedziałam mu, że jest gówno wart i denerwuje mnie to, że wyciąga z mojej przyjaciółki pieniądze. Oczywiście Omay się nie rozzłościł, co jeszcze bardziej mnie wkurzyło. Wręczył mi karteczkę i poprosił, żebym napisała na niej, co chcę... jakiś znaczący fakt z mojego życia: datę, inicjały kochanka, cokolwiek. Powiedział, że daje mi wolną rękę. Wyjęłam swoją wizytówkę i odwróciłam ją. Podał mi pióro, ale też wolałam posłużyć się moim własnym, na wypadek gdyby jego było jakoś specjalnie spreparowane, rozumiesz? To go też nie ruszyło. Tak więc napisałam twoje nazwisko. Po prostu „Beck". Podałam mu wizytówkę. Patrzyłam, czy nie spróbuje jej podmienić albo coś, ale on tylko oddał ją Wendy. Kazał jej trzymać wizytówkę w dłoni. Ujął moją dłoń. Zamknął oczy i zaczął się trząść, jakby miał atak. Przysięgłabym, że doznałam jakiegoś dziwnego wrażenia. Potem otworzył oczy i zapytał: „Kim jest Beck?" – Usiadła na kanapie. Ja również. – No, cóż, wiem, że bywają ludzie bardzo zręczni w palcach, lecz pilnowałam go. Obserwowałam bardzo uważnie. I prawie kupiłam tę bajeczkę, że Omay ma niezwykłe umiejętności. Jak powiedziałeś, nie było innego wyjaśnienia. Wendy siedziała z przyklejonym do twarzy uśmiechem satysfakcji. Nie mogłam tego rozgryźć.

– Przygotował się do tego spotkania – podsunąłem. – Wiedział, że się przyjaźnimy.

– Bez urazy, ale czy nie mógł przypuszczać, że wpiszę imię naszego syna albo Lindy? Skąd mógł wiedzieć, że wybiorę twoje?

Miała rację.

– A zatem uwierzyłaś?

– Prawie, Beck. Powiedziałam, że prawie to kupiłam. Stary Omay miał rację. Byłam sceptycznie nastawiona. Może wszystko wskazywało na to, że ma nadprzyrodzone umiejętności, ale ja wiedziałam, że tak nie jest. Ponieważ nie ma jasnowidzów, tak samo jak nie ma duchów. – Urwała. Nie była zbyt subtelna moja droga Shauna. – Tak więc sprawdziłam go – podjęła. – Dobrze być sławną modelką, ponieważ można zadzwonić do każdego i wszyscy chętnie z tobą rozmawiają. Zadzwoniłam do iluzjonisty, którego występy widziałam parę lat wcześniej na Broadwayu. Wysłuchał mojej opowieści, a potem się roześmiał. Zapytałam, co go tak śmieszy. Zadał mi pytanie. Czy ten guru zrobił to po obiedzie? Zdziwiłam się. Jakie to ma znaczenie? Mimo to potwierdziłam i spytałam, w jaki sposób na to wpadł? A on chciał wiedzieć, czy piliśmy kawę. Ponownie potwierdziłam. Czy pił czarną? Przytaknęłam. – Shauna uśmiechnęła się. – Wiesz, jak on to zrobił, Beck?

Pokręciłem głową.

– Nie mam pojęcia.

– Kiedy podawał wizytówkę Wendy, przesunął rękę nad filiżanką z kawą. Czarna kawa, Beck. Jej powierzchnia zadziałała jak lustro. W ten sposób zobaczył, co zostało napisane na odwrocie. To była po prostu prymitywna sztuczka. Nieskomplikowane, prawda? Przesuń dłoń nad filiżanką kawy, a będzie tak, jakbyś przesunął ją nad lustrem. Ja natomiast prawie uwierzyłam. Rozumiesz, co chcę ci powiedzieć?

– Jasne – odparłem. – Myślisz, że jestem naiwny jak Piegowata Wendy.

– Tak i nie. Widzisz, oszustwo Omaya częściowo opiera się na dobrej woli ofiary, Beck. Wendy daje się nabierać, ponieważ chce wierzyć w te bzdury.

– A ja chcę wierzyć, że Elizabeth żyje?

– Bardziej niż umierający na pustyni pragnie znaleźć oazę – odparła. – Ale nie o to mi chodzi.

– A o co?

– To mnie nauczyło, że brak wyjaśnienia wcale nie oznacza, że naprawdę go nie ma. Po prostu trudno je znaleźć.

Oparłem się wygodnie i założyłem nogę na nogę. Przyglądałem się jej. Odwróciła wzrok, czego nigdy nie robiła.

– O co chodzi, Shauna? – W dalszym ciągu nie patrzyła mi w oczy. – Nie rozumiem cię – powiedziałem.

– Sądziłam, że to cholernie jasne, że…

– Wiesz, o czym mówię. To do ciebie niepodobne. Przez telefon powiedziałaś, że musisz ze mną porozmawiać. W cztery oczy. Po co? Żeby mi powiedzieć, że moja zmarła żona naprawdę nie żyje? – Pokręciłem głową. – Nie kupuję tego.

Shauna nie zareagowała.

- Mów – nalegałem.

Odwróciła głowę.

- Boję się – odezwała się takim tonem, że dreszcz przebiegł mi po plecach.

- Czego?

Nie odpowiedziała od razu. Słyszałem krzątającą się w kuchni Lindę, brzęk talerzy i szklanek, mlaśnięcie otwieranej zamrażarki.

- Ta historyjka, którą właśnie usiłowałam cię ostrzec, była przeznaczona nie tylko dla ciebie, ale i dla mnie.

- Nie rozumiem.

- Widziałam coś. – Zamilkła. Nabrała tchu i spróbowała ponownie. – Widziałam coś, czego w żaden racjonalny sposób nie potrafię wyjaśnić. Tak jak w tej historii z Omayem. Wiem, że musi istnieć inne wyjaśnienie, ale nie mogę go znaleźć. – Zaczęła poruszać rękami, bawiąc się guzikami, zdejmując nieistniejące nitki ze spódnicy. W końcu dodała: – Zaczynam ci wierzyć, Beck. Myślę, że być może Elizabeth wciąż żyje.

Serce stanęło mi w gardle. Shauna zerwała się z kanapy.

- Zrobię sobie drinka. Przyłączysz się?

Przecząco pokręciłem głową. Zdziwiła się.

- Na pewno nie chcesz...

- Powiedz mi, co widziałaś, Shauno.

- Protokół jej sekcji.

O mało nie zemdlałem. Dopiero po chwili odzyskałem głos.

- Jakim cudem?

- Znasz Nicka Carlsona z FBI?

- Przesłuchiwał mnie.

- Myśli, że jesteś niewinny.

- Wcale mi na to nie wyglądało.

– W każdym razie tak uważa teraz. Kiedy wszystkie dowody zaczęły wskazywać na ciebie, zaczął podejrzewać, że to zbyt piękne.

– Tak ci powiedział?

– Tak.

– I uwierzyłaś mu?

– Wiem, że to brzmi naiwnie, ale tak, uwierzyłam mu.

Ufałem w zdrowy rozsądek Shauny. Jeżeli twierdziła, że Carlson jest w porządku, to albo przejrzał na oczy, albo był wspaniałym łgarzem.

– Nie rozumiem jednak – rzekłem – co ma z tym wspólnego protokół sekcji?

– Carlson przyszedł do mnie. Chciał się dowiedzieć, o co ci chodzi. Nie powiedziałam mu. Lecz szedł twoim tropem. Wiedział, że chciałeś zobaczyć protokół sekcji Elizabeth. Zastanawiał się dlaczego. Zadzwonił do biura koronera i otrzymał ten protokół. Miał go ze sobą. Chciał sprawdzić, czy ja coś o tym wiem.

– Pokazał ci go?

Kiwnęła głową. Zaschło mi w ustach.

– Widziałaś zdjęcia z sekcji?

– Nie było żadnych, Beck.

– Co takiego?

– Carlson uważa, że ktoś je ukradł.

– Kto?

Wzruszyła ramionami.

– Jedyną osobą, która przeglądała te dokumenty, był ojciec Elizabeth.

Hoyt. Wszystko wróciło do niego. Popatrzyłem na Shaunę.

– Czytałaś ten protokół?

Tym razem ledwie dostrzegalnie skinęła głową.

– I co?

– Napisano w nim, że Elizabeth zażywała narkotyki, Beck. I nie tylko sporadycznie. Wyniki badań wskazywały na ich długotrwałą obecność w jej organizmie.

– Niemożliwe – powiedziałem.

– Może tak, a może nie. To nie wystarczyłoby, żeby mnie przekonać. Ludzie potrafią ukrywać swój nałóg. Wprawdzie to niepodobne do niej, ale równie mało prawdopodobne jest to, że ona żyje. Może wyniki badań były błędne lub niejednoznaczne. Może ktoś się pomylił. Można to wytłumaczyć w taki sposób, prawda? Bo w jakiś trzeba.

Oblizałem wargi.

– A co się nie zgadzało? – spytałem.

– Jej wzrost i waga – odparła Shauna. – Podano, że Elizabeth miała metr siedemdziesiąt i ważyła czterdzieści osiem kilogramów.

Następny cios w brzuch. Moja żona miała sto sześćdziesiąt osiem centymetrów wzrostu i ważyła prawie pięćdziesiąt sześć kilogramów.

– Duża różnica – mruknąłem.

– Duża.

– Ona żyje, Shauno.

– Może – przyznała i zerknęła w stronę kuchni. – Jest jednak jeszcze coś.

Odwróciła się i zawołała Lindę. Moja siostra stanęła w progu i została tam. Nagle wydała mi się tak mała w tym fartuchu. Wytarła weń dłonie. Przyglądałem się temu zdziwiony.

– O co chodzi? – zapytałem.

Linda zaczęła mówić. Opowiedziała mi o zdjęciach, o tym, że Elizabeth przyszła do niej i poprosiła, żeby je zrobiła, o tym, że nazbyt pochopnie zgodziła się zachować w tajemnicy prawdę o Brandonie Scopie. Nie łagodziła tego i nie tłumaczyła się, ale też wcale nie musiała. Stała tam, wyrzucając to z siebie, i czekała na nieunikniony cios. Słuchałem ze spuszczoną głową. Nie mogłem spojrzeć jej w oczy, lecz z łatwością mogłem wybaczyć. Każdy z nas ma własne słabostki. Każdy.

Chciałem ją uścisnąć i powiedzieć, że ją rozumiem, lecz jakoś nie mogłem. Kiedy skończyła, pokiwałem głową, mówiąc:

– Dziękuję, że mi o tym powiedziałaś.

Tymi słowami odprawiłem ją. Linda zrozumiała. Przez długą chwilę siedzieliśmy z Shauną, nie odzywając się.

– Beck?

– Ojciec Elizabeth okłamał mnie – stwierdziłem.

Skinęła głową.

– Muszę z nim porozmawiać.

– Przedtem też ci nic nie powiedział. – Racja, pomyślałem. – Przypuszczasz, że tym razem będzie inaczej?

Machinalnie poklepałem zatknięty za pasek pistolet.

– Może – mruknąłem.

• • •

Carlson powitał mnie na korytarzu.

– Doktorze Beck?

W tym samym czasie na drugim końcu miasta w biurze prokuratora zwołano konferencję prasową. Reporterzy oczywiście dość sceptycznie przyjęli pokrętne wyjaśnienia Feina, który wycofywał się rakiem, zaprzeczał i tak dalej. Wszystko to jeszcze bardziej zaciemniało obraz. Taki zamęt pomaga. Zamęt prowadzi do nudnych wyjaśnień, komunikatów, oświadczeń i podobnego nudziarstwa. Prasa i inne środki przekazu wolą nieskomplikowane historyjki.

Zapewne Feinowi nie poszłoby tak łatwo, lecz zbieg okoliczności sprawił, że podczas tej samej konferencji prasowej biuro prokuratora okręgowego wysunęło oskarżenia przeciwko kilku wysoko postawionym urzędnikom magistrackim, napomykając, że „macki korupcji" – bo tak dokładnie to nazwano – być może sięgnęły do samego gabinetu burmistrza. Dziennikarze, dotychczas słuchający równie uważnie jak nafaszerowany proszkami na sen dwulatek, natychmiast rzucili się na tę śliczną nową zabawkę, starą odrzucając kopniakiem pod łóżko.

Carlson podszedł do mnie.

– Chciałbym zadać panu kilka pytań.

– Nie teraz – odparłem.

– Pański ojciec miał broń – oświadczył.

Jego słowa przykuły mnie do podłogi.

– Słucham?

– Stephen Beck, pana ojciec, nabył trzydziestkęósemkę Smith and Wesson. Według karty rejestracyjnej zakupił ją kilka miesięcy przed śmiercią.

– Co to ma ze mną wspólnego?

– Zakładam, że to pan odziedziczył tę broń. Mam rację?

– Nie będę z panem rozmawiał.

Nacisnąłem przycisk windy.

– Mamy ją – rzekł. Odwróciłem się zdumiony. – Była w skrytce depozytowej Sarah Goodhart. Razem ze zdjęciami.

Nie mogłem uwierzyć własnym uszom.

– Dlaczego nie powiedział mi pan o tym wcześniej? – Carlson posłał mi krzywy uśmiech. – No, dobra, wtedy byłem złym facetem – stwierdziłem. A potem, z wysiłkiem odwracając się do niego plecami, dodałem: – W dalszym ciągu nie widzę związku.

– Na pewno pan widzi.

Ponownie nacisnąłem guzik.

– Spotkał się pan z Peterem Flannerym – ciągnął Carlson. – Pytał go pan o sprawę Brandona Scope'a. Chciałbym wiedzieć dlaczego.

Nacisnąłem przycisk i nie puszczałem go.

– Zrobił pan coś z tą windą?

– Tak. Dlaczego był pan u Petera Flannery'ego?

Pospiesznie wyciągałem wnioski. Przyszedł mi do głowy pewien pomysł – nawet w znacznie bardziej sprzyjających okolicznościach bardzo niebezpieczny. Shauna ufała temu człowiekowi. Może ja też powinienem. Przynajmniej odrobinę. To wystarczy.

– Ponieważ miałem takie same podejrzenia jak pan – powiedziałem.

– Jakie?

– Obaj zastanawialiśmy się, czy to naprawdę KillRoy zabił moją żonę.

Carlson założył ręce na piersi.

– A co ma z tym wspólnego Peter Flannery?

– Szedł pan po moich śladach, prawda?

– Tak.

– Ja postanowiłem pójść śladem Elizabeth. Sprawdzić, co się stało osiem lat temu. W jej notatniku znalazłem inicjały i numer telefonu Flannery'ego.

– Rozumiem – rzekł Carlson. – I czego się pan od niego dowiedział?

– Niczego – skłamałem. – To był ślepy zaułek.

– Och, nie sądzę – rzekł Carlson.

– Dlaczego pan tak uważa?

– Czy pan wie, na czym polegają badania balistyczne?

– Widziałem w telewizji.

– Krótko mówiąc, każda broń pozostawia unikatowe ślady na wystrzelonym pocisku. Zadrapania, wgłębienia... charakterystyczne dla danego egzemplarza. Tak jak odciski palców.

– Tyle wiem.

– Po pańskiej wizycie u Flannery'ego kazałem naszym ludziom przeprowadzić dokładną analizę balistyczną tej trzydziestkiósemki, którą znaleźliśmy w skrytce depozytowej Sarah Goodhart. Wie pan, co odkryli?

Pokręciłem głową, choć wiedziałem.

Carlson odczekał chwilę, po czym oznajmił:

– Z broni pana ojca, którą pan odziedziczył, zabito Brandona Scope'a.

Otworzyły się drzwi i do holu weszła jakaś kobieta ze swoim nastoletnim synem. Chłopak był w wieku pokwitania i wlókł się, buntowniczo zgarbiony. Matka miała wydęte usta, a jej wysoko uniesiona głowa wyraźnie oznaczała: „nie chcę tego słuchać". Szli w kierunku windy. Carlson powiedział coś do krótkofalówki. Obaj cofnęliśmy się od wind, patrząc sobie w oczy w cichym wyzwaniu.

– Agencie Carlson, uważa mnie pan za mordercę?

– Mam powiedzieć prawdę? – odparł. – Sam już nie wiem.

Dziwna odpowiedź.

– Oczywiście zdaje pan sobie sprawę z tego, że nie powinienem z panem rozmawiać. Mogę zaraz zadzwonić do Hester Crimstein i udaremnić wszystko, co próbuje pan tu zrobić.

Poczerwieniał, ale nie usiłował zaprzeczać.

– Do czego pan zmierza?

– Niech mi pan da dwie godziny.

– Na co?

– Dwie godziny – powtórzyłem.

Zastanowił się.

– Pod jednym warunkiem.

– Jakim?

– Powie mi pan, kim jest Lisa Sherman.

To szczerze mnie zdziwiło.

– Nie znam tego nazwiska.

– Miał pan razem z nią odlecieć wczoraj wieczorem z kraju.

Elizabeth.

– Nie wiem, o czym pan mówi – powiedziałem.

Brzęknęła winda. Drzwi rozsunęły się. Mamusia o wydętych ustach ze swym nastoletnim synem weszli do środka. Spojrzała na nas. Dałem jej znak, by nie zamykała drzwi.

– Dwie godziny – powtórzyłem.

Carlson niechętnie kiwnął głową. Wskoczyłem do kabiny.

Rozdział 40

– Spóźniłaś się! – wrzasnął na Shaunę fotograf, maleńki facecik z fałszywym francuskim akcentem. – I wyglądasz jak... *Comment dit-on?* Jak coś, co wyjęto z sedesu.

– Wal się, Frédéric – warknęła Shauna, nie wiedząc, czy tak miał na imię, i nie przejmując się tym. – Skąd naprawdę pochodzisz, z Brooklynu?

Podniósł ręce w górę.

– Nie mogę pracować w takich warunkach!

Przybiegła Aretha Feldman, agentka Shauny.

– Nie martw się, François. Nasz charakteryzator potrafi zdziałać cuda. Shauna rano zawsze wygląda okropnie. Zaraz wrócimy. – Aretha mocno ścisnęła łokieć Shauny, ani na chwilę nie przestając się uśmiechać. Mruknęła do niej pod nosem: – Co się z tobą dzieje, do diabła?

– Denerwuje mnie ten dupek.

– Nie zgrywaj primadonny.

– Miałam ciężką noc, w porządku?

– Nie w porządku. Idź się ucharakteryzować.

Artysta od makijażu jęknął ze zgrozy na widok Shauny.

– Co to za worki pod oczami? – zawołał. – Robimy zdjęcia do reklamy wyrobów Samsonite?

– Cha, cha.

Shauna ruszyła w kierunku fotela.

– Och! – zawołała Aretha. – Coś mam dla ciebie.

W dłoni trzymała kopertę. Shauna zmrużyła oczy.

– Co to takiego?

– Nie mam pojęcia. Posłaniec przyniósł ją dziesięć minut temu. Mówił, że to pilne.

Wręczyła kopertę Shaunie. Ta wzięła ją jedną ręką i odwróciła. Zobaczyła tylko słowo „Shauna", napisane znajomym pismem, i ścisnęło ją w dołku. Wciąż gapiąc się na kopertę, powiedziała:

– Dajcie mi chwilkę.

– Nie mamy czasu…

– Chwilkę.

Charakteryzator i agentka odsunęli się. Shauna otworzyła kopertę. Wypadła z niej biała kartka papieru z notatką skreśloną tym samym charakterem pisma. Wiadomość była krótka: „Idź do damskiej toalety".

Shauna starała się opanować. Wstała.

– Muszę siusiu – stwierdziła, sama zdumiona spokojnym tonem swego głosu. – Gdzie najbliższa ubikacja?

– Na korytarzu po lewej.

– Zaraz wracam.

Dwie minuty później Shauna pchnęła drzwi toalety. Nie ustąpiły. Zapukała.

– To ja – powiedziała i czekała.

Po kilku sekundach usłyszała trzask odsuwanej zasuwki. Znów cisza. Shauna nabrała tchu i ponownie pchnęła drzwi. Otworzyły się. Weszła do wykafelkowanego pomieszczenia i zamarła. Przed nią przy najbliższej kabinie stał duch.

Shauna z trudem powstrzymała krzyk.

Ciemna peruka, utrata wagi, okulary w drucianych oprawkach – wszystko to nie zmieniało oczywistego faktu.

– Elizabeth…

– Zamknij drzwi, Shauno.

Posłuchała bez wahania. Kiedy się odwróciła, zrobiła krok w kierunku swojej starej przyjaciółki. Elizabeth cofnęła się.

– Proszę, mamy mało czasu.

Chyba po raz pierwszy w życiu Shaunie zabrakło słów.

– Musisz przekonać Becka, że ja nie żyję – powiedziała Elizabeth.

– Trochę na to za późno.

Omiotła wzrokiem pomieszczenie, jakby szukając drogi ucieczki.

– Popełniłam błąd, wracając. Głupi, idiotyczny błąd. Nie mogę zostać. Musisz mu powiedzieć…

– Widzieliśmy protokół sekcji, Elizabeth – powiedziała Shauna. – Tego dżina nie da się już wepchnąć z powrotem do butelki.

Elizabeth zamknęła oczy.

– Co się stało, do diabła? – zapytała Shauna.

– Powrót tutaj był błędem.

– Taak, już to mówiłaś.

Elizabeth przygryzła dolną wargę. W końcu wykrztusiła:

– Muszę już iść.

– Nie możesz – zaoponowała Shauna.

– Co?

– Nie możesz znowu uciec.

– Jeśli zostanę, on zginie.

– On już nie żyje – powiedziała Shauna.

– Nic nie rozumiesz.

– Nie muszę. Jeśli znów go opuścisz, nie przeżyje. Czekałam osiem lat, żeby pogodził się z twoją śmiercią. Wiesz, że tak powinno się stać. Rany się goją. Życie toczy się dalej. Tylko nie dla Becka. – Zrobiła krok w kierunku Elizabeth. – Nie mogę pozwolić ci znów uciec. – Obie miały łzy w oczach. –

Nieważne, dlaczego znikłaś – dodała, przysuwając się do niej. – Ważne jest tylko to, że wróciłaś.

– Nie mogę zostać – wykrztusiła Elizabeth.

– Musisz.

– Jeśli nawet będzie to oznaczało jego śmierć?

– Tak – odparła bez wahania Shauna. – Nawet. I wiesz, że mówię prawdę. Dlatego tutaj jesteś. Wiesz, że nie możesz znów zniknąć. Wiesz, że ci na to nie pozwolę.

Zrobiła następny krok w jej kierunku.

– Jestem tak zmęczona uciekaniem – szepnęła Elizabeth.

– Wiem.

– Już nie mam pojęcia, co robić.

– Ja też nie. Lecz tym razem nie możesz uciec. Wyjaśnij mu to. Wytłumacz.

Elizabeth uniosła głowę.

– Wiesz, jak bardzo go kocham?

– Taak – odparła Shauna. – Wiem.

– Nie mogę pozwolić, żeby stała mu się krzywda.

– Za późno – odparła Shauna.

Teraz stały bardzo blisko siebie. Shauna chciała wyciągnąć ręce i wziąć ją w objęcia, ale powstrzymała się.

– Czy masz numer jego telefonu? – spytała Elizabeth.

– Tak, dał mi numer komórki…

– Powiedz mu „Delfin". Spotkam się tam z nim dziś wieczorem.

– Nie wiem, co to ma oznaczać, do diabła.

Elizabeth szybko ominęła ją, zerknęła przez uchylone drzwi i wyślizgnęła się na korytarz.

– On zrozumie – rzuciła.

I odeszła.

Rozdział 41

Tyrese i ja jak zwykle usiedliśmy z tyłu. Poranne niebo miało barwę drzewnego popiołu, kolor nagrobka. Kiedy zjechaliśmy z mostu Jerzego Waszyngtona, powiedziałem Brutusowi, gdzie ma skręcić. Zza swych czarnych okularów Tyrese uważnie wpatrywał się w moją twarz. W końcu zapytał:

– Dokąd jedziemy?

– Do mojego teścia.

Tyrese czekał, aż powiem coś więcej.

– To policjant – dodałem.

– Jak się nazywa?

– Hoyt Parker.

Brutus uśmiechnął się. Tyrese też.

– Znacie go?

– Nigdy z nim nie pracowałem, ale owszem, słyszałem to nazwisko.

– Co masz na myśli, mówiąc, że z nim nie pracowałeś?

Tyrese uciszył mnie machnięciem ręki. Dotarliśmy do granicy miasta. W ciągu ostatnich trzech dni przeżyłem wiele niezwykłych wrażeń. Kolejne można odnotować jako „jazdę po starych kątach z dwoma dilerami narkotyków w samochodzie o przyciemnionych szybach". Udzieliłem Brutusowi jeszcze kilku wskazówek, zanim zatrzymaliśmy się na pełnej wspomnień stromej Goodhart.

Wysiadłem. Brutus i Tyrese szybko odjechali. Podszedłem do drzwi i posłuchałem długiego dzwonka. Chmury zgęstniały. Błyskawica rozpruła niebo. Ponownie nacisnąłem guzik dzwonka. Poczułem ból ramienia. Wciąż byłem obolały jak diabli po torturach i trudach poprzedniego dnia. Przez moment zastanawiałem się, co by się stało, gdyby Tyrese z Brutusem nie przyszli mi na pomoc. Potem pospiesznie odsunąłem od siebie tę myśl.

W końcu usłyszałem głos Hoyta:

– Kto tam?

– Beck – powiedziałem.

– Otwarte.

Sięgnąłem do klamki. Zatrzymałem dłoń centymetr od mosiężnego uchwytu. Dziwne. Bywałem tu niezliczoną ilość razy, ale nie przypominałem sobie, aby Hoyt kiedykolwiek pytał, kto stoi za drzwiami. Był jednym z tych ludzi, którzy nie unikają konfrontacji. Ukrywanie się w krzakach to nie dla Hoyta Parkera. On nie bał się niczego i w każdej chwili był gotów to udowodnić, do licha. Dzwonisz do jego drzwi, a on otwiera je i patrzy ci w oczy.

Zerknąłem przez ramię. Tyrese i Brutus znikli. Żaden spryciarz nie będzie parkował przed domem gliniarza w białej podmiejskiej dzielnicy.

– Beck?

Nie miałem wyboru. Pomyślałem o glocku. Kładąc lewą dłoń na klamce, prawą przysunąłem do biodra. Na wszelki wypadek. Obróciłem klamkę i pchnąłem drzwi. Wsunąłem głowę w szparę.

– Jestem w kuchni! – zawołał Hoyt.

Wszedłem do domu i zamknąłem za sobą drzwi. W środku pachniało cytrynowym odświeżaczem pomieszczeń, jednym z tych wkładanych do gniazdka elektrycznego. Ten zapach zdawał się kleić do ciała.

– Chcesz coś zjeść? – zapytał Hoyt.

Wciąż go nie widziałem.

– Nie, dziękuję.

W półmroku powlokłem się w stronę kuchni. Zauważyłem starą fotografię na gzymsie nad kominkiem, ale tym razem nie skrzywiłem się. Kiedy stanąłem na linoleum, powiodłem wzrokiem po pomieszczeniu. Nikogo. Już miałem się odwrócić, gdy zimny metal dotknął mojej skroni. Czyjaś dłoń nagle chwyciła mnie za kołnierz i mocno szarpnęła do tyłu.

– Jesteś uzbrojony, Beck?

Nie odezwałem się i nie poruszyłem. Nie odrywając lufy od mojej skroni, Hoyt puścił mój kołnierz i obszukał mnie drugą ręką. Znalazł glocka, wyjął go i rzucił na podłogę.

– Kto cię tu przywiózł?

– Przyjaciele – mruknąłem.

– Jacy przyjaciele?

– Hoyt, co to ma znaczyć, do diabła?

Cofnął się. Wtedy się odwróciłem. Trzymał broń wycelowaną w moją pierś. Lufa wydawała się ogromna niczym olbrzymia paszcza szykująca się, by mnie połknąć. Z trudem oderwałem wzrok od tego zimnego ciemnego tunelu.

– Przyszedłeś mnie zabić? – zapytał Hoyt.

– Co? Nie.

Przyjrzałem mu się. Był nieogolony. Oczy miał przekrwione i lekko się chwiał. Pił. I to dużo.

– Gdzie pani Parker? – zapytałem.

– Jest bezpieczna. – Dziwna odpowiedź. – Odesłałem ją.

– Dlaczego?

– Myślałem, że wiesz.

Może wiedziałem. A przynajmniej się domyślałem.

– Dlaczego miałbym chcieć cię zabić, Hoyt?

Wciąż trzymał broń wycelowaną w moją pierś.

– Zawsze nosisz przy sobie ukrytą broń, Beck? Mógłbym wpakować cię za to do więzienia.

– Zrobiłeś mi coś gorszego – powiedziałem.

Wydłużyła mu się mina. Z ust wyrwał się cichy jęk.

– Czyje ciało spaliliśmy, Hoyt?

– Gówno wiesz.

– Wiem, że Elizabeth wciąż żyje – stwierdziłem.

Przygarbił się, lecz nie przestał we mnie celować. Zobaczyłem, jak zaciska palce na broni, i przez chwilę byłem pewien, że zaraz strzeli. Zastanawiałem się, czy nie powinienem uskoczyć, ale i tak trafiłby mnie drugim strzałem.

– Siadaj – rzucił cicho.

– Shauna widziała protokół sekcji. Wiemy, że to nie Elizabeth leżała w kostnicy.

– Siadaj – powtórzył, nieco unosząc lufę, i sądzę, że zastrzeliłby mnie, gdybym nie usłuchał. Zaprowadził mnie do saloniku. Usiadłem na tej okropnej kanapie, która była świadkiem tylu pamiętnych chwil, lecz miałem wrażenie, że wszystkie one będą niczym w porównaniu z tym, co się zaraz wydarzy w tym pokoju.

Hoyt usiadł naprzeciw mnie. Wciąż trzymał broń wycelowaną w moją klatkę piersiową. Ani na chwilę nie przestawał we mnie mierzyć. Pewnie nauczył się tego w pracy. A jednak widać było po nim zmęczenie. Wyglądał jak przekłuty balon, z którego niemal niedostrzegalnie uchodzi powietrze.

– Co się stało?

Nie odpowiedział na moje pytanie.

– Dlaczego sądzisz, że ona żyje?

Zawahałem się. Czy mogłem się mylić? Czy on mógł nic o tym nie wiedzieć? Nie, zdecydowałem. Widział zwłoki w kostnicy. To on je zidentyfikował. Musiał być w to zamieszany. Potem jednak przypomniałem sobie e-mail.

Nie mów nikomu…

Czyżbym popełnił błąd, przychodząc tutaj?

Też nie. Tamta wiadomość została przysłana, zanim to wszystko się wydarzyło – praktycznie w innej erze. Musiałem podjąć decyzję. Powinienem drążyć, działać.

– Widziałeś ją? – zapytał.

– Nie.

– Gdzie ona jest?

– Nie wiem – odparłem.

Hoyt nagle nadstawił ucha. Przyłożył palec do ust, nakazując mi milczeć. Wstał i podkradł się do okna. Zasłony były zaciągnięte. Ostrożnie zerknął z boku.

Wstałem.

– Siadaj.

– Zastrzel mnie, Hoyt. – Przyjrzał mi się. – Ona ma kłopoty – powiedziałem.

– I myślisz, że zdołasz jej pomóc? – prychnął. – Tamtej nocy uratowałem życie wam obojgu. A co ty zrobiłeś?

Coś ściskało mi pierś.

– Dałem się ogłuszyć.

– Właśnie.

– To ty… – Z trudem wymawiałem słowa. – Ty nas uratowałeś?

– Siadaj.

– Gdybyś wiedział, gdzie ona jest…

– Nie prowadzilibyśmy tej rozmowy – dokończył.

Zrobiłem następny krok w jego kierunku. Potem jeszcze jeden. Choć mierzył do mnie z broni, nie zatrzymałem się. Szedłem dalej, aż lufa oparła się o mój mostek.

– Powiesz mi – oświadczyłem. – Albo będziesz musiał mnie zabić.

– Chcesz zaryzykować?

Spojrzałem mu prosto w oczy i chyba po raz pierwszy

w ciągu naszej długoletniej znajomości wytrzymałem to spojrzenie. Coś między nami się zmieniło, chociaż nie wiem co. Może sprawiła to jego rezygnacja. W każdym razie nie dałem się zbić z tropu.

– Czy masz pojęcie, jak bardzo tęsknię za twoją córką?

– Usiądź, Davidzie.

– Nie, dopóki...

– Powiem ci – rzekł łagodnie. – Siadaj.

Nie odrywając od niego oczu, wycofałem się na kanapę. Opadłem na poduszki. Położył broń na stole.

– Chcesz drinka?

– Nie.

– Lepiej się napij.

– Nie teraz.

Wzruszył ramionami i podszedł do tandetnego, meblościankowego barku. Mebel był stary i rozchwierutany. Kieliszki były poustawiane byle jak i zadźwięczały, uderzając o siebie. Doszedłem do wniosku, że dziś już nie pierwszy raz zagląda do środka. Niespiesznie napełnił szklaneczkę. Miałem ochotę go popędzić, ale już dość go przycisnąłem. Domyśliłem się, że potrzebował czasu. Zbierał myśli, układał w nich wszystko, sprawdzając różne możliwości. Niczego innego nie oczekiwałem.

Wziął szklaneczkę w obie dłonie i opadł na fotel.

– Nigdy cię nie lubiłem – powiedział. – Nic do ciebie nie miałem. Pochodzisz z dobrej rodziny. Twój ojciec był porządnym człowiekiem, a matka, no cóż... starała się. – Jedną ręką trzymał szklaneczkę, a drugą przegarnął włosy. – Mimo to uważałem, że twój związek z moją córką... – Podniósł głowę i spojrzał na sufit, szukając właściwego słowa. – Ograniczał jej możliwości. Teraz... Cóż, teraz zrozumiałem, jakie oboje mieliście szczęście.

W pokoju nagle zrobiło się zimno. Usiłowałem się nie

poruszać, nie oddychać, nie robić niczego, co mogłoby mu przeszkodzić.

– Zacznę od tamtej nocy nad jeziorem – powiedział. – Kiedy ją złapali.

– Kto ją złapał?

Spojrzał w głąb szklanki.

– Nie przerywaj! – rozkazał. – Tylko słuchaj!

Kiwnąłem głową, ale nie widział tego. Wciąż spoglądał na swojego drinka, dosłownie szukając odpowiedzi na dnie szklanki.

– Dobrze wiesz, kto ją złapał – rzekł – a przynajmniej już powinieneś to wiedzieć. Ci dwaj mężczyźni, których niedawno wykopali. – Nagle znów powiódł spojrzeniem po pokoju. Chwycił broń, wstał i ponownie podszedł do okna. Chciałem zapytać, co się spodziewa tam zobaczyć, ale wolałem nie wybijać go z rytmu. – Późno dojechaliśmy z bratem nad jezioro. Prawie za późno. Postanowiliśmy zatrzymać ich w połowie drogi dojazdowej. Wiesz, gdzie stoją te dwa głazy?

Zerknął w kierunku okna, a potem przeniósł wzrok na mnie. Wiedziałem, gdzie znajdują się te dwa głazy. Mniej więcej kilometr od jeziora Charmaine. Wielkie i okrągłe, prawie tej samej wielkości, leżące naprzeciw siebie po obu stronach drogi. Opowiadano różne legendy na temat tego, skąd się tam wzięły.

– Ukryliśmy się za nimi, Ken i ja. Kiedy nadjechali, przestrzeliłem im oponę. Zatrzymali się, żeby sprawdzić, co się stało. Gdy wysiedli z samochodu, wpakowałem obu po kuli w głowę.

Jeszcze raz zerknąwszy przez okno, Hoyt wrócił na fotel. Odłożył broń i znów zapatrzył się w szklankę. Trzymałem język za zębami i czekałem.

– Griffin Scope wynajął tych dwóch ludzi – powiedział. – Mieli przesłuchać Elizabeth, a potem ją zabić. Ken i ja dowiedzieliśmy się, co planują, i pojechaliśmy nad jezioro, żeby ich powstrzymać. – Podniósł rękę, jakby chciał mnie uciszyć, chociaż nie odważyłem się zadać żadnego pytania. – Jak i dlaczego nie ma znaczenia. Griffin Scope pragnął śmierci Elizabeth. Tylko tyle musisz wiedzieć. I nie powstrzymałoby go to, że zginęło dwóch jego chłopców. Mógł znaleźć wielu innych. On jest jak jedna z tych mitycznych bestii, której na miejsce każdego odciętego łba wyrastają dwa nowe. – Spojrzał na mnie. – Nie można walczyć z taką potęgą, Beck. – Wypił trochę. Milczałem. – Chcę, żebyś wrócił myślami do tamtej nocy i postawił się w naszej sytuacji – ciągnął, przysuwając się bliżej, usiłując nawiązać kontakt. – Dwaj mężczyźni leżą zabici na tej żwirowej drodze. Jeden z najpotężniejszych ludzi na świecie wysłał ich, żeby was zabili. Jest gotowy bez wahania zabijać niewinnych, byle cię dostać. Co możesz zrobić? Załóżmy, że postanowilibyśmy zwrócić się do policji. Co moglibyśmy im powiedzieć? Taki człowiek jak Scope nie pozostawia żadnych śladów… a jeśli nawet, to ma w kieszeni więcej policjantów i sędziów niż ja włosów na głowie. Wykończyłby nas. Tak więc pytam cię, Beck. Jesteś tam. Masz dwóch nieboszczyków. Wiesz, że na tym się nie skończy. Co byś zrobił?

Uznałem to pytanie za retoryczne.

– Przedstawiłem te fakty Elizabeth, tak jak teraz tobie. Powiedziałem jej, że Scope wykończy nas wszystkich, żeby ją schwytać. Gdyby uciekła… gdyby na przykład ukryła się gdzieś… kazałby nas torturować, dopóki byśmy jej nie wydali. Może kazałby zabić moją żonę. Albo twoją siostrę. Zrobiłby wszystko, żeby odnaleźć i zabić Elizabeth. – Nachylił się do mnie. – Teraz rozumiesz? Czy teraz widzisz jedyne wyjście?

Skinąłem głową, gdyż nagle wszystko stało się jasne.

– Musiałeś upozorować jej śmierć.

Uśmiechnął się i nagle dostałem gęsiej skórki.

– Miałem trochę odłożonych pieniędzy. Mój brat Ken miał więcej. Mieliśmy też odpowiednie znajomości. Elizabeth zeszła do podziemia. Wywieźliśmy ją z kraju. Obcięła włosy i nauczyła się zmieniać wygląd, chociaż zapewne niepotrzebnie. Nikt jej nie szukał. Przez osiem ostatnich lat przebywała w różnych krajach Trzeciego Świata, pracując dla Czerwonego Krzyża, UNICEF-u i tym podobnych organizacji.

Czekałem. Jeszcze nie powiedział mi wszystkiego, ale milczałem. Powoli oswajałem się z prawdą, która wstrząsnęła mną do głębi. Elizabeth żyje. Była żywa przez te osiem lat. Oddychała, żyła i pracowała... Był to zbyt złożony problem, jedno z tych nierozwiązywalnych zadań matematycznych, przy których zatykają się wszystkie komputery.

– Pewnie zastanawiasz się nad tym ciałem w kostnicy.

Pozwoliłem sobie na skinienie głową.

– To było bardzo łatwe. Przez cały czas znajdujemy niezidentyfikowane zwłoki. Leżą na patologii, dopóki komuś się nie znudzą. Potem chowamy je w poświęconej ziemi na Roosevelt Island. Wystarczyło zaczekać na następną białą nieboszczkę, która byłaby trochę podobna do Elizabeth. Potrwało to dłużej, niż przypuszczałem. Dziewczyna była zapewne uciekinierką zadźganą przez alfonsa, chociaż oczywiście nigdy nie będziemy wiedzieli na pewno. Nie mogliśmy również dopuścić do tego, żeby sprawa morderstwa Elizabeth pozostała nierozwiązana. Potrzebowaliśmy kozła ofiarnego, żeby zakończyć postępowanie. Wybraliśmy KillRoya. Wszyscy wiedzieli, że KillRoy piętnował twarze swoich ofiar literą „K". Wypaliliśmy taki znak na twarzy trupa. Pozostawał tylko problem identyfikacji. Zastanawialiśmy się, czy nie spalić zwłok, ale wtedy przeprowadzono by badania dentystyczne i inne. Dlatego zaryzykowaliśmy. Kolor włosów się zgadzał. Barwa skóry i wiek też. Podrzuciliśmy ciało w pobliżu małego miasteczka, mającego koronera. Wykonaliśmy anonimowy telefon na policję. Potem pojawiliśmy się w biurze patologa w tym samym czasie co ciało. Wystarczyło, że ze łzami w oczach zidentyfikowałem ofiarę. W ten sposób ustala się tożsamość większości ofiar zbrodni. Dzięki rozpoznaniu zwłok przez członka rodziny. Zrobiłem to, a Ken poświadczył. Kto chciałby kwestionować identyfikację? Dlaczego ojciec i stryj mieliby kłamać w takiej sprawie?

– Podjęliście ogromne ryzyko – powiedziałem.

– A jakie mieliśmy wyjście?

– Musiał być jakiś inny sposób.

Nachylił się do mnie. Wyczułem jego oddech. Ujrzałem luźne fałdy skóry pod oczami.

– Powtarzam, Beck… jesteś na tej żwirowej drodze z dwoma nieboszczykami… Do diabła, siedzisz tu teraz… mądry po fakcie. I powiedz mi: co powinniśmy zrobić? – Nie znalazłem odpowiedzi. – Były też inne problemy – dodał Hoyt, prostując się. – Nie mieliśmy całkowitej pewności, że ludzie Scope'a to kupią. Na szczęście dla nas te dwa śmiecie miały po zamordowaniu Elizabeth opuścić kraj. Znaleźliśmy przy nich bilety do Buenos Aires. Obaj byli włóczęgami, oprychami do wynajęcia. To nam pomogło. Ludzie Scope'a kupili wszystko, ale wciąż nas pilnowali… nie dlatego, że sądzili, iż ona wciąż żyje, ale dlatego, że się obawiali, iż mogła pozostawić nam jakieś obciążające dowody.

– Jakie obciążające dowody?

Zignorował moje pytanie.

– Twój dom, telefon, a zapewne i biuro. Były podsłuchiwane przez osiem ostatnich lat. Moje również.

To wyjaśniało ostrożne e-maile. Pozwoliłem sobie omieść wzrokiem pokój.

– Usunąłem je wczoraj – poinformował mnie. – Dom jest czysty.

Kiedy zamilkł na długą chwilę, zaryzykowałem pytanie.

– Dlaczego Elizabeth postanowiła wrócić?

– Ponieważ jest głupia – odparł i po raz pierwszy usłyszałem w jego głosie gniew. Dałem mu trochę czasu. Ochłonął i czerwone plamy znikły z jego policzków. – Te dwa ciała, które zakopaliśmy...

– Co z nimi?

– Elizabeth śledziła wiadomości przez internet. Kiedy się dowiedziała, że je znaleziono, doszła do tego samego wniosku co ja... że Scope może domyślić się prawdy.

– Że ona wciąż żyje?

– Tak.

– Przecież była za morzem i bardzo trudno byłoby ją odnaleźć.

– Tak też jej mówiłem. Odpowiedziała mi, że to ich nie powstrzyma. Że spróbują dopaść mnie. Albo jej matkę. Albo ciebie. A jednak... – urwał i opuścił głowę – nie rozumiałem powagi sytuacji.

– O czym mówisz?

– Czasem myślę, że ona chciała, żeby tak się stało. – Bawił się drinkiem, kołysząc szklaneczką. – Ona chciała do ciebie wrócić, Davidzie. Myślę, że znalezienie tych dwóch ciał było tylko pretekstem.

Znów czekałem. Upił łyk. Ponownie wyjrzał przez okno.

– Teraz twoja kolej – powiedział do mnie.

– Co?

– Oczekuję kilku wyjaśnień – odparł. – Na przykład w jaki sposób skontaktowała się z tobą. Jak udało ci się uciec policji. Gdzie twoim zdaniem ona jest teraz.

Zawahałem się, ale nie długo. Co właściwie miałem do stracenia?

– Elizabeth przysyłała mi anonimowe e-maile. Posługiwała się szyfrem, który tylko ja mogłem zrozumieć.

– Jakim szyfrem?

– Opartym na wydarzeniach z naszej przeszłości.

Hoyt kiwnął głową.

– Wiedziała, że mogą cię pilnować.

– Tak. – Poprawiłem się na kanapie. – Co wiesz o personelu Griffina Scope'a? – zapytałem.

Zdziwił się.

– Personelu?

– Czy pracuje dla niego jakiś muskularny Azjata?

Reszta rumieńca znikła z twarzy Hoyta, jak krew wypływająca z rany. Spojrzał na mnie z podziwem, jakby miał ochotę się przeżegnać.

– Eric Wu – powiedział ściszonym głosem.

– Wczoraj natknąłem się na pana Wu.

– Niemożliwe – zdziwił się.

– Dlaczego?

– Już byś nie żył.

– Miałem szczęście.

Opowiedziałem mu. Wydawał się bliski łez.

– Jeśli Wu ją znalazł, jeśli złapali ją, zanim zgarnęli ciebie…

Zamknął oczy, usiłując odpędzić tę wizję.

– Nie złapali jej – powiedziałem.

– Skąd możesz mieć pewność?

– Wu chciał wiedzieć, po co przyszedłem do parku. Gdyby już ją mieli w swoich rękach, nie pytałby o to.

Powoli skinął głową. Dopił drinka i nalał sobie następnego.

– Teraz jednak wiedzą, że ona żyje – stwierdził. – A to oznacza, że przyjdą po nas.

– Zatem będziemy walczyć – powiedziałem odważniej, niż się czułem.

– Nie słuchałeś mnie. Mitycznej bestii odrasta więcej łbów.

– W końcu jednak bohater zawsze pokonuje bestię.

Skrzywił się, słysząc to. Całkiem słusznie, moim zdaniem. Nie spuszczałem go z oczu. Stary zegar wybił godzinę. Zastanawiałem się przez chwilę.

– Musisz powiedzieć mi resztę – odezwałem się.

– Nieważne.

– To wiąże się z zamordowaniem Brandona Scope'a, prawda?

Pokręcił głową, ale bez przekonania.

– Wiem, że Elizabeth zapewniła alibi Heliowi Gonzalezowi – nalegałem.

– To nieistotne, Beck. Zaufaj mi.

– Już to przerabiałem i dostałem po głowie.

Pociągnął kolejny łyk.

– Elizabeth wynajęła skrytkę na nazwisko Sarah Goodhart – mówiłem dalej. – Tam znaleźli te zdjęcia.

– Wiem – mruknął Hoyt. – Spieszyliśmy się tamtej nocy. Nie wiedziałem, że już dała im kluczyk. Opróżniliśmy im kieszenie, ale nie sprawdziłem butów. Lecz to nie powinno mieć znaczenia. Nie przewidywałem, by ktoś kiedykolwiek mógł znaleźć ich ciała.

– W tej skrytce zostawiła nie tylko zdjęcia – ciągnąłem.

Hoyt ostrożnie odstawił drinka.

– W środku była broń mojego ojca. Trzydziestkaósemka. Pamiętasz ją?

Hoyt odwrócił wzrok i nagle odezwał się znacznie łagodniejszym tonem:

– Smith and Wesson. Sam pomagałem mu wybrać.

Znowu zacząłem drżeć.

– Wiedziałeś, że z tej broni został zastrzelony Brandon Scope?

Mocno zacisnął powieki, jak dziecko usiłujące uciec przed złym snem.

– Powiedz mi, co się stało, Hoyt.

– Wiesz, co się stało.

Nie byłem w stanie powstrzymać drżenia.

– Mimo to powiedz mi.

Każde jego słowo było jak cios.

– Elizabeth zastrzeliła Brandona Scope'a.

Potrząsnąłem głową. Wiedziałem, że to nieprawda.

– Pracowała z nim w tej organizacji charytatywnej. Było tylko kwestią czasu, zanim odkryje prawdę. To, że Brandon prowadzi na boku mały interes, bawiąc się w twardziela z ulicy. Narkotyki, prostytucja, nie wiem co jeszcze.

– Nie powiedziała mi.

– Nie powiedziała nikomu, Beck. Mimo to Brandon się dowiedział. Pobił ją, żeby nastraszyć. Oczywiście nie wiedziałem o tym. Opowiedziała mi tę samą bajeczkę o stłuczce.

– Ona go nie zabiła – upierałem się.

– Zrobiła to w samoobronie. Kiedy nie zaniechała śledztwa, Brandon włamał się do waszego domu, tym razem z nożem. Zaatakował ją... a ona go zastrzeliła. To była samoobrona.

Wciąż kręciłem głową.

– Zadzwoniła do mnie... zapłakana. Przyjechałem do was. Kiedy dotarłem na miejsce... – urwał i nabrał tchu – on już nie żył. Elizabeth miała tę broń. Chciała wezwać policję. Namówiłem ją, żeby tego nie robiła. Samoobrona czy nie, Griffin Scope zabiłby ją i nie tylko. Powiedziałem, żeby dała mi kilka godzin. Była roztrzęsiona, ale w końcu się zgodziła.

– Przewiozłeś ciało.

Skinął głową.

– Wiedziałem o Gonzalezie. Ten śmieć zapowiadał się na skończonego kryminalistę. Widziałem wielu takich jak on. Dzięki kruczkom prawnym uniknął już wyroku za jedno morderstwo. Kto lepiej od niego nadawał się na ofiarę?

Wszystko stawało się jasne.

– Tylko że Elizabeth nie pozwoliła na to.

– Tego nie przewidziałem – rzekł. – Usłyszała w telewizji o aresztowaniu i wtedy postanowiła zapewnić mu alibi. Uratować Gonzaleza przed.... – skrzywił się sarkastycznie – „rażącą niesprawiedliwością". – Pokręcił głową. – Bez sensu. Gdyby nie ratowała tego bezwartościowego śmiecia, cała sprawa zakończyłaby się już wtedy.

– Ludzie Scope'a dowiedzieli się o tym, że zapewniła mu alibi – podsunąłem.

– Owszem, ktoś z wydziału puścił farbę. Zaczęli węszyć wokół i dowiedzieli się o jej prywatnym śledztwie. Reszta stała się oczywista.

– Tak więc wtedy nad jeziorem chodziło o zemstę.

Zastanowił się nad tym stwierdzeniem.

– Częściowo tak. A także o to, aby ukryć prawdę o Brandonie Scopie. Był martwym bohaterem. Jego ojcu bardzo zależało na podtrzymaniu tego mitu.

Mojej siostrze również – pomyślałem.

– Nie rozumiem tylko, dlaczego trzymała to wszystko w skrytce depozytowej – powiedziałem.

– Jako dowód.

– Czego?

– Tego, że zabiła Brandona Scope'a. I że zrobiła to w samoobronie. Obojętnie co jeszcze miało się wydarzyć, Elizabeth nie chciała, by jeszcze ktoś został oskarżony o to, co sama uczyniła. Naiwność, nie sądzisz?

Nie, wcale tak nie uważałem. Siedziałem tam i powoli oswajałem się z prawdą. Z trudem. Sporym. Ponieważ to jeszcze nie była cała prawda, o czym wiedziałem lepiej niż ktokolwiek. Spojrzałem na mojego teścia, na jego obwisłe policzki, rzednące włosy, rosnący brzuch – na całą wciąż imponującą, lecz starzejącą się postać. Hoyt myślał, że wie, co naprawdę się przydarzyło jego córce. Nie miał pojęcia, jak bardzo się myli.

Usłyszałem huk gromu. Deszcz zabębnił w szyby małymi piąstkami.

– Powinieneś mi powiedzieć – stwierdziłem.

Pokręcił głową, tym razem przez długą chwilę.

– I co byś zrobił, Beck? Podążył za nią? Uciekł razem z nią? Dowiedzieliby się prawdy i zabili nas wszystkich. Obserwowali cię. Wciąż to robią. Nie powiedzieliśmy nikomu. Nawet matce Elizabeth. A jeśli potrzebujesz dowodu, że postąpiliśmy słusznie, to rozejrzyj się wokół. Minęło osiem lat. Ona przysłała ci tylko kilka anonimowych wiadomości. I spójrz, co się stało.

Trzasnęły drzwi samochodu. Hoyt jak wielki kot skoczył do okna. Wyjrzał na zewnątrz.

– Ten sam samochód, którym przyjechałeś. W środku dwóch czarnych mężczyzn.

– Przyjechali po mnie.

– Jesteś pewien, że nie pracują dla Scope'a?

– Całkowicie.

W tym momencie zadzwonił mój telefon komórkowy. Odebrałem.

– Wszystko w porządku? – spytał Tyrese.

– Tak.

– Wyjdź na zewnątrz.

– Po co?

– Ufasz temu glinie?

– Sam nie wiem.

– Wyjdź na zewnątrz.

Powiedziałem Hoytowi, że muszę iść. Był zbyt wyczerpany, żeby się sprzeciwiać. Podniosłem glocka i pospieszyłem do drzwi. Tyrese i Brutus czekali na mnie. Deszcz jeszcze się nasilił, ale nam to nie przeszkadzało.

– Jest do ciebie telefon. Odejdź na bok.

– Po co?

– Prywatna sprawa – odparł Tyrese. – Nie chcę tego słuchać.

– Ufam ci.

– Rób, co mówię, człowieku.

Odszedłem poza zasięg głosu. Z boku dostrzegłem szparę w zasłonie. Hoyt przyglądał się nam. Popatrzyłem na Tyrese'a. Pokazał mi, żebym przyłożył słuchawkę do ucha. Zrobiłem to. Po chwili ciszy usłyszałem jego głos.

– Linia czysta, możesz mówić.

Odezwała się Shauna.

– Widziałam ją.

Milczałem.

– Powiedziała, żebyś spotkał się z nią wieczorem w „Delfinie".

Zrozumiałem. Rozłączyła się. Wróciłem do Tyrese'a i Brutusa.

– Muszę pojechać gdzieś sam – powiedziałem. – Tak, żeby nikt nie mógł mnie wyśledzić.

Tyrese zerknął na Brutusa.

– Wsiadaj – rzucił.

Rozdział 42

Brutus prowadził jak wariat. Wjeżdżał pod prąd w jedno-kierunkowe uliczki. Gwałtownie zmieniał kierunek jazdy. Nieprzepisowo skręcał i przejeżdżał przez skrzyżowania na czerwonym świetle. Mieliśmy wspaniały czas.

Z MetroPark w Iselin za dwadzieścia minut odjeżdżał pociąg do Port Jervis. Tam będę mógł wynająć samochód. Kiedy wysiadałem przed stacją, Brutus pozostał w wozie. Tyrese odprowadził mnie do kasy.

– Radziłeś mi, żebym uciekał i nie wracał – powiedział Tyrese.

– Zgadza się.

– Może powinieneś zrobić to samo.

Wyciągnąłem rękę. Tyrese zignorował ją i mocno mnie uściskał.

– Dziękuję – powiedziałem cicho.

Puścił mnie, poruszył ramionami, wygładzając kurtkę, i poprawił okulary.

– Taak, nie ma za co.

Nie czekając na dalsze podziękowania, ruszył z powrotem do samochodu.

Pociąg przyjechał i odjechał zgodnie z rozkładem. Znalazłem wolne miejsce i opadłem na nie. Próbowałem nie myśleć o niczym. Nie udało mi się. Rozejrzałem się wokół. Wagon był prawie pusty. Dwie dziewczyny z college'u z wypchanymi plecakami, trajkoczące jak najęte i co chwila wtrącające „jakby" i „no wiesz". Przeniosłem wzrok dalej. Zauważyłem gazetę – ściśle mówiąc, bulwarowe piśmidło – które ktoś zostawił na siedzeniu.

Przesiadłem się i podniosłem pismo. Krzykliwa okładka przedstawiała młodą gwiazdkę, którą aresztowano za kradzież w sklepie. Przerzuciłem strony, mając nadzieję pooglądać komiksy lub poczytać wiadomości sportowe – byle się czymś zająć. Mój wzrok jednak przyciągnęło zdjęcie... czyje, jeśli nie moje. Poszukiwany. Zdumiewające, jak złowrogo wyglądałem na przyciemnionej fotografii, niczym środkowowschodni terrorysta.

Wtedy zauważyłem coś innego. I mój świat, już i tak chwiejący się w posadach, ponownie się zatrząsł.

Właściwie nie czytałem tego artykułu. Po prostu błądziłem wzrokiem po stronie. Mimo to zobaczyłem nazwiska. Dopiero teraz. Nazwiska mężczyzn, których zwłoki znaleziono nad jeziorem. Jedno było znajome.

Melvin Bartola.

Niemożliwe.

Rzuciłem gazetę i pobiegłem, otwierając rozsuwane drzwi; dwa wagony dalej znalazłem konduktora.

– Jak się nazywa najbliższa stacja? – zapytałem.

– Ridgemont, New Jersey.

– Czy w pobliżu stacji jest biblioteka?

– Nie mam pojęcia.

Mimo to wysiadłem.

* * *

Eric Wu wyprostował palce. Krótkim, potężnym pchnięciem sforsował drzwi.

Wytropienie tych dwóch czarnych mężczyzn, którzy pomogli uciec doktorowi Beckowi, nie zajęło mu wiele czasu. Larry Gandle miał przyjaciół w policji. Wu opisał im tych dwóch mężczyzn, a potem zaczął przeglądać albumy zdjęć przestępców. Po kilku godzinach znalazł fotografię niejakiego Brutusa Cornwalla. Przeprowadzili kilka rozmów telefonicznych i Wu się dowiedział, że Brutus pracował dla dilera narkotyków Tyrese'a Bartona.

Proste.

Łańcuch pękł. Drzwi otworzyły się z impetem, uderzając klamką o ścianę. Zaskoczona Latisha spojrzała na wchodzących. Chciała krzyknąć, lecz Wu doskoczył do niej. Zamknął dłonią usta Latishy i przysunął swoje wargi do jej ucha. Za nim wszedł drugi mężczyzna, ktoś wynajęty przez Gandle'a.

– Cii – szepnął prawie łagodnie Wu.

TJ bawił się na podłodze swoimi zabawkami. Słysząc hałas, nadstawił ucha i zapytał:

– Mamo?

Eric Wu uśmiechnął się do niego. Puścił Latishę i przyklęknął na podłodze. Latisha chciała go powstrzymać, ale drugi mężczyzna przytrzymał ją. Wu położył ogromną dłoń na główce chłopca. Pogłaskał go, po czym odwrócił się do Latishy.

– Czy wiesz, gdzie mogę znaleźć Tyrese'a? – odezwał się do niej.

• • •

Wysiadłem z pociągu, złapałem taksówkę i pojechałem do biura wynajmu samochodów. Odziany w zieloną marynarkę agent za kontuarem powiedział mi, gdzie jest biblioteka. Dotarcie do niej zajęło mi najwyżej trzy minuty. Biblioteka w Ridgemont była nowoczesną placówką, mieszczącą się w budynku w stylu neokolonialnym, z panoramicznymi oknami, półkami z brzozowego drewna, balkonami, wieżyczkami oraz kawiarenką. Za biurkiem na pierwszym piętrze znalazłem bibliotekarkę i zapytałem ją, czy mogę skorzystać z internetu.

– Ma pan jakiś dokument tożsamości? – spytała.

Miałem. Spojrzała na prawo jazdy.

– Musi pan być mieszkańcem naszego okręgu.

– Proszę – powiedziałem. – To bardzo ważne.

Spodziewałem się niezłomnego oporu, ale zmiękła.

– Jak pan sądzi, ile czasu to panu zajmie?

– Najwyżej kilka minut.

– Ten komputer – wskazała na terminal za moimi plecami – to nasza ekspresowa końcówka. Każdy może korzystać z niego przez dziesięć minut.

Podziękowałem jej i pospieszyłem do komputera. Przez Yahoo! odszukałem witrynę „New Jersey Journal", najważniejszego dziennika okręgów Bergen i Passaic. Znałem datę. Dwanaście lat temu, dwunastego stycznia. Znalazłem przeszukiwarkę i wprowadziłem kryteria poszukiwań do archiwum.

Obejmowało tylko wydania z ostatnich sześciu lat.

Niech to szlag.

Pospieszyłem z powrotem do bibliotekarki.

– Muszę znaleźć artykuł opublikowany dwanaście lat temu w „New Jersey Journal" – powiedziałem.

– Nie było go na witrynie?

Pokręciłem głową.

– Mikrofilmy – orzekła i klasnęła dłońmi o poręcze fotela, podnosząc się z miejsca. – Jaki miesiąc?

– Styczeń.

Była tęgą kobietą i poruszała się z trudem. Znalazła rolkę w odpowiedniej przegródce i pomogła mi założyć film do aparatu.

– Powodzenia – rzekła.

Kręciłem gałką jak przepustnicą motocykla. Mikrofilm z piskiem przesuwał się po rolkach. Co kilka sekund zatrzymywałem go, żeby sprawdzić datę. Nim minęły dwie minuty, znalazłem wydanie, o które mi chodziło. Artykuł zamieszczono na trzeciej stronie.

Gdy tylko zobaczyłem tytuł, coś ścisnęło mnie w gardle.

Czasem mógłbym przysiąc, że słyszę pisk opon, chociaż spałem w moim łóżku wiele kilometrów od miejsca, gdzie się to stało. Wciąż boli mnie to wspomnienie – może nie aż tak jak utrata Elizabeth, ale wtedy po raz pierwszy zetknąłem się ze śmiercią i tragedią, a tego nigdy się nie zapomina. Po dwunastu latach wciąż pamiętam każdy szczegół tamtej nocy, chociaż spadają na mnie z siłą tornada: dzwonek do drzwi przed świtem, poważne twarze policjantów na progu, Hoyt wśród nich, ich łagodne i ostrożne słowa, nasze zaprzeczenia, powoli budząca się świadomość nieszczęścia, ściągnięta twarz Lindy, moje łzy, wciąż nieprzyjmująca tego do wiadomości matka, uciszająca mnie, zabraniająca płakać, tracąca i tak nadwątlone zmysły, mówiąc, żebym nie był dzieckiem; upierała się, że wszystko jest w porządku, a potem nagle podchodziła do mnie, dziwiła się moim łzom, zbyt wielkim, jak powiedziała, bardziej przystającym dziecku niż dorosłemu mężczyźnie, i dotknęła jednej z nich, rozcierając ją między kciukiem a palcem wskazującym. „Przestań płakać, Davidzie!" wołała coraz gniewniej, ponieważ nie mogłem przestać, a w końcu zaczęła wrzeszczeć na mnie, aż Linda z Hoytem uciszyli ją i ktoś podał jej środek uspokajający, nie pierwszy i nie ostatni raz. Wszystko to powróciło jedną gwałtowną falą wspomnień. Potem przeczytałem artykuł, który skierował moje myśli na zupełnie nowy tor.

SAMOCHÓD SPADA Z URWISKA
Jeden zabity, przyczyna nieznana

Zeszłej nocy około trzeciej rano ford taurus prowadzony przez Stephena Becka z Green River w stanie New Jersey spadł z mostu w Mahwah, tuż za granicą stanu Nowy Jork. Jezdnia była śliska po śnieżycy, lecz policja jeszcze nie ustaliła przyczyn wypadku. Jedyny świadek tego wydarzenia, Melvin Bartola, kierowca ciężarówki z Cheyenne w stanie Wyoming...

Przestałem czytać. Ludzie zastanawiali się, czy było to samobójstwo czy nieszczęśliwy wypadek. Teraz wiedziałem, że ani jedno, ani drugie.

• • •

– Co się dzieje? – spytał Brutus.
– Nie wiem, człowieku. – Potem, po krótkim namyśle, Tyrese dodał: – Nie mam ochoty wracać.

Brutus nie odpowiedział. Tyrese ukradkiem zerknął na swego starego kumpla. Zaprzyjaźnili się w trzeciej klasie podstawówki. Brutus już wtedy nie należał do rozmownych. Pewnie był zbyt zajęty dochodzeniem do siebie po cięgach, jakie dostawał dwa razy dziennie – w domu i w szkole – dopóki nie doszedł do wniosku, że uda mu się przetrwać tylko pod warunkiem, że stanie się najgorszym sukinsynem w parafii. Mając jedenaście lat, zaczął chodzić do szkoły z bronią. Po raz pierwszy zabił, kiedy miał czternaście lat.

– Nie masz tego dość, Brutus?

Wzruszył ramionami.

– Nic innego nie umiemy.

Prawda wyłaniała się bezlitośnie, bez zmrużenia oka spoglądając im w twarze. Zadzwonił telefon komórkowy Tyrese'a. Odebrał, mówiąc:

– Taa.

– Cześć, Tyrese.

Nie rozpoznał głosu.

– Kto mówi?

– Spotkaliśmy się wczoraj. W białej furgonetce.

Krew zlodowaciała mu w żyłach. Bruce Lee, pomyślał Tyrese. Niech to szlag...

– Czego chcesz?

– Mam tu kogoś, kto chce się przywitać.

Zapadła krótka cisza, a potem TJ powiedział:

– Tatusiu?

Tyrese zerwał z nosa okulary. Zesztywniał.

– TJ? Nic ci nie jest?

Odezwał się jednak Eric Wu:

– Szukam doktora Becka, Tyrese. TJ i ja mieliśmy nadzieję, że pomożesz mi go znaleźć.

– Nie wiem, gdzie jest.

– Och, to szkoda.

– Przysięgam Bogu, że nie wiem.

– Rozumiem – rzekł Wu. A potem dodał: – Zaczekaj chwilę, Tyrese, dobrze? Chciałbym, żebyś czegoś posłuchał.

Rozdział 43

Wiatr wiał, drzewa kołysały się, a purpurowopomarańczowy zachód zaczął przechodzić w odcień polerowanej cyny. Przerażało mnie, jak bardzo ta noc była podobna do tej sprzed ośmiu lat, kiedy po raz ostatni przebywałem w tej okolicy. Zastanawiałem się, czy ludzie Griffina Scope'a wpadną na to, by pilnować jeziora Charmaine. Tak naprawdę nie miało to znaczenia. Elizabeth była dla nich zbyt sprytna. Wspomniałem już, że zanim dziadek nabył tę nieruchomość, znajdował się tu letni ośrodek wakacyjny. „Delfin", o którym wspomniała Elizabeth, to nazwa jednego z domków, tego, w którym spali najstarsi chłopcy. Znajdował się najgłębiej w lesie i rzadko odważaliśmy się tam zapuszczać.

Wypożyczony samochód przejechał przez dawną bramę dostawczą obozu, teraz już prawie nieistniejącą. Z głównej drogi nie było jej widać, gdyż wysoka trawa skrywała ją jak wejście do Jaskini Nietoperzy. Zawiesiliśmy na niej łańcuch, na wszelki wypadek, z tabliczką „Wstęp wzbroniony". Łańcuch i tabliczka wciąż tam były; nosząc na sobie ślady upływu lat. Zatrzymałem samochód, zdjąłem łańcuch i owiązałem go dookoła drzewa.

Z powrotem usiadłem za kierownicą i pojechałem w kierunku dawnej obozowej stołówki. Niewiele z niej pozostało –

zardzewiałe resztki poprzewracanych pieców i kuchenek. Na ziemi leżało kilka garnków i patelni, ale większość pogrzebał czas. Wysiadłem i wciągnąłem w nozdrza zapach roślinności. Usiłowałem nie myśleć o ojcu, lecz kiedy znalazłem się na polance, z której mogłem zobaczyć jezioro i księżyc skrzący się w jego gładkiej toni, znowu usłyszałem głos ducha z przeszłości i tym razem zadałem sobie pytanie, czy nie domaga się zemsty.

Poszedłem ścieżką, choć i z niej niewiele pozostało. Dziwne, że Elizabeth wybrała to miejsce na spotkanie. Już wspomniałem, że nigdy nie lubiła się bawić w ruinach letniego obozu. Natomiast Linda i ja byliśmy zachwyceni, kiedy znajdowaliśmy śpiwory lub niedawno opróżnione puszki po konserwach. Zastanawialiśmy się, co za włóczęga je zostawił i czy czasem nie ukrywa się gdzieś w pobliżu. Elizabeth, znacznie mądrzejsza od nas, nie gustowała w tej zabawie. Osobliwe miejsca i niepewność przerażały ją.

Po dziesięciu minutach dotarłem do celu. Chatka znajdowała się w zaskakująco dobrym stanie. Dach i ściany wciąż były całe, choć z drewnianych schodków wiodących na ganek pozostały tylko drzazgi. Tabliczka z napisem „Delfin" wisiała pionowo na jednym gwoździu. Pnącza, mech i najrozmaitsze inne rośliny nie bały się tej budowli: zagarnęły ją, otoczyły, wdarły się przez dziury i okna, pochłaniając chatkę tak, że teraz wydawała się częścią krajobrazu.

– Wróciłeś – powiedział ktoś.

Drgnąłem. Męski głos.

Zareagowałem instynktownie. Uskoczyłem, upadłem na ziemię, przeturlałem się, wyrwałem zza paska glocka i wycelowałem. Mężczyzna podniósł ręce do góry. Spoglądałem na niego, celując mu w pierś. Nie kogoś takiego oczekiwałem. Jego gęsta broda wyglądała jak gniazdo rudzika po napadzie wron. Włosy miał długie i pozlepiane w strąki. Był ubrany w postrzępiony strój maskujący. Przez chwilę miałem wrażenie, że znalazłem się z powrotem w mieście i stoi przede mną jeszcze jeden bezdomny. Ten mężczyzna jednak wyglądał inaczej. Prosto i pewnie stał na nogach, patrząc mi w oczy.

– Kim jesteś, do diabła? – zapytałem.

– Minęło wiele czasu, Davidzie.

– Nie znam cię.

– Właściwie nie. Ale ja cię znam. – Ruchem głowy wskazał chatę za moimi plecami. – Ty i twoja siostra. Obserwowałem was, kiedy bawiliście się tutaj.

– Nie rozumiem.

Uśmiechnął się. Jego zęby były zaskakująco białe w czarnym gąszczu brody.

– To ja jestem Boogeymanem.

W oddali usłyszałem popiskiwanie gęsiej rodziny, która opadała lotem ślizgowym ku tafli jeziora.

– Czego chcesz? – zapytałem.

– Niczego, do cholery – odparł z uśmiechem. – Mogę opuścić ręce?

Kiwnąłem głową. Opuścił ręce. Ja skierowałem niżej lufę glocka, ale trzymałem broń gotową do strzału. Zastanowiłem się nad tym, co mi powiedział.

– Jak długo się tu ukrywasz? – zapytałem.

– Z krótkimi przerwami… – zdawał się liczyć coś na palcach. – …trzydzieści lat.

Uśmiechnął się na widok mojej zdziwionej miny.

– Taak, obserwowałem cię, kiedy jeszcze byłeś taki mały. – Opuścił dłoń na wysokość kolan. – Widziałem, jak rosłeś i… – Urwał. – Dawno cię tu nie było, Davidzie.

– Kim jesteś?

– Nazywam się Jeremiah Renway – odparł.

Nic mi to nie mówiło.

– Ukrywam się tu przed prawem.

– To dlaczego pokazałeś mi się teraz?

Wzruszył ramionami.

– Pewnie się cieszę, że cię widzę.

– Skąd wiesz, że nie zawiadomię organów ścigania?

– Sądzę, że jesteś mi to winien.

– Jak to?

– Uratowałem ci życie.

Ziemia poruszyła mi się pod nogami.

– Co?

– A jak sądzisz, kto wyciągnął cię z wody?

Oniemiałem.

– Jak myślisz, kto zawlókł cię do domku? Kto wezwał karetkę?

Otworzyłem usta, lecz nie wydobył się z nich żaden dźwięk.

– I – uśmiechnął się jeszcze szerzej – jak sądzisz, kto wykopał te ciała, żeby ktoś je znalazł?

Potrwało chwilę, zanim odzyskałem głos.

– Dlaczego? – zdołałem wykrztusić.

– Sam nie jestem pewien – odparł. – Widzisz, dawno temu zrobiłem coś złego. Chyba wydawało mi się, że to okazja do odkupienia albo coś w tym rodzaju.

– Chcesz powiedzieć, że widziałeś…?

– Wszystko – dokończył za mnie Renway. – Widziałem, jak złapali twoją panią. Widziałem, jak rąbnęli cię kijem baseballowym. Potem obiecali jej, że wyciągną cię z wody, jeśli powie im, gdzie coś jest. Widziałem, jak twoja pani oddała im jakiś klucz. Wtedy roześmiali się i wepchnęli ją do samochodu, podczas gdy ty zostałeś pod wodą.

Przełknąłem ślinę.

– Widziałeś, jak zostali zastrzeleni?

Renway znów się uśmiechnął.

– Rozmawialiśmy już dość długo, synu. Ona na ciebie czeka.

– Nie rozumiem.

– Ona czeka na ciebie – powtórzył, odwracając się. – Przy drzewie.

Poderwał się do biegu i wpadł w las, gnając jak jeleń przez zarośla. Stałem tam i patrzyłem, jak znika w gęstwinie.

Drzewo.

Pobiegłem. Gałęzie smagały mnie po twarzy. Nie zważałem na to. Nogi odmawiały mi posłuszeństwa. Nie zwracałem na nie uwagi. Moje płuca protestowały. Powiedziałem im, że muszą wytrzymać. Kiedy w końcu dotarłem do przypominającego fallus głazu i minąłem zakręt ścieżki, drzewo wciąż było na swoim miejscu. Stanąłem przy nim i łzy napłynęły mi do oczu.

Nasze wycięte w korze inicjały – E.P. + D.B. – pociemniały z wiekiem. Tak samo jak te trzynaście nacięć poniżej. Patrzyłem na nie przez chwilę, a potem wyciągnąłem rękę i delikatnie dotknąłem znaków. Nie inicjałów. Nie tamtych trzynastu kresek. Moje palce przesunęły się po ośmiu świeżych nacięciach, wciąż białych i lepkich od żywicy.

Nagle usłyszałem jej głos:

– Pewnie uważasz, że to niemądre.

Moje serce eksplodowało. Obróciłem się na pięcie. Była tam. Nie mogłem się poruszyć. Nie byłem w stanie mówić. Tylko patrzyłem na jej twarz. Tę piękną twarz. I te oczy. Miałem wrażenie, że spadam, lecę w czarną studnię. Twarz Elizabeth była teraz nieco bardziej pociągła, o mocniej uwydatnionych jankeskich kościach policzkowych. Nie sądzę, żebym kiedykolwiek w życiu widział coś równie pięknego.

Nagle przypomniałem sobie wszystkie sny – nocne chwile ucieczki przed rzeczywistością, kiedy trzymałem ją w ramionach i dotykałem jej twarzy, przez cały czas czując, jak coś mnie odciąga, gdy nawet pławiąc się w szczęściu, zdawałem sobie sprawę, że to się nie dzieje naprawdę i niebawem znowu się zbudzę. Na myśl, że może to być następny taki sen, przeraziłem się tak okropnie, że zaparło mi dech.

Elizabeth widocznie zrozumiała, co się ze mną dzieje, bo skinęła głową, jakby chciała powiedzieć: „Tak, to prawda". Zrobiła kroczek w moją stronę. Ledwie mogłem oddychać, ale zdołałem pokręcić głową i wskazać na świeże nacięcia.

– Uważam, że to romantyczne – odezwałem się wreszcie.

Stłumiła dłonią szloch i podbiegła do mnie. Otworzyłem ramiona i wpadła w nie. Objąłem ją. Trzymałem, najmocniej jak mogłem. Zacisnąłem powieki. Wdychałem zapach bzu i cynamonu z jej włosów. Ona wtuliła twarz w moją pierś i szlochała. Obejmowaliśmy się i tuliliśmy. Wciąż... pasowała. Wypukłości i wgłębienia naszych ciał pasowały do siebie. Położyłem dłoń na jej karku. Włosy miała krótsze, lecz takie same w dotyku. Czułem, jak drży, i jestem pewien, że ona też wyczuwała moje drżenie.

Nasz pierwszy pocałunek był wspaniały, znajomy i przerażająco rozpaczliwy – jak dwoje ludzi wypływających na powierzchnię wody, która okazała się głębsza, niż przypuszczali. Ostatnie lata zdawały się topnieć jak lód, gdy po zimie nadchodzi wiosna. Miotała mną burza uczuć. Nie próbowałem ich uporządkować ani nawet zrozumieć. Po prostu pozwalałem, żeby to się działo.

Ona uniosła głowę, spojrzała mi w oczy, a ja nie mogłem się poruszyć.

– Przepraszam – powiedziała.

Miałem wrażenie, że serce zaraz rozsypie mi się na kawałki.

Przytuliłem ją. Tuliłem ją i zastanawiałem się, czy kiedyś odważę się ją puścić.

– Tylko już nigdy mnie nie opuszczaj – wyszeptałem.

– Nigdy.

– Obiecujesz?

– Obiecuję – powiedziała.

Wciąż staliśmy objęci. Przyciskałem się do jej cudownego ciała. Dotykałem mięśni pleców. Całowałem tę łabędzią szyję. Nawet spojrzałem przy tym w niebo. Jak to możliwe? – zadawałem sobie pytanie. Czy to nie jest następny okrutny żart? Jak to możliwe, że ona naprawdę żyje i jest przy mnie?

Nie obchodziło mnie to. Chciałem tylko, żeby to było realne. Pragnąłem, by trwało.

Kiedy tuliłem ją do siebie, sygnał telefonu komórkowego zaczął odciągać mnie od niej, jak w jednym z moich snów. Przez chwilę miałem ochotę nie odbierać, lecz z uwagi na wszystko, co się wydarzyło, nie mogłem tego zrobić. Mieliśmy krewnych i przyjaciół. Nie mogliśmy ich opuścić. Oboje wiedzieliśmy o tym. Wciąż obejmując jedną ręką Elizabeth – niech mnie diabli, jeśli jeszcze kiedyś ją puszczę – drugą przyłożyłem telefon do ucha i powiedziałem: „halo".

Dzwonił Tyrese. Słuchając go, poczułem, że szczęście wymyka mi się z rąk.

Rozdział 44

Zaparkowaliśmy na opustoszałym parkingu szkoły podstawowej na Riker Hill i, trzymając się za ręce, przeszliśmy przez jej teren. Pomimo ciemności dostrzegłem, że niewiele się zmieniło od czasu, gdy bawiliśmy się tutaj z Elizabeth. Będąc pediatrą, nie mogłem nie zauważyć nowych zabezpieczeń. Huśtawki miały grubsze łańcuchy i zamykane siedzenia. Pod drabinkami leżała gruba warstwa miękkiej wyściółki na wypadek, gdyby któryś dzieciak spadł. Ale boisko siatkówki i piłki nożnej oraz asfaltowe korty tenisowe pozostały takie same jak w czasach naszego dzieciństwa.

Minęliśmy okna drugiej klasy panny Sobel, lecz to było tak dawno, że teraz chyba oboje poczuliśmy zaledwie lekkie ukłucie nostalgii. Weszliśmy między drzewa, wciąż trzymając się za ręce. Żadne z nas nie przechodziło tędy od dwudziestu lat, ale oboje znaliśmy drogę. Po dziesięciu minutach znaleźliśmy się na tyłach domu Elizabeth, przy Goodhart Road. Spojrzałem na nią. Ze łzami w oczach patrzyła na dom swego dzieciństwa.

— Twoja matka o niczym nie wiedziała? — zapytałem.

Pokręciła głową. Spojrzała na mnie. Skinąłem i powoli puściłem jej dłoń.

— Jesteś pewien?

– Nie ma innego wyjścia – odparłem.

Nie czekałem, aż zacznie się spierać. Ruszyłem naprzód, w kierunku domu. Kiedy dotarłem do rozsuwanych szklanych drzwi, osłoniłem oczy dłońmi i zajrzałem do środka. Ani śladu Hoyta. Spróbowałem otworzyć tylne drzwi. Nie były zamknięte. Przekręciłem klamkę i wszedłem. Nikogo. Już miałem wyjść, kiedy zobaczyłem, że w garażu zapaliło się światło. Przeszedłem przez kuchnię i pralnię. Powoli otworzyłem drzwi do garażu.

Hoyt Parker siedział na przednim siedzeniu buicka skylarka. Silnik wozu był wyłączony. Teść miał w ręku szklaneczkę. Kiedy otworzyłem drzwi, wycelował we mnie broń. Potem, poznawszy mnie, opuścił ją. Przeszedłem dwa kroki po cementowej posadzce i chwyciłem klamkę drzwi samochodu. Nie były zamknięte. Otworzyłem je i usiadłem obok Hoyta.

– Czego chcesz, Beck? – odezwał się lekko bełkotliwym głosem.

Usadowiłem się wygodnie na siedzeniu.

– Powiedz Griffinowi Scope'owi, żeby wypuścił chłopca.

– Nie mam pojęcia, o czym mówisz – odparł, zupełnie nieprzekonująco.

– O wymianie, szantażu, okupie. Wybierz, co chcesz, Hoyt. Teraz znam już prawdę.

– Gówno wiesz.

– Tamtej nocy nad jeziorem – zacząłem. – Kiedy namówiłeś Elizabeth, żeby nie szła na policję…

– Już o tym rozmawialiśmy.

– Teraz interesuje mnie coś innego. Czego tak naprawdę się obawiałeś… tego, że ją zabiją, czy tego, że aresztują ciebie?

Powoli przeniósł spojrzenie na mnie.

– Zabiliby ją, gdybym nie namówił jej do ucieczki.

– Nie wątpię – odparłem. – A jednak było ci to na rękę,

Hoyt. Ubiłeś dwa ptaki jednym kamieniem. Zdołałeś uratować jej życie i uchronić siebie przed więzieniem.

– A za co właściwie miałbym pójść do więzienia?

– Zaprzeczasz, że byłeś na liście płac Scope'a?

Wzruszył ramionami.

– Myślisz, że jestem jedynym, który brał ich pieniądze?

– Nie.

– No to czemu miałbym się martwić bardziej niż inni gliniarze?

– Z powodu tego, co zrobiłeś.

Dopił drinka, rozejrzał się za butelką i nalał sobie następnego.

– Do diabła, nie wiem, o czym mówisz.

– Wiesz, czego szukała Elizabeth?

– Dowodów nielegalnych interesów Brandona Scope'a – rzekł. – Prostytucji. Handlu nieletnimi dziewczętami. Narkotykami. On chciał odgrywać złego faceta.

– I co jeszcze? – naciskałem, starając się powstrzymać drżenie głosu.

– O czym ty mówisz?

– Gdyby w dalszym ciągu szukała, mogłaby odkryć znacznie poważniejsze przestępstwo. – Nabrałem tchu. – Mam rację, Hoyt?

Kiedy to powiedziałem, wyraźnie oklapł. Odwrócił głowę i spojrzał prosto przed siebie przez przednią szybę.

– Morderstwo – dokończyłem.

Próbowałem spojrzeć tam, gdzie on, lecz ujrzałem tylko narzędzia Searsa, starannie powkładane w uchwyty. Wkrętaki z żółto-czarnymi rękojeściami, uszeregowane dokładnie według rozmiarów, płaskie po lewej, krzyżakowe po prawej. Między nimi trzy klucze uniwersalne i młotek.

– Elizabeth nie była pierwszą osobą, która usiłowała ukrócić proceder Brandona Scope'a – powiedziałem. Potem zamilkłem i czekałem... czekałem, aż na mnie spojrzy. Potrwało to chwilę, ale w końcu się doczekałem. I ujrzałem to w jego oczach. Nie mrugał i nie usiłował niczego ukryć. Zobaczyłem to. I on o tym wiedział.

– Zabiłeś mojego ojca, Hoyt?

Pociągnął długi łyk ze szklanki, przepłukał płynem usta i z trudem przełknął. Trochę whiskey pociekło mu po brodzie. Nie próbował jej wytrzeć.

– Gorzej – rzekł, zamykając oczy. – Zdradziłem go.

Wzbierał we mnie gniew, lecz mój głos brzmiał zdumiewająco spokojnie.

– Dlaczego?

– Daj spokój, Davidzie. Na pewno już się domyślasz.

Znów poczułem przypływ wściekłości.

– Mój ojciec pracował z Brandonem Scope'em – zacząłem.

– Nie tylko – przerwał mi. – Griffin Scope zrobił go nauczycielem swojego syna. Twój ojciec bardzo dobrze poznał Brandona.

– Tak jak Elizabeth.

– Tak.

– I pracując razem z nim, ojciec odkrył, jakim potworem jest w rzeczywistości Brandon. Mam rację? – Hoyt tylko pociągnął łyk whiskey. – Nie wiedział, co robić – ciągnąłem. – Bał się cokolwiek powiedzieć, ale nie mógł milczeć. Dręczyło go poczucie winy. Dlatego przez kilka miesięcy przed śmiercią był taki zgaszony.

Zamilkłem i pomyślałem o ojcu... przestraszonym, samotnym, niemającym się do kogo zwrócić. Dlaczego tego nie dostrzegłem? Dlaczego nie wyjrzałem ze swojego świata i nie zauważyłem jego cierpienia? Czemu nie wyciągnąłem do niego ręki? Dlaczego jakoś mu nie pomogłem?

Spojrzałem na Hoyta. W kieszeni miałem pistolet. Jakże byłoby to proste. Wyjąć broń i nacisnąć spust. Bach. Koniec.

Tylko że z własnego doświadczenia wiedziałem, że to niczego nie rozwiązywało. Wprost przeciwnie.

– Mów dalej – zachęcił Hoyt.

– Po jakimś czasie postanowił zwierzyć się przyjacielowi. Nie tylko przyjacielowi, ale jednocześnie policjantowi pracującemu dla wymiaru sprawiedliwości i mającemu zwalczać przestępczość. – Krew ponownie zawrzała mi w żyłach, grożąc wybuchem. – Tobie, Hoyt.

Jego twarz wykrzywił dziwny skurcz.

– Zgadza się?

– Jak najbardziej – odparł.

– A ty powiedziałeś Scope'owi, prawda?

Kiwnął głową.

– Myślałem, że przeniosą go albo coś. Żeby trzymać go z daleka od Brandona. Nie przypuszczałem, że... – Skrzywił się, najwyraźniej nienawidząc siebie za tę próbę samousprawiedliwienia. – Jak się dowiedziałeś?

– Dało mi do myślenia nazwisko Melvina Bartoli. Był świadkiem tego „wypadku", w którym zginął mój ojciec, lecz on też pracował dla Scope'a. – Ujrzałem szeroki uśmiech ojca. Zacisnąłem pięści. – A ponadto twoje kłamstwo, że uratowałeś mi życie – dodałem. – Rzeczywiście wróciłeś nad jezioro, po tym jak zastrzeliłeś Bartolę i Wolfa. Lecz nie po to, żeby mnie ratować. Popatrzyłeś, niczego nie zauważyłeś i uznałeś, że nie żyję.

– Uznałem, że nie żyjesz – powtórzył. – Nie chciałem twojej śmierci.

– Gadanie – rzuciłem.

– Nigdy nie chciałem twojej krzywdy.

– Ale też niespecjalnie się nią przejąłeś – dodałem. – Wróciłeś do samochodu i powiedziałeś Elizabeth, że utonąłem.

– Starałem się ją namówić, żeby znikła – rzekł. – To mi pomogło.

– Pewnie byłeś zdziwiony, kiedy się dowiedziałeś, że żyję.

– Raczej zaszokowany. Jak udało ci się przeżyć?

– To nieistotne.

Hoyt opadł na fotel, jakby był skrajnie wyczerpany.

– Pewnie nie – zgodził się. Wyraz jego twarzy znów się zmienił i ze zdziwieniem usłyszałem: – Co jeszcze chcesz wiedzieć?

– Nie zaprzeczasz, że było tak, jak powiedziałem?

– Nie.

– I znałeś Melvina Bartolę, prawda?

– Prawda.

– To od Bartoli dowiedziałeś się o planowanym zamachu na Elizabeth. Tylko nie mam pojęcia dlaczego. Może miał wyrzuty sumienia? A może nie chciał jej śmierci?

– Bartola wyrzuty sumienia? – zaśmiał się Hoyt. – Daj spokój. To był parszywy drań. Przyszedł z tym do mnie, bo pomyślał, że zarobi podwójnie. Zgarnie forsę od Scope'a i ode mnie. Powiedziałem mu, że zapłacę mu podwójnie i pomogę wyjechać z kraju, jeśli pomoże mi upozorować jej śmierć.

Pokiwałem głową, teraz rozumiejąc już wszystko.

– Dlatego Bartola i Wolf powiedzieli ludziom Scope'a, że przyczają się po zabójstwie. Zastanawiałem się, dlaczego ich zniknięcie nie wzbudziło podejrzeń, ale dzięki tobie uznano, że Bartola i Wolf opuścili kraj.

– Tak.

– I co się stało? Wykiwałeś ich?

– Tacy ludzie jak Bartola i Wolf... ich słowo nic nie znaczy. Obojętnie ile bym im zapłacił i tak wróciliby po więcej. Znudziłby im się pobyt za granicą albo upiliby się i zaczęli przechwalać w jakimś barze. Przez całe życie miałem do czynienia z takimi śmieciami. Nie mogłem ryzykować.

– Więc zabiłeś ich.

– Yhm – przytaknął bez cienia żalu.

Teraz wiedziałem już wszystko. Nie miałem tylko pojęcia, jak to rozegrać.

– Porwali małego chłopca – stwierdziłem. – Obiecałem, że oddam się w ich ręce, jeśli go wypuszczą. Zadzwoń do nich. Pomóż zorganizować wymianę.

– Oni już mi nie ufają.

– Przez długi czas pracowałeś dla Scope'a – przypomniałem. – Wymyśl coś.

Hoyt siedział i myślał. Ponownie zapatrzył się na swoje narzędzia i zastanawiałem się, co też tam widzi. Potem, powoli, podniósł pistolet i wycelował w moją twarz.

– Chyba mam pomysł – rzekł.

Nawet nie mrugnąłem okiem.

– Otwórz drzwi garażu, Hoyt.

Nie ruszył się.

Powoli wyciągnąłem rękę i nacisnąłem zdalnie sterowaną bramę. Silnik ożył i zawarczał. Hoyt patrzył na unoszące się drzwi. Elizabeth stała tam, czekając. Kiedy otworzyły się całkiem, spojrzała ojcu w twarz.

Drgnął.

– Hoyt?

Gwałtownie odwrócił do mnie głowę. Jedną ręką chwycił mnie za włosy i przycisnął lufę pistoletu do mojego oka.

– Powiedz jej, żeby zeszła z drogi.

Milczałem.

– Zrób to albo umrzesz.

– Nie ośmielisz się. Nie przy niej.

Przysunął się do mnie.

– Zrób to, do licha.

Zabrzmiało to bardziej jak żałosna prośba niż kategoryczny rozkaz. Spojrzałem na niego i podjąłem decyzję. Hoyt przekręcił kluczyk w stacyjce. Popatrzyłem przed siebie i skinąłem na Elizabeth, żeby zeszła nam z drogi. Zawahała się, ale w końcu odeszła na bok. I wtedy Hoyt nacisnął pedał gazu. Przemknęliśmy obok niej. Gdy buick sunął naprzód, odwróciłem się i patrzyłem przez tylną szybę na Elizabeth. Jej sylwetka malała i zacierała się w oddali, aż zupełnie znikła.

Znowu.

Usiadłem prosto, zastanawiając się, czy jeszcze ją zobaczę. Wcześniej udawałem pewnego siebie, ale wiedziałem, jak niewielkie mam szanse. Spierała się ze mną. Wyjaśniłem, że muszę to zrobić. Tym razem to ja muszę chronić niewinnych. Elizabeth nie spodobało się to, lecz zrozumiała.

W ciągu kilku ostatnich dni dowiedziałem się, że ona żyje. Czy oddałbym za to życie? Chętnie. Zrozumiałem to, idąc na spotkanie przeznaczenia. Teraz, jadąc z człowiekiem, który zdradził mojego ojca, byłem dziwnie spokojny. Poczucie winy, które ciążyło mi od tak dawna, nagle zniknęło. Teraz miałem pewność, co muszę zrobić – co muszę poświęcić – i zastanawiałem się, czy w ogóle mogło być inaczej, czy też wszystko musiało potoczyć się w ten sposób.

Odwróciłem się do Hoyta Parkera.

– Elizabeth nie zabiła Brandona Scope'a – oświadczyłem.

– Wiem – przerwał mi, a potem powiedział coś, co wstrząsnęło mną do głębi: – Ja to zrobiłem.

Zamarłem.

– Brandon pobił Elizabeth – dodał pospiesznie. – Zamierzał ją zabić. Dlatego zastrzeliłem go, kiedy włamał się do domu. Potem wrobiłem Gonzaleza, tak jak ci mówiłem. Elizabeth wiedziała, co zrobiłem. Nie chciała, by niewinny człowiek stał się kozłem ofiarnym. Dlatego zapewniła mu alibi. Ludzie Scope'a usłyszeli o tym i zaczęli się zastanawiać. Potem pojawiły się podejrzenia, że zabiła go Elizabeth... – Zamilkł i nie odrywając oczu od drogi, szukał czegoś w pamięci. – Pozwoliłem im na to, niech mi Bóg wybaczy.

Podałem mu telefon komórkowy.

– Dzwoń – rzuciłem.

Zrobił to. Rozmawiał z niejakim Larrym Gandle'em. Kilkakrotnie spotkałem tego człowieka. Jego ojciec chodził do szkoły razem z moim ojcem.

– Mam Becka – oświadczył Hoyt. – Spotkamy się z wami przy stajniach, ale musicie wypuścić dzieciaka.

Larry Gandle powiedział coś, czego nie zrozumiałem.

– Jak tylko się dowiemy, że dzieciak jest bezpieczny, podjedziemy tam – mówił Hoyt. – I powiedz Griffinowi, że mam to, czego chce. Możemy zakończyć tę sprawę, nie krzywdząc nikogo z mojej i jego rodziny.

Gandle znów coś powiedział i usłyszałem, że się wyłączył. Hoyt oddał mi telefon.

– Czy teraz jestem członkiem twojej rodziny, Hoyt?

Wycelował broń w moją głowę.

– Powoli wyjmij glocka, Beck. Dwoma palcami.

Zrobiłem, co kazał. Nacisnął przycisk otwierający boczne okienko.

– Wyrzuć go przez okno.

Zawahałem się. Przycisnął mi lufę do oka. Wyrzuciłem broń. Nawet nie usłyszałem, jak uderzyła o ziemię.

Jechaliśmy w milczeniu, czekając, aż ponownie zadzwoni telefon. Kiedy rozległ się dzwonek, odebrałem.

– Nic mu nie jest – powiedział cicho Tyrese.

Rozłączyłem się, uspokojony.

– Dokąd mnie wieziesz, Hoyt?

– Wiesz dokąd.

– Griffin Scope zabije nas obu.

– Nie – odparł, wciąż trzymając wycelowaną we mnie broń. – Nie obu.

Rozdział 45

Zjechaliśmy z autostrady i kontynuowaliśmy jazdę boczną drogą. Coraz rzadziej napotykaliśmy latarnie, aż w końcu jedynym źródłem światła stały się reflektory samochodu. Hoyt sięgnął do kieszeni za fotelem i wyjął dużą brązową kopertę.

– Mam to tutaj, Beck. Wszystko.

– Co wszystko?

– To, co twój ojciec miał na Brandona. I co odkryła Elizabeth.

Przez moment się dziwiłem. Miał to przy sobie przez cały czas? Potem zacząłem mieć wątpliwości. Samochód. Dlaczego Hoyt siedział w samochodzie?

– Gdzie są kopie?

Uśmiechnął się, jakby uszczęśliwiony tym, że o to pytam.

– Nie ma żadnych. Wszystko jest tutaj.

– Nie rozumiem.

– Zrozumiesz, Davidzie. Przykro mi, ale jesteś moim kozłem ofiarnym. To jedyne wyjście.

– Scope tego nie kupi.

– Och tak, kupi. Jak sam powiedziałeś, długo dla niego pracowałem. Wiem, co chce usłyszeć. Dziś wieczór cała ta sprawa się zakończy.

– Moją śmiercią? – spytałem.

Nie odpowiedział.

– I jak wyjaśnisz to Elizabeth?

– Może mnie znienawidzi – odparł – ale przynajmniej będzie żyła.

Przed nami zobaczyłem bramę wjazdową posesji. Koniec drogi, pomyślałem. Umundurowany strażnik machnięciem ręki kazał nam jechać dalej. Hoyt wciąż trzymał mnie na muszce. Jechaliśmy podjazdem, gdy nagle, niespodziewanie, Hoyt zahamował. Odwrócił się do mnie.

– Masz podsłuch, Beck?

– Co takiego? Nie.

– Gówno prawda, niech zobaczę.

Wyciągnął rękę do mojej piersi. Odchyliłem się. Uniósł broń i zaczął mnie sprawdzać. Po chwili odsunął się, zadowolony.

– Twoje szczęście – rzekł z drwiącym uśmiechem.

Pojechał dalej podjazdem. Mimo ciemności można było dostrzec piękno tego terenu. Drzewa stały dobrze widoczne w blasku księżyca, lekko kołysząc się, chociaż na pozór nie było wiatru. W oddali dojrzałem światła. Hoyt jechał drogą wprost na nie. Wyblakła szara tablica głosiła, że przybyliśmy do Freedom Trails Stables. Zaparkowaliśmy na pierwszym stanowisku po lewej. Spojrzałem za okno. Niewiele wiem o rezydencjach i hodowli koni, lecz ta posiadłość wyglądała imponująco. Wielki jak hangar budynek mógł bez trudu pomieścić tuzin kortów tenisowych, a zabudowania stajni były ustawione w kształcie litery „V" i ciągnęły się jak okiem sięgnąć. W oddali znajdowała się czynna fontanna. Zauważyłem tor z przeszkodami.

I czekających na nas ludzi.

Wciąż celując we mnie, Hoyt powiedział:

– Wysiadaj.

Zrobiłem to. Kiedy zamknąłem drzwi samochodu, trzaśnięcie odbiło się echem w głuchej ciszy. Hoyt przeszedł na moją stronę i wbił mi w plecy lufę pistoletu. Mieszanina zapachów natychmiast przywołała wspomnienie wyścigów. Ale zaraz o tym zapomniałem, dostrzegając czterech stojących tam mężczyzn. Dwóch z nich rozpoznałem.

Pozostali dwaj – których nigdy przedtem nie widziałem – byli uzbrojeni w półautomatyczne karabinki. Wycelowali je w nas. Nawet nie drgnąłem. Pewnie zacząłem się już przyzwyczajać do tego, że ciągle ktoś we mnie celuje. Jeden z nich stał po prawej, tuż przy drzwiach stajni. Drugi opierał się o zaparkowany po lewej samochód.

Ci dwaj, których rozpoznałem, stali razem w kręgu światła. Jednym z nich był Larry Gandle. Drugim Griffin Scope. Hoyt popchnął mnie ku nim. Gdy ruszyłem w stronę czekających, zobaczyłem, że drzwi domu się otwierają.

Wyszedł z nich Eric Wu.

Serce zaczęło łomotać mi w piersi. Zaszumiało mi w uszach. Poczułem mrowienie w nogach. Może broń już nie robiła na mnie wrażenia, ale moje ciało wciąż pamiętało stalowe palce Wu. Mimo woli zwolniłem kroku. Wu ledwie na mnie spojrzał. Podszedł prosto do Griffina Scope'a i wręczył mu coś.

Hoyt kazał mi się zatrzymać kilkanaście kroków od czekających.

– Dobre wieści! – zawołał.

Wszyscy spojrzeli na Griffina Scope'a. Oczywiście znałem tego człowieka. W końcu byłem synem jego starego przyjaciela i bratem cenionej pracownicy. Jak niemal wszyscy, podziwiałem tego krzepkiego mężczyznę z błyskiem w oku. Należał do ludzi, przez których chciało się być zauważonym – wielkoduszny, szczodry kompan, mający niezwykłą umiejętność pozostawania jednocześnie przyjacielem i pracodawcą. Takie połączenie rzadko bywa udane. Zostając przyjacielem, szef traci respekt... albo przyjaźń się kończy, gdy nagle musi być szefem. Tak dynamiczny człowiek jak Griffin Scope nie miał z tym problemu. Zawsze wiedział, jak postępować z ludźmi.

Teraz wyglądał na zdziwionego.

– Dobre wieści, Hoyt?

Hoyt usiłował się uśmiechnąć.

– Sądzę, że nawet bardzo dobre.

– Cudownie – rzekł Scope. Zerknął na Wu. Ten skinął głową, ale nie ruszył się z miejsca. – No to powiedz mi, jakie to dobre wieści, Hoyt. Nie mogę się już doczekać.

Hoyt odkaszlnął.

– Przede wszystkim musisz zrozumieć, że nigdy nie chciałem ci zaszkodzić. Prawdę mówiąc, zadałem sobie wiele trudu, żeby żadne obciążające fakty nie wyszły na jaw. Musiałem jednak ratować córkę. Rozumiesz to, prawda?

Scope lekko spochmurniał.

– Czy ja rozumiem chęć chronienia dziecka? – zapytał głuchym głosem. – Tak, Hoyt, myślę, że tak.

W oddali zarżał koń. Poza tym panowała cisza. Hoyt oblizał wargi i pokazał tamtym brązową kopertę.

– Co to jest, Hoyt?

– Wszystko – odrzekł mój teść. – Fotografie, zeznania, taśmy. Wszystko, co moja córka i Stephen Beck mieli na twojego syna.

– Są jakieś kopie?

– Tylko jedna – odparł Hoyt.

– Gdzie?

– W bezpiecznym miejscu. U pewnego adwokata. Jeśli nie zadzwonię do niego za godzinę i nie podam mu hasła, opublikuje je. To nie jest groźba, panie Scope. Nigdy nie ujawnię tego, co wiem. Mam równie wiele do stracenia.

– Tak – rzekł Scope. – Z pewnością.

– Teraz jednak możesz nas zostawić w spokoju. Masz wszystko. Przyślę resztę. Nie ma potrzeby krzywdzić mnie ani mojej rodziny.

Griffin Scope spojrzał na Larry'ego Gandle'a, a potem na Erica Wu. Stojący z boku dwaj ludzie z karabinami skupili się.

– A co z moim synem, Hoyt? Ktoś go zastrzelił jak psa. Spodziewasz się, że tak to zostawię?

– Właśnie – odparł Hoyt. – Elizabeth tego nie zrobiła.

Scope zmrużył oczy, udając głębokie zainteresowanie, ale wydało mi się, że dostrzegam w nich coś innego, jakby rozbawienie.

– Może łaskawie powiesz, kto to zrobił?

Usłyszałem, że Hoyt przełknął ślinę. Odwrócił głowę i spojrzał na mnie.

– David Beck.

Nie byłem zdziwiony ani nawet zły.

– To on zabił twojego syna – ciągnął pospiesznie. – Dowiedział się o wszystkim i chciał się zemścić.

Scope wydał teatralny jęk zaskoczenia i przycisnął dłoń do piersi. Potem wreszcie spojrzał na mnie. Wu i Gandle też popatrzyli w moją stronę. Scope napotkał moje spojrzenie i zapytał:

– Co ma pan do powiedzenia na swoją obronę, doktorze Beck?

Zastanowiłem się.

– Czy jest sens mówić, że on kłamie?

Scope nie odpowiedział mi bezpośrednio. Zwrócił się w stronę Wu.

– Proszę, przynieś mi tę kopertę.

Wu poruszał się jak pantera. Skierował się ku nam, uśmiechając się do mnie, i instynktownie naprężyłem mięśnie brzucha. Stanął przed Hoytem i wyciągnął rękę. Hoyt podał mu kopertę. Wu wziął ją jedną ręką. Drugą – nigdy nie wi-

działem, by ktoś zrobił to równie szybko – z dziecinną łatwością wyrwał mu broń i odrzucił na bok.

– Co do...? – zaczął Hoyt.

Wu mocno uderzył go w splot słoneczny. Hoyt upadł na
kolana. Wszyscy staliśmy i patrzyliśmy, jak podpiera się rękami, spazmatycznie łapiąc powietrze. Wu niespiesznie obszedł
go i kopnął w bok. Usłyszałem trzask pękających żeber. Hoyt
upadł na wznak, mrugając oczami, z szeroko rozrzuconymi
rękami i nogami.

Griffin Scope podszedł i uśmiechnął się do mojego teścia.
Potem pokazał mu coś. Zmrużyłem oczy. Przedmiot był mały
i czarny.

Hoyt popatrzył na niego i splunął krwią.

– Nie rozumiem – zdołał wykrztusić.

Teraz zobaczyłem, co Scope trzyma w dłoni. Był to mi-
niaturowy magnetofon kasetowy. Scope nacisnął przycisk
odtwarzania. Najpierw usłyszałem mój głos, a potem Hoyta.

– Elizabeth nie zabiła Brandona Scope'a.

– Wiem. Ja to zrobiłem.

Scope wyłączył magnetofon. Nikt się nie odezwał. Gniewnym wzrokiem zmierzył mojego teścia. W tym momencie
zrozumiałem wszystko. Uświadomiłem sobie, że jeśli Hoyt
Parker wiedział, że w jego domu założono podsłuch, to z pewnością zdawał sobie sprawę, że to samo zrobiono z jego samochodem. Dlatego poszedł do garażu, kiedy zobaczył nas na
tyłach domu, i czekał na mnie w samochodzie. I dlatego przerwał mi, kiedy powiedziałem, że Elizabeth nie zabiła Brandona Scope'a. Przyznał się do morderstwa, wiedząc, że jesteśmy
podsłuchiwani. Zrozumiałem, że kiedy dotknął mojej piersi,
wymacał podsłuch założony mi przez Carlsona; chciał mieć
pewność, iż federalni również wszystko usłyszą, a Scope nie
każe mnie zrewidować. Pojąłem, że Hoyt Parker postanowił
wziąć winę na siebie i choć popełnił tyle okropnych czynów,

nawet zdradził mojego ojca, teraz to wszystko było podstępem, jego ostatnią szansą odkupienia win – to on, a nie ja, poświęci się, by uratować nas wszystkich. Zrozumiałem również, że aby to osiągnąć, musi zrobić coś jeszcze. Dlatego odsunąłem się. I słysząc warkot nadlatujących helikopterów FBI oraz wzmocniony przez megafon głos Carlsona, krzyczącego, żeby nikt się nie ruszał, zobaczyłem, jak Hoyt Parker sięga do kabury na łydce, wyjmuje rewolwer i pakuje trzy kule Griffinowi Scope'owi. Potem zobaczyłem, jak obraca broń.

– Nie! – krzyknąłem, lecz ostatni strzał zagłuszył ten krzyk.

Rozdział 46

Pochowaliśmy Hoyta cztery dni później. Tysiące policjantów przyszły na pogrzeb, żeby oddać cześć zmarłemu. Jeszcze nie podano do publicznej wiadomości szczegółów tego, co wydarzyło się w posiadłości Scope'a, i nie wiem, czy prawda kiedykolwiek wyjdzie na jaw. Nawet matka Elizabeth nie domagała się szczegółów, być może dlatego, że szalała z radości wywołanej cudownym powrotem córki z zaświatów. Pewnie z tego powodu nie zadawała zbyt wielu pytań i nie przyglądała się zbyt dokładnie nieścisłościom. Mogłem to zrozumieć.

Tak więc Hoyt Parker umarł jako bohater. Może nim był. Nie mnie o tym sądzić.

Zostawił długie pisemne zeznanie, w którym zasadniczo powtórzył wszystko to, co powiedział mi w samochodzie. Carlson pokazał mi je.

– Czy to już koniec? – spytałem.

– Musimy jeszcze wytoczyć sprawę Gandle'owi, Ericowi Wu oraz kilku innym osobom – odparł. – Teraz, kiedy Griffin Scope nie żyje, nie będzie z tym żadnych problemów.

Mityczna bestia – pomyślałem. Nie odrąbujesz jej łba. Musisz pchnąć ją w serce.

– Mądrze pan zrobił, przychodząc do mnie, kiedy porwali tego małego chłopca – rzekł Carlson.

377

– A miałem inne wyjście?

– Dobrze powiedziane. – Carlson uścisnął mi dłoń. – Niech pan uważa na siebie, doktorze Beck.

– Pan też – powiedziałem.

Może chcielibyście wiedzieć, czy Tyrese przeniesie się kiedyś na Florydę i co będzie z TJ-em oraz Latishą. Może zastanawiacie się, czy Shauna i Linda zostaną razem oraz co to będzie oznaczać dla Marka. Nie mogę wam powiedzieć, ponieważ sam nie wiem.

Ta opowieść kończy się teraz, cztery dni po śmierci Hoyta Parkera i Griffina Scope'a. Jest późno. Bardzo późno. Leżę w łóżku z Elizabeth, patrząc, jak jej piersi unoszą się i opadają we śnie. Patrzę na nią przez cały czas. Prawie nie zamykam oczu. Moje sny się zmieniły w perwersyjny sposób. Teraz w nich ją tracę – ona nie żyje, a ja jestem sam. Dlatego wciąż ją obejmuję. Przytulam ją i ściskam. Ona mnie też. Z czasem może nam to przejdzie.

Jakby czując na sobie mój wzrok, Elizabeth obraca się na bok. Uśmiecham się do niej. Odpowiada mi uśmiechem i moje serce szybuje w obłokach. Przypominam sobie tamten dzień nad jeziorem. Pamiętam, jak leżeliśmy na tratwie. I przypominam sobie, że wtedy postanowiłem powiedzieć jej prawdę.

– Musimy porozmawiać – mówię.

– Nie sądzę.

– Nie powinniśmy mieć przed sobą żadnych tajemnic, Elizabeth. To z tego powodu powstało całe zamieszanie. Gdybyśmy mówili sobie o wszystkim... – Nie dokończyłem.

Ona kiwa głową. I nagle zrozumiałem, że wie. Zawsze wiedziała.

– Twój ojciec – powiedziałem – zawsze sądził, że to ty zabiłaś Brandona Scope'a.

– Tak mu powiedziałam.

– A przecież… – zamilkłem. Po chwili zacząłem mówić: – Kiedy w samochodzie powiedziałem mu, że ty nie zabiłaś Brandona, czy myślisz, że zrozumiał, co naprawdę się stało?

– Nie wiem – odparła Elizabeth. – Chcę sądzić, że tak.

– I poświęcił się dla nas.

– Albo nie chciał pozwolić, żebyś ty to zrobił. A może umarł, wciąż myśląc, że to ja zabiłam Brandona Scope'a. Nigdy się tego nie dowiemy. I nie ma to żadnego znaczenia.

Popatrzyliśmy po sobie.

– Wiedziałaś – wykrztusiłem i ciężar spadł mi z piersi. – Od początku. Ty…

Uciszyła mnie, przykładając palec do moich ust.

– Wszystko w porządku.

– To dla mnie schowałaś to wszystko w skrytce depozytowej.

– Chciałam cię zabezpieczyć.

– Zrobiłem to w samoobronie – powiedziałem, przypominając sobie ciężar rewolweru podskakującego w mojej dłoni, gdy pociągnąłem za spust.

– Wiem – zarzuciła mi ręce na szyję i przyciągnęła do siebie. – Wiem.

To ja byłem w naszym domu wtedy, kiedy przed ośmioma laty włamał się tam Brandon Scope. Leżałem sam w łóżku, kiedy zakradł się z nożem do naszej sypialni. Odepchnąłem go. Chwyciłem trzydziestkęósemkę ojca. Znowu rzucił się na mnie. Strzeliłem i zabiłem go. A potem wpadłem w panikę i uciekłem. Usiłowałem zebrać myśli, znaleźć jakieś wyjście. Kiedy doszedłem do siebie i wróciłem do domu, ciało zniknęło. Broń też. Chciałem powiedzieć o tym Elizabeth. Zamierzałem zrobić to nad jeziorem. A jednak nie powiedziałem o tym ani słowa. Dopiero teraz.

Jak już mówiłem, gdybym od początku wyznał prawdę... Elizabeth przyciąga mnie do siebie.

– Jestem tutaj – szepcze.

Tutaj. Przy mnie. Chwilę potrwa, zanim oswoję się z tą myślą. Lecz tak się stanie. Przytuleni, powoli zapadniemy w sen. A jutro rano obudzimy się razem. I pojutrze. To jej twarz będę widział każdego ranka, kiedy otworzę oczy. I jej głos usłyszę po przebudzeniu. Wiedziałem, że nigdy nie przestanę się tym cieszyć.

W LABIRYNCIE KŁAMSTW

Kolejne tomy w kolekcji

Siedemnastoletnia Haley McWaid, chluba rodziców, pewnego dnia znika. Po trzech miesiącach poszukiwań jej najbliżsi są przygotowani na najgorsze. Dan Mercer, pracownik opieki społecznej, troszczący się szczególnie o los dzieci, wpada w pułapkę zastawioną przez Wendy Tynes, która w swoim programie telewizyjnym *Przyłapani na gorącym uczynku* domaskuje przęstępców seksualnych. W jego komputerze policja znajduje obciążający materiał i wszystko wskazuje na to, że mógł mieć związek z zaginięciem Haley. Wendy Tynes nie zrobiłaby jednak kariery jako dziennikarka, gdyby dostrzegała tylko to, co oczywiste. Zaczyna podejrzewać, że padła ofiarą manipulacji.

Myron Bolitar – dawny koszykarz, a obecnie agent sportowy – ma ręce pełne roboty. Jest u progu sfinalizowania kontraktu gwiazdy footballu, Christiana Steele'a. I właśnie wtedy na jego prominentnego klienta pada podejrzenie o zabicie narzeczonej. Kathy Culver zniknęła w tajemniczych okolicznościach. Pozostawione ślady pozwalają przypuszczać, że padła ofiarą gwałtu i morderstwa. Wszyscy – łącznie z policją – są przekonani, że sprawcą jest Christian Steele. Bolitar na prośbę swojej byłej ukochanej – siostry zaginionej dziewczyny – podejmuje własne śledztwo i wkrótce przekonuje się, że każda z osób zamieszanych w tę sprawę ma własne sekrety.

OFERTA PRENUMERATY*

HARLAN COBEN

W LABIRYNCIE KŁAMSTW

W PRENUMERACIE TANIEJ – TYLKO 14 ZŁ ZA TOM**
WYJĄTKOWE PREZENTY DLA PRENUMERATORÓW!

Szczegóły na stronie obok ⟶

WARUNKI PRENUMERATY		
PŁATNOŚĆ W RATACH		**PŁATNOŚĆ ZA POBRANIEM**
JEDNA RATA	**TRZY RATY**	
1. tom – 5 zł **kolejne tomy – 14 zł** ~~15,99 zł~~	**1. tom – 5 zł** **kolejne tomy – 14,50 zł** ~~15,99 zł~~	**1. tom – 5,99 zł** **kolejne tomy – 15,99 zł**
Koszt prenumeraty: 383 zł	Płatność w 3 ratach: **I.** 116 zł – za tomy 1–9, 121 zł – za tomy 2–9, **II.** 130,50 zł – za tomy 10–18, **III.** 145 zł – za tomy 19–28.	**Pierwsza paczka:** 37,97 zł – za tomy 1–3, lub 31,98 zł – za tomy 2–3. **Kolejne 7 paczek:** 47,97 zł każda. **Ostatnia paczka:** 63,96 zł.
Płatność przelewem na wskazane konto.		Płatność za pobraniem

ZASADY WYSYŁKI

Wysyłka raz na 6 tygodni po 3 tomy w paczce (9 przesyłek). Pierwsza przesyłka zawierała będzie 2 lub 3 książki w zależności od tego, czy zamówią Państwo prenumeratę od 1. czy od 2. tomu. Ostatnia przesyłka zawierała będzie 4 książki.
Koszty wysyłki pokrywa sprzedawca.

ZAMÓW PRENUMERATĘ:

 Telefonicznie: 801 000 869, 22 336 79 01
Czynny pon.-pt. w godz. 8–18

 Przez Internet:
www.literia.pl/coben

 Mailem:
prenumerata.axel@qg.com

Sprzedającym jest Ringier Axel Springer Polska Sp. z o.o., ul. Domaniewska 52, 02-672 Warszawa. Podane dane będą przetwarzane w celach realizacji zamówienia oraz marketingu bezpośredniego własnych produktów i usług. Podanie danych jest dobrowolne. Każdej osobie przysługuje prawo dostępu do treści swoich danych i ich poprawiania.

Zamówienia będą realizowane przez firmę Quad/Graphics Europe Sp. z o.o., ul. Pułtuska 120, 07-200 Wyszków. Podane dane będą przetwarzane w celach realizacji zamówienia oraz marketingu bezpośredniego. Podanie danych jest dobrowolne. Każdej osobie przysługuje prawo dostępu do treści swoich danych i ich poprawiania.

 * Oferta ważna do 31 marca 2019 r. Obowiązuje na terenie Polski.
** W ofercie z przedpłatą przy płatności jednorazowej.

NIE PRZEGAP ŻADNEGO TOMU!
JUŻ DZIŚ ZAMÓW PRENUMERATĘ

Tylko na prenumeratorów czekają wyjątkowe korzyści:
- pewność, że zdobędziesz wszystkie tomy
- stała, niższa cena: tom 1. – 5 zł, kolejne tomy – 14 zł*
- dwa wyjątkowe prezenty (warunki poniżej)
- darmowa dostawa do domu

WYJĄTKOWE PREZENTY TYLKO DLA PRENUMERATORÓW KOLEKCJI *W LABIRYNCIE KŁAMSTW***

PŁÓCIENNA TORBA
dołączona do paczki z tomami 10–12,
wysyłka: 31 lipca 2018 r.

Mocna, płócienna torba, w której zmieszczą się ulubione powieści czytelników Cobena. Poręczny kształt i wielkość, solidne wykonanie, ładny projekt – niech każdy wie, że czytasz książki mistrza!

AUDIOBOOK POWIEŚCI HARLANA COBENA *W DOMU*
Dołączony do paczki z tomami 19–21,
wysyłka: 4 grudnia 2018 r.

Najnowsza, wydana w 2018 roku powieść Harlana Cobena, w której po pięciu latach powraca ulubiony detektyw czytelników – Myron Bolitar.

*W ofercie z przedpłatą przy płatności jednorazowej
** Gwarancja otrzymania prezentów przy zamówieniu prenumeraty do dnia 31 maja 2018 r.

W LABIRYNCIE KŁAMSTW

W kolekcji ukażą się:

HARLAN
COBEN
NIE MÓW
NIKOMU
W LABIRYNCIE KŁAMSTW

HARLAN
COBEN
NA GORĄCYM
UCZYNKU
W LABIRYNCIE KŁAMSTW

HARLAN
COBEN
BEZ
SKRUPUŁÓW

HARLAN
COBEN
ZOSTAŃ
PRZY MNIE
W LABIRYNCIE KŁAMSTW

HARLAN
COBEN
SZEŚĆ LAT
PÓŹNIEJ
W LABIRYNCIE KŁAMSTW

HARLAN
COBEN
BEZ
POŻEGNANIA

HARLAN
COBEN
BŁĘKITNA
KREW
W LABIRYNCIE KŁAMSTW

HARLAN
COBEN
JUŻ MNIE
NIE OSZUKASZ
W LABIRYNCIE KŁAMSTW

HARLAN
COBEN
ZACHOWAJ
SPOKÓJ
W LABIRYNCIE KŁAMSTW

HARLAN
COBEN
TYLKO JEDNO
SPOJRZENIE
W LABIRYNCIE KŁAMSTW

HARLAN
COBEN
OBIECAJ
MI
W LABIRYNCIE KŁAMSTW

HARLAN
COBEN
KLINIKA
ŚMIERCI
W LABIRYNCIE KŁAMSTW

HARLAN
COBEN
ZAGINIONA

HARLAN
COBEN
MIS